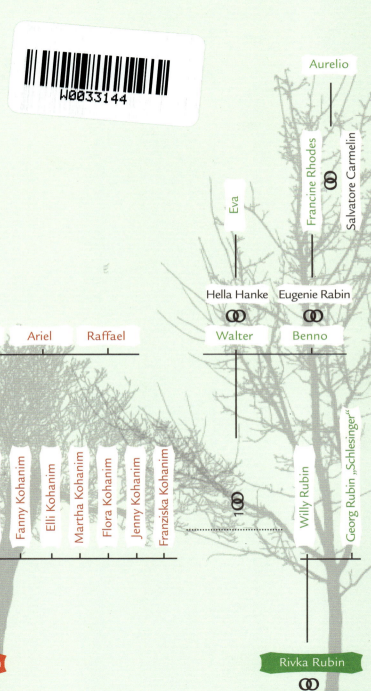

Marcia Zuckermann in der Frankfurter Verlagsanstalt:
MISCHPOKE!, Roman
SCHLAMASSEL!, Roman

Marcia Zuckermann

SCHLAMASSEL!

Ein Familienroman

FRANKFURTER VERLAGSANSTALT

Johns Mizwa
London revisited, 1962

Die Vergangenheit ist unvorhersehbar.
Tot ist sie nicht, eher untot.
Ich stehe an der Reling und spucke in die Themse.
Die meisten Passagiere haben die »Île de France«[1] hier in London bereits verlassen. Unschlüssig stehe ich immer noch an Deck. Vorahnungen? Kalte Füße? Es sind zu viele Erinnerungen. Überwiegend ungute. Nichts hilft gegen das, was man schon getan hat!
Heute, am 18. September 1962, bin ich auf dem Weg. Ich habe eine Mizwa, eine religiöse Pflicht, zu erfüllen. Denn da ist dieses Foto, seit über zwanzig Jahren verfolgt es mich, ständig mahnt es mich an, meiner Pflicht gegen meinen Vater nachzukommen. Seit über zwei Jahrzehnten habe ich mich davor gedrückt. Erst aus Hilflosigkeit, später aus Trägheit. Doch da war dieser brennende, anklagende Blick auf einem vergilbten Foto, dieser Blick hat mich bis in meine Träume verfolgt. Zornig starrt ein weißhaariger Greis mich an. Er trägt einen Strick um den Hals. Fünf Minuten später war er tot. Die deutsche Wehrmacht hatte nach Einnahme der polnischen Stadt Świecie / Schwetz alle Notabeln des Landkreises zusammengetrieben und gehenkt. Auf dem jüdischen Friedhof. Unterschiedslos. Ob Polen, Kaschuben oder Juden. Der Weißhaarige mit dem Strick um den Hals ist, nein, er *war* mein Vater,

Zacharias Segall. Im Bildhintergrund ist zu erkennen, dass der Fotograf für diese Aufnahme auf dem Grab des alten Kohanim gestanden haben musste, auf dem Grab des ehemaligen Kompagnons meines Vaters. Wenn die Legende stimmt, dann wird dem Fotografen der Tanz auf dem Kohanim-Grab schlecht bekommen sein, dachte ich unwillkürlich. Dass ich mich an den alten Wunderglauben aus dem Dorf meiner Eltern noch erinnere, erstaunt mich selbst.

»Die Kohanims stehen am Ufer der Weichsel und sehen die Leichen ihrer Feinde vorbeitreiben«, sagten die Leute damals. Nebbich!

Meine Schwester Else hatte mir die Fotografie, die unseren Vater Zacharias Segall kurz vor seiner Exekution zeigt, seinerzeit aus der Schweiz geschickt. Das Erste, was einem an dem Foto auffällt, ist, dass es so perfekt aussieht wie ein Pressefoto. Belichtung, Schärfe, Raumaufteilung, Ausdruck, alles stimmt. Irgendwie sieht es inszeniert aus. Es erinnert an ein lebendes Tableau der Bürger von Calais, das Denkmal von Rodin. War der Kommandant dieser Gräueltat ein perverser Schöngeist, der dem Massaker von Schwetz eine künstlerische Note geben wollte? Vielleicht war es aber auch die letzte patriotische Botschaft der unterworfenen Polen, die sich ihren Eroberern nach Art der Bürger von Calais mit Henkerstrick um den Hals ergeben, um so heroisch für die Nachgeborenen in die Geschichte einzugehen? Aber hatten sie denn eine Wahl?

Nicht nur die Professionalität der Aufnahme deutet darauf hin, dass der Fotograf kein Partisan gewesen sein konnte. Dazu stand er zu nahe bei den Opfern.

Folglich musste der Fotograf ein Wehrmachtsangehöriger gewesen sein, der die Bluttat auf Befehl fotografierte. Doch wie war es dann zu erklären, dass dieses seltsame Foto aus einem Wehrmachtsarchiv auf geheimen Wegen vom Kriegsschauplatz im besetzten Polen in die Schweiz geschmuggelt werden konnte? Mitten im Krieg! Warum? Wer machte so etwas, und zu welchem Zweck? Dahinter lauern gleich zehn weitere Fragen ...
Doch alle Fragen überdeckt der stumme Schrei im wütend-fordernden Blick meines Vaters: *Wer steht für mich ein?!*
Die Aufforderung gilt mir, dem Sohn. Zu meiner Entschuldigung kann ich nur vorbringen, dass ich nie gelernt habe, Sohn zu sein. Dazu kannte ich meinen Vater zu wenig, und selbst meine Mutter ist mir in jungen Jahren abhandengekommen, so wie man etwas verliert, das man zurückgelassen hat und später nicht mehr wiederfinden kann. Von ihr weiß ich sogar noch weniger. Wahrscheinlich habe ich mich deshalb so lange gegen diesen Appell, gegen diese jüdische religiöse Pflicht, gegen diese Mizwa gesträubt. Erstens bin ich nicht besonders gläubig, und zweitens: Was kümmern mich diese Horrorgeschichten aus der alten Welt? »Vater« und »Mutter« waren für mich nur leere Worte, »Schwester« ebenso. Doch wenn ich ehrlich bin, war neben Bequemlichkeit und Abwehr auch eine Portion Groll im Spiel.
Meine Schwester Else ist fast zwei Jahrzehnte älter als ich. Sie stammt aus der ersten Ehe meines Vaters und ist somit streng genommen meine Halbschwester, auch sie kenne ich nur flüchtig. Else war eines Tages während der

alljährlichen Kur der Segalls im böhmischen Karlsbad mit einem Kofferfabrikanten aus Berlin durchgebrannt. Mit einem Nichtjuden noch dazu, mit einem Goi! Noch in Karlsbad hatten sie heimlich geheiratet, denn ihr war klar, dass sie für diese Ehe mit einem Christen nie den Segen des Vaters bekommen würde. Folglich musste meine Schwester Else der Liebe wegen alle Brücken hinter sich abbrechen. Genau wie sie es vorausgesehen hatte, kam es dann auch: Nach alter jüdischer Tradition wurde Else als »Apigores«, als Abtrünnige vom Stamm Israel, aus der Familie verstoßen. Dass der unerwünschte christliche Ehemann sonst eigentlich »eine sehr gute Partie« war, änderte daran nichts. Hier ging es nicht ums Geld, hier ging es ums Prinzip! Erfahrungsgemäß ist das immer schlimmer. Über Geld kann man verhandeln, über Prinzipien nicht.

Egal wie sehr sich Bruno Dahnke später um eine Verständigung mit der Familie seiner Frau bemühte, ja plagte, alle Liebesmüh war vergebens. Brunos Briefe schickte mein Vater ungeöffnet zurück. Als Bruno dann persönlich in Schwetz / Świecie seine Aufwartung machen wollte, ließ man ihn bereits im Vorzimmer vom Vorzimmer abblitzen. »Jemand, der meine Tochter entführt und Schande über mein Haus gebracht hat, egal ob Jude oder Nichtjude, wird von mir nicht empfangen! Punktum!«

Wie in solchen Fällen üblich, hatte mein Vater meine Schwester Else wegen der heimlichen Ehe mit einem Goi für tot erklärt. Alle Segalls und Anverwandten mussten sogar eine Woche Schiwe sitzen und trauern, als wäre Else tatsächlich gestorben. Jedes Andenken an sie

wurde getilgt: sämtliche Fotos, Briefe, Schulhefte, Kleidungstücke und Gegenstände, kurz alles, was jemals an meine Schwester erinnern könnte, wurde auf dem jüdischen Friedhof von Schwetz begraben, im unheiligen Bereich des Friedhofs, dort, wo auch abgetrennte Gliedmaßen, Embryos und tote Säuglinge ohne Seele[2] beerdigt wurden. Else war seither toter als tot. Selbst ihr Name durfte nicht mehr erwähnt werden. Man tat so, als hätte es meine Schwester nie gegeben. Über diesen archaischen jüdischen Brauch zerstritt sich mein Vater sogar mit seinem Geschäftspartner und Cousin, Samuel Kohanim, der das als unnötig grausam und anachronistisch verurteilte: »Wir sind im zwanzigsten Jahrhundert!«, woraufhin unser Vater konterte: »Nein, nach meiner Rechnung weit im fünfzigsten, nach der Rechnung unserer Vorväter! Und an unseren Bräuchen halte *ich* jedenfalls fest, im Gegensatz zu dir! Bist du vor lauter Modernität eigentlich noch ein Jude?«
Ihr Ton wurde darüber so scharf, und sie zerstritten sich so grundsätzlich, dass sie ein Jahr lang nicht miteinander sprachen. Wenn sie sich im Kontor des Sägewerks oder der Möbelfabrik in Schwetz trafen, was unvermeidlich war, schauten sie mit verkniffenen Lippen aneinander vorbei. Die Verständigung zwischen den beiden sprachlos zerstrittenen Geschäftspartnern fand in dieser Zeit nur über den »Schabbes-Goi«, den christlichen Prokuristen, statt, der sie sonst an jüdischen Feiertagen und am Sabbat, vom Freitagnachmittag bis zum Sonntagmorgen, im Geschäft vertrat. Diesen bizarren Zustand beendeten die beiden erst, als die Eisenbahnlinie geplant wurde, die Königsberg

und Danzig mit Berlin verbinden und direkt an ihrem Werksgelände vorbeiführen sollte. Samuel Kohanim, der eingefleischte Modernist, hatte dazu eine unternehmerische Vision. Diese veranlasste ihn zu einer Aktennotiz an meinen Vater.

Hochgeschätzter Vetter!
Es scheint mir jetzt doch an der Zeit und opportun, unser unseliges Zerwürfnis über Familienangelegenheiten einstweilen beiseitezulassen. Das Geschäft darf unter unserem Familienzwist nicht weiter leiden! Nachdem die Gleise der Reichsbahn nun unmittelbar an unserer Möbelfabrik und den beiden Sägewerken vorbeiführen sollen, wäre es eine Dummheit, wenn wir das nicht nutzten, um neue Geschäfte zu planen und ins Werk zu setzen. Ich schlage vor, dass wir uns zum Versöhnungstag unbeschadet aller privaten Differenzen als Geschäftspartner die Hand reichen und unsere Gedanken zu den neuen geschäftlichen Möglichkeiten austauschen. Ich biete nach Sitte unserer Vorväter eine Versöhnung am Vorabend zum Versöhnungstag an. Am Tag nach Jom Kippur treffen wir uns dann fürs Geschäftliche um 14 Uhr im Kontor, wenn es beliebt.
Erwarte Nachricht zu beiden Terminen per Boten oder Telegramm.
In Verbundenheit, ob wir wollen oder nicht,
Dein Vetter und Kompagnon
Samuel Kohanim

An diesem historischen Tag nach Jom Kippur unterbreitete Samuel meinem Vater die Idee zur Gründung einer Papiermühle, die um ein Vielfaches größer werden sollte als die Papier- und Kartonagenfabrik ihres alten Rivalen Bukofzker in Schwetz. Die geplante große Papiermühle sollte ein *Werk* werden, das massenhaft Zeitungspapier über Danzig bis Königsberg und westwärts bis nach Berlin, Hamburg und Leipzig liefern sollte. Samuel hatte bereits zu potenziellen Verlagshäusern in Berlin, Leipzig und Hamburg Fühlung aufgenommen, Ankaufspreise in Erfahrung gebracht, Absatzmöglichkeiten ausgelotet und Zusagen zu Kostenvoranschlägen bekommen.

»Wenn *wir* das Geschäft nicht machen, dann macht es ein anderer! Am Ende vielleicht noch der Bukofzker!« Mein Vater war eher der zaghafte Typ und hatte weniger unternehmerischen Ehrgeiz als der Kohanim. In der Religion wie auch im Leben wollte mein Vater lieber am Bewährten festhalten. Dieses Projekt fand er zu kühn, ja sogar *tollkühn*. Wie es seine Art war, brachte er alles Denkbare und Undenkbare vor, was dagegen einzuwenden war. Jedes Risiko erschien bei ihm wie durch eine Lupe zehnfach vergrößert. Samuel hörte ihm mit der Langmut eines Arztes zu, dem ein Hypochonder sämtliche eingebildete Leiden klagte. Über die Zeit gewöhnte sich mein Vater an den Gedanken, ja er erwärmte sich langsam für dieses Wagnis, zumal man so den alten Konkurrenten Bukofzker überflügeln könnte. »Dem werden wir mal ordentlich einheizen!«

Unter der Bedingung, dass künftig neben dem Thema »Else« auch das Thema »Franziska« auszusparen sei – Franziska war Samuel Kohanims Tochter, die in wilder Ehe mit einem Juden in Berlin lebte –, fanden die beiden Partner wieder zusammen. Dass Samuel seine

»gefallene« Franziska damals nicht wenigstens enterbt hatte, empfand mein Vater zwar nach wie vor als einen Skandal, nur verkniff er sich fortan jede weitere Bemerkung dazu.
Nur mit einem Weltkrieg und seinen Folgen für Westpreußen hatte niemand gerechnet.
Zu Ostern, im April 1919, wurde der Kompagnon meines Vaters und zugleich der geistige Vater der hochfliegenden unternehmerischen Pläne mit seiner Frau Mindel in ihrem Gutshaus ermordet aufgefunden. Ob es sich bei der Tat in den Wirren des Nicht-mehr-Deutschland und Noch-nicht-Polen im Chaos der Nachkriegszeit in Westpreußen um einen Raubmord gehandelt hatte, oder ob die Kohanims Opfer eines Pogroms von deutschen oder polnischen Nationalisten geworden waren, konnte nie aufgeklärt werden. Allerdings legte das Datum ihres Todes einen Pogrommord nahe. Zu Ostern nämlich schwebten Juden in Polen von jeher in Lebensgefahr. Bevor die Preußen das vormals polnische Land im 18. Jahrhundert besetzten, war es Juden im Bistum Kujawien zu Karfreitag »zur Aufrechterhaltung der öffentlichen Ordnung« sogar bei Androhung von zwanzig Stockhieben verboten, auf die Straße zu gehen. Nun kehrte dieser Teil Westpreußens offenbar »zur Natur zurück«, wie mein Vater bitter kommentierte. Schwetz wurde wieder polnisch und nannte sich fortan Świecie.

Im Herbst 1932 machten meine Mutter, Rosalie Segall, geborene Salomon, und ich uns daran, nach sechshundert Jahren Ansässigkeit unserer Familie in Schwetz / Świecie, unsere alte Heimat in Westpreußen und Polen zu verlassen. Diesen »Rückzug ins Reich« hatten alle anderen Angehörigen nach dem Doppelmord an Mindel und Samuel Kohanim spätestens bis 1921 vollzogen. Nur wir nicht.

»Nun haben wir auch ›Heimat‹ im Plural«, meinte meine Mutter spitz. Der Grund für unseren späten Umzug war, dass mein Vater bei seinen Fabriken in Schwetz / Świecie bleiben wollte, ich aber im neuen Polen nicht für das Gymnasium zugelassen werden sollte. In der ultranationalistischen polnischen Republik gab es in bestimmten Landkreisen mit einem hohen Anteil an »nicht-polnischer Bevölkerung«, also Juden, Deutsche, Ukrainer und Kaschuben, eine Zulassungsbeschränkung für Minderheiten von zehn Prozent für die Gymnasien und Universitäten.

Selbst wenn ich heute die Augen schließe, ist das Schönste, an das ich mich aus meiner Grundschulzeit erinnere, der wunderbare polnische Sommer mit seiner überreichen Fülle an wogenden Weizenfeldern, Zinnien, Levkojen, Akelei, Rittersporn, Stockrosen, Dahlien, Obst und Feldfrüchten. Auf den vor Hitze flirrenden Kornfeldern mähten die Schnitter mit zischenden Sensen das Korn nieder, mitsamt den glühenden Kolonien von Klatschmohn und Kornblumen. Auf die halbnackten Männer brannte gnadenlos die Sommersonne, so dass ihre Körper krebsrot bis dunkelbraun im Schweiß glänzten. Darüber jubelten hoch oben am Himmel die Lerchen. Allerdings hatten wir Jungs für solche Betrachtungen keinen Sinn. Für uns waren damals die großen Graswurzelschlachten nach Schulschluss das Wichtigste. Meist fing es damit an, dass die polnischen Kinder die als Minderheit verbliebenen deutschen, kaschubischen und jüdischen Kinder schmähten und mit Dreck bewarfen. Aufgrund unserer deutschen Sprache verbündeten wir kaschubischen, jüdischen und »volksdeutschen« Kinder uns schnell gegen den gemeinsamen »polnischen Feind«. Zusammen waren wir gleich stark und wussten uns gut zu wehren. Nicht selten schlugen wir unsere polnischen Angreifer unter Triumphgeheul in die Flucht. »Vaterlandsverräter!«, schmähten uns die kleinen Polen dann erbittert. Höhnisch brüllten wir »Scheißpolacken!« zurück und grüßten sie dazu laut furzend mit entblößten Hinterteilen. Oft kam ich damals mit zerrissenen Kleidern, zerfetzten Schulutensilien, aufgeschlagenen Knien oder einer klaffenden Wunde am Kopf heim, schmutzig wie ein Gassenjunge, aber stolz.

Mein Vater, der mit seinen Sägewerken, der Möbelfabrik und der Papiermühle mittlerweile zum größten Arbeitgeber der Region aufgestiegen war, nahm mich daraufhin aus der Volksschule. Schließlich war ich der Universalerbe, und seinen Kronprinzen wollte er plötzlich in Watte packen. Außerdem war er der Ansicht, dass ich künftig »Distanz zum Pöbel« halten sollte, da ich in nicht allzu ferner Zukunft der Dienstherr »dieses Pöbels« werden würde.

So langweilte ich mich fast zu Tode, falls ich nicht gerade las oder meine Umgebung so intensiv beobachtete, als examinierte ich alles wie unter einer Lupe. Keine Kleinigkeit, noch nicht mal ein Wimpernzucken, entging meiner Wachsamkeit und meinem gnadenlosen Blick. Das wurde ein so arges Laster, dass das Personal anfing, sich zu beschweren. Bald fand ich heraus, wie ich meinem Drang, alles um mich herum intensiv zu beobachten, weiter nachgehen konnte, ohne dabei aufzufallen: Am besten ging dies mit einem Buch vor der Nase. Vormittags unterrichteten mich drei Privatlehrer, die am Nachmittag meinem Vater im Kontor bei der Buchhaltung oder der Korrespondenz auf Deutsch oder Polnisch aushalfen. Diese Privatlehrer blieben mir als verschrobene, hagere Einzelgänger in schlecht sitzenden Anzügen im Gedächtnis. Tiefe Magenfalten von den Nasenflügeln zu den Mundwinkeln zeichneten ihre Gesichter. Dazu hatten alle drei den erloschenen Blick von Besiegten. Worin ihre Niederlagen bestanden hatten, war mir damals noch nicht klar. Ich verschwendete aber auch keine Gedanken daran, denn sie ließen mich so gnadenlos büffeln, als wollten sie Rache für alle Niederlagen im Leben an mir nehmen. Das hatte nur den willkommenen Nebeneffekt, dass ich die Aufnahmeprüfung für das Gymnasium als Jüngster der Kreisstadt sogar im schwierigen Fach Polnisch mit Glanz bestand. Trotzdem blieb mir wegen der »Judenquote« der Zugang zu höherer Bildung verwehrt. Die privaten deutschen Gymnasien waren überfüllt, nahmen zudem keine »Undeutschen« mehr auf, weder Polen, Kaschuben noch Ukrainer – und Juden schon gar nicht. Bestimmt wäre es für meinen Vater ein Leichtes gewesen, dieses Manko mit etwas Bestechung oder mit einer großzügigen Spende auszugleichen. Doch dazu war er zu stolz. Die Segalls hätten – wie all die Jahrhunderte zuvor – eher Hunger und Verfolgung klaglos ertragen, als von Bildung, Diplomen und Zeugnissen ausgeschlossen zu sein. Vielen meiner anderen »nicht-polnischen« Kameraden aus der Schulzeit erging es nicht besser. So trafen wir uns nach den großen Ferien 1932 unversehens im Schnellzug nach Berlin wieder. Wegen unserer Eltern, die sehr auf Abstand zu Juden – und meine Mutter umgekehrt zu Nichtjuden – bedacht waren, kam es im Zug nicht zu einer spontanen Verbrüderung, wie draußen auf unseren »Schlachtfeldern«. Unsere alte Kumpanei musste wie üblich außer Sichtweite unserer Erziehungsberechtigten stattfinden. Nach der anfänglichen Befangenheit, hauptsächlich wegen der guten Sonntagsanzüge, und immer auf der Hut vor den erschöpften, mäßig wachsamen Eltern tobten wir aber bald auf den Gängen und auf den gefährlich schwankenden Plattformen zwischen den Waggons herum. Damals ahnten wir noch nicht, dass wir uns nie wiedersehen würden.

*

Mit vier Möbelwagen zog meine Mutter mit mir am 1. September 1932 in eine geräumige Wohnung in der Beletage in der Berliner Regensburger Straße. Trotz ihrer Ehe mit meinem Vater, dem »polnisch naturalisierten« Zacharias Segall, hatte meine Mutter »zur Sicherheit« ihre deutsche Staatsangehörigkeit behalten. Somit war auch ich Deutscher. Dank der Weitsicht meiner Mutter waren wir gegen bürokratische Querelen und eine Ausweisung, die viele Juden aus dem damaligen Polen befürchten mussten, gefeit. Während die Ziehleute in ihren Lederschürzen Mobiliar, Teppiche, Lüster, Leuchter und unzählige Kisten und Kästen entluden, staunte ich nur, dass sich die Berliner Portiers und Hausmeister sofort mit Handfeger und Müllschippen auf die Pferdeäpfel stürzten. Was die mächtigen holsteinischen Zugpferde fallen ließen, war in Berlin sehr wertvoll. Man stritt sich sogar um den Pferdemist. Das war mir neu. Den Rössern offenbar auch. Verwundert wandten sie immer wieder die Köpfe, während sie weiter ihren wohlverdienten Hafer malmten. Mein Gymnasium war ein pompöser Bau und lag nur einen Katzensprung entfernt. Das ehemalige Joachimsthalsche Gymnasium sah aus wie ein gelber römischer Renaissancepalast. Zur Kaiserzeit galt es als die Eliteschule des Reiches und war deshalb für meine snobistische Mutter »comme il faut«. Der prächtige Viktoria-Luise-Platz mit der großen Fontäne wurde mein neuer Spielplatz, der Hausmeistersohn Hansi mein neuer Freund. Die Schule machte mir Spaß, vor allem, weil ich nun endlich Klassenkameraden hatte. Mit vielen freundete ich mich an, so dass ich meine Freunde aus Schwetz rasch vergaß.

Alle zwei Wochen reiste mein Vater zu Schabbes aus Polen zu uns nach Berlin. Plötzlich benahm er sich übertrieben herrisch. Er meinte, dass mir die strenge väterliche Hand und »männliche Zucht« fehle. Ständig machte er mir oder meiner Mutter Vorwürfe, ich würde »kiebig«, ja, »obstinat« werden. Wenn das so weiterginge, müsse ich zurück nach Schwetz kommen, schnauzte er mich eines Tages an. Ich rief frech zurück: »Janz Berlin is eene Wolke! Nie im Leben jeh ick wieda nach Schwetz, wo sich Fuchs und Hase jute Nacht sagen!«

»Das hast *du* gar nicht zu bestimmen, du Grünschnabel!«, brüllte mein Vater. »*Du* aber auch nicht!«, schrie ich zurück, denn ich vertraute auf das Deutschtum meiner Mutter. Dafür handelte ich mir zwei saftige Backpfeifen ein. Allerdings ahnten wir nicht, wie recht wir beide haben sollten.

Die einzigen Berliner Tanten, die meine Mutter gerade noch akzeptierte, waren Tante Martha, die einen Richter geheiratet hatte, und Tante Fanny. Tante Fanny und ihr Mann Gerson, einer von den Segals mit einem l, führten einen großen Nähereibetrieb für Damenkonfektion in der Leipziger Straße, zu dem noch mehrere Zwischenmeistereien gehörten. Selbst wenn ich mich später seltsamerweise nicht mehr an das Gesicht meiner Mutter als Ganzes erinnern kann, weil es sich mir wie ein missglücktes Foto mit zu langer Belichtungszeit nur verschwommen im Kopf zusammensetzt, so erinnere ich mich an meine Mutter in toto als eine recht aparte Erscheinung. Sie war sehr schlank, mittelgroß, hatte die zarte Haut einer Rothaarigen, auf der sich mit Beginn des Frühlings die Sommersprossen mehrten. Allerdings hatte der Allmächtige bei der Mischung der Haarfarbe im letzten Moment seine Absicht geändert. Anstatt des erwartbaren Kupfer- oder Tizianrots hatte er ihr ein braves Kastanienbraun verpasst. Ich erinnere mich nur, dass ihr Gesicht von ihrem aufgeworfenen Mund bestimmt wurde, der sie immer entrüstet aussehen ließ. Im Grunde war sie auch ständig über alles Mögliche empört, mindestens konsterniert. Unter ihren hohen, schmal gezupften Augenbrauen wohnten kühle graugrüne Augen, die den teilnahmslosen Ausdruck einer gelangweilten, satten Katze hatten. Zum Besuch der Sabbatfeier, ob mit oder ohne vorherigen Synagogen-

besuch mit den akzeptablen Berliner Tanten, begann sich »Maman«, wie ich sie seit unserer Ankunft in Berlin nennen musste, bereits freitagmittags nach einem ausgedehnten Bad »zu pudern und zu wedeln«, wie sie immer sagte. Dieses Ritual hat sich mir in seinen Einzelheiten nahezu fotografisch eingeprägt. So faszinierte es mich als Junge, wie viel Eifer und Zeit Frauen auf ihr Äußeres verschwendeten. Erst später als junger Mann begriff ich, dass anders als bei Männern bei Frauen oft das Äußere über ihr Schicksal entscheidet. Neben der Mitgift erhöht ein gutes Aussehen ihre Chancen auf dem Heiratsmarkt. Schon deshalb hatte ich später Mitleid mit den Frauen. Die biologischen Beschwernisse und Risiken der Weiblichkeit waren mir damals noch nicht so klar. Allerdings fragte ich mich damals schon: Wie kann man bloß so leben?
Allein schon deshalb beobachtete ich meine Mutter häufig mit dem Interesse eines Ethnologen, der eine fremde Kultur mit seltsamen Bräuchen studiert. Die erstaunliche Prozedur meiner Mutter begann mit feinem amerikanischem Puder der Firma Coty, dann wurde etwas Rouge aus einem winzigen Glastiegel auf die Wangen getupft. Mit weit aufgerissenen Augen trug sie etwas Wimperntusche auf, die sie mit einem Bürstchen von einem schwarzen Stein abrieb, auf den sie vorher mehrmals gespuckt hatte. All das geschah mit feierlichem Ernst, als wäre es eine religiöse Zeremonie. Lippenstift dagegen verabscheute sie. Ihrer Meinung nach malten sich nur Prostituierte die Lippen rot an. Anschließend tupfte sie etwas Patchouli, Maiglöckchen oder Lavendel hinter die Ohren, fertig. Zum Schluss schlüpfte sie

hinter dem Paravent in ihre Unterwäsche, Mieder, Hüftgürtel und seidenen Unterrock. Währenddessen spielte ich Schiffchen mit der Haarbürste aus Elfenbein und Silber zwischen den geschliffenen grünen Flakons und Schalen auf der Frisiertoilette, in deren geschliffenem Bleikristall ich Maman vor dem großen Spiegel beobachtete und mich darüber freute, wie sie durch die Spektralfarbbrechungen gelbe, grüne, rote und violette Schatten bekam. Als sie an jenem denkwürdigen Tag die rosenholzfarbene Bluse aus matter Seide und ihr Leinenkostüm nebst der schwarzgrauen Südsee-Perlenkette angelegt und sich die Nähte der Seidenstrümpfe gerichtet hatte, sie endlich in die grauen Schlangenlederschuhe geschlüpft war, war ich an der Reihe. Meine speckige Sepplhose musste ich gegen einen Anzug aus schwerem marineblauem Samt tauschen, in dem mir sofort der Schweiß ausbrach. Dann legte sie mir den nach Patchouli duftenden Frisierumhang um und striegelte mir mit der Elfenbeinbürste mein widerspenstiges Haar mit Klettenwurzelöl, das so penetrant süßlich roch, dass ich an den Eintänzer aus dem Hinterhaus denken musste. All das ließ ich klaglos über mich ergehen, denn Widerstand war ohnehin zwecklos. Zu guter Letzt band sie mir eine affige Seidenfliege um und setzte mir feierlich die marineblaue Kippa mit dezent silbergesticktem Davidstern auf. Die weißen Kniestrümpfe zu schwarzen Lackschuhen rundeten meinen Aufzug ab. So gut es ging, vermied ich den Blick in den Spiegel. Meine Zurichtung mochte ich nicht noch mitansehen und suchte lieber nach den Spektralfarben am geschliffenen Spiegelrand. Sobald der Frisierumhang in der Frisierkommode verstaut war, setzte Maman ihren Hut mit dem kleinen grauen Schleier, den Mouches und der kecken seitlichen Feder auf. An der Flurgarderobe griff sie sich die Handtasche aus grauem Schlangenleder, auf deren Vorderseite der Kopf der Schlange plastisch hervorgehoben prangte. Mich reizte es immer, der Schlange die grün funkelnden Glasaugen auszukratzen.

Wie auch immer ich zu dem ganzen Weiberkram stand, selbst ich als Junge erkannte, dass meine Mutter für eine »Provinzlerin« im Vergleich zu den Berliner Damen über eine ebenbürtige großstädtische Extravaganz verfügte. Zugegeben, heimlich war ich auch stolz, eine so elegante Mutter zu haben: Die Mütter meiner Mitschüler wirkten neben ihr wie Eisenten oder Puten neben einem Schwan.

Nach dem Aufklinken der Wohnungstür lächelte sie mir aufmunternd zu. Dabei legte sie die unerlässlichen weißen Wildlederhandschuhe an, die immer einen leichten Geruch von Waschbenzin verströmten. So konnte man sich ihrer Meinung nach vor der Welt sehen lassen. Ich betete bloß, dass weder mein Freund Hansi noch meine Klassenkameraden mich als derart ausstaffierten Lackaffen sahen.

Am Vortag zu Jom Kippur 1932 hatte sich Maman noch sorgfältiger als sonst herausgeputzt, so dass ich in der Zwischenzeit drei große Kreuzworträtsel lösen konnte. Sie schien aufgeregt, vermutlich weil sie sich wohl das erste Mal über die ausdrücklichen Weisungen meines Vaters hinwegsetzte und etwas nach eigenem Gutdünken tat. An diesem Tag musste sie erneut an das gestörte Verhältnis zwischen mir und meiner siebzehn Jahre älteren Halbschwester Else denken und nahm Elses freundliche, zur Versöhnung mahnende Karte zu Jom Kippur in die Hand. Dabei ärgerte sie sich über meinen Vater. Zum höchsten jüdischen Feiertag wollte er erst einen Tag später kommen, was für einen religiösen Mann ziemlich ungehörig war. Mitten in ihren Groll hinein klingelte das Telefon. Am Apparat war Else, als hätte sie einen telepathischen Befehl empfangen. Sie wünsche sich *sehnlichst*, endlich ihren kleinen Halbbruder Johannes und auch sie, Rosalie, ihre Quasi-Schwägerin, kennenzulernen!

Über die »Quasi-Schwägerin« kicherten sie beide spaßhaft, um das Eis zu brechen. Der Vortag zum Versöhnungstag wäre doch ein guter jüdischer Anlass zur Wiederaufnahme der verwandtschaftlichen Beziehungen, fand Else.

»Ich weiß nicht, ob ich das so ohne meinen Mann ...«, setzte meine Mutter verlegen an. Dabei bekam sie eine piepsige Kleinmädchenstimme. Diese Piepsstimme hasste ich, ihr Kindchengetue fand ich würdelos und peinlich.

»Papperlapapp!«, hörte ich die Frau am anderen Ende des Drahtes lachen. Meine Mutter hatte nämlich die Angewohnheit, zur Schonung ihrer Frisur den Hörer immer einige Zentimeter vom Ohr entfernt zu halten, so dass man hervorragend mithören konnte.

»Wir beide und der Junge haben doch keinen Konflikt!« Angestrengt lauschte ich weiter. »Euch gab es damals noch nicht in der Familie. Folglich gilt der Bann meines Vaters auch nicht für euch, sondern nur für die *frü-*

here Familie, alle Segalls und meine selige Mutter Ruth und ihre Familie, die Guthmanns! Außerdem ist das ewig her, und wir haben Jom Kippur, wo selbst der Allmächtige uns Juden den Tanz um das Goldene Kalb vergab. Also, was Haschem recht ist, sollte dir doch billig sein«, warb Else gurrend vom anderen Ende der Leitung. »Gerade gestern habe ich mit dem Rabbiner über den Fall gesprochen. Der sieht das genauso! Du kannst dich also auch auf das Urteil eines Rabbiners berufen, wenn es dir hilft. Also, bitte kommt! Morgen ist doch Jom Kippur, unser Versöhnungstag!«
Neben der Neugier auf die verfemte Kofferfabrikanten-Gattin, mit der sie angeheiratet verwandt und die mit mir sogar blutsverwandt war, lockte sie, dass »die feine Else Dahnke« in der Nähe wohnte und sich so vielleicht eine Freundschaft anbahnen könnte. Meine Mutter kannte ja niemanden in der Nachbarschaft, der nach ihren Maßstäben »ebenbürtig« war. In Wahrheit kannte sie auch sonst niemanden in ganz Berlin. Auch wenn sie es nicht zugab, litt sie darunter sehr. In ihrem Dünkel begriff sie ihre Vereinsamung als Vorrecht einer Königin. Dazu passte, dass sie an jedem etwas auszusetzen hatte. Von den Kohanim-Schwestern erschien ihr nur die ehrbare Schneidergattin Fanny Segal als eine Frau ohne Fehl, obgleich sie *arbeitete*, was sich ihrer Meinung nach für eine Frau ganz und gar nicht schickte. Das lastete sie allerdings Fannys Ehemann an. Die anderen Kohanim-Schwestern: die *geschiedene* (!) Elsbeth von Strachwitz, die »Amazonen-Elli«, mit dem Sportgeschäft in der Potsdamer Straße, wollte sie auch lieber nur vom Wegsehen kennen; nicht zu reden von Mar-

tha Hartmann, seit ihr Mann, der Gerichtspräsident, zu einem »Apigores«, zu einem echten Abtrünnigen, geworden war: Durchdrungen von seinem neuen Preußentum, hatte der sich sogar evangelisch taufen lassen! Im Überschwang des Konvertiten wollte er nun auch seiner Frau den Kontakt zur jüdischen Mischpoche[3] verbieten. Vollkommen ausgeschlossen war für meine Mutter jeder Umgang mit der *skandalösen* Franziska, der nachgesagt wurde, ihren ersten jüdischen Mann, Willy Rubin, mit einem Pilzgericht oder mit Rattengift ermordet zu haben. Um den Skandal perfekt zu machen, lebte Franziska seither als »lustige Witwe« im proletarischen Berliner Wedding mit einem gojischen Klempner in einem »Bratkartoffel-Verhältnis«.
Nach dem Verständnis meiner Mutter hatten alle Frauen aus der Familie meines Vaters, insbesondere die Kohanim-Frauen, »einen Webfehler« und galten ihr als »eine vollkommen meschuggene Mischpoke!«
Trotz alledem keimte bei meiner vereinsamten und gelangweilten Mutter damals die Hoffnung auf, über Else wenigstens ihren Bekannten- und Verwandtenkreis in Berlin standesgemäß zu erweitern. Die Aussicht, mit einer ebenbürtigen Dame wie Else auf dem nahen Kurfürstendamm konditern zu gehen, lockte sie. Sie malte sich in Gedanken aus, wie sie mit mir, dem »Filius«, zu einer Verwandten »von Rang« von der Regensburger Straße zur nahen Rankestraße durch stille baumbestandene Straßen und Alleen spazieren würde, wo Zwergpalmen zwischen Blumenkästen voller Geranien und Petunien ihren Weg flankieren und ihr Kindermädchen im Schmuck ihrer Spreewaldhauben mit

ihren Schutzbefohlenen begegnen und wie Dorfmädchen vor der Herrschaft unbeholfen knicksen würden. »Comme il faut!«

Solchen Träumereien nachhängend, drückte meine Mutter zaghaft den Klingelknopf am blankpolierten Messingschild »Dahnke«. Eine Zugehfrau mit weißem Häubchen und weißer Schürze öffnete und führte uns in den Salon, aus dem schon das Stimmengewirr weiterer Gäste drang. Das gab meiner Mutter einen Dämpfer. Sie war zu diesem heiklen Antrittsbesuch in der Annahme gekommen, *exklusiv* mit mir eingeladen worden zu sein. Ehe sie darüber weiter fremdeln konnte, kam meine Halbschwester strahlend auf einer Bugwelle von entwaffnender Herzlichkeit auf uns zu gerauscht. Vorsichtig drückte sie meine Mutter, mich als ihren kleinen wiedergefundenen Halbbruder entsprechend ausgiebiger. Automatisch machte ich mich steif wie ein Brett. Nachdem ich endlich freikam, brav vor allen Tanten meinen Diener gemacht hatte, suchte ich, um weiteren Zugriffen der Tanten mit Tätscheln, Herzen und Küsschen zu entgehen, instinktiv die Nähe des einzig männlichen Wesens unter den Gästen, die von Benno Rubin.
Im Schlepptau seiner Mutter Franziska war Benno zu diesem Treffen ebenso widerwillig aus dem roten Berliner Wedding mitgelotst worden wie ich und langweilte sich nun demonstrativ. »Nur deinetwegen habe ich mich überhaupt breitschlagen lassen«, maulte er mich vorwurfsvoll an. Offenbar war er enttäuscht, dass ich noch ein Kind war, und blickte abschätzig zu mir

runter. Dazu konnte ich nur mit den Schultern zucken und ließ mich dann durch die großbürgerliche Wohnung treiben, soweit die offenen Türen dazu einluden. Im angrenzenden Herrenzimmer stand auf einem Extratisch mit schmiedeeisernen, gebogenen Beinen ein protziges Schachspiel mit weißen und schwarzen Marmorfiguren auf einem Feld aus Perlmutt- und Ebenholz-Intarsien. Die feine Ausarbeitung der blankpolierten Bauern, Pferde, Türme, Damen und Könige erregte sogleich mein Interesse. Neugierig betrachtete ich die kleinen Kunstwerke auf dem Brett von allen Seiten. Maschinell oder Handarbeit? Sicherlich war mir anzusehen, dass ich sie zu gern in die Hand genommen hätte. Doch ich wagte es nicht. Für solche Eigenmächtigkeiten und Übergriffe in einer fremden Wohnung war ich einfach zu wohlerzogen. Also verschränkte ich brav die Hände auf dem Rücken und beugte mich zu den Figuren nieder, bis ich sie fast mit der Nase berührte.
»Kannste?«, fragte mich Benno von hinten und wies mit dem Kopf zum Spiel. »Na ja, so 'n bisschen!«, gab ich kleinlaut zurück und wurde rot. »Na, prima! Dann sterben wir hier wenigstens nicht vor Langeweile, sondern nur beim Schachmatt am Brett! Du nimmst Weiß und hast den ersten Zug!«
Etwas unsicher, ob sich das schickte, sah ich mich um. Mein großer Cousin setzte sich aber mit einer solchen Selbstverständlichkeit ans Spielbrett, dass ich mich ebenfalls dazu aufgefordert fühlte. Die Partie begann ich mit einer klassischen Spanischen Eröffnung. Danach hielt mich an das Spiel eines russischen Großmeisters, das ich kürzlich in einer Zeitschrift neben der

Rätselecke entdeckt hatte. In fünfzehn Minuten war mein fast zehn Jahre älterer Cousin Benno schachmatt. Benno blieb vor Staunen der Mund offen stehen.
»Du kleenet Luder, bist wohl so 'n kleenet Schachgenie, oder wat?! Nun gut, ich habe nicht gewusst, dass du wie ein Großer spielen kannst, und wollte dich gewinnen lassen!«
Ich lächelte fade zurück: »Das sagt mein Vater auch immer.«
»Ooch noch kess werden, wat? Dann wollen wir doch mal sehen – ich fordere Revanche!«
Inzwischen hatte Else uns wohl schon zweimal zu Tisch gerufen, ohne dass wir reagiert hatten. Um die angespannte Atmosphäre zwischen Benno und mir aufzulockern und von Bennos Niederlage durch einen Dreikäsehoch abzulenken, zwitscherte Else übertrieben frohgemut: »Hach Benno, du hast ja einen Marienkäfer auf dem Kopf! Ein Herrgottskäfer um diese Zeit, zu Jom Kippur, auf euren Köpfen ist ein Zeichen des Segens! Kommt doch jetzt endlich zu Tisch!«
Im riesigen Berliner Zimmer, das Else immer als ihren »Tattersall«, ihren Reitstall, bezeichnete, stand eine lange Festtafel für vierundzwanzig Personen. Nur der obere Teil der Tafel war mit Tischtüchern und Servietten aus schwerem Damast, festlichem Meißen-Porzellan, dem guten Tafelsilber und den Silberleuchtern eingedeckt. Denn es gab nur sechs Gäste: Franziska mit Sohn Benno Rubin, deren Schwester Fanny Segal, dann die Sportskanone der Familie Kohanim, die geschiedene Elsbeth von und zu Strachwitz, genannt »Amazonen-Elli«; meine Mutter Rosalie Segall, nebst meiner

Wenigkeit und die Gastgeberin Else Dahnke nahmen sich in diesem Saal verloren aus. Mich erinnerte das an alte Stummfilme, an Schauergeschichten in englischen Schlössern. Bei Else fehlten nur die Tierköpfe, die Geweihe, die blanken Säbel an den Wänden und die Ritterrüstungen in den Ecken.
Feierlich klopfte Else an ein Weinglas. Darauf wurde es sehr still und ziemlich förmlich. Alle nahmen unwillkürlich Haltung an. Etwas geschraubt stellte Else meine Mutter und mich allen ausführlich vor. Ihrer Stimme merkte man an, wie sehr sie die Teilversöhnung mit ihrer Familie bewegte. Aber auch etwas Triumph schwang dabei mit. Betont würdevoll dankte meine Mutter Else und fügte bescheiden hinzu, wie glücklich sie und »ihr Johannes« doch seien, ihren Teil der Mizwa zum bevorstehenden Tag der Versöhnung beitragen zu können. »Le Chaim!«
Die verrufene Tante Franziska stöhnte dazu leicht auf. So viel Bravheit und tugendhaftes Getue war für sie einfach zu viel des Guten. Sie blinzelte mir zu und zog mit dem Zeigefinger verschwörerisch das Augenlid herunter. Nur Else verzog tadelnd den Mund. Unwillkürlich musste ich lachen. Anders als alle anderen Tanten pfiff meine »unmögliche« Tante Fränze demonstrativ auf die ganze Wohlerzogenheit und die Konventionen. Offensichtlich gefiel sie sich in der Rolle des Enfant terrible der Familie, und ich bewunderte sie dafür. Dass die sich das traut, staunte ich. Noch mehr verblüffte mich, dass niemand sie zurechtwies oder Missfallen signalisierte. Kam sie mit ihrer Frechheit durch, weil alle ihre scharfe Zunge fürchteten? Darum beobachtete

ich sie intensiv weiter. Den Mechanismus ihrer Chuzpe wollte ich genauer untersuchen: Wie schaffte es Tante Fränze, dass die allgemeinen Regeln für sie nicht galten und sie sich ungestraft über alle und alles lustig machen konnte? Warum hatte meine Mutter nicht diesen Mut, diese Chuzpe?

Wie zur Antwort spreizte Tante Franziska übertrieben geziert den kleinen Finger beim Halten der Kaffeetasse ab. Damit karikierte sie heimlich die übervornehm beim Kaffeetrinken gespitzten Münder der anderen Tanten. Die taten so, als bemerkten sie es nicht. Vielleicht wollten sie bewusst darüber hinwegsehen, entweder aus Höflichkeit oder aus Angst? Nur ihr Sohn Benno verdrehte die Augen.

»Kommt Walter eigentlich noch?«, fragte Else gedehnt, um von den Ungezogenheiten ihrer Cousine abzulenken. An Franziskas Stelle, die nun dramatisch zur Zimmerdecke starrte, antwortete Benno: »Walter ist auf der Rheinland-Rundfahrt und macht sich Hoffnungen auf einen Lorbeerkranz und die Siegprämie!«

»Ach, dieser elende Sport!«, fiel ihm Fränze ins Wort. »Nie ist Walter da! Aber besser, der fährt irgendwo mit dem Rennrad herum, als zu den elenden roten Parteiversammlungen zu rennen oder sich mit diesem braunen Gesockse Saalschlachten zu liefern!« Dabei sandte sie Benno einen scharfen Blick über den Tisch.

Zur nächsten Schabbesfeier im Hause meiner Halbschwester Else traf ich endlich mein heimliches Idol, meinen Cousin Walter Kohanim-Rubin. Bisher kannte ich ihn nur aus der Zeitung.

Es war Freitag, der 3. Februar 1933. Der Sabbat nach Hitlers Machtergreifung. Bereits am Montag, gleich am Nachmittag der Machtergreifung Hitlers, war Franziska mit beiden Söhnen ohne Vorwarnung bei ihrer Cousine Else aufgekreuzt. »Die sind einfach so reingeplatzt!«, flüsterte Else uns bedeutungsvoll zu.
Ja, und wenn schon?, dachte ich mir. Doch Walter und Benno hatten kleine Köfferchen dabei, wie ich zu meiner Überraschung feststellte. Wieso kommt jemand, der in Berlin wohnt und jemanden in Berlin besucht, mit einem *Koffer*? Walter fing meinen fragenden Blick auf ihr Gepäck im Gästezimmer auf.
»Wir müssen mal für eine Weile *verduften*!«
Den Ausdruck kannte ich Landei noch nicht, darum guckte weiter ratlos drein.
»Uns *verdünnisieren*!«, raunte er mir dann in verschwörerischem Ton zu. Das kam auch nicht in meinem Wortschatz vor. Allerdings konnte ich mir die Bedeutung intuitiv herleiten. Wieder das mit Zeigefinger heruntergezogene Augenlid. »Holzauge, sei wachsam, verstehste?! Und bei Kofferfabrikantens sucht uns jarantiert keener!«
»Aber was habt ihr denn gemacht?«, fragte ich entgeistert.
»Nischt!«, riefen Walter und Benno wie aus einem Munde. »Das ist es ja!«, lachten beide bitter. »Leider!«
Den Witz verstand ich auch nicht recht und zog die Stirn kraus. »Mensch, Kleener, wir sind Kommunisten, und die Nazis sind jetzt an der Macht und hinter uns her«, erklärte mir Walter mit gedämpfter Stimme.
»Aber keen Wort zu deiner Mutter, hörste?!«

Ich nickte beeindruckt: »Großes Indianer-Ehrenwort!«
Da meine Mutter Franziska und ihre Familie mied, was für mich einem Kontaktverbot gleichkam, las ich über meine fabelhaften Cousins etwas später wiederum bloß in der Zeitung. In einem Artikel in der »Vossischen Zeitung« ging es um eine rote Fahne, die Walter wohl mithilfe seines Bruders Benno aus Protest gegen das Verbot der Gewerkschaften und zur Freude der Oppositionellen zum 1. Mai 1933 am höchsten Fabrikschornstein der Stadt aufgepflanzt haben sollte. Die Flagge des Protests und Widerstandes konnte erst eine Woche später von dem aufgeheizten Schornstein entfernt werden. Halb Berlin lachte sich ins Fäustchen. Nur meine Mutter schämte sich wieder einmal für diese Mischpoche, die ihr eher im berlinischen Wortsinn eine »Mischpoke«[4] denn eine normale Familie zu sein schien.

»Das wird alles auf uns Juden zurückfallen«, unkte sie. Doch von nun an vergötterte ich meine Cousins. Sie wurden meine Helden. Beide. Zu gern wäre ich zur Gerichtsverhandlung gegangen, denn es waren gerade Ferien. Doch mit meiner Mutter war darüber nicht zu reden. Die republikanischen, egalitären oder gar linken Ideen, die Franziska und ihre Söhne in verschiedenen Abstufungen hegten, lehnte sie aus tiefstem Herzen ab. Als standesbewusste Fabrikantengattin war sie ohnehin der Meinung, dass jeder in der Gesellschaft am besten an seinem Platz bleiben solle. Dazu zitierte sie nur zu gern den französischen Philosophen Blaise Pascal: »Das ganze Unglück der Menschen rührt allein daher, dass sie nicht ruhig in einem Zimmer zu bleiben vermögen!« Maman hätte es sogar begrüßt, wenn man die Menschen entsprechend ihrem Stand kennzeichnen würde, etwa so, wie man Dinge mit Preisschildern versieht, so wisse man, wen man da genau vor sich habe, erklärte sie ernsthaft. Ohne sich dessen bewusst zu sein, deutete sie das Wort des gelehrten Franzosen um: Sie war der Ansicht, der ganze Unfriede in der Welt käme zusätzlich dadurch zustande, dass der Pöbel einfach nicht an seinem natürlichen Platz bleibe und von der Obrigkeit nur unzureichend in seine Schranken gewiesen werde. Selbst meinem erzkonservativen Vater gingen ihre Ansichten zu weit.

»Weiber! Sollen wir Juden dann vielleicht auch noch einen Stern am Revers tragen, Rosalie?! Was für ein Unsinn! Und jetzt dürfen Frauen hier im Reich sogar noch wählen! Das ist das Ende!«

Gleichwohl bedauerte mein Vater als Neu-Pole wider Willen, dass er nicht mehr wie früher »im Reich« deutschnational wählen konnte, doch schlussendlich hatte sich seine Liebe zum Besitz im nun polnischen Świecie als größer erwiesen als seine Liebe zum heißgeliebten deutschen Vaterland. Meine Mutter als deutsche Staatsbürgerin durfte zwar wählen, tat es aber nicht. Jede politische Betätigung empfand sie als unschicklich für eine Frau.

Außerdem war es dazu inzwischen zu spät. Für alle. Willentlich oder unwillentlich. Wissentlich oder unwissentlich.

Johns Passover
London, 1962

Bevor ich erneut in die Themse spucken konnte, hatte ich eine angenehme Seereise an Bord der »Île de France« von New York nach London verbracht.
In der ersten Klasse. Diesen lächerlichen, stillen Triumph der Wiederkehr als »reicher Amerikaner« wollte ich mir nicht nehmen lassen! An jedem der sieben Tage der Überfahrt schien die Sonne, als hätten die Reisenden sie mitgebucht. Für einen September auf See war es unerwartet warm. Die Jacketts hingen über die Stuhllehnen. Die Krawatten waren gelockert, die Hemdsärmel aufgekrempelt, die Damen hatten ihre Stolen abgelegt. Den üblichen Bordbelustigungen wie Shuffleboard, Bingo, Bridge und den Tanztees hatte ich mich erfolgreich entzogen. Meine herausgeputzten Tischdamen beim Captain's Dinner enttäuschte ich durch stiesselige Einsilbigkeit. Ihre Hoffnungen auf einen unvergesslichen Abend machte ich damit zunichte. Seitdem hatte ich meine Ruhe. Sogar die liebestollen Witwen, die auf den Kreuzfahrtschiffen Jagd auf neue Ehemänner machen, stellten mir nicht mehr nach. Irgendwann begriff sogar mein Steward, der wie Jean Gabin aussah, dass mein höchster Komfort in der Ungestörtheit mit einer Flasche Haut-Sauterne bestand. Statt Kurzweil und Geselligkeiten an Bord zu suchen, versuchte ich mir lieber einen Überblick über meine

familiären Verhältnisse zu verschaffen. Ich fertigte Skizzen für einen Stammbaum an, der bis jetzt nur spärlich bestückt war, viele Lücken aufwies und noch mehr Fragen aufwarf. Alles, was ich bisher über das Schicksal meiner Familie wusste, hatte ich durch Briefe meiner älteren Halbschwester Else erfahren. Else hatte mithilfe ihres Mannes Bruno Dahnke die Verfolgung in der Schweiz komfortabel überlebt. Ihr treuer arischer Bruno tat gegenüber den Nazis so, als liefe bereits ein Scheidungsverfahren von seiner jüdischen Frau Else »Sara«. Er war sehr findig, diesen Scheinprozess so zu verkomplizieren, dass das Verfahren von einer langen Bank auf eine noch längere geschoben werden konnte. Wenn nichts mehr half, dann war die Gerichtsakte unauffindbar und musste noch einmal aufwendig rekonstruiert werden, wodurch mindestens wieder acht bis zwölf Wochen gewonnen waren.
Von der neutralen Schweiz aus fungierte meine Schwester Else als »Postamt« für die inzwischen über den Erdball verstreute Familie. Diese geheime Familienkorrespondenz wurde mit der Geschäftspost der Kofferfabrik über das Büro in Basel und von dort unverdächtig über Wien nach Berlin abgewickelt.

Von meiner Mutter hatte ich bei meiner Ausreise nur eine unscharfe Fotografie mit mir als Kleinkind auf dem Arm. Dieses Foto hatte mir meine Mutter zusammen mit dem Kinderpass und den drei Urkunden, einer deutschen nebst einer polnischen Geburtsurkunde sowie meinen jüdischen Bescheinigungen in hebräischer Schrift, die mein Judentum dokumentierten,

in das Futteral meines Brustbeutels zur Ausreise aus Deutschland nach England eingenäht. Es war tatsächlich einer der letzten Kindertransporte, wie ich Jahre später mit Erschrecken festgestellt hatte.
Zu meiner Abreise aus Berlin vom Hamburger Bahnhof hatte Maman mir eingeschärft, dass ich all die Papiere und das Kinderfoto wie meinen Augapfel hüten solle. »Und denk dran: Alles, was du im Kopf hast, kann dir keiner mehr nehmen!« Außer den Kopf!, dachte ich, hielt aber vorsichtshalber die Klappe. Sonst hätte sie mich wieder als altklug und naseweis gerüffelt. Beim Abschied von meiner Mutter überwältigten mich meine Gefühle, aber das wollte ich mir nicht anmerken lassen. Erstens, weil ich ein großer Junge sein wollte, und zweitens aus Rücksicht auf meine Mutter, die hinter ihrem Hutschleier mit zusammengepressten Lippen tapfer mit den Tränen kämpfte. Also riss ich mich zusammen und schaute möglichst finster drein. Außerdem plagte mich damals ein heftiger Stimmbruch, was alle um mich herum immer maßlos erheiterte, darum blieb ich lieber stumm. Naseweisheit und Heulen plus Stimmbruch war keine gute Mischung für einen tragischen Abschied. Ansonsten redete ich mir ein, dass dieser Kindertransport aus Deutschland nach England nur ein großes Abenteuer wäre und bloß der Verbesserung meiner Englischkenntnisse diente. Alle wichtigen Dinge hatten Mutter und ich bereits am Vorabend beredet, so dass am Morgen nur ein beklemmendes Schweigen herrschte, das einem heraufziehenden Verhängnis vorausgeht. Am Bahnhof versprach meine Mutter, bald nachzukommen. Wir beide wussten, dass es eine fromme Lüge war. In der

Schweiz war »das Boot voll«. Alle anderen Hoffnungen, nach Amerika oder England zu gelangen, hatten sich zerschlagen. Außer Plattitüden zum englischen Wetter und dass ich mir immer einen Schal umbinden solle, gab es nichts mehr zu sagen. So blieben wir stumm vor dem Unaussprechlichen, wobei sich die Sekunden unendlich dehnten. Ich starrte nur auf die zitternden Ohrringe meiner Mutter, die abwechselnd in der Sonne aufblitzten. Ich hasste Bahnhöfe. Damals schon.
Erst als meine Mutter anstatt auf Wiedersehen »Leb wohl, mein Junge!« rief, mit einem solchen Schmerz in der Stimme, rannte ich, als der Zug anruckte, auf die Toilette und übergab mich, bis nur noch Galle kam. Der Zug ruckte auch ganz anders als bei meiner Fahrt nach Berlin, irgendwie böse, oder war das bloß Einbildung? Als das Hämmern gegen die Tür der Toilette immer heftiger wurde, spritzte ich mir Wasser ins Gesicht. Für den Rest der Reise wollte ich den Unerschütterlichen und Schweigsamen geben, lesen oder mich unter meinem Mantel verstecken. Doch daraus wurde nichts. Eine verzweifelte Kinderbetreuerin setzte mir eine schreiende Vierjährige auf den Schoß, die ich trösten sollte. Die mir anvertraute kleine Greta war das erste Mal von der Mutter getrennt. In Panik schrie sie verzweifelt, heulte zum Steinerweichen. Immer wieder schlug sie mit den Fäusten auf mich ein.
»Ich will zu meiner Mama!«
»Ich auch«, antwortete ich ruhig.
Verdutzt hielt das Mädchen für einen Moment inne, um danach noch heftiger zu heulen und zu schreien. Obwohl ich im Umgang mit Kleinkindern vollkommen

ungeübt war, gelang es mir schließlich doch, Greta mit
»Hoppe, hoppe Reiter« zu beruhigen, bis sie dann vor
Erschöpfung einschlief. Ich beneidete sie darum.
Von Hamburg ging es in die englische Küstenstadt Harwich. Wir Halbwüchsigen sollten in einem Kinderheim
in Clacton-on-Sea untergebracht werden. Nur fehlte
für mich ein Bett. Ursprünglich sollte ich wohl zu einer
Familie an der Ostküste Englands kommen, doch die
wollten lieber ein kleines Kind. Ich war ein zu großes
Mängelexemplar, das den Ablauf störte. Schließlich
fand ich einen Schlafplatz auf einer Matratze in einer
Abstellkammer. Dann aber fand man doch noch eine
Familie für mich. Darauf versank ich in Schweigen. Das
war in England meist besser als mein Herumgestotter,
nachdem ich bei der englischen Fleischerfamilie Woodward in Leeds ankam. Bei der Erinnerung daran wird
mir heute noch übel. Zum Glück hat sich das Stottern
nach dem Stimmbruch gelegt.

*

Wenn ich nun bei meiner zweiten Landung in England
den Blick über den friedlichen Ozean schweifen lasse,
schwant mir bereits, dass ich mich ziemlich unüberlegt
auf ein Abenteuer eingelassen habe.
Und das auch noch freiwillig!
Ohne es zu ahnen, habe ich mein wohlgeordnetes, ruhiges Leben aufs Spiel gesetzt. Das Ausmaß der Arbeit
für meine Nachforschungen zeichnet sich langsam
ab und wird immer erschreckender, je klarer sich die
Anforderungen abzeichnen. Ich bekomme Angst vor der
eigenen Courage, denn außerdem überfallen mich die

Erinnerungen nun wie gefährliche Bestien. Sie springen mich aus dem Dunkeln an, wenn ich es am wenigsten erwarte, insbesondere wenn ich mich kraftlos fühle – wie jetzt. Seit Jahren hatten mich diese Bestien in Ruhe gelassen. Nun haben sie sich auf der Überfahrt wieder zurückgemeldet. Ich bin aus dem Gleichgewicht.
Schon auf der Überfahrt fiel mir in der Kabine beim Herumsuchen in meinen Unterlagen das Foto meines Vaters mit dem Strick um den Hals in die Hand, oder es fiel aus der Mappe. Es war ganz so, als wolle es mich mit Nachdruck an meine Pflicht erinnern.
Jedes Mal versetzte mir das einen Stich.
Wie bannt man die Gespenster der Vergangenheit?
Man hält sich am Hier und Jetzt fest oder liest Gedichte!

Heute, nach Jahr und Tag, bin ich ein Bürger der Vereinigten Staaten von Amerika und lebe in Ann Arbor im Bundesstaat Michigan. Endlich, nach langen Kämpfen mit dem Dekan der Universität Michigan, mit den Abteilungsleitern und der überwiegend feindseligen Universitätsadministration bin ich nun auch offiziell zum Chefbibliothekar der Universität von Michigan ernannt worden. Natürlich wollten die auf diesem Posten keinen Juden sehen, genauso wenig, wie sie einen Juden als Mitglied in ihren verschmockten Country- und Golf-Clubs sehen wollten! Als Student durfte ich da zwar kellnern oder die Golfbälle aufsammeln, aber dort Gast sein? Nie! Nun, damit kann ich leben!
Oft habe ich mir gedacht, dass Juden beim Morgengebet dem Allmächtigen mit dem »Baruch ... Sheh-lo Ah-sah-ni Isha«, gesegnet seist du, mich nicht als Weib geschaffen

zu haben, nicht nur dafür danken sollten, als Mann auf die Welt gekommen sein, sondern auch dafür, nicht in einer schwarzen Haut zu stecken! Im Vergleich dazu ist Jude zu sein schon fabelhaft – nebbich!

Ansonsten bin ich in Amerika, was man einen »gemachten Mann« nennt. In Ann Arbor habe ich ein schönes Haus mit einem Swimmingpool und zwei Garagen in der besten Wohngegend. Zu mir gehören zwei wohlgeratene Kinder und dazu Esther, eine echte »American Jewish Princess«, die auch noch gutes Geld mit in die Ehe brachte. Zudem war sie weder rothaarig, noch hatte sie einen Zinken im Gesicht. Weil ich damals völlig allein und ohne Familie war, auch sonst niemanden kannte, hatten Esther und ich uns über den »Matchmaker«, einen Heiratsvermittler der Jüdischen Gemeinde, kennengelernt. Esther war die vierte Kandidatin und die erste, die nicht allzu religiös war oder wie ein Wasserfall quasselte. Sie stammte aus einer Verlegerfamilie und studierte wie ich an der University of Michigan. Dass ich nicht gerade ein zweiter Cary Grant war, sondern eher finster und ungeschlacht und selbst in einem Smoking wie ein Holzfäller aussah, darauf hatte die Heiratsvermittlerin sie bereits vorbereitet. »Ein Mann mit Zukunft!«, pries sie mich an, was übersetzt hieß: Der Kerl hat kein Geld! »Dafür ist Mr Segall verlässlich und strebsam!« Damit stimmte die Heiratsvermittlerin die Familie meiner Zukünftigen auf meine unentdeckten inneren Werte ein, von denen ich selbst noch nicht einmal eine Ahnung hatte. Dass ich ein Stipendium erhalten hatte, machte allerdings noch tieferen Eindruck auf sie. Esther hielt mich deshalb wohl für eine Art Genie. Wie jeder in den USA weiß, erhalten nur halbe oder ganze Genies oder Sportskanonen Stipendien. Für einen Sportchampion konnte man mich schwerlich halten. Mich umgab an der Universität deshalb der Nimbus des genialen Einzelgängers.

Ein Außenseiter, wieder einmal – in dieser Rolle war ich zu Hause. Allerdings sehnte ich mich nach nichts mehr, als endlich dazuzugehören, zum Normalen, zum Regulären, zum Großen und Ganzen. Dafür ist eine Familie unerlässlich. Nach unserem ersten Date setzte sich Esther dann in der Bibliothek immer still neben mich, ohne das Gespräch zu suchen. Ihre stille Gegenwart war angenehm und rührend, etwa so wie die eines treuen Haustieres. Nur vergeistigter.

Esther hatte damals mittelblondes Haar, das sie immer hinter die Ohren schob und sie aussehen ließ, als hätte sie abstehende Ohren. Ich fand das drollig. Sie war weder hübsch noch hässlich, trug eine große Hornbrille und schien wie ich keinen Wert auf Moden zu legen. Dafür war sie vernarrt in Bücher, genau wie ich. Ihren Sexappeal konnte man unter »low-key« einordnen. Begehrlichkeiten und Rivalitäten von anderen Männern waren nicht zu befürchten. Das beruhigte mich, denn ich gehöre nicht zu den Männern, die sich mit einer Frau wie mit einer Trophäe schmücken und dafür in Kauf nehmen, ständig auf der Lauer zu liegen, damit ihnen niemand die Frau ausspannt.

Bald trafen wir uns regelmäßig zum Lunch in der Cafeteria und tauschten Zeitungsausschnitte und Literaturlisten zu wortkargen Gesprächen aus. Jedes Wort wog dabei fünf Kilo.

Nach ungefähr drei Monaten lud sie mich zu sich nach Hause ein und stellte mich ihren Eltern vor. Es war klar, was von mir erwartet wurde. Ich sagte mir: Okay, warum nicht? Erwartungsgemäß kaufte ich ihr dann den unerlässlichen Einkaräter. Dafür gingen meine ganzen Ersparnisse drauf, aber Opfer müssen gebracht werden! Zur zweiten Einladung machte ich ihr einen Antrag mit dem Klunker, obwohl ich zu diesem Zeitpunkt noch nicht einmal mit Sicherheit sagen konnte, welche Farbe ihre Augen hatten.

Zugegeben, romantisch war das nicht. Ich schalt mich, dass mir, dem notorischen Beobachter, tatsächlich dieses wichtige Detail entgangen war, und vergewisserte mich sogleich: Ihre Augen sind braun mit einem grauen Ring um die Pupille. Zum Glück hat Esther einen trockenen Humor. Zu unserer beidseitigen Erleichterung waren wir beide uns einig, dass Romantik nicht zu unseren Stärken zählt. Wir wollten unsere Ehe als ein unvermeidliches Bündnis ansehen, das wir beide nach besten Kräften gut managen wollten. Oder profaner gesagt: Sie wollte aus ihrem Elternhaus raus, und ich wollte nicht mehr allein sein. Außerdem fand ich in meinem Schwiegervater in spe einen klugen, einflussreichen Förderer und Verbündeten. Zwei Jahre lang bis zu meinem Abschluss, der mit summa cum laude ausfiel, waren wir verlobt. Wir heirateten, als ich meine Stellung in der Universität antrat. Nach unserer Hochzeit mauserte sich Esther allerdings zu einer recht energischen Frau. Mir war das ganz recht, denn nur eine willensstarke Frau wäre in der Lage, mir die Lasten des Alltags abzunehmen und künftige Kinder gut zu erzie-

hen. Außerdem konnte ich mich ohnehin bei Bedarf immer in die Universität oder in mein Arbeitszimmer, »den heiligen Bereich«, in unserer Wohnung verziehen. »Forget the Bloodlands and all that funk!«, schimpfte Esther wie ein Rohrspatz los, sobald ich auch nur die paar spärlichen Andenken an mein früheres Leben zur Hand nahm. Sie tat gerade so, als wäre das ein schädliches, abseitiges Laster, das sie mir austreiben müsse. Wahrscheinlich hatte sie sogar recht damit.
Doch außer der religiösen Pflicht, der »Mizwa«, der Pflicht als Sohn, stehen noch zwei andere Fragen im Raum, die nur eine Reise nach Europa klären kann. Liliths Behandlung und die Heilungschancen sind von der Schwere der Erbbelastung abhängig, sagte der Arzt bei meiner Blutuntersuchung in der Mayo Clinic. Thalassämie, die »Mittelmeeranämie«, ist erblich. Ob und wie häufig diese Krankheit in meiner Familie aufgetreten ist, darüber können nur die Archive Aufschluss geben. Ganz unbefangen plauderte meine Schwiegermutter über ähnliche Krankheiten in ihrer Familie, von einer Tante Zippi und einem Onkel Aaron, doch Esther streitet das alles vehement ab. »Bei uns ist keiner *degeneriert*«, erklärte sie kategorisch. Ihre Großtante Zippi hätte nur an einer Gelbsucht und einer chronischen Leberentzündung gelitten. Esther hatte ihre Mutter dann am Telefon heftig zusammengestaucht. Einen Monat sprachen sie nicht miteinander. Esther nimmt einen möglichen Gendefekt in ihrer Familie persönlich und will partout nicht wahrhaben, dass ihre Tante Zippi womöglich ein defektes Gen zur Bildung von roten Blutkörperchen gehabt haben könnte. »Na,

schau mich an!«, schimpft sie. »Sehe ich etwa *so* aus?«
Eine solch unwissenschaftliche Haltung überraschte, ja schockierte mich.
Wenn der Gendefekt nur von einem Elternteil käme, bestünde Hoffnung, sagte der Blutspezialist in der Klinik. Doch vor zwei Monaten verschlechterte sich plötzlich Liliths Zustand, sie bekam einen kompletten Blutaustausch. Wenn von beiden Eltern noch weitere Gendefekte bei der Blutbildung dazukämen, wäre Liliths Lebenszeit stark verkürzt. Sie werde voraussichtlich nicht älter als achtzehn Jahre. Esther mochte darüber nicht mehr reden. Sie lehnte eine Blutuntersuchung für sich strikt ab. Wir gerieten darüber in unseren ersten schlimmen Streit. Seither meiden wir das Thema, und es steht wie ein riesiger Elefant im Raum.
Ich schrieb meiner Schwester Else in Berlin. Sie wusste nichts über eine solche Krankheit. Es habe aber Fälle von Gelbsucht und Leberleiden überall in den Familien gegeben, und die Symptome ähneln sich.
»Außerdem müsste ich ohnehin unsere Wiedergutmachungsansprüche in Deutschland prüfen«, antwortete ich per Aerogramm. »Das wäre dann doch eine gute Gelegenheit, die Archive nach solchen Krankheitsgeschichten abzusuchen.«
»Schließlich bist du ja der Fachmann!«, meinte Else.
»Nur für Bücher und Archive, aber nicht für Erbkrankheiten!« Die Idee, dass man zwar Millionen Juden vergast hatte, aber ihre Krankenakten dagegen unbeschadet geblieben sein sollten, fand ich ziemlich absurd.
Nach meiner Begegnung mit dem Rabbi, den ich um

Rat bat, und in Gedanken an das entmutigende Gespräch mit dem Doktor starrte ich eine Weile mein moosgrünes Telefon im Büro an. Dann glitt mein Blick auf das Rundschreiben »EILT«. Darin hatte mich die Universitätsverwaltung aufgefordert, alles in meiner Abteilung für die Umstellung auf EDV vorzubereiten. Der ganze Mumpitz mit der elektronischen Datenverarbeitung und diese Lochkarten, worum alle so ein Gewese machten, hatte mir gerade noch gefehlt. Als ob man Bücher schneller mit einem Loch in einer Pappe fände als mit einem Vermerk auf einer Karteikarte! Sabbatjahr! Kurz entschlossen griff ich zum Telefon und wählte die Nummer von Mitzi Goldschlager von der Reisestelle der Universität. Ein Mann muss tun, was ein Mann tun muss!

Als Mitzi sich nach einer Ewigkeit gedehnt meldete, sah ich sie vor mir, wie sie sich wie immer unwillkürlich beim Telefonieren mit dem Bleistift in die honigfarbene Bienenkorbfrisur fährt, um sich mit der Bleistiftspitze die vom Haarspray juckende Kopfhaut zu kratzen.

»Nein, Mitzi, heute geht es nicht um eine Dienstreise. Es geht um eine Mizwa!«

Das war vor gut zwei Wochen.

*

Den letzten Tag auf der »Île de France« verbrachte ich in einer flauschigen Decke auf einem Deckchair und döste vor mich hin. Der Wind hatte aufgefrischt. Irgendwann war ich auf dem Sonnendeck für eine Weile eingenickt. Als ich die Augen öffnete, grüßten mich bereits die Kreidefelsen der englischen Küste. Bei diesem Anblick zieht sich mir der Magen zusammen. Verloren wie ein ausgesetzter Hund war ich damals ins Land gekommen. Nun, bei meiner zweiten Ankunft, jetzt von New York kommend, zeigte sich London von seiner besten Seite. Ein Empfang erster Klasse!

Die breite Themsemündung liegt im gleißenden Morgenlicht, so dass die Ufer mit dem Himmel verschmelzen, bis sich kurz darauf am Horizont als flirrende Fata Morgana das Weichbild von London ins Bild schiebt. Der stramme Ostwind hat über Nacht den grauen Londoner Smog weggefegt und der Stadt das Düstere genommen. London ist heute wie blank geputzt. Anders als meine Mitreisenden, die schon seit der Einfahrt in die Themsemündung ungeduldig hin- und herwieselten und vor dem Gangwaytor bereits Trauben bildeten, habe ich es nicht besonders eilig. Ich lehne immer noch unschlüssig über die Reling gebeugt und spucke jetzt zum dritten Mal in die Themse. Jetzt muss ich mich der Gegenwart und der Vergangenheit stellen. Was ist wohl aus meiner Pflegefamilie in Leeds geworden?

*

Leeds, 20. September 1962

»Hey, here is the bloody crazy Kraut! Open the door, you fuckin' wanker!«, brülle ich als ironisches Zitat zur Begrüßung in vulgärstem Yorkshire-Dialekt durch die Tür der Woodwards und feixe. Hinter der Tür lauert Kenneth Woodward, mein Pflegebruder. Er hatte

mich kommen sehen. Früher, 1939, hatte Kenny mich besonders auf dem Kieker. Er fürchtete wohl, dass der jüdische Emigrantenjunge aus Berlin sein Rivale werden könnte. Das wurde ich auch, aber ganz anders, als Kenny dachte.
»Holy cow! I'll smash your bloody face but let's have a cup of tea first!«, grölt Kenneth gutmütig zurück und reißt lachend die Tür auf. Er sieht aus wie die schlechte Kopie seines Vaters, nur etwas breiter und aufgedunsener. Bereits am Morgen hat er einen sitzen. Ihn umweht bereits eine ziemliche Fahne. Wie früher boxt er mich mit voller Kraft auf den Oberarm. Die speziellen Schmerzpunkte kennt er immer noch sehr genau. Inzwischen kenne ich die auch. Nur bin ich mittlerweile einen Kopf größer als er und um einiges massiger. Lachend schlage ich genauso brutal zurück. Kenneth knickt etwas ein. Er ist überrascht, dass der Bücherwurm John Segall inzwischen besser in Form ist als er, der Fleischer, der aber immer weniger Fleisch zerhauen muss. Das Fleisch wird jetzt portioniert und verpackt vom Schlachthof angeliefert. Mit dem lauernden Arbeiterlachen reiben wir uns die Oberarme und fallen uns dann um den Hals wie zwei Wale, die aus der See hochspringen und aus Übermut in der Luft zusammenprallen. »Wer is'n da?«, kräht Maureen Woodward, meine Pflegemutter, mit brüchiger Stimme aus dem Living Room, in dem sie gerade den Tisch abdeckt, wie man aus dem Geklapper von Besteck und Tellern schließen kann. »Hier is nur so 'n fucking Kraut, der vorgibt, 'n Ami zu sein!«, blökt Kenny glucksend zurück. Dabei zeigt er ein lückenhaftes Gebiss. »Wenn

er 'n guten Tropfen und Ami-Zigaretten dabeihat, lass ich 'n rein!«

Im Türrahmen zeigt sich der Kopf einer verwitterten Alten, die einen Fertig-Turban aus himmelblauem Frotteestretch auf dem Kopf trägt. Unter dem Turban sucht eine Kompanie großer gelber Lockenwickler aus Schaumgummi Deckung. Vor Überraschung klappt ihr der Unterkiefer runter und legt zwei Reihen schrecklich zusammengeschusterter dritter Zähne bloß. Sie muss jetzt über sechzig sein, rechne ich nach.

»Johnny, Darling! Ich hätte nie gedacht, dass wir uns in *diesem* Leben noch mal wiedersehen! Bist ja jetzt in den Staaten ein hohes Tier geworden, was man so hört. Komm rein, gib deiner alten Mom zur Feier des Tages 'n Kuss!«, und zu Kenneth gewandt: »Bring gleich mal zwei Sixpence aus der Küche mit, damit ich den Scheißkamin füttern kann. Dad friert mal wieder so!«

Wie befohlen drücke ich Maureen einen Kuss auf die Pergamentwange und fingere umständlich mein Gastgeschenk aus der Jackentasche, das kostbare französische Seidentuch, das ich noch im letzten Moment auf der »Île de France« gekauft habe. Kunstvoll verpackt, lässt es Hochwertigkeit ahnen und wirkt schon deshalb in der abgewohnten Stube der Woodwards deplatziert, ja sogar angeberisch. Das neueste Modell des Remington-Rasierers für Roger, meinen Pflegevater, das angesichts des Zustands des Beschenkten nicht weniger verfehlt ist, lade ich vorsichtshalber gleich unauffällig hinter dem Geschenkpapier des Rasierers, den ich vorher ausgewickelt hatte, auf dem Kaminsims ab. Neben dem münzbetriebenen Gaskamin kauert – kahlköpfig

und mit Parkinsonzittern auf ein Viertel seiner früheren Lebensgröße geschrumpft – Roger Woodward, mein »Dad«. Unter einer Schicht Decken in einem Sessel neben dem Kamin vergraben, stiert er auf den Fernsehbildschirm, der Kriegsschiffe vor Kuba mit sowjetischen Raketen zeigt. Dazu ertönt eine markige Rede des neuen amerikanischen Präsidenten John F. Kennedy, der wie ein Reklamefritze aus der Madison Avenue aussieht. Der sowjetischen Kriegsdrohung bietet er rhetorisch die Stirn. Passend zu den Worten zeigt er ein finster entschlossenes Gesicht.
»Haste den gewählt?«, fragt Kenny mich. »Nope, Nixon! Kennedy ist mir zu reich und zu glatt. Ein Weiberheld. Für die Russen viel zu soft.« Kenneth schlägt mir anerkennend auf die Schulter. »Dann biste ja nicht ein ganz so blöder Ami-Egghead, wie ich dachte! Die meisten deiner Sorte haben den doch gewählt, oder?«
Ich tue so, als hätte ich ihn nicht gehört. »Ich bin's, Dad!«, melde ich mich bei meinem Pflegevater. Ich hocke mich zu Roger nieder, so dass wir auf Augenhöhe sind. »Ich bin's, John!« Meine Stimme klingt vor Rührung und Entsetzen über die Zurichtungen des Alters und der Krankheit des Mannes, den ich als einen Ausbund an Kraft in Erinnerung hatte, aufgeraut und eine Spur zärtlicher, als ich es eigentlich will. Ich hasse Rührseligkeiten. Zu Bildern von der Raketenzündung des ersten Fernmeldesatelliten auf Cape Canaveral, im Fernsehen musikalisch vom gleichnamigen Hit des Jahres, »Telstar«, untermalt, kreischt Maureen begeistert über das schöne Hermès-Tuch auf. Meine Begrüßung für Roger geht dabei unter, trotzdem wendet der Alte

sich mir zu. Der Tremor seines Kopfes wird vor Anstrengung doppelt so heftig. Schwach erwidert er meinen Händedruck. Aus seinen geröteten wässrigen Augen laufen ihm Tränen auf die stoppeligen Wangen. Er hat mich erkannt.

»Der flennt jetzt fast nur noch. Selbst wenn er sich freut«, erklärt Kenneth halb entschuldigend, halb verächtlich. Mit einer Stange Camel und der Flasche Bourbon bringe ich ihn zum Schweigen. Am liebsten hätte ich ihm aber eine runtergehauen.

Nach einer Anstandsfrist von knapp zwei Stunden, in der ich zum Ende hin schon fast die Sekunden runterzähle, habe ich von den Woodwards so zwischen Atomkrieg und Popocatepetl-Twist aus der brüllenden Glotze genug. Wir sind uns fremder denn je. Ich bin froh, dass ich meine Fotos von der Familie, den zwei Autos und meinem Haus mit Pool nicht herumgereicht habe. Instinktiv und aus Rücksicht. Das soziale Gefälle, das uns trennt, wäre zu verletzend. Es hätte nur protzend gewirkt. Unterdessen hat der Gaskamin dem Raum den letzten Rest Sauerstoff entzogen. Ich sehe bereits Sterne. Wie in den USA ersterben auch bei den Woodwards zum ohrenbetäubenden TV die Gespräche. Zwischendurch scheint die Familie meine Anwesenheit vergessen zu haben. Nur Tee schenken sie mir ständig nach. Schließlich eise ich mich mit einer Lüge los. Ich gebe vor, mit einem Kollegen aus Leeds verabredet zu sein. Trotzdem verspreche ich, am nächsten Tag noch einmal kurz zum Tee vorbeizukommen, »aber nur, wenn ich es schaffe! Ich kann nichts versprechen!« Dabei wissen wir alle, dass ich nie wiederkommen werde. Ich bin trau-

rig und erleichtert zugleich. Draußen wird mir kurz schwarz vor Augen, ich muss mich sogar am Geländer festhalten. Dieses Wiedersehen hat mich stärker mitgenommen, als ich befürchtet hatte. Noch während ich taumele und Halt am Geländer suche, jubelt mein Herz auf. Es veranstaltet ein wildes Triumphgeheul!
Dem Grab meines Lebens mit dem gehenkten Lamm auf einem imaginären Grabstein bin ich entronnen! Endgültig!
Als hätte mich eine Märchenfee auf die Stirn geküsst, lösen sich plötzlich all die Schrecken und Verletzungen aus meiner Zeit in Leeds. Vom Magen her breitet sich ein warmes Gefühl aus und macht mich leicht, als hätte ich Lachgas inhaliert. Es wird keine Albträume von tiefgefrorenen Schweineköpfen mehr geben, die mich im Schlaf schief angrinsen! War dem englischen Arbeitermilieu zu entkommen nicht ein ebenso großer Glücksfall, wie vor den Nazis gerettet zu werden?
Noch etwas benommen und in Gedanken, ob Klassenflucht oder Flucht vor den Nazis in meinem Leben gleich schwer wögen, trabe ich die Straße runter. Die Veränderungen im Viertel nehme ich erst jetzt wahr. Dieser alte Arbeiterdistrikt ist inzwischen eine Mischung aus Karatschi und Kingston. Bunt gekleidete Pakistanerinnen und Inderinnen mit dem roten Mal auf der Stirn huschen zwischen gravitätisch watschelnden, noch bunteren Kreolinnen umher. Curry, Chilipaste, Ganga, in harter Konkurrenz mit dem Duft von Räucherstäbchen, Mottenkugeln und selbstgebrautem Ginger Ale steigen mir in die Nase. Von irgendetwas tränen mir plötzlich die Augen. Wahrscheinlich

von den Mottenkugeln aus dem Chinaladen. An den Ecken der »Frontline«, wie Kenneth die alte Central mit den roten Backsteinfassaden heute nennt, stehen rauchende Männer. In Gruppen. »Sie lungern«, hatte mir Kenneth noch in der Küche erklärt und benutzte das Wort »lurking«. »Lurking?!«, fragte ich scharf zurück, denn dieses Wort benutzt man bei uns in Michigan nur abfällig für Schwarze, die irgendwo herumstrolchen und gaffen. Doch Kenneth glotzte mich bloß verständnislos an. Die »Paks« tummeln sich weiter vorn, erklärte er mir zur Orientierung vor meinem Abschied von den Woodwards. Etwas abseits davon, weiter hinten, die Inder und Sikhs mit den Turbanen. Die Schwarzen von den West Indies, fein säuberlich nach den Inseln Jamaika, Trinidad und Tobago und Aruba sortiert, sammeln sich eine Ecke weiter, an der nächsten die Afrikaner der Kronkolonien. Die meisten aus Ghana und Nigeria. Die andere Straßenseite dominieren die halbwüchsigen »white boys«, zu denen sich auch Kenneth zählt, obwohl er längst kein »boy« mehr ist. Viele haben Glatzen. Sie wachen in ihrer White-boy-Kluft mit den breiten roten Hosenträgern und Dr.-Martens-Stiefeln über ihre »Frontline«. Jeder Pak, Wollkopp oder Indie riskiert Prügel auf der anderen Seite, jeder whitey ebenfalls, vice versa, hatte Kenneth mich beim Goodbye gewarnt: »No-go!«
Mitten auf der heutigen Frontline liegt der Fleischerladen der Woodwards, der zwischen den grellen Halal-Lebensmittelläden und den karibischen Plattenläden mitsamt der herausdröhnenden Musik von Reggae, Steel Drums und Soca einem Fossil aus grauer Vor-

zeit gleicht. Schweinehälften werden hier im Morgengrauen schon lange nicht mehr zerhauen. Im Fenster liegt ein geschlachtetes Lamm. Es ist aus Plastik. Farewell, Leeds!
Ich habe weiche Knie. Mit dem Einstecktuch wische ich mir den kalten Schweiß von der Stirn, halte ein Taxi an und lasse mich erschöpft in das Polster fallen. »Zur Synagoge, bitte!« Meine Seele verlangt nach Tröstung. Mein Taxifahrer heißt Atilla. Er ist kein Hunne, sondern Ungar. Nach dem Ungarnaufstand hat es ihn vor sechs Jahren nach England verschlagen, erzählt er mir bereits nach zehn Sekunden Fahrt. »So unter uns Flüchtlingen verschiedener Fluchtwellen« will er eine Gemeinsamkeit herstellen. Er folgert das wohl aus dem Fahrtziel. Ich erkläre ihm, dass ich schon eine »Flucht« weiter bin, bereits in den USA. Anerkennend pfeift er durch die Zähne. Gedankenvoll nickt er. »Wenn ich noch eine Etappe weiter westwärts fliehe, bin ich in China!«, erkläre ich ihm lachend. Er schweigt. Weil in Leeds inzwischen ganze Stadtviertel abgerissen werden, unter anderem auch die alte liberale Synagoge, die ich von früher kannte, setzt mich mein exilierter ungarischer Hunnenkönig an einer orthodoxen Synagoge ab. Jüdische Glaubensunterschiede kann man mit Gojim ohnehin nicht diskutieren. Überflüssigerweise gebe ich ihm knurrend noch ein Trinkgeld und finde mich mit den Bärtigen mit den Schläfenlocken und den Schlapphüten ab. Mich Blankrasierten beäugen sie argwöhnisch. Ohne Bart und Schläfenlocken bin ich für die schon ein Abtrünniger. Egal, Hauptsache, ich finde einen Minjan[5], um erhörbare Dankgebete zu sprechen.

Dank Nummer eins, wie es die Tradition verlangt, als Mann geboren zu sein, zweitens danke ich, nicht in einer schwarzen Haut zu stecken, drittens dafür, vor den Deutschen gerettet worden zu sein, viertens, nicht in der Stadt mit dem gehenkten Lamm im englischen Proletariat untergegangen zu sein, fünftens, jetzt US-Amerikaner zu sein, sechstens, als Chefbibliothekar einer angesehenen Universität zu arbeiten, siebentens, endlich eine richtige Familie zu haben und wohlgeratene Kinder, achtens, für meine Gesundheit, neuntens, ein akademisches Leben in Wohlstand zu führen, sowie – last but not least – zehntens: kein zänkisches Weib im Haus zu haben, obwohl Letzteres nach meiner Lüge über den Zweck meiner Reise und die nicht abgesprochene Geldentnahme vom Konto meiner Frau noch nicht ganz ausgemacht scheint. Auffällig ist, dass die Liste meiner Dankbarkeiten immer länger wird. Um noch mehr Wohltaten zu bitten, wäre unverschämt. Einerseits. Andererseits ist da Liliths Blutkrankheit und die Beklommenheit, was mir wohl auf dieser unsentimentalen »Sentimental Journey« ostwärts noch so blühen mag. Was ist mit dem zerbombten Berlin, der Stadt meiner Kindheit? Was war die letzte Meldeadresse meiner Mutter? Ihr Schicksal ist ungeklärt. Sie war plötzlich wie vom Erdboden verschwunden. Meine Schwester meint immer wieder, meine Mutter sei tot. Ich solle mich damit abfinden. Alles spräche dafür, denn auch nach dem Krieg hat sie offenbar nicht nach mir gesucht. Doch ohne Beweis kann ich mich nicht damit abfinden, wie damals, als plötzlich keine Post mehr von ihr kam und ich rasend vor Sorge um sie war. Nicht zu reden davon, plötzlich eine funktionale Vollwaise zu sein ... mutterseelenallein! Schon zur Klärung dieses Geheimnisses brauche ich eine Broche, einen wirklich wirksamen Segen! Am Ende komme ich noch als frommer Mann nach Hause, hadere ich mit mir. Die soeben gehörte Predigt zum Traktat Awot 5/6 der Mischna: »Sei mutig wie ein Panther, leicht wie ein Adler, schnell wie ein Hirsch, stark wie ein Löwe, um den Willen deines Vaters im Himmel zu tun!« hallt in mir noch nach. Nebbich! Nebbich?

Zurück im Hotel, schicke ich schnell ein Fernschreiben an mein Büro in Ann Arbor mit dem Vermerk: »Strictly confidential! Pls. submit immediately to Mrs John Segall.« Es enthält im Wesentlichen schon vorbeugend eine Mitteilung an Esther, dass ich mich *wahrscheinlich länger* in Europa aufhalten müsse, zwangsläufig ... Meine Überleitung von Lüge zur Wahrheit liest sich dann so: »Ich reise von London nach Berlin weiter, um mit meiner Schwester einen Wiedergutmachungsantrag für Opfer des Naziregimes zu stellen. Dazu muss ich noch einige Dokumente beschaffen, Umstände klären, Anwälte bezahlen. Bei dieser Gelegenheit will ich gleich nachforschen, ob Liliths Krankheit vielleicht schon vorher *auch bei uns* irgendwo in der Familie aufgetreten ist. Aerogramm an Dich ist auf dem Weg. Ich melde mich dann von meinem Zwischenstopp aus Vevey vom Genfer See von Onkel Georg oder aus Mailand von meiner Tante Elli, die Sportverrückte, die jetzt Elsa Marchetti heißt. Sie alle können bei der Klärung unserer Fragen helfen. Und bitte vergiss das Rasenmähen nicht und den Pool! Kisses and take care, John. PS: Fast hätte ich es vergessen ... Sorry, wegen des Vorschusses für die Anwälte zum Wiedergutmachungsprozess in Berlin musste ich mir auf die Schnelle Geld von deinem Konto ausleihen. Nur zu Deiner Information, weil wir nicht mehr darüber sprechen konnten. Du warst ja noch beim Tennis, und ich musste eilig weg, um den Zug noch zu kriegen.«

Wie immer will ich Leeds so schnell wie möglich hinter mich bringen. Ein kleinwüchsiger indischer Boy mit extremen Quadratlatschen schleppt meinen Koffer runter in die Hotellobby. Seine Schuhe sind länger als die Stufen, so dass ich fürchte, dass er jeden Moment die Treppe runterfällt. An der Hotelbar, die mit falschem Mahagoni einen englischen Herrenclub vortäuschen will, hocken zwei tief dekolletierte, wasserstoffblonde Barfliegen in großgeblümter Kunstseide mit dramatisch schwarz umrandeten Augen. Wortlos kippe ich einen Whisky und würdige die Halbseidenen keines Blickes. »Ich mach's dir auch umsonst«, säuselt die Weißblondere der beiden mir ins Ohr. »Danke, aber das ist mir zu romantisch!« Der Whisky brennt im Hals. Er stimmt mich auf London ein.

Bennos Exodus
Ostfriesland, 20. Juni 1937

Etwa vier Jahre nachdem der kleine Johannes Segall seinen Cousin das letzte Mal bei seiner Schwester Else gesehen hatte, lag Benno Rubin im hohen Sumpfgras und wartete auf die Dämmerung und eine gute Gelegenheit. Drüben, fünfhundert Meter weiter westlich, konnte man hinter den Büschen bereits den Grenzpfahl der holländischen Grenze sehen. Die Grillen zirpten. Die Mücken stachen. Er sollte sich so wenig wie möglich bewegen. Die Mückenschwärme musste er stumm über sich herfallen lassen. Das Einreiben mit Kampfer und Menthol zeigte nur wenig Wirkung gegen die Mückenplage. Unversehens krabbelte ihm wieder ein Marienkäfer über die Stirn. Benno betrachtete das wiederum als gutes Omen, denn der heikelste Teil seiner Reise lag noch vor ihm: der heimliche Grenzübertritt nach Holland. Die holländischen Posten waren dabei nicht das Problem. Benno hatte zwar ein ordnungsgemäßes Ausreisevisum aus dem Deutschen Reich, aber damit wollte er als Berliner hier auf dem flachen Land zwischen Ost- und Westfriesland, jenseits aller Reiserouten, lieber nicht auffallen.
Die Gestapo hatte Benno und seinen Bruder Walter Ende Mai 1933 »geschnappt«. Walter wollte es den Nazis zum 1. Mai 1933 zeigen. Im Alleingang. So war es auch Walters Idee, eine rote Fahne am höchsten

Fabrikschornstein Berlins als weit sichtbares Fanal des Widerstandes gegen das Gewerkschaftsverbot zu hissen. »Wenn die Partei und ihre Organisation dazu nicht den Mumm haben, mach ick et halt alleene!« Benno sollte nur Schmiere stehen. Die Gelegenheit war günstig, und weil der 1. Mai 1933 auf einen Montag fiel, war der Schornstein erträglich warm. Man musste nur verwegen genug sein, um mit der Fahne hochzuklettern. Dabei musste man artistisch behände das recht große rote Fahnentuch, das sich Walter auf den Rücken geschnallt hatte, zusammen mit der Fahnenstange, die aus stabilem Rohr und ausziehbar war, hochtragen, dann die verkeilten Fahnenstangen in luftiger Höhe auseinanderziehen, um sie mit Stahlklammern und Draht an den obersten Schornsteinsprossen stabil zu befestigen, und das Tuch aus dem Rückenpaket entfalten und festzurren. Theoretisch. Die Stange hatte Walter in der Klempnerwerkstatt montiert. Zuvor hatten die Brüder das Manöver an einem Sendemast im Grunewald geübt. Nur war der Sendemast nicht annähernd so hoch und die Sprossen dort nicht heiß, alt und halb verrostet. Im letzten Augenblick hatte Benno versucht, Walter »die Aktion« noch auszureden. »Mensch, im Grunde genommen ist es doch eine Schnapsidee, mit der man doch jar nischt erreicht, Walter! Komm, hör uff! Lass uns abhauen und nach Hause jehn!«

»Wenn du Muffensausen hast, jeh nach Hause! Dann mach ick et eben alleene!«

»Du weißt bestimmt, dass die Genossen das als eine individualanarchistische Aktion verurteilen werden?«

»Ach, komm mir jetzt bloß nicht mit den öden Scheißhausparolen der Partei!«

Wenn sich Walter in seinem Enthusiasmus etwas in den Kopf gesetzt hatte, gab es für ihn kein Halten. Allerdings war Walter fast immer enthusiastisch. Außerdem hatte Walter gewettet. Um zwanzig Mark. Wenn er jetzt kneifen würde, stünde nicht nur sein Ansehen auf dem Spiel, sondern auch ein »Sümmchen«. Wer Walter kannte, wusste, dass ihm Geldverlust ebenso wie die Parteidisziplin »schnurzpiepegal« waren. Den Verlust seines Ansehens, das er im kommunistischen Jugendverband und wegen seiner Radrennerfolge im roten Wedding genoss, hätte er viel schmerzlicher empfunden. In diesem Punkt war er eitel. Der geerbte Kohanim'sche Eigensinn, der nur eigenen Regeln gehorchte, wurde von der Weddinger Ortsgruppe der KPD schon mehrmals als »kleinbürgerlich individualistisch« kritisiert, allerdings ohne Wirkung auf Walter.

»Nich die Bohne Parteidisziplin, Genosse!«, seufzte der Ortsgruppenleiter und drohte mehrmals, ihn für ewig als Kandidaten »schmoren« zu lassen und ihm so eine ordentliche Mitgliedschaft zur KPD zu verwehren. Walter hatte nur gegrinst und mit den Schultern gezuckt. Nachdem bereits die zehnte Sprosse nicht mehr richtig im Schornstein verankert war und Walter darüber fluchte, wagte Benno kaum noch, nach oben zu sehen, wie Walter da weiter hochkletterte. Rostflocken, die Walters Turnschuhe ablösten, fielen Benno ins Gesicht, eine davon ins Auge. Es tränte, und er musste reiben, um die Rostpartikel aus dem Auge zu bekommen. Da war Walter bereits hoch oben und in der Dunkelheit

nicht mehr auszumachen. Benno wusste nur, dass Walter, selbst wenn alles gut ginge, wahrscheinlich zweimal pausieren müsste. Instinktiv murmelte Benno ein altes jüdisches Schutzgebet und dachte darüber nach, was zu tun wäre, wenn die Fahnenstange oder gar Walter vielleicht doch abstürzen würden. Rasch verbot er sich den Gedanken. Sie hatten verabredet, dass sie schweigen würden. Keiner solle nach dem anderen rufen! Es wäre ohnehin sinnlos ...
Benno, der unten am Fuß des Schornsteins in einem Verschlag vor dem Wachmann in Deckung gegangen war, hatte zur Ablenkung des Wachhundes extra eine Katze auf der anderen Seite des Zaunes festgebunden. Die Katze miaute kläglich, und die Zeit schien sich endlos zu dehnen, je länger das Tier mauzte. Benno starrte auf die Leuchtziffern seiner Armbanduhr. Eigentlich müsste Walter schon oben angekommen sein und jetzt in hundertzwanzig Meter Höhe freihändig hantieren. Ein Bein in eine Sprosse geklemmt. Mit einem Gurt an der Brust am obersten Steigbügel festgeschnallt. So hatten sie es geplant. Zum Glück war es windstill. Eine kühle Walpurgisnacht. Schon bei dem Gedanken an die Höhe drehte sich Benno der Magen um. Vor Reue, aber auch vor Höhenangst. Die Vorstellung von Höhe reichte schon. Ich hätte ihn davon abhalten *müssen*! Zum Glück hatte der Schäferhund des Wachmannes ihn nicht gewittert, sondern wie geplant nur die Katze am Zaun wild angekläfft. In zwei Stunden heizen die das Werk an. Dann wird der Schornstein wieder glühend heiß. Die Fantasie wurde Benno zur Folter. Mal sah er seinen Bruder abstürzen und leblos in einer Blutlache auf dem

Hofpflaster liegen, mal sah er ihn am Schornstein verschmoren. Dann wieder fürchtete er, dass die Polizei sie an der Hofmauer, über die sie hinterher noch steigen müssten, bereits empfinge.
Es wussten einfach zu viele von dem Coup. Am besten gar nicht erst nach Hause gehen, sondern sich gleich verdrücken. Doch wohin? Zu Tante Else in die Rankestraße vielleicht? Bestimmt warten die Greifer schon zu Hause? Irgendwie müssen wir sehen, ob zu Hause die Luft auch wirklich rein ist.

Die Luft war rein. Verraten hatte man sie trotzdem.
Unter großer Anteilnahme des roten Wedding wurde ihnen nach zwei Jahren Untersuchungshaft 1935 der Prozess gemacht. Die Anklage lautete auf »Vorbereitung eines hochverräterischen Unternehmens«. Walter wurde zu fünfzehn Jahren, Benno zu zehn Jahren Zuchthaus und schwerem Kerker verurteilt. Dabei wog die angebundene Katze als Ausdruck »hoher krimineller Energie« strafverschärfend. Das gab noch einmal sechs Monate extra. Zur Abschreckung anderer junger Heißsporne. Nur weil 1937 die Gefängnisse von politischen Häftlingen überquollen und das Regime nach den Olympischen Spielen 1936 seine Macht als gefestigt sah, gab es im Juni 1937 überraschend eine kleine Amnestie für politische Gefangene. Auch Walter und Benno wurden so nach vier Jahren aus der Haft entlassen. Sie sollten »umgehend« in ihrer zuständigen Meldestelle zwecks sofortiger Ausreise vorstellig werden, stand auf ihren Entlassungsscheinen. Ihre Mutter Franziska war unterdessen für ihre Söhne nicht untätig geblieben. Für

den höchst unwahrscheinlichen Fall ihrer Freilassung, Begnadigung oder Amnestie war es Franziska gelungen, Pässe und Ausreisevisa für die inhaftierten Söhne zu beschaffen. Zum Polizeirevier gingen Walter und Benno noch gemeinsam.

In der Meldestelle im Parterre herrschte bereits Andrang von anderen Amnestierten, die Walter mit großem Hallo begrüßten, als käme er geradewegs mit Lorbeerkranz um den Hals von einer Siegerehrung. Benno merkte, wie ihm die Galle im Hals hochstieg. Sollte er hier wie üblich wie ein Statist im Schatten seines großen Bruders herumstehen? Dieses Affentheater hatte er schon oft genug mitgemacht. Angeödet drehte er sich auf dem Absatz um und eilte hastig, immer zwei Stufen auf einmal nehmend, nach oben in die Passabteilung im ersten Stock. Damit trennten sich Lebenswege der Brüder für immer.

In der Amtsstube der Passabteilung herrschte die routinierte preußische Bürokratie. Es roch nach Stempelfarbe, Lysol und gebohnertem Linoleum. Hoheitliches Schweigen umgab die Verheißung des Ausreisens. Das Palaver aus dem Erdgeschoss vernahm man hier oben nur noch als ein Grundrauschen, als wäre man bereits im Vorzimmer zu einer anderen Welt. Hier trennt sich die Spreu vom Weizen, dachte Benno unwillkürlich. Fast riecht man schon die Freiheit. Nur noch eine Unterschrift in seinen Pass mit allen Aus- und Einreise-Visa über Holland nach England nebst Quittieren der Empfangsbestätigung des Reisedokuments, und der Weg ist frei! Als Benno im Jubel über den Erhalt seines Passes nach unten zur Meldestelle stürmen wollte, sah er am Treppenabsatz gerade noch, wie zwei Schupos Walter im Knebelgriff abführten. Rasch drückte er sich in eine Nische. Vorsichtig stahl er sich davon. Aus dem Polizeirevier schlenderte er konzentriert die Straße runter bis zur Ecke. Dann war er nur noch gerannt, griff sich daheim hastig seine Ersparnisse und radelte mit Walters Rennrad zu Tante Else in die Rankestraße. Else stellte keine Fragen. »Die ganze Geschichte konnte man ihm ohnehin vom Gesicht ablesen«, erzählte sie später. Hastig kritzelte Benno im Flur noch einen Abschiedsbrief an seine Mutter, den Else zustellen sollte.

Nach Elses kryptischem Anruf – »Komm bitte nach Hause! Die Kinder sind krank und haben hohes Fieber, jemand muss sie dringend ins Krankenhaus fahren!« – hatte Elses Bruno im Büro sofort alles stehen und liegen lassen. Die einzigen Kinder, die es gab, waren doch die Kinder der Cousinen! Und den Rest konnte er sich denken. Mit einem Auslieferwagen seiner Lederwarenfabrik fuhr Bruno Dahnke den Neffen bis Magdeburg. Privatautos wären zu auffällig, hatten sie nach kurzer Beratung befunden. Das schnellere Fahrzeug, Brunos Horch, blieb deshalb in der Garage. In Magdeburg würde man gewiss nicht nach Benno suchen, falls man überhaupt schon nach ihm fahnden würde. Erst nach Verstreichen der Meldefrist bei der Meldestelle, also frühestens ab übermorgen, würden sie nach ihm suchen. Eine überregionale Fahndung würde frühestens zwei Tage später rausgehen. »Bis übermorgen musst du über die Grenze sein!«

Trotzdem fuhr der vorsichtige Benno lieber mit regio-

nalen Bummelzügen, die wenig kontrolliert wurden, weiter gen Nordwesten bis Oldenburg. Zu nah an die Grenze mit dem Zug zu fahren, fand er auch zu riskant. Wo sich Fuchs und Hase Gute Nacht sagen, genau da müsste er über die grüne Grenze nach Holland. Doch ein zu großstädtisch-schlaksiger, zu dunkelhaariger Mann mit fast südländischem Teint fällt in Ostfriesland unter lauter rotwangigen Blondschöpfen mit hellen Schweinsäuglein auf, sorgte er sich. Im Prinzip fällt hier jeder Fremde auf... Er müsste sich etwas einfallen lassen, um keinen Argwohn zu erwecken, etwas, das irgendwie ins Bild von Harmlosigkeit passte, um sich der Grenze *unverdächtig* zu nähern. Unschlüssig, wie er das zustande bringen sollte, ließ sich Benno auf einer Bank nieder, trank einen Schluck lauwarmes Selters aus der Flasche. Im Papierkorb neben der Bank entdeckte er eine Zeitung. Neugierig, ob irgendetwas über die aktuelle Lage drinstünde, blätterte er sie auf. Offenbar hatte jemand seine Brote für die Kaffeepause darin eingewickelt. Die Zeitung war mit Erdbeermarmelade verklebt. Enttäuscht wollte er das Blatt schon wieder wegwerfen, dann stutzte er. Es handelte sich um eine alte Ausgabe der »Vogelwelt«, das Zentralblatt der deutschen Vogelkundler. Kopfschüttelnd wollte er sich gerade darüber mokieren, für welch unsinnige Dinge sich manche Leute so interessieren – doch dann glättete er die Zeitung und las die unbefleckten Stellen aufmerksam. Das deutsche Zentralorgan der Vogelwelt. Ein Wink des Schicksals!
In Oldenburg kaufte er sich von dem Geld, das ihm sein Onkel zugesteckt hatte, beim Trödler ein einigermaßen

verkehrstüchtiges Fahrrad, ländliche Kleidung und ein billiges Fernglas. Weil ein Okular zersplittert war und man nur mit einem Auge durchgucken konnte, bekam er es geschenkt. Wenn er schon zwangsläufig auffiele, dann wollte er das getarnt als skurriler Vogelbeobachter mit einer lächerlichen Sherlock-Holmes-Mütze und Knickerbockerhose tun, dabei weiter gen Westen radeln und eine Schau draus machen.

Dort, wo Ostfriesland an Westfriesland und Deutschland an Holland grenzt – diesen Abschnitt der grünen Grenze hatte Benno auf der Karte bereits ausgekundschaftet. Hier könnte er einen Vogel beobachten, der seltsamerweise »Neuntöter« oder »Würger« hieß, so jedenfalls stand es in der »Vogelwelt«. Das Vogelkundebrevier schrieb, dass dieses Federvieh am häufigsten in dieser Gegend Norddeutschlands zu finden sei. Am Abend fachsimpelte Benno mit heimischen Vogelfreunden und Bauern im grenznahen »Friesenwirt« über die besten Nistplätze des Neuntöters. Er spielte sich als die Karikatur eines vertrottelten Ornithologen auf und wunderte sich über das Darstellertalent, von dem er bislang angenommen hatte, dass nur sein Bruder Walter damit gesegnet wäre. Wie gut oder schlecht seine Darbietung wirklich war, wollte er gar nicht wissen. Hauptsache, er überzeugte die Bauern! Nach seinem Auftritt im Wirtshaus passte er für die Dorfbewohner »als einer jenseits von Gut und Böse« ins Bild und wurde milde belächelt. Das Einzige, das Benno fürchtete, war, dass sie ihn Vogelstimmen raten lassen würden, ihn mit imitiertem Gezwitscher in Verlegenheit brächten. Die letzten Grenzposten gehen um zwanzig Uhr Streife, hörte er aus den Unterhaltungen heraus. Anschließend kehrten die Grenzwachleute dann immer ins Gasthaus ein. Gegen ein Uhr drehten sie ihre letzte Runde. Um drei Uhr käme die Ablösung. Wenn er einigermaßen Glück hätte, so rechnete sich Benno aus, während er darauf wartete, bis auch die Junisonne endlich nach einundzwanzig Uhr verschwand und der Dunkelheit Platz machte, dann könnte er sogar sein Fahrrad mit nach Holland schieben.

Doch anders als sein Bruder Walter, der bei den Großeltern auf dem Land in Osche / Osie bei Schwetz / Świecie groß geworden war, hatte Benno keine Beziehung zur Natur. Die Natur war für ihn ein unheimliches, feindliches Element. Walter hätte sich auch mit den Vogelstimmen bestens ausgekannt. Im Gegensatz zu ihm wusste Walter auch, wie lange man im Juni auf die Dämmerung und die Nacht warten musste. So lange wie im ganzen Jahr nicht. Für seinen Bruder Benno, das Großstadtkind, war es eine Ewigkeit. Die feuchte Kühle vom Boden machte seine Gliedmaßen taub. Die Mücken piesackten ihn schlimmer als je zuvor. Solange er sich nur auf seine Flucht und den nächsten Moment konzentrieren musste, hatte er nicht an seinen Bruder Walter gedacht. Nun lag Benno im Gras und schluchzte. Wie ein Deserteur fühlte er sich. Er hätte der Hüter seines Bruders sein sollen, und er hatte versagt. Er war auch nie so mutig wie Walter, auch nie so talentiert. Am meisten hatte er an seinem Bruder bewundert, dass der ohne Groll und Eifersucht hinnahm, dass die Mutter ihn, Benno, den Zweitgeborenen, derart verletzend vorzog, ohne es ihm jemals vorzuwerfen oder es ihm offen oder verdeckt heimzuzahlen. Er nahm es einfach hin wie ein Naturgesetz. Nur bei dem Gedanken, dass sein Bruder ein so kräftiger, findiger und widerstandsfähiger Kerl war, fühlte sich Benno etwas getröstet. Wenn einer alles übersteht, dann ist es Walter! Das erinnerte ihn an die böse Redensart der Mutter. »Wer Walter totschlagen will, muss ihn zweimal totschlagen. Erst ihn und dann noch mal seine große Klappe!«

»Nein, sein großes Herz!«, hatte er ihr irgendwann scharf entgegnet und sie beschämt. Sie sagte es nie wieder.

Bei dieser Erinnerung musste Benno fast lächeln. Nun krabbelte ein Maikäfer zutraulich auf seine Hand. Erst wollte er ihn wegschlagen, doch plötzlich erinnerte ihn der possierliche Käfer daran, wie Walter und er früher als Kinder auf dem Jüdischen Friedhof in Weißensee gemeinsam Maikäfer in durchlöcherten Schuhkartons voller Kastanienblätter gesammelt hatten.

Diesen Käfer schickt mir mein Bruder!

Maikäfer, flieg.

Der Vater ist im Krieg,

Die Mutter ist in Pommernland,

Pommernland ist abgebrannt.

Maikäfer, flieg!

Mit tiefem Brummen flog der Käfer davon. Richtung Holland!

*

London, den 6. Oktober 1937

Meine liebe olle Silberpappel!
Wie zuvor schreibe ich Dir via Tante Else und hoffe, dass Du diesen Brief auch bekommst, nachdem andere offenbar verloren gegangen sind, denn ich blieb ohne Antwort. Aber Tante Else schrieb, dass Du wohlauf seist und der gute Bruno Dich umsorgt und tapfer zu Dir hält, die gute treue Seele! Ich solle mich nicht sorgen, schrieb sie. Allerdings sorge ich mich um Walter, der in den blutigen Klauen der SS im KZ Buchenwald gefangen gehalten wird. Hast Du Nachricht von ihm? Unser gemeinsamer Freund Erwin aus dem Nebenhaus soll jetzt auch in Oranienburg einsitzen. Und der Achim von den Fests sitzt in Plötzensee? Stimmt es, dass er nur wegen des Witzes »Heil Hitler! – Heil du ihn doch!« ins Lager kam? Das sagt doch jeder in Berlin! Ich hoffe, dass er wegen dieser Lappalie doch bald entlassen oder zumindest begnadigt wird. Ich bin hier in London – obwohl weder christlich noch jung –, im Heim für christliche junge Männer untergebracht worden und hatte das Glück, mir das Zimmer mit Ernst Landauer teilen zu dürfen, mit dem ich mich auf der Flucht in Holland angefreundet hatte. Ernst ist aus Frankfurt und ist ein Studierter, der auch schon in der Schule Englisch gelernt hatte, was auch in Holland eine große Hilfe war. Denn selbst wenn die Holländer eigentlich Deutsch können, wollen sie es nicht verstehen, aus naheliegenden Gründen. Ernst schenkte mir auch ein Englischwörterbuch, denn er hatte zwei und hat mir das kleine überlassen. So lerne ich täglich mindestens zehn neue englische Wörter. Ernst korrigiert mich unbarmherzig, obwohl der das Englische mit starkem hessischem Akzent spricht,

was mich oft zum Lachen bringt. In Holland habe ich ihn dann auf dem Weg von Groningen nach Hoek van Holland mit dem Rad auf der Stange vorn mitgenommen. Unsere wenigen Habseligkeiten hatten wir in Rucksäcken und auf dem Gepäckträger festgeschnallt. Gegessen haben wir meistens nur abends. Wenn die Lokale und Bäcker zumachten, hat uns das Personal oder der Patron das Übriggebliebene dann umsonst oder für eine paar Pfennige überlassen, oder wir haben dafür Töpfe und Pfannen gespült, was bei Pech die ganze Nacht dauern konnte. Ich sehe vor mir, wie Du angesichts dieses Berichts lachen musst... Ich und Geschirr spülen! Also, liebe Mutter, sorg Dich nicht, dass ich »vom Fleisch falle«. Ab und zu wurden wir von der holländischen Polizei kontrolliert. Aber die waren immer sehr korrekt und freundlich. Das Angenehme in Holland war aber auch, dass ich als »langer Lulatsch« endlich niemanden überragte. Meine 1,87 m sind in Holland das Normalmaß. Auch die Frauen sind da alle mindestens 1,75 bis 1,80 m groß. Ernst, der nur so groß wie Walter ist, fand das nicht so ersprießlich, nur von »Riesen«, oder schlimmer, gar von »Riesinnen« umgeben zu sein... Weil ich nicht weiß, welche Briefe Du erhalten hast und welche nicht, rekapituliere ich einiges noch einmal: Die Kontrollen waren problemlos, da wir alle Visa und die Schiffspassage hatten. Die Überfahrt nach England war schrecklich! Also, falls ich mal zu den Soldaten gehen sollte: Marine oder Navy, wie das hier heißt, fällt für mich flach. Aber in die Verlegenheit komme ich über kurz oder lang wohl nicht, denn ich habe bei einem jüdischen Kürschner und Händler für Pelzmoden in der Nähe von Kensington eine vertretungsweise Anstellung als Buchhalter gefunden. Zum Glück sind Zahlen internatio-

nal, wenngleich das Buchhaltungswesen hier auf der Insel etwas anders organisiert ist. Auf jeden Fall kann ich so zusätzlich meinen Wortschatz um die Namen aller Pelztiere auf Englisch erweitern.

Vor vier Wochen war ich im Britischen Museum und habe mir dort die »Bill of Rights« und die »Magna Charta« im Original angesehen, aus denen sich später die Bürgerrechte entwickelt hatten, damals aber nur dem Adel vorbehalten. Aber immerhin! Dabei habe ich die Bekanntschaft eines interessanten Gentlemans gemacht: Mr Lionell Lonsdale hat zwar den Charme nicht gerade mit Löffeln gegessen, ist aber ein hochgeschätzter Sprechpädagoge, der sogar für das englische Königshaus tätig gewesen sein soll. Quasi im Gegengeschäft zu meinen buchhalterischen Diensten hat er sich bereit erklärt, mir die wichtigsten Hilfen für eine fehlerfreie englische Aussprache beizubringen. Ursprünglich hatte ich diesen Ehrgeiz nicht, aber seit unserer Begegnung, bei der er mir im Scherz die Lächerlichkeit des deutschen Akzents vorgeführt hatte, übe ich nun jeden Tag vor dem Spiegel die korrekte englische Aussprache, wobei das englische R mit gerollter Zunge oder das Th mit der Zunge an der oberen Zahnreihe nicht die Hauptschwierigkeit für uns Deutsche darstellt, sondern eher das korrekte W, was ich allerdings nicht schriftlich erklären kann. Auf jeden Fall spreche ich jetzt schon »englischer« als Ernst, der diesen Ehrgeiz nicht teilt, da er meint, dass wir ohnehin bald wieder zurück in die Heimat gehen werden und daher diese Mühe zur Perfektion überflüssig sei. Wie Du ja weißt, bin ich nicht so ein Optimist und stelle mich deshalb auf eine längere Zeit hier ein, da will ich mit meinem deutschen Akzent nicht über Gebühr anecken. Also übe ich brav nun

jeden Abend nach Feierabend vor dem Rasierspiegel auf unserem wackligen Tischchen im Zimmer, bis Ernst entnervt das Licht löscht.
Ich weiß, dass Du begierig auf Nachrichten über meine Beziehungen zur Damenwelt wartest. Ja, ich bin tatsächlich auf Freiersfüßen, aber es ist noch viel zu früh, um darüber berichten zu können. Für heute muss ich schließen, denn es ist spät, und der Wecker klingelt früh.
Grüße mir Walter, den Alten, die treue Seele, und all unsere Freunde und Nachbarn.
In Liebe, Dein Sohn
Benno,
... um den Du Dir keine Sorgen zu machen brauchst.

*

Eine rosa Wolke schwebte durch das Büro der jüdischen Wohlfahrtsstelle London North. Sie war aus rosa Angorawolle und umgab eine junge Frau mit schwarzem Lockenkopf und einer sehr grazilen Figur. Die junge Frau in dem rosa Angorapullover war als Volunteer im Dienst einer jüdischen Wohltätigkeitsorganisation tätig. Ihre Miene allerdings verriet, dass es mit ihrer Freiwilligkeit offenbar nicht so weit her war. Es war offensichtlich, dass Miss Eugenie Rabin diese unbezahlte wohltätige Arbeit nur gezwungenermaßen verrichtete. Der Ausdruck ihrer lebhaften bernsteinfarbenen Augen changierte ständig zwischen Langeweile, Widerwillen, Spott und Belustigung, vor allem aber naserümpfender Verachtung. Miss Rabin, die französisch-englische Jüdin, hielt sich für »etwas Besseres«. Aber sie war es auch. Sie verkörperte geradezu archetypisch die verzogene, verwöhnte Tochter aus reichem jüdischem Hause, die zu diesem Dienst offenbar aus pädagogischen Gründen oder zur Strafe verdonnert worden war. An Benno sah sie verächtlich rauf und runter, musterte angewidert seine zerschlissene Kleidung und ließ seinen forcierten Charme an sich abperlen wie Novemberregen auf einer Pelerine. Patzig knallte sie ihm seine Gutscheine auf den Tisch, Marken für vierzehn Tage Verköstigung im »Heim für christliche junge Männer«.

»Ihr seid wirklich *teure Freunde*! Glaubt bloß nicht, dass man *uns* Londoner Juden das schenkt! Wir müssen den Gojim alles gegen gutes Geld bezahlen!«, blaffte sie ihn an. Fasziniert starrte Benno auf ihre Hände. Ihre langen, krallenartigen Fingernägel zierte tatsächlich rosa Nagellack! Ihre Arroganz betrachtete er als Herausforderung, an der er sich nur allzu gern abarbeiten wollte. Anstatt zu witzeln, ob man bei Taufe das Essen beim Verein christlicher junger Männer dann gratis bekäme, als Jude aber nicht, fragte er nur ungerührt trotz Unsicherheit in der Wortwahl: »May I invite you for a cup of tea?«

Perplex klappte Miss Rabin der Unterkiefer runter. Sie legte den Kopf schief, als hätte sie sich verhört: »Say what?! *You* want to invite *me*?!«, fragte sie belustigt zurück.

»This is really chuzpe! Isn't it?«, frotzelte Benno. »I am waiting for your lunch break by the door«, haspelte er hastig und wunderte sich selbst, wie ihm die Worte so flüssig zugeflogen waren. Unerschütterlich weiterlächelnd grüßte er, mit zwei Fingern an seine Mütze tippend, und zelebrierte einen Abgang, um den ihn selbst sein älterer Bruder Walter beneidet hätte. Um one o'clock p. m. leuchtete ein rosa Angorapullover im düsteren Hausflur auf. Der Rauch von einer Player's Navy Cut umwölkte Miss Eugenie Rabin. Die Zigarette hing ihr im Mundwinkel und verlieh ihr einen Stich ins Ordinäre. Vielleicht war es das, was Benno wie ein Pfeil ins Herz traf. Oder sonst wohin. Er war entschlossen, sich nicht abweisen zu lassen. Auch wenn Eugenie nun vor Empörung die Hände in die Hüften stemmte und ihn auf Englisch anblaffte: »Na, Sie haben vielleicht Nerven! Ein Fürsorgeempfänger, der mich einladen will. Ich fasse es nicht!« Mit eiligen Schritten wollte sie ihn abschütteln, nur gelang es ihr auf ihren Hackenschuhen nicht. Da Passanten, die alle ihrem Lunch oder Tee entgegeneilten, sie ständig anrempelten, geleitete Benno die widerstrebende Eugenie chevaleresk in den Pub, vor dem sie zufällig standen. Immer noch erbost starrte sie ihn an, als er sie sanft am Arm zu einem freien Platz führte, »tea for two!« zum Tresen rief, sich neben ihr auf den Stuhl gleiten ließ und seufzend seine Schiebermütze abnahm. Er konnte selbst kaum glauben, dass er, der sonst eher Schüchterne, das wirklich zustande gebracht hatte, und lächelte unverdrossen weiter. Eine Minute ließ er Eugenie noch grollen.

»Your accent? Where is it from?«, fragte er, um den Einstieg in eine Konversation zu finden.

»It's a *French accent*!« Stolz warf sie den Kopf dabei zurück. Sie angelte sich eine neue Zigarette aus einem silbernen Etui und bot Benno mit ausgestrecktem Arm betont herablassend eine an. Benno nahm ihr das sil-

berne Feuerzeug aus der Hand, während sie die neue Zigarette in eine silberne Zigarettenspitze pfriemelte. Nach ein paar Zügen, bei denen sie beide dem Rauch gedankenvoll nachsahen, machte Eugenie plötzlich ihrer Erbitterung über ihren Vater Luft. Dieser hatte sie zu diesem Wohltätigkeitsdienst »verdonnert«, entnahm Benno ihrem Redeschwall, der weit über seinen angelsächsischen Verständnishorizont ging. Der böse Vater drohe, ihr das Geld zu kürzen oder ganz zu streichen, wenn sie sich nicht endlich mal nützlich mache und sehe, wie es anderen Menschen ginge, und nicht nur die verwöhnte Existenz einer nichtsnutzigen Tochter führe. Benno verstand zwar nur Bruchstücke ihres Redestroms, aber »father« und »good for nothing« sehr wohl. Darum setzte er eine mitfühlende Miene auf, bis Eugenie lächelte.
Egal, wann Benno in der nächsten Zeit die Geschäftsstelle aufsuchte, Eugenie blieb verschwunden.

Nach Bennos erster Episode von »Chercher la femme« mit Miss Rabin trat kurz darauf Traudel in sein Leben. Traudel Lichterloh kam aus Heidelberg. Sie hatte das pausbäckige Gesicht einer Käthe-Kruse-Puppe und einen Herzmund. Die Sanftheit ihres Wesens stand in groteskem Widerspruch zu ihrem feurigen Nachnamen. Sobald sie ihren Namen nannte, sahen sie alle verdutzt oder gar amüsiert an, vorausgesetzt, sie verstanden Deutsch. Unter ihrer weißen Schwesternhaube lugte ihr aschblondes Haar hervor. Schlaff hing es über den Kragen ihres Schwesternkittels, als sie Benno im St James' Hospital eine Tetanusspritze verpasste. So gefühlvoll

Traudel auch wirken mochte, so resolut versah sie ihren Dienst. Sie sah Benno streng an, als er kurz aufjaulte. Es war ihr Kinderlachen über seine Wehleidigkeit und ihre scheinbare puttenhafte Unschuld, die Benno für sie einnahmen. Mit einer solchen Frau sollte man Kinder haben, dachte er. In der Kantine setzte sich Traudel zutraulich neben ihn, ohne sein Einverständnis abzuwarten, und fragte ihn über sein Leben aus. Dass er als Immigrant bereits hier in England in Lohn und Brot stand, hatte sie sichtlich beeindruckt. Die Männer ihrer Familie konnten seit ihrer Emigration 1934 nach England bislang nicht recht Fuß fassen, erzählte sie traurig. Sie, ihre jüngere Schwester Erika, die sich als Dr. phil. nun klaglos als Köchin verdingte, und selbst ihre Mutter, die sonst ihr Leben lang die brave Hausfrau eines angesehenen Juristen in Heidelberg war, ernährten nun die Familie, während Vater und Bruder depressiv zu Hause herumhingen und so taten, als gäben sie sich einem wichtigen Studium hin – von was auch immer. Traudel aber vermutete, dass sie lediglich die Buchstaben in den Wälzern anstarrten. »*Schwermut*! Diesen Luxus können wir Frauen uns nicht leisten«, stellte sie bitter fest. Dabei verzog sie kurz schmerzlich den Mund und lächelte sogleich wieder engelhaft. Anna Lichterloh, ihre Mutter, fertigte feine Stickereien auf Abendtäschchen an, die sie auf dem Portobello Market verkaufte. Wie in ihrer Jugend bemale ihre Mutter außerdem Kindertassen und -teller, erzählte Traudel im Plauderton. Ihr handbemaltes Kindergeschirr sei inzwischen so begehrt, dass sie mit der Arbeit kaum nachkomme. Die Bestellungen würden sich bereits stapeln, so dass

Erika und sie selbst nach Feierabend mithelfen müssten, die vorskizzierten Blätter und Blüten auszumalen. Die Männer taugten dazu nicht. Sie lebten in der Hoffnung, recht bald in ihr altes privilegiertes Leben in Deutschland zurückkehren zu können. Ganz in ihrer Schwermut versunken, verdarben sie nur allzu oft die kleinen Tässchen und Tellerchen. Der Pinsel glitt ihnen aus, sie hinterließen fette schwarze Fingerabdrücke auf dem Minigeschirr, was nur Mehrarbeit für die Frauen bedeutete. Im Gegensatz zu den Männern ahnten die Lichterloh-Frauen, dass ihr altes Leben unwiederbringlich dahin war. Es würde nur noch eine schöne Erinnerung bleiben, wie ein ferner Traum. Sie würden auch nie wieder freiwillig zurückwollen, darin waren sich die Lichterloh-Frauen zwar insgeheim einig, gleichwohl nickten sie wie erwartet, wenn die Männer über ihre hochfliegenden Pläne für die Heimat sprachen, »sobald der Nazispuk vorbei ist«. Klaglos richteten sich die Frauen im neuen Leben in England ein und besuchten fleißig die teuren Englischkurse. Nachdem sich das erste Mitgefühl und das zartfühlende Verständnis für Vater und Bruder abgenutzt hatten, machte sich bei Traudel Enttäuschung über den zuvor hochverehrten Vater und den bewunderten Bruder breit. Auf die Enttäuschung folgten bald Erbitterung und tiefer Groll, abgelöst von Wut, was sich die Mutter zwar nicht eingestehen wollte, wohl aber die Töchter. Die Enttäuschung über den Vater und den Bruder, die sich nach Meinung der Frauen nur gehen ließen und ihnen, den auf einen Existenzkampf gänzlich unvorbereiteten Frauen, die Lasten als Ernährerinnen aufbürdeten, hinterließ bei Traudel

Spuren. Anders als zu ihrer Jungmädchenzeit in Heidelberg reichte der Zauber eines anziehenden, geistreichen männlichen Wesens allein nicht mehr aus, ihr Interesse zu wecken. Inzwischen betrachtete sie es als das Vorrecht und sogar als die Pflicht der Frau, bei der Partnerwahl darauf zu achten, dass sich ein Bewerber wenigstens lebenstüchtig zeigte. Nur dann erlaubte sich Traudel ein Mindestmaß an Gefühlen. Diesem »Big Ben« wollte sie deshalb erst einmal ordentlich auf den Zahn fühlen, schließlich war sie bereits siebenundzwanzig Jahre alt und mit Familienplänen in Verzug, ja eigentlich längst »überfällig«. Mit unseriösen Bewerbern wollte sie keine Zeit mehr verlieren. Ein geeigneter Kandidat sollte aber schon aus der Heimat sein, vor allem jedoch Jude. Mit anderen Worten: Das unverbindliche Tischgespräch in der Kantine des St James' Hospital mündete in ein regelrechtes Verhör.

Berlin, den 6. April 1939

Mein geliebter, guter Junge! Ganz herzlichen Dank für die hübsche Pessach-Karte! Ich freue mich, dass Du uns mit Deinem letzten Brief auch Bericht aus Deinem Leben erstattet hast. Wenigstens mit diesem Lichtblick in diesen finsteren Zeiten hast Du uns getröstet. Erst die gute Nachricht, dass Du Dir mit einem guten Freund das Zimmer teilen darfst, dann die Arbeitsstelle bei dem Kürschner hast – und nun auch endlich auf Freiersfüßen wandelst! Mit einer jüdischen Braut! Masel tov! Was kann sich eine jüdische Mame mehr wünschen, außer recht bald Enkelkinder? Aber ich will nicht vorgreifen. Danke für die Fotos von

Dir und Traudel und von der Verlobungsfeier. Du bist noch hagerer geworden und guckst so ernst! Deine Braut ist aber ein wahres Sahnebaiser, zum Anbeißen. Und ihre Familie scheint ja auch sehr ordentlich zu sein. Alles studierte Leute! Dagegen sind wir ein Haufen strohdummer Esel! Du bist ein echter Glückspilz. Masel tov! Von Walter, unserem Sorgenkind und Pechvogel, bekam ich nun recht lange keine Nachricht mehr. Aber er hat viele gute Kameraden um sich, die auf ihn aufpassen, und ansonsten vertrauen wir auf seine robuste Natur und Gottes Segen. Mein sächsischer Fels, mein Seelchen, Bruno Geißler, hält auch weiterhin wacker zu mir. Er wird sich nicht wegen der Rassengesetze scheiden lassen. Man schikaniert ihn nach Strich und Faden, aber Bruno hält stand! Du musst Dir um »die alte Silberpappel« also keine Sorgen machen. Gestern haben Fanny, Else und ich unsere Selma am Anhalter Bahnhof auf ihrem Weg nach Palästina verabschiedet. Selma hatte nach langen Verhandlungen mit der Gestapo einen Sonderzug für achthundert jüdische Auswanderer organisiert, und nun begeben sie sich auf eine gefahrvolle Reise ins Ungewisse. In den Orient! Stell Dir das mal vor! Ich soll Dich noch herzlich von Onkel Cäsar, dem Bukofzker, grüßen, der mit »Ja und Amen« immer hinter Selma hertrottet wie ein treuer Pudel. Heimlich, als Selma abgelenkt war, hat mir Cäsar ein Bündel mit Schmuck und Dollars in die Hand gedrückt. »Wir wären dann quitt«, meinte er, und dass er diese Schuld nicht in sein neues Leben mitschleppen wolle. Alles Weitere würde der beiliegende Brief erklären. Ja, und nun denk Dir, was im Brief stand! Wie perfide und abgefeimt sein Vater und Dein »lieber« Onkel Zacharias Segall, der ehemalige Kompagnon meines Vaters, uns alle beim Erbe und der Versteigerung des Besitzes in Osche und Schwetz übers Ohr gehauen hatten. Ungeheuerlich! Ich kann es immer noch nicht fassen. Nur ein Trost bleibt: Der Familienfluch wird auch den Zacharias Segall erreichen. Da bin ich ganz zuversichtlich. Else, seine verstoßene Tochter, kann sich immer noch nicht beruhigen darüber. Aber sage bitte bloß nichts zu Johannes, zu seinem Sohn, den Du ja auch kurz bei Else kennengelernt hattest. Johannes soll nun auch in England sein, mit dem Kindertransport nach Leeds. Falls Du ihn jemals treffen solltest: Alles, was ich Dir hier anvertraut habe, bleibt strikt unter uns! Der Junge kann doch nichts dafür. In Gedanken bin ich jetzt bei Selma, in deren Haut ich bei dem Abenteuer auch nicht stecken mag. Masel tov auch für sie. Sie fahren nach einem längeren Zwischenstopp in Wien über Budapest und Bukarest ans Schwarze Meer. Und von da – ich mag nicht daran denken – ins Gelobte Land! Genug für heute, sonst werde ich geschwätzig oder fange ganz entgegen meiner Natur noch an zu heulen! Deine alte Silberpappel

Der Exodus der Familie Bukofzker
Rumänien, September 1940

»Ach, wenn wir erst am Meer sind!« So begann im Sonderzug von Danzig nach Tulcea jeder zweite Satz. Nur Selma Bukofzker, geborene Kohanim, dachte nicht ans Schwarze Meer und die Endstation in Rumänien. Von dort sollte es per Schiff weitergehen durch die Dardanellen, die Ägäis und das Mittelmeer nach Palästina. Im Moment bewegte Selma jedoch etwas Unheroisches, etwas gänzlich Nebensächliches. Wie ein Staatsanwalt nahm sie Cäsar immer wieder ins Verhör: »Was war in dem Päckchen? Und was hattest du überhaupt mit Fränze zu tuscheln?« Zwischen beiden Fragen entstand eine Gedankenpause, in der sie wegen der ausgeschlagenen Gleise im Abteil hin- und hergeworfen wurden. Ein Tunnel gab Cäsar eine zusätzliche kleine Bedenkzeit, denn sie mussten hastig die Fenster schließen. Er tat, was er am besten konnte: Er stellte sich dumm. Nur im Schutz der Dunkelheit konnte er sich so überzeugend an der Wahrheit vorbeimogeln. »Selma, was du auch immer argwöhnst! Könnte es nicht auch nur ein bisschen Heimaterde aus Osche gewesen sein? Ein sentimentales Mitbringsel? Weder wir noch Fränze oder ihre Jungs werden unser Dorf je wiedersehen!«
Bei Licht hätte sie in seinen Augen die halbe Lüge hervorlugen sehen. Doch im Dunkeln klang das selbst für Selma plausibel.

Nur Cäsar konnte auf solche verrückten Ideen kommen! Ein Säckchen Erde aus Osche, als wäre es vom Ölberg. Lächerlich!
Selmas halbwüchsige Söhne Gabriel, Ariel und Raffael rollten im Dunkeln nur die Augen. Mit einem scharf gezischten »Tzch!« quittierte Selma die Antwort nur verächtlich. Cäsar war erleichtert. Sie hatte die Lüge geschluckt und würde nicht weiter nachhaken, nicht endlos weiter bohren. Das Geständnis wäre ihm auch zu peinlich gewesen. Mit welch abgekartetem Spiel sein Vater Artur Bukofzker zusammen mit Zacharias Segall nach dem Raubmord an den alten Kohanim deren Besitz an sich gebracht und dazu noch den polnischen Grafen als Strohmann vorgeschickt hatten, würde den ohnehin labilen Familienfrieden sprengen. Darum hielt Cäsar es für opportun, weiter zu schweigen, aber auch aus Scham. Dass der ehemalige Kompagnon des Ermordeten, der Segall, seinen Vater und den polnischen Grafensohn dazu angestiftet hatte, entschuldigte ihn auch nicht! Es war ein übles Komplott! Heikel war dabei für ihn, dass seine Frau Selma auch zu den ums Erbe betrogenen Schwestern gehörte. Es war schwer einzuschätzen, wie sie darauf reagieren würde. Aber auf jeden Fall heftig, so oder so. Darum behielt er sein Wissen für sich. Andererseits setzte ihm der Gedanke an die Schwägerin Franziska und ihren Sohn Walter, die beide nun mittellos im proletarischen Berlin versunken waren, mächtig zu. Sein Vater und sein Komplize, der Segall, hatten Schuld auf sich geladen, daran bestand kein Zweifel. Der eigentliche Haupterbe des Besitzes der Kohanims, Walter Kohanim-Rubin, »Kronprinz« und

Pechvogel der Familie, war damals nicht nur ums Erbe gebracht worden, sondern nun auch von den Faschisten um die Freiheit! Das hielt Cäsars empfindsame Seele nicht aus. Schon bei dem Gedanken daran kamen ihm die Tränen. Für Walter, den mehrfach Betrogenen, sollten der Schmuck, die Diamanten und die Dollars sein, damit er sich vielleicht doch noch retten könnte, falls er jemals aus dem KZ Buchenwald entlassen werden würde. So hoffte Cäsar, ein wenig Schuld abtragen zu können. Ansonsten hatte die Gestapo ihm und Selma ohnehin schon alle Wertsachen abgenommen, derer sie habhaft werden konnte. Doch gewitzt, wie er war, hatte Cäsar rechtzeitig die Goldstücke und Edelsteine in Säume und Schulterpolster eingenäht und die verräterisch knisternden Dollarnoten in den Absätzen seiner Schuhe versteckt.

In Gedanken an Franziska und Walter seufzte er auf und schlief in der Ecke des Abteils ein. Dabei zeigte Cäsar die engelhafte Miene eines Menschen, der mit sich im Reinen ist. Kurz hinter Constanta wurde er fast aus dem Sitz geschleudert. Die Gleise waren hier noch stärker ausgeschlagen als auf der bisherigen Strecke. Halb benommen bemerkte Cäsar mit Blick aus dem Abteilfenster, dass die Balkanlandschaft über Nacht alles Europäische verloren hatte, wenn man mal von den Autos der Gestapo absah, die den Zug wie ein Rudel hungriger Wölfe begleiteten. Mal fuhren sie rechts, bald links vom Zug, mal in der Ferne, mal zum Greifen nah. Gabriel, Ariel und Raffael machten verächtliche Gesten in ihre Richtung und begannen dann demonstrativ mit ihren üblichen Sportübungen: Klimmzüge an Haltestangen und Liegestützen auf dem Boden. Dabei genoss der Sonderzug aus Danzig ab Wien das Privileg, verplombt bis ans Schwarze Meer fahren zu dürfen. Die anderen Judentransporte konnten dieses Privileg nicht erwirken und gingen deshalb ab Bratislava unter Strapazen quälend langsam über die Donau weiter.

Die Donau galt als visafreies internationales Gewässer. Die Flussfahrt, früher eine Luxusreise für bessere Leute, war in den hoffnungslos überladenen ehemaligen Ausflugsdampfern jetzt eine wochenlange Strapaze mit Hunger, Durst und Gestank. Die Flüchtlinge auf den Schiffen, die das gleiche Ziel hatten, beneideten die Auswanderer im verplombten Zug. Im Gegensatz zu den Donaureisenden konnten die im verplombten Zug eingesperrten Juden wenigstens Wasser und Lebensmittel von fliegenden Händlern an den Bahnstationen beim Kohle- oder Wasserbunkern der Lok aufnehmen und Lebensmittel kaufen. Im angeschlossenen Speisewagen, den Selma in Bratislava organisiert hatte, wurden dann die Lämmer, Enten und Karpfen geschlachtet, anschließend in der Küche zubereitet, während man das Blut von den Esstischen, die als Schlachtbänke dienten, mühselig wegschrubbte und diese gnädig mit Zeitungspapier eindeckte, so dass die erste Schicht der hungrigen Reisenden eine warme Mahlzeit zu sich nehmen konnte. Der Blutgeruch stand immer noch im Waggon. Die zweite Schicht roch nur noch Essensdünste. Heute gibt es voraussichtlich die letzte warme Mahlzeit für eine lange Zeit, dachte Selma beklommen. »Man kann das Meer und die Freiheit jetzt schon riechen!«, jubelte sie plötzlich auf, wohl um sich selbst Mut zu machen.

Ihre Söhne Gabriel, Ariel und Raffael klebten nun begeistert an den Fenstern. Vorher hatten sie auf der Fahrt aus Trauer, Empörung und Abenteuerlust keine Augen für die Schönheiten des Balkans und der Donau, an der sie die ganze Zeit entlangfuhren.
Die rumänische Endstation Tulcea präsentierte sich zu Zikadengesang mit Palmen und Zypressen wie eine orientalische Postkartenidylle. Orthodoxe Kirchenkuppeln, die sich wie Trauben um eine Hauptkuppel drängten, bekrönt mit goldenen Zwiebeltürmen und den orthodoxen Doppelkreuzen auf den Dächern. Gleich gegenüber auftrumpfend mit einem mächtigen Gewölbe, jedoch abgeflacht wie der Panzer einer weißen Riesenschildröte, stand die Moschee mit vier Minaretten, die wie weiße Bleistifte in den stahlblauen Himmel stachen. Doch da hielt der Zug nicht. Ächzend kroch der Sonderzug aus Danzig in einer langen Linkskurve weiter. Durch den schwarzen Rauch der erschöpften Lok rollte die Bahn im Schritttempo auf den Hafen zu. Dort hatte sich die Mehrzahl der Schiffe bereits zum Sterben auf die Seite gelegt. Nebenan verrosteten Kräne, zerbröselten die Kais. Sie wetteiferten im Verfall. Hier hatten sich alle bösen Geister des Kontinents versammelt und machten jedem klar: »Das ist der Arsch der Welt!«
Das Donaudelta, der Anus des Kontinents, schied sie dort aus. Auf den ersten Blick schienen die Myriaden von Schmeißfliegen die einzigen Lebewesen am Arsch der Welt zu sein. Sie bildeten schwarze bis grünlich schimmernde Wolken. Der beißende Verwesungsgeruch faulen Fisches zog sie an. Erst auf den zweiten Blick

durch die Fliegenschwärme nahm man das schwärzliche Gewimmel von Menschen am Kai wahr. Drei Seelenverkäufer lagen da, die nur durch rostscheckige weiße Farbe zusammengehalten wurden. Selbst die sonst allgegenwärtigen Möwen mieden diesen verfluchten Ort.

Die heiteren Namen der einstigen Vergnügungsdampfer »Elsie«, »Betty« und »Kenisbey« waren notdürftig mit schwarzer Farbe grob durchgestrichen und darüber ungelenk mit den neuen Namen »Pacific«, »Milos« und »Atlantic« überschrieben worden. Die neuen Namen sollten offenbar Seetüchtigkeit suggerieren. An den Hecks der Schiffe hingen schlaff die ausgebleichten, ziemlich zerschlissenen Flaggen Panamas. Auf den Kommandobrücken torkelten betrunkene griechische Kapitäne und albanische Steuermänner mit glasigen Augen herum. Zwischen zwei Schlucken aus ihrer Schnapsflasche hielten sie nach ihrer Mannschaft Ausschau, die einen ähnlich vertrauenerweckenden Eindruck machte wie eine Horde Raubmörder und Berufsverbrecher. Doch im Vergleich zu den Gestapospionen wirkten sie so romantisch wie weiße Ritter.

Im Auftrag des jüdischen Menschenfreunds und Wohltäters Berthold Storfer, der von der Schweiz aus die Schiffe und Mannschaften gechartert hatte, sollten diese Seelenverkäufer die flüchtenden Juden vom Schwarzen Meer durch die Dardanellen, über Konstantinopel, Kreta und Zypern nach Palästina bringen.

Als Selma den Kai betrat, übernahm sie sofort das Kommando. Seltsamerweise schienen in dem Chaos alle nur darauf gewartet zu haben, dass endlich jemand

ordnend die Verantwortung und damit die Führung übernahm. Ein paar aufmaulende Männer, die sonst gewohnt waren, das Wort zu führen, aber durch ihre Rivalität das allgemeine Tohuwabohu nur mehrten, wurden von Selma mit kurzen Kommandos, wie man sie sonst nur Hunden und Pferden gibt, in die Schranken gewiesen. Nach einem ersten verblüfften Erstaunen fügten sie sich teils murrend, teils dankbar aus Einsicht. Selmas setzte durch, dass ihre Söhne Gabriel, Ariel und Raffael und sieben weitere kräftige Männer Schlagstöcke und Armbinden mit der Aufschrift »Ordner« bekamen. Cäsar führte Protokoll und trug, wie von seiner besseren Hälfte befohlen, Namen in Listen ein, die religiöse und nichtreligiöse Juden nach Nationalitäten sortierte. Selmas Ordnertruppe sollte gewährleisten, dass unter dem Ansturm der Passagiere die Ordnung aufrechterhalten werden konnte, wenn nötig mit Gewalt. Selma fürchtete, die Schiffe könnten Schlagseite bekommen, denn alle Passagiere schienen wie Lemminge einem geheimen Herdentrieb zu folgen und nach Backbord zu streben. Sollte das Schiff nicht noch im Hafen untergehen, wie einige Tage zuvor die »Ozeana IV«, die ebenfalls mit der vierfachen der zugelassenen Passagierzahl in See stechen wollte, dann mussten die Passagiere, wenn nötig mit schweren Eichenknüppeln, an ihre Plätze geprügelt werden.
Im zionistischen Vorbereitungscamp im brandenburgischen Philadelphia war Selma von der jüdischen Untergrundorganisation Haganah auf diesen Einsatz zur Auswanderung vorbereitet worden. Zur Ausbildung gehörte auch, Befehlsketten aufzubauen, Diszi-

plin, Morsen, Flaggensignale, Schießen und vor allem: Konspiration.
Gleich am ersten Tag, bei der ersten Essensausgabe im Hafen, ergab sich ein weiteres Problem. Die Orthodoxen verweigerten das Essen, weil es ihnen nicht koscher genug war. Selma fackelte nicht lange. Sie befahl, dass alle Orthodoxen die »Atlantic« wieder zu verlassen hätten und dafür an Bord der »Milos« zusammengefasst werden sollten. Dafür sollten dann »Reformjuden« von der »Milos« in gleicher Anzahl ausgetauscht werden. Kurzerhand übertrug sie den chassidischen Rabbinern die Verantwortung für ihre Anhänger, einschließlich der Beschaffung koscheren Essens auf der »Milos«. »Eine Sorge weniger!«, fand sie und ließ die ratlosen chassidischen Rabbiner stehen, die mit ihr über die Vorräte verhandeln wollten. »Unsere Vorräte sind alle nicht koscher. Wenn Sie mir vor lauter Frömmigkeit noch nicht einmal die Hand geben wollen«, entgegnete sie ihnen kalt lächelnd, »dann möge der Allmächtige euch auch ohne mich füttern, leiten und retten!« Wie ein düpierter General rauschte sie erhobenen Hauptes davon. Ihre zeternden Verfolger wurden von ihrer Knüppelgarde auf Abstand gehalten.

Smyrna, den 10. Oktober 1940

Liebste Else!
Wenigstens einer Menschenseele will ich rasch ein Lebenszeichen senden, nachdem wir nach unserem langen unfreiwilligen Aufenthalt in Wien nun mehrere Wochen unterwegs sind und uns selbst schon mehrmals für immer

verloren glaubten. Ja, wir leben noch! Noch! Wir gehören zu den Glücklichen, die nicht in der Ägäis schiffbrüchig geworden sind wie die Juden an Bord der »Pencho« und der »Aida«, die auf Flussraddampfern ohne Funk- und Navigationsgerät die Überfahrt über das Meer gewagt hatten und untergingen mit Mann und Maus.
Unsere Leidensgenossen der »Pencho« konnten sich wenigstens auf eine unbewohnte Insel retten. Ohne Proviant und Wasser mussten sie da ausharren, bis ein italienisches Schiff sie aufnehmen konnte. Die Juden der »Aida« sind fast alle im Meer ertrunken. Ein rumänischer Tanker wollte ihnen noch zu Hilfe eilen, warf Rettungsringe ins Wasser. An der Bordwand ließ man auch noch eine Strickleiter hinab. Nur war diese um einige Meter zu kurz. Das war für 142 Seelen der Tod: Baruch dayan ha'emet...
Wann wir endlich in Eretz Israel ankommen, steht in den Sternen. Wir liegen hier schon wieder seit zwei Wochen fest und hoffen auf die Hilfe unserer Brüder der hiesigen Gemeinde, so wie uns die Brüder in Konstantinopel geholfen hatten. Die Preise für Kohle sind außerdem ins Unermessliche gestiegen. Ich musste von uns allen sämtliche Armbanduhren und Schmuck, ja sogar die Eheringe einsammeln lassen und unsere Unterhändler damit losschicken, um Kohle, Trinkwasser und Lebensmittel zu kaufen. Unsere Kontaktleute von der Haganah helfen uns, so gut sie können.
Wir müssen es zur nächsten Etappe, mindestens aber bis Kreta schaffen. Leider haben wir bereits die ersten Fälle von Typhus an Bord. Das müssen wir streng geheim halten, sonst dürften wir keinen Hafen mehr anlaufen. Also, bitte auch in der Schweiz Stillschweigen, auch unserem Wohltäter gegenüber...

In unserer Totenkammer an Bord stapeln sich bereits die Leichen. Ich hoffe, dass Cäsar mit der hiesigen jüdischen Gemeinde vereinbaren kann, dass sie alle nach jüdischer Sitte in geweihtem Grund ihre letzte Ruhe finden. Ansonsten haben wir für die weltlichen Juden, die zum Glück die Mehrzahl stellen, Seebegräbnisse stattfinden lassen. Wir legen die Leichen in Säcke mit Ziegelsteinen am Fußende und geben ihnen ein paar Krümel Erde vom Ölberg in die Hände. Dann wird das Kaddisch gesprochen und mit der Hatikwa lassen wir sie dann über ein Brett sanft ins Meer gleiten. Selbst wenn wir irgendwo jüdische Erdbestattungen genehmigt bekämen, darf kein Angehöriger von Bord. Wir sind alle staatenlos, und ohne Pass dürfen wir nicht an Land. Nur Cäsar und ich haben Pässe, englische, gefälschte natürlich... So sind Cäsar und ich die Einzigen, die sich noch einigermaßen frei bewegen können. Aber ebenso wichtig wie die Aufnahme von Kohle ist die Versorgung mit Wasser und Lebensmitteln. Unser Budget dafür ist fast erschöpft. Wir haben Telegramme an unseren Wohltäter in der Schweiz geschickt. Falls Du auch noch etwas beisteuern könntest, rufe bitte Herrn Storfer in Zürich an oder telegrafiere ihm, eine telegrafische Geldanweisung nach Heraklion, unserer nächsten Station, zu schicken. Ansonsten bearbeitet den britischen und den schweizerischen Konsul vor Ort. Der Himmel weiß, wann dieser Eilbrief Dich über Konstantinopel, das ja nun »Istanbul« heißt, erreicht. Ich hoffe, dass er wie letztens auch nur drei Wochen bis in die Schweiz braucht. Gabriel, Ariel und Raffael geht es gut. Sie machen viel Sportübungen an Bord und sind uns eine große Hilfe, Disziplin und Ordnung unter diesen schrecklichen Umständen auf dem vielfach überladenen Schiff auf-

rechtzuerhalten. Besonders nützlich machen sie sich zu den Mahlzeiten, die wir in drei Schichten einnehmen. Zurzeit gibt es hartes Brot, das wir in einer Wassersuppe mit einigen Mohrrüben und Erbsen anbieten können. Uns allen schlottern inzwischen die Kleider am Leibe, so dass wir sie mit Seilen und Bindfäden an uns festbinden müssen, um sie nicht zu verlieren. Am schlimmsten ist die Situation der sanitären Anlagen. Süßwasser ist nur zum Trinken da. Wir waschen uns und die Wäsche schon seit Wochen nur noch mit Salzwasser. Nur weil wir mehrmals täglich mit Chlor und Lysol desinfizieren, sind noch nicht mehr Erkrankte zu beklagen. Medikamente haben wir auch kaum noch. Nur noch ein wenig gegen Läuse und die allgegenwärtig grassierende Krätze. Uns bleiben nur Gottvertrauen und die Unterstützung der Unseren aus der Schweiz. Was haben wir bloß der Welt getan, dass sie uns derart verrät?
In Liebe, Deine Cousine
Selma mit Familie

Bennos Exil
London, 3. August 1939

Benno hatte sich mit seinem Brotherrn, dem Kürschner Isaac Tchitchelintsk, vorsichtig angefreundet. Sein Chef war ein kugelrunder, ältlicher Mann, der unter seiner Gutmütigkeit litt und ständig unkte, dass sie ihn dereinst umbringen werde. De facto litt er aber nur unter einer ausgeprägten Rosazea im Gesicht, die große rote Flächen um Nase und Stirn bedeckte und als Fluch der Iren galt. Dabei war er ein orthodoxer Jude, der aus Czernowitz stammte und vor dreißig Jahren in das Londoner Geschäft seines Großcousins eingestiegen war. Seine Frau Schoscha meinte allerdings, dass die Tierhaare aus den verarbeiteten Pelzen und Fellen am Ausschlag schuld seien, denn er litt auch unter Asthma. Als Mr Tchitchelintsk Benno eines Abends fragte, ob er zum August 1939 in sein Haus in Whitechapel in die Dienstbotenkammer einziehen wolle, zögerte er keinen Augenblick und griff zu.
So gut sich Benno mit seinem Zimmergenossen Dr. Leopold Landauer im Heim für christliche junge Männer auch verstand, so sehr sehnte er sich danach, dem Schnarchen seines Zimmergenossen zu entkommen. Die Kügelchen aus weichem rosa Wachs mit Watte, die ihm Traudel aus ihren streng gehüteten deutschen Beständen zum Geburtstag geschenkt hatte, halfen gegen die nächtlichen »Sägegeräusche« nur bedingt.

Zum Glück passte Bennos Habe in einen Seesack und einen Pappkoffer, den er sich mit einem Gurt auf der anderen Schulter festzurrte. Mit einer Busfahrt war sein Umzug erledigt. Das winzige Oberstübchen, das sein Chef ihm überließ, konnte er gegen zusätzliche Büroarbeiten, die neben der Buchhaltung nun auch das Mahnwesen und die Eintreibung von Zahlungen umfassten, kostenfrei bewohnen. Dass die Rechnung eher zugunsten seines Dienstherrn aufging, trübte seine Freude über seine neue Unterkunft nicht. Ebenso wenig wollte er darüber klagen, dass er als »langer Lulatsch« zwischen all den schrägen Wänden eigentlich nur auf einem Quadratmeter in der Mitte seines Zimmers aufrecht stehen konnte.

Nicht weit von hier soll Karl Marx seine erste Wohnung gehabt haben, auch so ein jüdischer Emigrant aus Deutschland, tröstete er sich. Dabei dachte er an die noch elenderen Umstände, unter denen der Philosoph und Visionär unweit von seiner Behausung gelebt haben sollte. Ob es da wohl eine Gedenktafel gibt?, fragte er sich.

Mr Tchitchelintsk, den alle wegen der Unaussprechlichkeit seines ukrainischen Namens Mr Tchitchi oder einfach nur Boss nannten, hatte zwar volles Haupthaar und eine gewinnende sonore Stimme, aber schlimme Gichtanfälle. So fiel es Mr Tchitchi immer schwerer, sich persönlich auf den Weg zu säumigen Kunden zu machen. Die Eintreibungserfolge seiner ewig übellaunigen Frau, die den Charme einer beleidigten Krähe hatte, waren noch bescheidener als die seines jungen exilierten, radebrechenden Angestellten aus Berlin.

Benno bewältigte diese neue Aufgabe mit freundlicher Beharrlichkeit. Außerdem war die Tätigkeit ein gutes Übungsfeld für seine Englischkenntnisse. Auf dem Weg zur zahlungssäumigen Kundschaft memorierte er seine Standardsätze, die er in seinem Notizbuch stets nachschlug und ergänzte, sobald ihm eine neue Wendung vorgetragen wurde, die kein Fluch war. Dass die sommerlichen Temperaturen ungeeignet waren, das Bewusstsein für säumige Zahlungen für Rauchwaren zu schärfen, machte diese Herausforderung nicht leichter, jedoch lehrreicher, was die Vielfalt der Ausflüchte anging. Auf seinem Heimweg hatte er viel in sein Notizbuch unter der Rubrik »Excuses« nachzutragen. Nach den Entbehrungen auf der Flucht aus Deutschland und quer durch Holland ertrug Benno diese Kalamitäten mit heiterer Gelassenheit. Oft stand er so lange als fleischgewordener Vorwurf im Regen auf der gegenüberliegenden Straßenseite im trüben Schein einer Gaslaterne vor dem Haus des Schuldners, bis es dem Säumigen zu peinlich wurde und er lieber zahlte, als sich auch noch dem Tratsch der Nachbarschaft auszusetzen. Dass Benno dabei gern laut sang oder summte, erwies sich als zusätzlich hilfreich für seinen Auftrag. So blieb er guter Dinge, denn seine Freude überstrahlte alles. Das erste Mal in seinem Leben hatte er ein eigenes Reich! Eine eigene Bude! Die Aussicht, mit Traudel endlich die ersehnte Zweisamkeit in den eigenen vier Wänden genießen zu können, entschädigte für die Überstunden und Beschwernisse. Die unzähligen Stunden bei Wind und Wetter vor den mit Buchsbaum-, Kirschlorbeer- und Ligusterhecken eingehegten Anwesen mit

prunkvollen Villenportalen in Londons Nobelvierteln, vergingen ihm wie im Fluge. Ebenso leicht ertrug er all die grauen Tage des Addierens von Zahlenkolonnen. Mit feiner Handschrift übertrug er zum Abschluss die zaghaft mit Bleistift eingetragenen Ziffern mit Tinte oder Kopierstift auf das holzige Papier der Kontokorrentbücher für die Endbilanz.
Selbst diese Zeit wurde ihm leicht, denn sein Herz sang einen Choral. Weil Benno sich die britische Version der Bilanzbuchhaltung selbst beibringen musste, sensibilisierte diese Tätigkeit ihn auch für den alles durchdringenden Geruch einer drohenden Pleite. Der Pesthauch des Ruins, der das gesamte Geschäft durchzog und den er nur berauscht von der Erwartung auf sein nahes persönliches Happy End unter der Chuppa verdrängen konnte, wurde immer penetranter und schien sich selbst unter den Blümchentapeten einzunisten wie Wanzengestank. Was brauche ich schon zum Leben?, dachte er bescheiden, schlug einige Nägel für eine Gardinenstange, den Rasierspiegel, die Kleiderhaken in die Wände. Er versuchte, einmal nicht an das grausame Los seines Bruders zu denken und an seine vermeintliche Schuld daran. Beim Einschlagen der Nägel riss er faustgroße Löcher in das bröcklige Mauerwerk, so dass er alle Haken sorgsam eingipsen musste. Vorsichtig strich er zur Tarnung die Tapetenfetzen über die zugespachtelten Löcher. Seine Wörterbücher, Notizkladden und den uralten deutschen Baedeker-England-Reiseführer, den er noch in Holland erstanden hatte, sortierte er auf das Fensterbrett. Seine wenigen Habseligkeiten fanden in der kleinen Kommode Platz. Obenauf stellte er die in

Pappe gerahmten Fotos seiner Mutter Franziska, seines unglücklichen Bruders Walter sowie den Schnappschuss von Traudel und ihm, lachend in einer Luftschaukel in einem Lunapark an der Themse. Vertrackt war nur, dass sich, seit er über »seine eigene Bude« verfügte, die Sache mit Traudel immer schwieriger gestaltete. Dreimal hatte sie Benno schon versetzt. Zuerst hatte ihr Vater eine schwere Nervenkrise mit Selbstmordversuch, und sie musste der Familie beistehen. Das zweite Mal musste sie die zusätzliche Schicht einer erkrankten Kollegin übernehmen. Das dritte Mal war sie dann selbst mit Grippe bettlägerig. Zum nächsten geplanten Besuch musste Benno im St James' Hospital anrufen und seinerseits Traudel absagen, denn er saß wegen eines Bahnstreiks in Surrey fest, wohin ihn die Pflicht geführt hatte. Wegen einer überraschenden Buchprüfung in Mr Tchitchis Geschäft war Benno dann auch das nächste Mal unabkömmlich. Es war wie verhext.
Ist es vielleicht doch nur ein Techtelmechtel?, fragte er sich mittlerweile bang. »Wir sind wie die zwei Königskinder im Volkslied«, seufzte Traudel am 2. September 1939 Benno betrübt durchs Telefon zu. Benno fuhr sich verzweifelt durchs Haar, tröstete sie und sich selbst: »Noch ist nicht aller Tage Abend, Traudel!«
Am nächsten Morgen trat England in den Krieg ein. In aller Herrgottsfrühe des 5. Septembers wurde heftig an Bennos Zimmertür geklopft. Zwei Bobbys und zwei Herren in Zivil erklärten ihm schroff, dass er nun ein feindlicher Ausländer sei. Auf der Stelle solle er seine Sachen packen. »One suitcase only!« Er käme in ein Internierungslager, hieß es. Sein Flüchtlingsstatus und

seine Arbeitserlaubnis waren mit sofortiger Wirkung aufgehoben, ab sofort galt er als potenzieller Feind. Als Unperson! Die beiden Bobbys dampften vor empörtem Patriotismus. Die Herren in Zivil blickten nur streng. Dass er doch selbst vor dem gemeinsamen Feind geflohen war, interessierte niemanden. »Ja, ja! Das sagen sie jetzt alle, die Hunnen! Mitkommen!«

Vorbei an Mister und Mistress Tchitchi, die verschlafen in ihren wattierten kunstseidenen Morgenmänteln ein verstörtes Zwei-Personen-Spalier bildeten, führte man ihn ab. Zur gleichen Zeit setzte eine Hetzkampagne gegen die Flüchtlinge aus Deutschland ein. Nur zwei Zeitungen widerstanden dem Kesseltreiben: die »Picture Post« und der liberale »Daily Herald«.

*

»Das gibt hier noch mal Mord und Totschlag!« Mit der kalten Klinge eines breiten Fleischermessers drückte Heini Bennos Beule an der Stirn runter. Währenddessen kühlte sich Benno seine aufgeschlagene Lippe, die wie eine aufgeplatzte Blutwurst aussah. Einen halben Tag wurden sie auf der Ladefläche eines Lkws durchgeschüttelt. Von Liverpool ging es auf einem Viehtransporter nach Douglas auf der Isle of Man. Wegen der schweren See schien die Überfahrt endlos, sie kamen mehr tot als lebendig im Hafen an. Die drei an der Hüfte zusammengewachsenen rennenden Beine auf dem Wappen der Insel signalisierten Benno: »Hau ab, wenn du kannst!« Eine nette Idee, dachte er, aber momentan nicht durchführbar!

Abgeladen wurden sie irgendwo vor ein paar baufälligen Nissenhütten, die im Ersten Weltkrieg als provisorische Kasernen gedient hatten. »Camp Huyton« stand auf dem Schild am Eingang. Bennos Kumpel Heinrich Baltus, der aus einer jüdischen Kaufmannsfamilie in Hamburg stammte, war schon 1933 mit seiner ganzen Familie nach England emigriert. Wahllos wurden sie nun nach Kriegseintritt als feindliche Ausländer mit anderen internierten Deutschen zusammengesperrt. Das ergab oft eine wilde Mischung. Benno und Heini mussten sich eine Stube mit drei strammen »Volksgenossen« teilen, drei vierschrötige Nazis gegen zwei leptosome Juden, dachte Benno, da war schon rein optisch die Serie ihrer Niederlagen vorprogrammiert. So kam es, und zu unguter Letzt warfen die Nazis noch ihre Strohsäcke, die ihnen als Schlafstätten zugeteilt worden waren, nach draußen in den Morast, zusammen mit ihren wenigen Habseligkeiten, die sie gerade noch aus den Schlammpfützen retten konnten. Es regnete mal wieder, der typische englische Regen, der Spinnweben gleich filigraner als deutscher Regen auf die Irische See niederging. Trotz der Nässe und des Herumwühlens im Schlamm blieb Benno unverzagt. Er war stolz, dass er wenigstens einem der stiernackigen »Arier« ein blaues Auge hatte schlagen können.
»Ich hab nun mal die längere Reichweite, du Herrenmensch!«, brachte er trotz lädierter Lippe noch spöttisch hervor. Geistesgegenwärtig duckte sich Benno, um sich nicht noch einen nationalsozialistischen Schwinger einzufangen. Dabei war es das erste Mal, dass Benno sich geprügelt hatte. Körperliche Auseinander-

setzungen waren in Berlin die Domäne seines älteren Bruders gewesen. Wenn er früher in Not war, hatte er Walter zu Hilfe gerufen, doch nun war er auf sich allein gestellt. Bennos und Heinis Erlebnisse in der Baracke waren keine Ausnahme. Irgendwo im Camp war immer eine Keilerei im Gange. Ständig gab es Geschrei und Gepolter, begleitet vom Geräusch splitternden Holzes oder klirrenden Glases. So konnte es nicht weitergehen! Zusammen mit zirka zwanzig anderen Juden fand sich eine Abordnung mit blutenden Wunden in der blaugerauchten Dienststube des diensthabenden Offiziers, bei Sergeant Finnley, ein. Sie protestierten auf das Heftigste, sofern es ihre spärlichen Sprachkenntnisse zuließen. Sergeant Finnley hatte das dümmliche Gesicht eines Etappenhengstes. Aus seinen engstehenden wässrigen Augen starrte er sie teils überrascht, teils misstrauisch an. Dass er sich über ihre Petition wunderte, war umso erstaunlicher, als er selbst mehrmals mit Trillerpfeife und Schlagstock in die Kämpfe eingreifen musste. »Alles Wilde, diese Deutschen!«
Auf ein Anliegen von potenziellen Feinden einzugehen, hielt Finnley für ein Zeichen von Schwäche. Also jagte er die Männer mit gezücktem Schlagstock unter Gebrüll aus seiner Schreibstube. Um die Wunden sollten sich die Sanitäter kümmern. »Abmarsch!«
Die deutschen, böhmischen und österreichischen Juden sammelten sich daraufhin in der baufälligen ehemaligen Kapelle des Camps. Sie kamen überein, dass man angesichts des allseitigen Unverständnisses gleich mit mehreren Seiten gleichzeitig verhandeln müsse. Auch mit den Nazis, die sich sicher auch von ihnen, dem

»jüdischen Ungeziefer«, befreien wollten. Sie nahmen an, dass die Engländer eher an einem ruhigen Dienst interessiert seien, Tee trinken und Windhundrennen im Radio verfolgen wollten.
Allerdings witterten die Nazis hinter der Verhandlungsbereitschaft der Juden, die sie soeben verprügelt hatten, eine besonders schlaue List, die sie nur noch nicht so recht durchschauten. Aber schließlich überzeugte ein deutsch-schweizerischer Liberaler mit ungeklärtem Status die »Volksgenossen« davon, dass es für alle Seiten besser wäre, wenn man sich *gerade vor den Tommys* als Deutscher keine Blöße gäbe. »Es ist doch würdelos, hier solch einen Skandal zu machen. Das schadet doch nur dem Ansehen Deutschlands!« Sie nickten.
Ein wenig später wurde Sergeant Finnley ein Umbelegungsplan unterbreitet, ein Vorschlag, wie man die Männer nach politischer und rassischer Couleur am besten verteile, damit das Camp endlich zur Ruhe käme. Der Umquartierungsplan war dabei sogar so detailliert ausgearbeitet, dass Nazis unter Nazis, deutsche Sozialdemokraten, Kommunisten, Liberale und Juden, sortiert nach religiösen und weltlichen, sowie die Zeugen Jehovas jeweils unter ihresgleichen bleiben sollten. Dieses Verfahren nannten die Briten dann zur Belustigung der Juden »The Jewish Housing Plan«.
Am 15. Dezember 1939 schleppte Benno ein drittes Mal seine Habe zur nächstbesseren Baracke der weltlichen Juden, die, so wie er, als feindliche Ausländer der Stufe C eingestuft worden waren. Mit der Stufe C galten sie als »minderfeindliche Ausländer«. Erstaunlich höflich klopfte es plötzlich an der Tür, als Benno gerade

seine wenigen Habseligkeiten in den Spind sortieren wollte. Im Türrahmen zeigte sich Sergeant Finnley mit drei Herren. Einer davon, ein Einarmiger in der Uniform eines Majors, war augenfällig der britischen Upperclass zuzuordnen. Die beiden waren so auffällig dezent zivil gekleidet, dass es einer Uniform gleichkam. Benno wurde von Sergeant Finnley in Begleitung der Herren in die Schreibstube komplimentiert. Zu seinem Erstaunen nahm der Sergeant nicht die gewohnte Herrscherpose hinter seinem Schreibtisch ein, sondern verließ nach militärischem Gruß auf leisen Sohlen das Dienstzimmer. Offensichtlich genoss die Abordnung seinen ganz besonderen Respekt. Benno staunte nicht schlecht, als er mit etwas Verzögerung unter den Männern in Zivil seinen alten Zimmerkameraden, Dr. Leopold Landauer, erkannte, der aber seltsam verändert wirkte. Auf den ersten Blick konnte sich Benno nicht erklären, worin die Veränderung seines ehemaligen Mitbewohners im Londoner Heim für christliche junge Männer genau bestand. Bedächtig nahmen die Herren an der kleinen Besprechungstafel Platz und luden ihn ebenfalls ein, sich zu ihnen zu setzen.

Nach einer bedeutungsvollen Schweigepause nahm auch der Major seine Mütze vom Kopf, strich sich das semmelblonde Haar glatt und erteilte mit einer Geste Dr. Landauer das Wort.

»Also, die Sache ist die«, begann Leopold Landauer etwas befangen mit einem Räuspern: »Der Krieg ...«

»... den wir lange, lange kommen sahen, stimmt's, Leo?«, ermutigte ihn Benno.

»Äh ... ja genau! Und ich erinnere mich, dass du oft

davon gesprochen hast, wie gern du gegen die Faschisten kämpfen würdest.« Hier ließ er in einer dramatischen Kunstpause einen Engel durchs Zimmer schweben.

Mit einem schmalen Lächeln nahm Benno das Bonbon, das Landauer ihm hingeworfen hatte, auf und schmeckte es nach Nuancen durch. »Das will ich immer noch! Wenn es das ist, was du und der Major wissen wollt.«

Benno witterte Morgenluft. Landauer nickte dem Major bestätigend zu. Dieser gab ihm erneut ein aufmunterndes Handzeichen.

»Also, der Major ist dabei, zuverlässige Männer für die Armee zu rekrutieren. Du hattest dich mehrfach als Freiwilliger gemeldet, und ich habe auch für dich gesprochen. Bist du bereit, in der Armee seiner Majestät zu dienen? Im Pioniercorps?«

Benno nickte. Fast alles wäre ihm recht, um dem Camp und der Insel zu entkommen.

Aber was ist mit Traudel?

*

24. Januar 1940

Am 22. Januar um sechs Uhr morgens ging es endlich los. Raus aus dem militärischen Teil des Camp Kitchener in einem harten Marsch durch hohen Schnee nach Sandwich. Jeder von uns Soldaten wurde mindestens von einem Freund aus dem zivilen Teil des Camps begleitet. Trotz Schnee und Kälte ging mein guter Freund Heini mit mir zum Bahnhof, wenig später sollte er ebenfalls ins Pioniercorps eintreten, allerdings aufgrund seiner Ausbildung als Ingenieur dann gleich auf Offiziersebene. Im Zweifelsfall wäre er dann automatisch mein Vorgesetzter ... egal! Auf dem Bahnhof warteten wir eine Ewigkeit auf den Zug und setzten uns einfach auf den Bahnsteig. Zur Stärkung der Moral sangen die englischen Soldaten Lieder, die patriotisch und schmissig klangen, die wir »freundlichen feindlichen Deutschen« aber nicht kannten und noch weniger davon verstanden. Außerdem hatten wir keine Ahnung, wohin die Reise gehen sollte, doch dann machte das Gerücht die Runde, dass wir nach Southampton und von da über den Kanal rüber nach Frankreich transportiert würden. Wohin auch sonst? Ich hatte das Glück, auf dem ersten Teil der Reise durch das verschneite Kent mit sechs Kameraden in einem Abteil der ersten Klasse reisen zu dürfen. Dann ging es durch Surrey und Devonshire nach Southampton. Dort warteten wir auf die anderen Truppen und bestiegen dann die grau gestrichenen Schiffe, die genauso grau waren wie die See. Normalerweise würde eine solche Überfahrt drei bis vier Stunden dauern, aber wir warteten auf den Nebel und landeten erst abends bei Dunkelheit. Es dauerte eine Ewigkeit, bis wir endlich in den Hafen von Cherbourg einlaufen konnten.

1. Februar 1940

Von Cherbourg ging es auf Lkws landeinwärts. In irgendeine kleinere Stadt, deren Namen ich nicht lesen konnte, weil wir unter den Planen nichts von Land und Leuten mitbekamen. Wir wurden in Baracken untergebracht, in denen vorher spanische Flüchtlinge gehaust hatten. Wir schliefen nur auf unseren Decken auf dem bloßen Steinfußboden. Am nächsten Tag bekamen wir ordentliche Strohsäcke und sogar Feldbetten. Aber auch hier auf der französischen Seite des Kanals war es lausig kalt, und viele Kameraden wurden krank. Zwei Drittel fielen so erst einmal aus.

Jene, die bei Kräften waren, gingen schnurstracks in den örtlichen Puff. Sie waren neugierig auf die französischen Nutten. Als ob französische Huren die Mösen quer hätten, lächerlich! Ich bin mitgetrottet, aber war dann so abgestoßen, dass ich lieber nur an die Bar ging, um französischen Wein zu trinken. Das Schauspiel, das sich mir in dem Bordell bot, hatte mich angeekelt. Vielleicht liegt es an meiner Erziehung, Frauen mit Achtung und Höflichkeit zu begegnen, anstatt sie derart herabgewürdigt zu sehen. Mir drehte sich der Magen um. Ich war schockiert. Natürlich gab es auch in Berlin unzählige Bordelle, auch im Arbeiterbezirk Wedding, doch unsereins hielt sich da schon aus Überzeugung und aus Gründen der sozialistischen Moral fern! Immer noch kein Lebenszeichen von Traudel. Ich habe Mr Tchitchi geschrieben, er möge doch nachforschen, wo sie abgeblieben sei. Hoffentlich ist sie in England interniert und nicht nach Kanada oder Australien ausgeschifft worden. Das wäre das Ende.

15. Februar 1940

Auch ich habe mich nun wahnsinnig erkältet wie fast alle Kameraden des 74. Zuges. Es war so schlimm, dass ich noch nicht einmal aufstehen konnte. Es gab keine Medizin, aber wenigstens Zitrone und heißes Wasser. Vom Essen will ich hier gar nicht reden, denn schlucken kann ich sowieso nichts, außer vielleicht eine Hühnersuppe, wie sie meine Mutter macht. Wegen der Kälte und um sich nicht wieder anzustecken, versorgten wir uns mit Balaklavas, wollenen Sturmhauben. Ansonsten tauschten wir jüdische Soldaten unsere Gebetbücher. Man muss sich an irgendetwas halten, auch wenn man nicht religiös ist.

Die Seelenverkäufer
Selma, Cäsar, Gabriel, Ariel und Raffael

Auf der »Atlantic« hatte man am 26. Oktober 1940 ebenfalls Gründe zum Beten. Darüber hinaus war es brütend heiß. Die Auswanderer auf dem Seelenverkäufer waren Juden ohne Papiere. Staatenlos. Geächtet. Alles, was sie jemals besessen hatten, hatte man ihnen geraubt. Zuerst das Land, die Häuser, Wohnungen und ihre Existenzen, dann die Radios, Telefone, den Schmuck, Pelzmäntel, sogar die Haustiere, selbst wenn es sich nur um ein paar Goldfische gehandelt hatte. Dann wurden ihnen die Ersparnisse, die Heimat, ihre Pässe, zum Schluss die Freiheit und die Würde genommen. Das nackte Leben war ihnen gerade noch geblieben. Und selbst darum mussten sie nun kämpfen. Man würde mindestens drei Tonnen Kohle brauchen, um Palästina zu erreichen, hatte das Flüchtlingskomitee ausgerechnet. Tagelang verhandelte das Komitee mit den Notabeln der Insel, ergebnislos. Schließlich griff man zum letzten Mittel: Cäsar Bukofzker! Während der Reise hatte Selma Kohanims zweiter Ehemann eine seltsame Karriere gemacht. War er zuerst nur der mühsam geduldete, von allen belächelte, Pantoffelheld seiner herrschsüchtigen Gattin, dessen Erfahrungen als Frühstücksdirektor im väterlichen Unternehmen keiner ernst nahm, so zeichnete er sich nach und nach durch eine Eigenschaft aus, die allen »harten Hunden« im Komitee abging. Diplomatie! Bukofzker, der kleine, trotz Hunger immer noch rundlich gebliebene Herr mit den freundlichen blauen Augen, dem vollen weißen Haar und buschigen Augenbrauen verfügte nicht über Dominanz und beanspruchte keine Macht. Er hatte aber die seltene Gabe, die unterschiedlichsten Menschen für sich einzunehmen. Stets traf er den richtigen Ton, egal welcher Herkunft seine Gesprächspartner waren. Dabei entfaltete er ein erstaunliches Verhandlungsgeschick, und das in mehreren Sprachen. Vorher waren diese Talente niemandem so recht bewusst, selbst seiner Frau nicht. Wenn man ihm zum Anfang der Reise nur rüde über den Mund fuhr, sobald er sich zu Wort meldete, was ohnehin nur selten geschah, so verstummte nun das zunehmend hilflos gewordene Auswandererkomitee, sobald sich Cäsar mit einem zaghaften Handzeichen lächelnd meldete. Sogar seine forsche Ehefrau schwieg plötzlich respektvoll, wenn er räuspernd das Wort ergriff und dabei wie üblich lustig seine buschigen weißen Augenbrauen hüpfen ließ.

Über zwei Wochen lagen sie nun vor Heraklion auf Reede. In den kretischen Hafen durften sie nicht einlaufen. Sie hatten keine Lebensmittel, kein Wasser und keine Kohle mehr an Bord. Dafür aber Typhus und eine Masernepidemie. Mit an Bord hatte man, weil nur die »Atlantic« über einen Kühlraum verfügte, inzwischen aber auch neun Leichen von orthodoxen Juden von den anderen Schiffen des Konvois. Ihre trauernden Hinterbliebenen lehnten eine Seebestattung aus religiösen Gründen kategorisch ab. Weil man im Kühlraum aber nun Lebensmittel bunkern musste, wurden die Lei-

chen in einen anderen Raum verlegt. Mit essiggetränkten Tüchern vor dem Mund bewachten die Familienangehörigen dort ihre Toten, weil sie befürchteten, das säkulare zionistische Komitee könnte die Leichen ihrer Lieben doch noch heimlich in einem Seesack über Bord werfen, so wie man es mit den sterblichen Überresten der weltlichen Juden oder Reformjuden tat.
In dieser verzweifelten Lage, die am 28. Oktober 1940 noch um einige Grade verzweifelter wurde, war Cäsar Bukofzker plötzlich der Mann der Stunde. Das Komitee war komplett am Ende. Selbst die militanten Haganah-Agenten konnten nichts mehr ausrichten. Mit gesenktem Blick saßen sie schweigend am Tisch und rauchten in tragischer Pose um die Wette. Dabei ging es seit vielen Tagen immer um das Gleiche, um Wasser, Kohle, Lebensmittel und die Toten. In etwa dieser Reihenfolge. Hungern könnte man noch, aber nicht dursten bei einer Hitze von fünfunddreißig Grad, die für Ende Oktober ungewöhnlich war. Ohne Kohle war kein Weiterkommen und alles vergebens. Die verwegenen Männer der Haganah und Selma hatten sich mit allen Notabeln und Mächtigen der Insel komplett zerstritten. Ihnen eilte bereits der Ruf als unverschämte »troublemaker« voraus. Cäsar wusste aus seinem früheren Arbeitsleben als »Grüßaugust«, dass man als Vorbedingung zu heiklen Verhandlungen den Stallgeruch der Ebenbürtigkeit mitbringen musste. Seinen Gesprächspartnern müsste er als ihresgleichen entgegentreten, als der harmlose Gentleman in einer momentanen Zwangslage, dem man gern behilflich sein möchte. Die Pose des auftrumpfend kämpfenden Zionisten, der Nichtjuden gegenüber

immer eine gewisse Feindseligkeit, Herablassung oder gar Verachtung durchscheinen ließ, war hier reines Gift, das bereits eine breite Spur von Erbitterung und Ablehnung hinterlassen hatte. Cäsar Bukofzker hatte, anders als alle anderen im Komitee, die erstaunliche Fähigkeit, selbst eingefleischte Antisemiten ihren Judenhass vergessen zu lassen. Man wollte dem sympathischen Herrn, der doch bloß »zufällig Jude war«, von Herzen gern gefällig sein. So hüpfte Cäsars Herz vor Freude, wieder seine wahre Natur zu zeigen, insbesondere, seit er wusste, was für das ganze Unternehmen auf dem Spiel stand. Sein Verhandlungsgeschick war vielleicht die letzte Hoffnung von tausendachthundert Menschen. Bei diesem Gedanken stutzte er sich die Nasenhaare im zersprungenen Vergrößerungsspiegel, ließ sich sein volles weißes Haar vom Bordfriseur noch sorgfältiger in Fasson bringen, die Ohren und den Nacken ausrasieren und kleidete sich mit Sorgfalt in seine über alle Fährnisse der Flucht gerettete vornehme Bekleidung mit frischem Hemd, tadellos gebundener taubenblauer Seidenfliege, blank geputzten Budapestern und dem unerlässlichen feingeflochtenen weißen Panamahut auf dem Kopf. Diese großbürgerliche Aufmachung fiel ihm allerdings von Mal zu Mal schwerer. Schon die Herstellung eines gebügelten Hemdes kam unter diesen Umständen einer Herausforderung gleich. Sein Oberhemd war nach der Bleiche des Salzwassers und von der Sonne des Mittelmeeres zwar sehr weiß und vom Trocknen im Wind einigermaßen faltenfrei, so dass es fast wie gebügelt aussah, doch der Kragen begann leicht auszufransen, was die stramm gebundene Fliege überdecken musste. Demütig und fast mit Bewunderung wischte und zupfte seine Ehefrau an ihm herum und sprach leise eine Broche. Cäsar genoss die neue Art und Weise, wie sein Eheweib Selma ihn seit einiger Zeit anschaute. Mit dieser eigenartigen Mischung aus Staunen, Respekt und Schuldbewusstsein bat sie nun mit samtigen Blicken im Nachhinein um Abbitte für früher zugefügte Kränkungen. Aus Takt tat Cäsar so, als bemerke er es nicht. Zum Schluss ergriff er die vorletzte Flasche Single Malt Whisky, die er über die Fährnisse ängstlich gehütet hatte. Denn nach den Honneurs beim Schweizer Konsul und der Jüdischen Gemeinde von Heraklion war es ganz besonders wichtig, dem Hafenmeister seine Aufwartung zu machen und ihn günstig zu stimmen für ein Wegsehen bei eventuellen illegalen Transaktionen. Das ging nur mit Hochprozentigem von sehr guter Qualität und sehr viel Vertrauen.

Als Cäsar sich endlich mit leisem Klatschen die Reste des Old-Spice-Rasierwassers auf die Wangen auftrug und mit seiner Erscheinung zufrieden war, tastete er sich mit Panamahut, Aktentasche und Sonnenschirm ans Oberdeck. Trotz der Segelplanen, die das Deck beschatteten und kühlen sollten, schlug ihm vom Schiffsdeck eine glosende Hitze entgegen. Die meisten Mitreisenden lagen wie betäubt unter Sonnensegeln. Zur Kühlung gossen sie sich regelmäßig eimerweise das laue Salzwasser über die Köpfe. Das bleichte ihre Haare. Alle Passagiere gerieten so blonder, als es ihre jüdische Natur für die meisten von ihnen vorgesehen hatte. »Mittlerweile könnten wir als ein Dampfer voller Norweger durchgehen«, juxte Daniel, der oberste

Haganah-Offizier im Auswandererkomitee, der wegen seines roten Vollbartes Barbarossa genannt wurde.
In der brütenden Agonie flitzten nur die Kinder wie üblich über alle Decks, jagten abwechselnd die Ratten und Kakerlaken, spielten Verstecken, die Mädchen gegen die Jungs. Die Älteren fingen indes unter Anleitung des kinderlieben albanischen Heizers Fische mit aufgespießten Kakerlaken als Köder. Cäsar hielt mit seiner Linken den teuren Panamahut fest, stieg in das wacklige Beiboot, klemmte sich die Aktentasche zwischen die Knie und spannte Selmas hellen spitzenverzierten Sonnenschirm über sich auf. Ein finster dreinblickender Haganah-Verbindungsmann ruderte ihn zum Hafen. Sie sprachen kein Wort. Am Kai beschleunigte Cäsar seine Schritte. Er wollte möglichst rasch in die luftigen, schattigen Gassen von Heraklion einzutauchen. Um den Jammer seiner Leute schnell aus dem Kopf zu bekommen, stürmte er voran. Man kann sich zwar unglücklich und elend fühlen, aber man darf in Verhandlungen auf keinen Fall so aussehen, lautete die Grundregel, die ihm noch sein Vater Artur Bukofzker einst im Stammhaus ihres kleinen Papiermühlenimperiums in Schwetz eingeschärft hatte. »Dein Gegenüber riecht deine Schwäche und deine Angst, darum hab erst gar keine!«, hatte der alte Bukofzker dem jüngeren immer gepredigt.
Befreit atmete Cäsar durch. Er berauschte sich am Duft von Oleander und Zitronenblüten. Allzu gern hätte er eine Weile die Augen geschlossen. Nach dem wochenlangen Elend wieder in die zivilisierte Welt einzutauchen, empfand er wie das Wiedersehen mit einer sprö-

den Geliebten, die ihn lange verschmäht hatte. Süß, aber schmerzlich. Aber was heißt hier auf Kreta schon »zivilisierte Welt«, überlegte Cäsar. In den griechischen Kafenia saßen nur Männer. Keine konditernden, perlend lachenden, parfümierten Frauen mit roten Lippen, wehenden Haaren, in duftigen Kleidern, die ihre verzierten Spitzenfächer nervös flattern ließen, die Köpfe geschmückt mit aufsehenerregenden Hüten voller Blumen und Federn. Die Griechinnen, die seinen Weg querten, waren unförmig in Schwarz gekleidet, mit schwarzen Kopftüchern. Darunter blickten sie mit harten Augen so streng und tragisch, als wären sie einem antiken Drama entstiegen.

Mein Gott, wie armselig ist doch diese halborientalische Kultur!, dachte er. Obwohl er Europa noch nicht verlassen hatte, fiel ihn das Heimweh nach Europa bereits wie eine Magenkolik an. Wiederum wurde Cäsar klar, dass er weder hier geschweige noch weiter östlich oder südlich leben wollte. Doch nun hatte er wohl keine Wahl mehr – wirklich? Vielleicht ist es ja nur vorübergehend, hoffte er im Grunde seines Herzens immer wieder und wischte den Gedanken sogleich trauernd beiseite. Der Schweizer Konsul empfing ihn mit der routinierten Jovialität eines abgehalfterten Diplomaten auf der letzten Station vor der Pensionierung. Konsul Nägeli war sichtlich hochgestimmt. Er hatte nämlich für die unglücklichen Menschen auf der »Atlantic« eine gute Nachricht. Zwar gab es auch eine schlechte Nachricht, doch die gute mochte helfen, die schlechte besser zu verdauen, so hoffte er.

»Ihr Wohltäter aus Zürich hat uns telegrafisch ausreichend Fränkli angewiesen, damit Sie weiterkommen können! Allerdings, und da muss ich etwas Essig in den Wein gießen: Die Beschaffung der Kohle ist inzwischen ein großes Problem, ein heikles Politikum ...« Dramatisch hielt der Konsul inne und beide Männer beobachteten die Rotorblätter des ehemals weißen Ventilators an der Decke. Mit leisem Quietschen drehte der sich müde über ihren Köpfen und scheuchte dabei höchstens ein paar Fliegen auf. Nach einer Gedankenpause straffte sich der Konsul, beugte sich zu Cäsar über den Schreibtisch und fuhr in mitfühlendem Ton fort. »Leider ist heute, am 28. Oktober, auch Griechenland in den Krieg eingetreten. Ja, völliger Schwachsinn natürlich, wie fast alle Kriege, aber das Problem ist, dass ab heute Mittag Kohle nur noch an kriegswichtige griechische Schiffe und an die Schiffe der griechischen Verbündeten verkauft werden darf. Im Prinzip sollten Sie und Ihre Mitreisenden mitsamt dem Schiff festgesetzt, interniert und an der Weiterfahrt gehindert werden ...« Der Schweizer Konsul riss dazu bedeutsam die Augenbrauen hoch und machte eine resignierende Geste. Jetzt drückte Cäsar das Kreuz durch und gab in gewichtig gepresstem Tonfall zu bedenken: »Verehrter Herr Konsul, wir reisen unter der Flagge von Panama. Panama ist ein neutrales Land wie die Schweiz. Keiner an Bord hat die italienische oder die deutsche Staatsangehörigkeit – jedenfalls nicht mehr! Es gibt also keine reguläre Handhabe zur Festsetzung des Schiffes und seiner neutralen Passagiere. Das wissen Sie doch genauso gut wie ich. Was wäre, wenn man hier ein Schweizer Schiff festhielte und Schweizer Bürger inter-

nieren würde? Als Honorarkonsul, der auch Panama vertritt, werden Sie uns gewiss in Ihrer Funktion als Diplomat eines anderen befreundeten neutralen Landes unterstützen, denke ich mir. Sie werden uns bestimmt schon aus Gründen der Humanität Ihre Hilfe anbieten, zumal es die Schweiz nichts kostet und gut aussehen lässt. Dementsprechend würden wir die internationale Presse – mein Freund, der Reporter von der New York Times, Mr Harry Hecht, verfolgt das Schicksal unseres Unternehmens und würde ...« Der Konsul machte eine beschwichtigende Geste. »Ja, ja! Natürlich setzen wir uns auch für Sie ein! In diesem Sinne bin ich doch bereits über die Botschaft in Athen und unser Außenamt in Bern für Sie vorstellig geworden. So konnte ich über meine diplomatischen Kanäle die Festsetzung des Schiffes und die Internierung für Sie alle gerade noch abwenden ... Aber in puncto Kohle kann ich Ihnen beim besten Willen nicht weiterhelfen! Selbst wir Schweizer würden momentan hier keine Kohle bekommen. Und von Ihren anderen Plänen weiß ich natürlich nichts und darf es auch nicht wissen, Sie verstehen ...«
Cäsar lächelte den Konsul Nägeli gewinnend an. Dazu ließ er wieder seine buschigen weißen Augenbrauen hüpfen. »Was die Kohle anbelangt, die müssen wir uns dann anderweitig beschaffen. Ganz diskret, versteht sich. Dazu muss ich Sie gewiss nicht noch offiziell mit dem ganzen Papierkram bemühen, aber wer weiß? Vielleicht doch, rein informell?« Er tippte auf die Geldscheine, die der Konsul für ihn auf den Tisch geblättert hatte. Herr Nägeli lächelte dazu vielsagend und hob beschwichtigend die Hände. Mit einem Lächeln als Ant-

wort folgerte Cäsar, dass zum Thema Kohle offenbar noch nicht das letzte Wort gesprochen sei. Nur wäre es jetzt eben nicht opportun, weiterzubohren.

»Für den Hafenmeister habe ich auch ein Gastgeschenk.« Dabei klopfte er bedeutungsvoll auf seine Aktentasche, in der sich die Whiskyflasche schemenhaft abzeichnete. »Wir liegen auf Reede, und ich glaube kaum, dass der Hafenmeister und seine Mannen sich tatsächlich die Mühe machen wollen, sich an Bord eines stinkenden Schiffes zu begeben, um mit dem Amtsarzt die Gesundheit der Passagiere untersuchen zu lassen, was meinen Sie?« Der Konsul lachte amüsiert auf. Dass die »Atlantic« ein Auswandererschiff war, erkannte das geübte Auge selbst auf drei Meilen bei Nebel. Dass Typhus an Bord grassierte, war ein offenes Geheimnis, sollte aber tunlichst nicht offiziell werden, da sonst eine Quarantäne verhängt werden müsste. Und das wäre dann das Ende für alle hier auf Kreta. Aber auch die Offiziellen von Kreta wollten von Typhusfällen vor der Küste nichts wissen, weil sie einen Aufruhr in der griechischen Öffentlichkeit vermeiden wollten, von den kostspieligen Hygienemaßnahmen für die Volksgesundheit und die Einschränkungen für den Handel gar nicht zu reden. Der Konsul machte nach Cäsars Bemerkung ein spitzbübisches Gesicht, als hätte er mit einem Komplizen einen Streich ausgeheckt. Vergnügt nippte er nun an seiner Kaffeetasse. »Gewiss hat daran niemand ein Interesse! Ich tue, was ich kann. Aber so ganz unter uns: Der gute Hafenmeister ist ohnehin ab mittags volltrunken. Ich nehme an, von Kreta geht es dann direkt rüber nach Palästina? Da erübrigt sich ohnehin jede weitere griechische Zollabfertigung und Passkontrolle. Sie hatten doch vorher bereits einen griechischen Hafen angelaufen, oder?«

»Thessaloniki!«, murmelte Cäsar und hoffte, dass der Konsul nicht nach dem Datum fragte, denn das war lange her, zu lange womöglich. Befriedigt lehnte sich Herr Nägeli zurück und zündete sich umständlich eine Zigarre an. »Aber als guter Freund rate ich Ihnen, damit die Briten in nicht gleich argwöhnisch werden: Nehmen Sie lieber Kurs auf Süd, auf Alexandria, nicht gleich nach Norden. Drehen Sie erst im letzten Augenblick, kurz vor Ägypten, in internationalen Gewässern bei nach Nord, um so unbehelligt von Süden her nach Palästina zu gelangen. Oben im Norden liegt die halbe Royal Navy auf der Lauer und fängt Sie noch in internationalen Gewässern ab. Es ist es zwar ein kleiner Umweg, aber ...«

»Aber sicherer, ich verstehe!« Gedankenschwer nickte Cäsar Bukofzker, als hätte er soeben eine überraschende Neuigkeit erfahren. Das war geheuchelt, denn das Auswandererkomitee hatte diese Route ohnehin schon seit Wochen geplant. Hastig unterschrieb Cäsar die Quittung für die zwölftausend Schweizer Franken vom Hilfskomitee in Zürich und trank seinen Kaffee genüsslich aus. Andächtig biss er mit den Schneidezähnen in die Praline, die ihm zum Kaffee gereicht worden war. Für einen Moment schloss er verzückt die Augen. Es schien ihm Ewigkeiten her, seit er echten Bohnenkaffee mit Sahne getrunken hatte. Und den köstlichen Geschmack von Schokolade genoss er im Bewusstsein, dass es für lange Zeit wahrscheinlich das letzte Mal sein würde. Ach, Europa!

Inzwischen klebte ihm das Hemd am Leib. Das Salz im Stoff brannte auf der Haut. Und genau in diesem Augenblick fragte er sich zum wiederholten Male, wie er wohl künftig ein Leben in einer solchen Affenhitze aushalten sollte. Er seufzte, denn der Gedanke war müßig. Die Zeiten, als man die Wahl hatte, entweder nach San Remo, Biarritz oder nach Baden-Baden zur Kur zu fahren oder zur Jagd ins schottische Hochland, waren nachhaltig vorbei. Sie schienen ihm in diesem Moment wie ein ferner Traum. Zugegeben, wenn es nach ihm gegangen wäre, hätte er sich lieber um ein Visum für Amerika, Schweden, die Schweiz oder für das bettelarme Irland oder Island bemüht, als um eine Einwanderung in die judäische Wüste zu kämpfen, wo er sich feindliche Araber und Beduinen vorstellte, die ganz wild darauf waren, allen Juden die Kehle durchzuschneiden. Auch wenn er es nie zugeben würde, das ganze zionistische Projekt kam ihm von Anfang an so vor, als wollten die Juden in Palästina verspätet die Landnahme im »Wilden Westen« nachäffen. Doch solch ketzerische Gedanken musste er vor seiner fanatisch-zionistischen Selma tunlichst verbergen. »Wer aus einem brennenden Haus flieht, kann nicht darauf Rücksicht nehmen, ob er unten jemandem auf den Rücken springt«, belehrte ihn sein Eheweib mit einem Trotzki-Zitat, als er einmal zaghaft die Sprache auf diesen seltsamen, wie er fand, verspäteten Nationalismus und die für ihn eher mythischen Ansprüche auf das Land brachte. Seitdem schnitt er das Thema von sich aus nicht mehr an und schwieg sich lächelnd aus, wenn andere sich darüber erhitzten. Alea iacta est, seufzte er.

Aber vielleicht könnte man ja später, nach dem Krieg...?
Wenn Selma ahnte, was er dachte, würde sie ihn...
Unten in der luftigen Halle der marmornen Konsulatsvilla wischte sich Cäsar, von der Hitze und dem Gespräch ermattet, mit dem weißen Einstecktuch den Schweiß von der Stirn und die ketzerischen Gedanken dabei gleich mit. Zur Bekräftigung presste er die Aktentasche mit den Garanten für das Leben der knapp tausendachthundert Menschen, die auf ihn vertrauten, fest an die Brust und stellte sich auf das nächste, nicht minder heikle Gespräch ein.

Cäsars Mission in der Jüdischen Gemeinde zu Heraklion war nicht weniger delikat. Dass seine ruppigen Mitstreiter von der Leitung des Auswandererkomitees schon im ersten Anlauf kläglich gescheitert waren, machte es nicht gerade leichter. Zum Schluss hatte man sich nur noch wüst beschimpft, hatte ihm Selma erzählt.

Cäsar hatte darum allen Grund, die Mesusa[6] am Eingang nicht wie gewohnt nur nachlässig zu küssen, sondern mit einem Stoßgebet auch um himmlischen Beistand zu bitten. Mit Erschrecken hielten in diesem Moment selbst die Zikaden kurz inne. Als hätten sie den Einsatz verpasst und müssten erst nachdenken, setzten sie dann zögerlich wieder mit ihrem Gezirp ein.

Im angenehm kühlen Gebäude wurde Cäsar Bukofzker von einer schwerknochigen Frau empfangen. Sie trug einen helmartigen schwarzen »Scheitel«, und alles an ihr wirkte irgendwie zu dunkel und klobig. Sie wäre mit ihrer finsteren Erscheinung den Kreterinnen zum Verwechseln ähnlich, wenn sie nicht diese Perücke getragen hätte, fand er. Mit stampfenden Schritten ging sie ihm voran und geleitete Cäsar in das Büro des Gemeindevorstehers. Gleich darauf verschwand sie und servierte Eistee, eine Köstlichkeit, für die Cäsar ihr selbst ihre unförmigen Füße in den orthopädischen Schuhen hätte küssen mögen. Deshalb dankte er ihr überschwänglich, was die Frau offenbar verstörte. Hinter einem wuchtigen dunklen Chippendale-Schreibtisch, der fast den halben Raum einnahm, saß im gestreiften Dämmerlicht der Jalousien ein hagerer Mann mit fahlen, eingefallenen Wangen und den glühenden Augen eines Malariakranken.

Wie er wohl die Kippa auf dem Kopf befestigt hat, rätselte Cäsar, denn der Kopf des Mannes war kahl wie eine Billardkugel. Ihn umhüllte der blaue Zigarettenrauch unzähliger ovaler Orient-Zigaretten, deren Stummel den Aschenbecher wohl schon vor Stunden zum Überlaufen gebracht hatten. Im Regal hinter dem Gemeindevorsteher, der sich Mr Assali nannte, standen neben einem antiken silbernen Menoraleuchter verschiedene andere antike silberne Kultgegenstände. Da es bei beiden mit dem Hebräischen nicht weit her war, sprachen sie Englisch. Nachdem Cäsar die erbitterten Klagen über das flegelhafte Benehmen der vorigen Abordnung des Flüchtlingskomitees mit allen zu Gebote stehenden Entschuldigungen und verständnisheischenden Erklärungen einigermaßen abgewehrt hatte, begann er mit dem einfachsten, aber dringendsten Anliegen, dem sich normalerweise kein Glaubensbruder verschließen könnte: mit den Toten an Bord der »Atlantic«. Bukofzker blätterte neun Totenscheine auf

den Tisch. »Es handelt sich um orthodoxe Juden«, deutete Cäsar an.
»Aber doch nicht etwa von einer dieser chassidischen Sekten aus Galizien?«, fragte Mr Assali erschrocken zurück. Fast wollte er die Papiere mit dem Lineal wegstoßen, als wären sie giftig. Cäsar verkniff es sich, dazu die Augen rollen zu lassen oder nachzufragen, ob Chassiden nicht ebenso nach jüdischer Tradition unter die Erde müssten.
»Nein, es sind meist echte Orthodoxe aus Wilna! Aus dem nördlichen Jerusalem!«, entgegnete er sanft.
Mr Assali war sichtlich erleichtert. »Die Hinterbliebenen verweigern ein Seebegräbnis!«
Mr Assali winkte energisch ab. »Wie ich Ihren anmaßenden Kameraden schon sagte, haben wir nur sehr begrenzten Raum auf unserem ›Guten Ort‹. Es gibt ohnehin kaum genug Platz für unsere eigenen Toten.«
»Wir können die Toten aber nicht weiter an Bord lassen«, drängte Cäsar und fuhr in einem festeren Ton fort: »Es handelt sich um einen absoluten Notfall, und ich appelliere an Sie als Glaubensbruder, verhelfen Sie diesen frommen Juden in Not zu einem ordentlichen Begräbnis! Irgendwo auf der Insel. Sie wissen, es ist eine Mizwa, Ihre heilige Pflicht. Wir zeigen uns darüber hinaus selbstverständlich mit einer nennenswerten Spende erkenntlich«, lockte Cäsar.
»Wie viel?«
»Über die Höhe können wir noch verhandeln, wenn Sie uns auch bei der dringend benötigten Kohle zur Weiterfahrt behilflich sein könnten. Sonst kommen wir hier nicht weg und bringen Ihnen über kurz oder lang

noch mehr Kranke und Tote. Ich sage nur: Typhus! Wir brauchen eiligst drei Tonnen Kohle.« Die Aussicht auf eine Spende, aber vor allem auf weitere Belastungen für die Gemeinden von Heraklion und Chania setzte einen kreativen Denkprozess beim Gemeindevorsteher in Gang. »Also, bei uns in Heraklion geht es nicht, das sagte ich bereits. Aber ich hatte mich schon rein informativ bei unseren Brüdern in Chania umgehört ...«

Drei Nächte später, in fast lichtloser Neumondnacht, lotsten die kretischen Fischer die Beiboote der »Atlantic« in die Bucht von Chania, die dem jüdischen Friedhof am nächsten lag. Auf Eseln wurden die Leichensäcke, die bereits einen penetranten Verwesungsgeruch verströmten, zum Friedhof transportiert. Mehrfach hatten die Esel die stinkende Last abgeworfen und wollten sich die Leichensäcke nicht mehr aufladen lassen. Pro Leiche wurde nur ein männlicher Verwandter als trauernder Begleiter von Bord gelassen, damit er das Totengebet am eilig ausgehobenen Grab sprechen konnte. Damit war der religiösen Mindestanforderung Genüge getan. Die Kohle hatten die jüdischen Gemeinden von Kreta unter dem Vorwand der Vorbereitung der bevorstehenden hohen Festtage für ihre Bäckereien auf der ganzen Insel mühselig Sack für Sack, Schaufel für Schaufel zusammengeklaubt und in Säcken auf Lkws, Handwagen, Eselskarren und in Satteltaschen herangeschafft. In den folgenden Nächten brachten die Fischer die Kohle an Bord, während der Hafenmeister mit seinen Spießgesellen in der Hafenmeisterei wüste Gelage feierte, zu dem Cäsars edler Whisky zwar den Anlass bot, der aber trotzdem dem Hafenmeister vorbehalten blieb. Er hatte seine Untergebenen mit billigem Wein und Fusel abgefüllt, damit sie von den heimlichen Beladeaktionen des Flüchtlingsbootes mit kriegswichtiger Kohle nichts mitbekämen. Bei Tage wurde frisches Trinkwasser gebunkert und Lebensmittel wie einige Säcke Mehl, Reis, Bohnen, Auberginen, Tomaten und Pfirsiche, mehr hatte man sich nicht leisten können. Bis Palästina, das ja nicht mehr weit schien, sollte das reichen.

Auf der »Atlantic« wurde Cäsar wie ein Held gefeiert. Doch die Freude währte nur kurz. Die Mannschaft meuterte. Unter diesen katastrophalen Bedingungen wollten sie nicht mehr weiterarbeiten. Außerdem waren sie bereits zwei Wochen über der vereinbarten Zeit ohne Heuer. Auf Kreta wollten sie abmustern und waren nicht mehr zu einer Weiterfahrt zu bewegen. Um sie zu beschwichtigen, machte das Komitee unter Protest des forschen Haganah-Kommandos einen folgenschweren Fehler: Sie zahlten dem Kapitän und der Mannschaft einen Teil der vereinbarten Heuer bereits vor Erreichen des Bestimmungshafens aus. Eine kleine Restheuer sollte dann vertragsgemäß vor Haifa ausgezahlt werden. Trotzdem war am Morgen die komplette Mannschaft verschwunden. Cäsar ging nun in Begleitung seiner streitbaren Gattin und der Haganah-Offiziere zum Hafenmeister. Der Hafenmeister sah in der Meuterei einen glatten Bruch des Seerechts. Er alarmierte die Polizei und die Küstenwache. Innerhalb von drei Stunden hatte man den Kapitän und die Mannschaft eingefangen und auf die »Atlantic« zurückgebracht. Nun übernahm die Haganah in Gestalt von Barbarossa das Kommando über das Schiff. Er zwang den Kapitän mit einer Mauser im Rücken, die Reise fortzusetzen. Bald darauf legten sie ab. Eine Weile begleitete sie die kretische Küstenwache, die allerdings nur über dieses eine Schiff verfügte. Es drehte erst bei, als die »Atlantic« die griechischen Gewässer in südlicher Richtung verließ. Kurz bevor in der Mittagshitze die allgemeine Wachsamkeit nachließ, stürmten atemlos einige Lausbuben auf die Brücke und schrien: »Die Matrosen schmeißen die ganze Kohle ins Meer!« Alles, was an Männern unter den Auswanderern noch wehrhaft war, stürmte unter Deck, um die Kohle zu retten und um die Saboteure und Meuterer zusammenzuschlagen. Barbarossa brüllte durch das Sprachrohr: »Wir brauchen sie arbeitstüchtig!« Dieser Befehl musste in mehreren Sprachen, auf Polnisch, Rumänisch, Tschechisch, Slowakisch, Jiddisch und Deutsch wiederholt werden, bis die Prügelei an Heftigkeit nachließ und mit Kopfnüssen, Knuffen und bösem Knurren abebbte. Ab sofort wurde hinter jedem Matrosen ein schlagkräftiger Jude mit Waffe oder Knüppel postiert. Einige Kohlensäcke, die man nicht aufgeschnitten und über Bord geworfen hatte, konnten noch geborgen werden. Der Rest war verloren. Nachdem man sich einen Überblick über den Schaden verschafft hatte, stellte man fest, dass ein Drittel der soeben teuer erworbenen Kohle der Meuterei zum Opfer gefallen war. Das Haganah-Kommando wollte das nicht ungestraft durchgehen lassen und kassierte unter Waffengewalt die ausgezahlte Heuer von den Meuterern wieder ein. Wiederum musste die Lage neu bewertet werden. Doch sie waren keine Seeleute, und auf die Auskünfte der Matrosen, des Kapitäns oder der Offiziere, wie weit man mit der restlichen Kohle käme, konnte man sich nicht verlassen. Zwei Mathematiklehrer und ein assistierender Physiker rechneten Raummaße und Heizwerte hin und her. Gemeinsam kamen sie zu dem Schluss, dass sie mit der verbliebenen Kohle nie bis Palästina kommen würden. Schweren Herzens entschloss man sich zur nochmaligen Kurskorrektur: »Kurs auf Zypern!« Jetzt war es schon egal, ob man sie dort, wie die vielen Juden vor ihnen, in ein Camp sperren würde. Hauptsache, man würde wieder festen Boden unter die Füße bekommen und man ließe sie am Leben. »Engländer sind Demokraten, und Demokraten töten keine Juden!« lautete die Parole, mit der man sich Mut machte und sich dem Unvermeidlichen schließlich fügte. Bevor sie sich dem zyprischen Hafen von Limassol näherten, gingen die Haganah-Offiziere in einem Beiboot heimlich von Bord. Sie wurden von den Briten als jüdische Terroristen steckbrieflich gesucht. Auf ihren Kommandanten Barbarossa waren sogar tausend Pfund Belohnung ausgeschrieben. Vom Ufer bekamen die Haganah-Kämpfer Lichtsignale ihrer Kameraden und verschwanden lautlos in der Nacht. Kurz darauf waren das letzte Stück Kohle und sogar der zusammengefegte Staub verfeuert. Das Schiff trieb nun hilflos auf Zypern zu. Man zerlegte eilig das Mobiliar und die Aufbauten und verfeuerte jedes brennbare Stück Holz, um noch einigermaßen manövrierfähig zu bleiben. Im Morgengrauen entdeckte sie die britische Küstenwache. Die Briten schickten zwei Abschleppdampfer, die die »Atlantic« in den Hafen von Limassol schleppten. Im Hafen wurden dann fünfzig Passagiere unter den in Europa üblichen Hygienemaßnahmen in die Krankenhäuser gebracht. Die Gesunden beneideten die Kranken, die nach all den Strapazen nun in einem ordentlichen Bett schlafen durften. Die gesunden Passagiere aber schliefen auf dem blanken Eisendeck. Ihre Betten, Stühle und Tische waren für die letzten Seemeilen im Schiffskessel verheizt worden.

Am nächsten Morgen erwartete die britische Feldküche sie mit Porridge. Die Spaßvögel unter den deutschen Weltkriegsveteranen kommentierten das augenzwinkernd mit »Gott strafe England!«. Allerdings waren die meisten Auswanderer inzwischen zu ausgehungert, um ernsthaft über die Qualität des zementgrauen, klebrigen Haferbreis zu klagen. So ging der Kalauer über den ehemaligen kaiserlichen Schlachtruf im allgemeinen Schmatzen und Löffelschaben unter.

Wie aus der Exilwaise Johannes ein John wird
Leeds, 1939–1944

Die Stadt Leeds trägt ein gehenktes Lamm im Wappen. Das könnte man genauso gut auf meinen Grabstein meißeln, ein schlechtes Omen, dachte ich. Das Wort mutterseelenallein bekam eine wortwörtliche Bedeutung und gesellte sich zum Heimweh.

Ich hätte mir niemals vorstellen können, dass ich meine Mutter jemals so schmerzlich vermissen könnte, denn unser Verhältnis war weniger von Herzlichkeit als von Pflichten und festen Regeln geprägt. Plötzlich sah ich sie im Traum immer wieder mit ihren Südseeperlen und der zitternden rosa Hutfeder.

Das Schlimmste in jener Zeit war aber das Telefon an der weißen Fliesenwand der Fleischerei, wenn ich der Einzige im Laden war und mit meinem Gestotter rangehen musste, um Bestellungen für die Restaurants aufzunehmen. Fast alle Besteller sprachen einen fürchterlichen Yorkshire- oder schottischen Dialekt, so dass ich mindestens drei-, viermal nachfragen musste. Und dann das ganze Theater mit den Lebensmittelmarken! Ständig wollte mich jemand übers Ohr hauen, aber meine Kasse musste stimmen, auch mit den Lebensmittelmarken. Gleichwohl hoffte ich immer wieder, dass das verdammte Telefon endlich klingeln würde und mein Cousin Benno am Apparat wäre. Unsere geplanten Treffen scheiterten jedes Mal, weil wir ent-

weder kein Geld für die Fahrkarten hatten oder nicht wegdurften. Es blieb darum bei ein paar kurzatmigen Telefonaten, wenn Benno einen Apparat ergattern konnte. Als heimwehkranker Junge fühlte ich mich damals von allen verlassen, insbesondere, nachdem von meiner Mutter plötzlich keine Briefe mehr kamen. Was habe ich damals nach Zuwendung und Trost gelechzt! Andererseits war ich zu stolz, meine Sehnsucht nach einer vertrauten Person am Telefon anklingen zu lassen. Als ich Benno endlich mal am Apparat hatte, beließ ich es bei einer Anspielung in der Art: »Heimweh und Zahnschmerz kann man einfach nicht ignorieren!«
»So true«, entgegnete Benno kalt und legte auf.
Die Hänseleien der Freunde meines Pflegebruders Kenneth wegen meines deutschen Akzentes, meines Stotterns und meiner Englischfehler kamen da noch hinzu. Ich war ein »Germ«, »Hun« oder »Kraut«, schließlich war ich nur noch »der Nazi«. Ansonsten passte für meine Erscheinung die Bezeichnung »ungeschlacht«: zu lange magere Beine, riesige Pranken, zu lange Arme, mit ausgebildeten Muskeln vom Fleischhauen, ein wilder Haarschopf und ein Kindergesicht mit starkem Bartwuchs.
Als mich einer der Burschen wieder einmal als »Nazi« beschimpfte, war das Maß voll. Ich sah rot, vergaß meinen Stimmbruch und brüllte nur zurück: »Do you know what Blitzkrieg means?!« Vor versammelter Mannschaft schlug ich ihm die Nase blutig, griff sogar zum Fleischerbeil. Prompt war Ruhe, und mir ging es sofort besser. Aber nur kurz.
Dann zogen sie mich wegen meiner Jüdischkeit auf. Weil

ich trotz des Stimmbruchs nicht auf den Mund gefallen war, vorausgesetzt es kündigte sich nicht gerade ein Stotteranfall an, holte ich tief Luft, zählte bis drei und verhöhnte sie so herablassend, wie ich konnte: »Als ihr hier auf der Insel noch fast wie die Affen von Ast zu Ast gesprungen seid, haben meine Leute den Ägyptern die Pyramiden gebaut. Ohne *uns* hätten die Fellachen das sowieso nicht hingekriegt, you bloody assholes! Auf eure Britishness könnt ihr euch ein Ei braten!«
Seitdem hatte ich eine tiefe Männerstimme, und sie ließen mich in Ruhe. Ich war ihnen nicht geheuer. Das sah ich in ihren Augen. Fortan galt ich als der arrogante Egghead, gegen den man in Wortgefechten auf schmähliche Weise den Kürzeren zog, worauf keiner Lust hatte. Damit konnte ich leben. Auch um den Preis des Alleinseins. Nur der Alte, für den ich geschuftet hatte, nahm mich öfter in Schutz – weil er mich brauchte. Jeden Morgen um fünf Uhr hatte ich vor der Schule mit der Fleischeraxt mindestens zwei Schweine zu zerlegen, zu den Feiertagen bis zu vier. Aber das ging in Ordnung. Und weil ich nie schofelig war, habe ich später dem Alten von meinem Gehalt jeden Monat etwas Geld aus den USA geschickt. Die hatten doch in England bis in die fünfziger Jahre immer noch Lebensmittelkarten. So konnten sich die Woodwards von meinen paar Dollars wenigstens Zigaretten, Schnaps oder Nylons vom Schwarzmarkt kaufen. Natürlich hätte ich das nicht machen müssen. Außer mit der alljährlichen Weihnachtskarte hatte sich Roger, mein Pflegevater, auch nie dafür bedankt. Das musste er auch nicht, denn ich war aus meinem kindlichen Selbstmitleid als »Waise«, ohne

eine echte Waise zu sein, und nach der schweren Arbeit, die ich als feiner Pinkel bei Fremden leistete, erwacht und hatte begriffen, wie hart Roger schuften musste, um die Familie und auch mich durchzubringen. Daran nahm ich mir ein Beispiel: Leid muss man stoisch durchstehen, andere leiden auch. »Keep your chin up.« Von da an fand ich es nur fair, ihm zu helfen. Immerhin hatte er mich durch die Aufnahme als Pflegesohn vor den Deutschen gerettet, wenngleich das natürlich nicht ganz selbstlos war. Trotzdem hatte ich begriffen, dass Roger und seine Brut im Gegensatz zu mir das Stigma »lebenslänglich Arbeiterklasse in Leeds« hatten. Die Woodwards würden ihrem Milieu nie entkommen. Sie kannten nichts anderes, und als waschechte working class chums wollten sie auch nichts anderes, behaupteten sie, obwohl ich mir das nie vorstellen konnte.

Durch die Stipendienangebote der englischen und amerikanischen Hochschulen standen mir bald alle Wege offen. Ich wollte zurück in meine Welt, zurück in die Welt, aus der man mich gestoßen hatte. Allerdings war das weniger ein rationaler Plan als eher ein dunkler Impuls, so etwa wie der Instinkt, der Zugvögel zurück zu ihren Brutstätten führt, Lachse entgegen aller Logik flussaufwärts schwimmen lässt, oder die Aale in die Saragossasee führt. Meine Saragossasee war das jüdische Bildungsbürgertum!

Dass der alte Woodward fair genug war, mir da keine Steine in den Weg zu legen, rechne ich ihm noch heute hoch an, denn das war nicht selbstverständlich. Maureen, meine Pflegemutter, brachte mich jeden Freitagabend brav zur Synagoge, zum Sabbat-Gottesdienst.

Dabei war sie Quäkerin. »I gave a promise and I'll keep it!«, erklärte sie mir. Sie hatten bei all ihrer Einfachheit und ihrer aus der Not geborenen Berechnung das Herz auf dem rechten Fleck, und das werde ich ihnen mein Leben lang nie vergessen.

Roger gab im Pub oft mit »seinem Einstein« daheim an, was der so alles wusste.

Aber das erfuhr ich nur von den Söhnen seiner Saufkumpane, mit denen ich Fußball spielte und die mich damit aufziehen wollten. Vermutlich war der Alte glücklich, durch mich einen kleinen Einblick in die Welt des Wissens zu bekommen, eine Welt, zu der er sonst keinen Zugang hatte. Ich erinnere mich noch genau, wie er sich von mir mit einer Mischung aus Staunen und Ehrfurcht Einsteins Theorie der Raumzeitkrümmung erklären ließ. Vielleicht hatte er nur zehn Prozent meines Vortrags verstanden, aber er genoss es, dass ich mir die Mühe machte, mit ihm, dem Ungebildeten, ernsthaft zu sprechen, um ihm etwas »Erkenntnis in den Holzschädel zu trichtern«, wie er oft lachend sagte. In solchen Momenten der absoluten Fremdheit waren wir uns besonders nah. Das Bedauern über sein Unwissen drückte er dann mit traurigen Seufzern und unbeholfenem Tätscheln meiner Schulter aus. Danach versank er in Schweigen, schmauchte seine Pfeife starrte lange ins Leere. Kurz: Der Alte ist zwar ein armer Teufel, aber ein feiner Kerl. Für mich war er »Dad«.

Wenn ich ehrlich bin, habe ich von meinem Dad mehr gelernt als aus vielen Büchern. Aus Verlegenheit redeten wir lieber über Fußball oder Boxen. Die Entdeckung der Frauen, insbesondere die typischen Engländerinnen mit ihren Lockenwicklern unter den schwarzen Haarnetzen oder neongrellen durchsichtigen Chiffontüchern auf der Straße, war ein Kapitel für sich. In den vierziger Jahren war das in England ein alltäglicher Anblick, der mich als Halbwüchsigen halb entsetzt, halb fasziniert hatte. Keine Frau, die ich bis dahin kannte, hätte sich so jemals in der Öffentlichkeit gezeigt. Zugegeben, auch wenn ich sonst nicht allzu viel über meine Mutter wusste, so meine ich mich jedoch deutlich daran zu erinnern, dass Maman mit Lockenwicklern auf dem Kopf noch nicht einmal die Tür geöffnet hätte, weder der Zugehfrau noch dem Zeitungsboten. Noch stärker als zur Schau getragene Lockenwickler hatten mich damals in England nur die *außen* an den Hauswänden liegenden Wasser- und Abwasserleitungen schockiert. Bei Frost froren sie regelmäßig ein. Schon nachts ging Roger dann immer mit einem Bunsenbrenner auf die Abwasserrohre los, damit im Haus wenigstens die Toiletten benutzbar blieben. Maureen goss dazu noch heißes Wasser mit Pökelsalz von innen nach. Allerdings hatten die Leitungen im Fleischerladen Vorrang. Wir trabten mit einem Handwagen mit Pökelfässern zum Laden, um dort in den Wurstkesseln heiße Salzlake zu bereiten. Und wehe, ich hatte bei Ladenschluss den Wurstkessel nicht gründlich geputzt und es gab noch Fettaugen auf der Lauge. Oft verbrachten wir während der harten Winter halbe Nächte an den Rohren, erst am Laden und dann am Haus. Die ganze Aktion umwehte immer eine Bangigkeit und Sorge. Bei weiter fallenden Temperaturen steigerte sich das zur Hysterie. Immerhin drohte nicht nur das Leben in Unordnung zu geraten,

sondern auch Geschäftsausfall. So bekam im Hause Woodward der englische Winter eine existenzielle Bedeutung, wenn er härter ausfiel. Dass ich meinen Schlafplatz im wärmsten Teil des Hauses, auf einem Feldbett in der Küche, hatte, betrachtete ich schadenfroh als ausgleichende Gerechtigkeit gegenüber meinem Pflegebruder Kenneth, der in der eiskalten Dachkammer, die mir von der Wohlfahrtsbehörde eigentlich zugedacht worden war, bei Frost elendig fror.
Beim Stichwort Frost fällt mir komischerweise auch immer mein »erstes Mal« ein. Als ich der dicken Milly im Kühlkeller die komische Versammlung von Schweineköpfen zeigen wollte, steckte die mir plötzlich ihre Zunge in den Hals und ging mir an die Hose. Zwischen zwei Schweinehälften holte sie mir einen runter. Eine Woche später hatten wir dann Sex auf einer klammen flaschengrünen Steppdecke voller Katzenhaare im Schlafzimmer ihrer Eltern. Es war eine noch größere Katastrophe als der erste Versuch im Eiskeller. Milly wollte partout ihre Jungfräulichkeit loswerden. Weil ich als verschwiegen galt, hatte sie mich wohl für diesen Job extra ausgesucht. Hinterher nannte sich mich einen Loser. Mein bestes Stück hatte zur Premiere zwar brav gestanden, doch ich kam nicht in sie rein. Dafür kam ich dann zu früh zwischen ihrem Strumpfhalter und den fetten weißen Schenkeln, wahrscheinlich weil ich an die Schweinehälften denken musste... »When the Saints go marchin' in!«

Georg Rubin und der Tod beim Alpenglühen
Salem und Schweiz, 1939

Georg Rubin blickte sehnsuchtsvoll vom deutschen Ufer des Bodensees zur Schweizer Seite rüber. Jetzt bei Föhn schienen selbst die Schweizer Gletschergipfel zum Greifen nahe. Dennoch war das rettende Ufer in der Schweiz für ihn unerreichbar. Zweimal war er schon gescheitert. Zum Glück konnte er sich bei seinem letzten Versuch, heimlich über die Grenze zu kommen, einer Verhaftung als illegaler Grenzgänger mit anschließender Überstellung an die deutsche Polizei entziehen. In letzter Minute sprang er aus dem Toilettenfenster der Schweizer Grenzwache aus der ersten Etage, was für einen Mittvierziger schon eine gewisse Gelenkigkeit, Sportlichkeit und stabile Knochen voraussetzte.
Nun war er frei, doch ohne Papiere im Niemandsland, nur mit freiem Zugang zur deutschen Seite hin. Wenn er vorsichtig geduckt am Grenzgraben entlangschleichen würde, könnte er ungesehen zurück auf deutsches Gebiet. Allerdings fragte sich Georg besorgt, ob seine Personalien inzwischen der Gestapo auf der deutschen Seite bekannt sein könnten. Aber wieso sollten die Schweizer den Deutschen Papiere ohne den dazugehörigen Mann aushändigen?, hoffte er. Sein Geld, ein paar Dollars und Reichsmark, trug er noch am Leib, aber ohne Papiere war er nur ein Toter auf Urlaub. Bloß das Seidenpapiertütchen mit den nutzlosen, übrig gebliebe-

nen Passfotos war ihm geblieben. In Berlin hatte er sie hastig eingesteckt, damit sie der Gestapo nicht noch gute Dienste gegen ihn leisten könnten.

Wieder hatte sich die Schlinge um seinen Hals enger zugezogen. Bloß nicht daran denken! Bloß nicht dran denken! Nur auf die nächsten Schritte konzentrieren! Jetzt auf keinen Fall grübeln oder Panik schieben, ermahnte er sich. Wie ein gejagtes Tier hielt er sich im Schatten des Gebüschs verborgen, watete durch einen eiskalten Bach, bis er die Füße kaum mehr spürte. In der Nähe schlugen Hunde an. Dem Gebell nach zu urteilen, Schäferhunde. Mit Hunden kannte er sich aus. Sie hatten offenbar Witterung aufgenommen. Georg hastete weiter durchs Wasser, um den Spürhunden die Verfolgung zu erschweren.

Von Berlin bis an den Bodensee war er im Schlepptau einer flüchtigen Zugbekanntschaft gereist. Ein Glücksfall, denn sein Reisegefährte kannte sich in der Gegend hier um den Bodensee bestens aus. Der kultivierte Herr reiste wie er mit kleinem Gepäck. Nachdem sie die Zeitungen getauscht hatten, stellte er sich ganz ungezwungen vor. »Georg Schlesinger, den Professor und den Doktor lassen wir mal beiseite! Einfach Georg!« Sie waren nicht nur Namensvetter. Wenn man die beiden Reisenden näher betrachtete, hätte man sie auch für Brüder halten können. Nur war der akademische Breslauer Georg einen Kopf größer als der Berliner Georg. Auch Georg Schlesinger wollte in die Schweiz. Allerdings stellte sich eine ganze Weile später, nachdem sie Vertrauen zueinander gefasst hatten, heraus, dass der Breslauer Georg im Gegensatz zum Berliner Georg einen festen Plan und viel bessere Voraussetzungen für den Grenzübertritt in die Schweiz hatte.

Es war ein Plan, den sich Georg Rubin nicht leisten konnte. Prof. Dr. Georg Schlesinger wollte mithilfe von Schmugglern über die Grenze. Aber auch hier gab es Flüchtlinge erster und zweiter Klasse: die mit Schweizer Franken oder Dollars und die mit Reichsmark.

Nach ihrer Ankunft in Salem und vor seiner gescheiterten Flucht in die Schweiz wohnte Georg Rubin mit seinem Reisegefährten fernab über dem See in einem Gasthof in der Nähe von Salem. Die Herberge lag in der Nähe des Elite-Internats, der Alma Mater seines Begleiters. Das war weit außerhalb des Fokus der Gestapo-Kontrollen auf der Suche nach potenziellen illegalen Grenzgängern.

Völlig durchweicht erreichte Georg Rubin im Morgengrauen ein größeres badisches Dorf mit einem Telefonhäuschen auf dem Marktplatz. Die örtliche Reklame in der Telefonzelle und das Schild am Dorfbahnhof verrieten ihm, wohin er sich verirrt hatte. »Hofherrenau«? Zu seiner Erleichterung fand er den Ort sogleich auf der Landkarte und freute sich, dass es einen Bummelzug nach Salem gab. Noch erfreulicher war, dass er weit und breit keine Polizei oder Wachen entdecken konnte. Nur der Fahrkartenschalter war mit einem verschlafenen Bahnbeamten besetzt. Um nicht aufzufallen, setzte er sich in den Wartesaal der dritten Klasse. Als es endlich sechs Uhr war, schlenderte er zum Fernsprechhäuschen und ließ er sich vom Fräulein vom Amt mit dem Gasthof »Zur Linde« in Salem verbinden. Sein Reisegefährte hatte ihn vor seinem Fluchtversuch dorthin mitgelotst. Der Breslauer Georg war als ehemaliger Externer des Internats Salem mit den Wirtsleuten aus seiner Schulzeit gut bekannt, und sie wurden mit großem Hallo, fast familiär, empfangen. Die Eltern vom Schlesinger hatten sich früher bei ihnen regelmäßig eingemietet, erfuhr er. Später kamen die Schlesingers sehr oft als Sommerfrischler. Sie galten als Stammgäste. Wahrscheinlich wussten die Wirtsleute noch nicht einmal, dass die Schlesingers Juden waren. Auf jeden Fall fragten sie nicht nach Papieren. Georg Rubin stellte sich als Waldemar Neumann aus Kassel vor.

Während ihm der kalte Zigarettenrauch und Uringeruch in der Fernsprechzelle unangenehm in die Nase stieg, er deshalb die Zellentür zur Lüftung aufhielt, klingelte das Telefon im Gasthof eine gefühlte Ewigkeit. Endlich meldete sich eine brummige Männerstimme. »Grüß Gott! Waldemar Neumann am Apparat. Verbinden Sie mich doch bitte mit dem Herrn aus Zimmer 17, mit meinem Freund, Doktor Schlesinger!« Im Hintergrund hörte er den Wirt schnaufen und offenbar die Verbindungskabel mit einem leisen Fluch entwirren. Die Arbeit der Telefonvermittlung und das Stöpseln zu den verschiedenen Etagentelefonen verrichtete normalerweise die dralle Gastwirtstochter, Lizzi, die mit seinem Reisegefährten immer heftig flirtete, trotzdem er sie immer wieder abblitzen ließ. Offenbar war Lizzi zu dieser frühen Stunde in der Küche mit der Zubereitung des Frühstücks beschäftigt. Lächelnd dachte er an den Vorabend seiner missglückten Flucht. Lizzi hatte seinem Gefährten erotische Avancen gemacht. Dabei ignorierte sie seine Zurückweisungen einfach. Offenbar stachelte das sogar ihren Verführungseifer an. Immer wieder wollte sie Georgs Gefährten beim Bedienen bei Tisch unter ihrem kolossalen Busen begraben. Noch nie hatte Georg Rubin eine Frau erlebt, die so offen und lachend ihr Begehren zur Schau stellte. Dabei war sie auf eine unschuldige Weise schamlos. »Die trägt bestimmt nichts drunter und ist bestimmt schon ganz nass!«, feixte der Breslauer Georg. Bei der Bemerkung bekam der Berliner Georg spontan eine Erektion. Er überlegte noch, ob er nicht vielleicht anstelle seines Freundes das Angebot dieser liebestollen Gastwirtstochter annehmen könnte. Allerdings hielt die Vernunft ihn zurück. Er wollte seine Flucht in die nahe Schweiz nicht durch irgendwelche Weibergeschichten verkomplizieren. Sie würde ja bemerken, dass er beschnitten war, und das könnte das Ende bedeuten.

Nach weiterem missmutigem Gebrumm gab es ein neues Stöpselgeräusch, Knacken und Knistern, dann wieder ein längeres Klingelzeichen, währenddessen Georgs Augen am Schild »Feind hört mit!« hängen blieben. Es war das gelb-schwarze Emailschild, das von schräg unten einen verschatteten geheimnisvollen Mann in Trenchcoat mit schwarzem Schlapphut zeigte. Dieses Warnschild hing in jedem Fernsprechhäuschen des Deutschen Reiches. Unwillkürlich musste er beim Betrachten des Schildes grinsen. Endlich meldete sich sein Bekannter, mit einem misstrauischen »Ja, bitte?«

»Ich bin es. Und, nein, ich hatte kein Glück. Sie hatten recht. Ist in der Linde die Luft noch rein?«

Am anderen Ende entstand die Denkpause eines schlaftrunkenen Akademikers, der sich diese Vulgärformulie-

rung wohl erst noch ins Hochschuldeutsche übersetzen musste. »Äh, ja, alles ruhig hier, wie immer! Keine weiteren Vorkommnisse. Wenn etwas gewesen wäre, hätte man mir schon aus alter Freundschaft oder aus reiner Geschwätzigkeit Bescheid gesagt. Ich hatte doch gleich gesagt, die Freiheit wohnt in den Bergen.« Georg wusste, was er meinte, denn sie hatten sich am Vorabend zu seinem geplanten Grenzübertritt noch über den besten Weg gestritten. Am Telefon folgte eine Pause. Georg fürchtete schon fast, dass das Gespräch unterbrochen worden sei. Dann fiel dem Mann am anderen Ende der Leitung noch etwas ein: »Ach, ja! Da ist tatsächlich doch noch was. Ein Brief ist gestern für Sie abgegeben worden. Wollen wir uns heute Abend wieder an bekannter Stelle treffen? Schaffen Sie das? Dann könnte ich den Brief gleich mitbringen. Ich weiß ja nicht, ob Sie vielleicht gleich weiterreisen wollen.«
Georg fiel ein Stein vom Herzen, dass er ihn nicht um diese heikle Gefälligkeit bitten musste. Einerseits. Andererseits war es beunruhigend, dass ein Briefschreiber offenbar seinen Aufenthaltsort kannte. Eigentlich konnte das nur von seinem Freund Werner aus Berlin kommen, beruhigte er sich sogleich. Nur Werner wusste von Salem und seinem falschen Namen. Aber warum kam der Brief nicht wie üblich postlagernd an? So hatten wir das vorher doch vereinbart? Eine Falle? Sein Gefährte am anderen Ende der Leitung schien seine Gedanken zu erraten. »Sicher nur so eine Reklame vom hiesigen Fremdenverkehrsverein oder aber eine verirrte Einladung zu einer Veranstaltung des Internats, jetzt wo es entweder geschlossen oder weiter im ›deutschen

Geiste‹ neu formiert werden soll. Wenn Sie dem Wirt den Auftrag erteilen, dass ich Ihnen den Brief mitbringen soll, gehen Sie kein Risiko ein, oder wollen Sie sich erneut einmieten?«

Georg bedankte sich artig und versprach, pünktlich zur Stelle zu sein, denn bis zum Abend würde er es mit dem Vier-Uhr-Zug der Bimmelbahn, die an jeder Milchkanne hielt, schaffen. Doch irgendetwas an dem Gespräch war seltsam. Die Stimme seines Namensvetters klang ungewöhnlich rau. Allerdings nicht ungewöhnlich genug, um alarmiert zu sein. Irgendetwas belastete den Mann. »Geht es Ihnen gut? Äh, ist alles in Ordnung?«, fragte er besorgt nach.

»Machen Sie sich keine Sorgen. Nur das Übliche. Wir treffen uns heute Abend um sieben an unserem Aussichtspunkt.« Dann gab er das Gespräch an den Wirt im Parterre zurück. Georg fragte ihn nach dem Brief. Der Wirt war in Plauderlaune.

»Ja, der Postbote, der das Amtsblatt verteilt und die Gästeliste zum Bürgermeister bringt, hat den Brief abgegeben. Mein Bruder leitet auch unsere Post, wissen Sie. Es scheint nur eine Postkarte drinzustecken. Wahrscheinlich eine Grußkarte! Hatten Sie denn nicht vor einigen Tagen Geburtstag, Herr Neumann?«

»Ach ja ... so wird es sein. Dann geben Sie den Brief doch freundlicherweise meinem Freund, dem Herrn Doktor, mit, in Ordnung? Wir sind für heute Abend verabredet.«

Georg konnte nicht ahnen, dass sowohl der Brief als auch die Umstände seiner Übergabe sein Leben von Grund auf umkrempeln sollten. Dass von einem Moment zum anderen die ganze Welt aus den Fugen geraten konnte, war für ihn damals noch unvorstellbar, wenngleich für Juden schon eine Tatsache.

Er war weder beunruhigt, noch war ihm beklommen zumute, als er sich dem Treffpunkt näherte. Die versteckte Hochkanzel mit der kleinen Bank fernab aller Wege war ihr Lieblingsplatz. Wie üblich herrschte hier tiefster Friede. Pastellfarben die Wolken am Himmel. Vielstimmiges Vogelkonzert. Kein Mensch weit und breit. In der Ferne färbten sich die Schneegipfel der Schweizer Alpen von glühendem Orange langsam zu Rot. Ein Alpenglühen, so spektakulär wie selten. Der Breslauer Georg erwartete ihn bereits. Entspannt, den Kopf versonnen zur Seite gelegt, saß er da, offenbar ganz in das Naturschauspiel versunken. Als er Georgs Gruß nicht erwiderte, nahm er an, dass sein Bekannter wohl beim Warten kurz eingenickt wäre. Nach einem Räuspern sprach er ihn noch lauter an. Wiederum keine Reaktion. Er trat näher und wollte ihn an der Schulter wachrütteln. Dabei rutschte sein Reisefreund leicht zur Seite. Neben der Bank entdeckte Georg eine leere Tablettenhülse Veronal und eine halbleere Flasche Limonade.
Sein Bekannter hatte keinen Puls mehr. Er atmete nicht mehr! Sein Namensvetter aus Breslau hatte sich für eine andere Flucht entschieden. Mit dem schönsten letzten Ausblick hatte Georg Schlesinger die Welt verlassen.
Georg war fassungslos. Schlesinger hatte doch die besten Aussichten in der Schweiz! Wie oft hatten sie halb im Scherz und halb mit Grauen darüber gesprochen,

dass dieser Tage die häufigste Todesursache am Bodensee Suizide von Juden auf Parkbänken seien. Alle wollten als Letztes auf die Schweizer Seite blicken, bevor sie sich das Leben nahmen. Nun hatte sich sein Reisegefährte auf genau diese Art umgebracht. Mit Tabletten, und nicht mit dem Revolver wie vor ein paar Tagen das Ehepaar in Meersburg. »Erweiterter Selbstmord«, stand in der Zeitung. Doch was hatte diesen Glückpilz bloß dazu getrieben? Neben dem Toten lag auf der Bank eine prall gefüllte, mit Papieren aller Art vollgestopfte Aktentasche. Aus seiner Jackentasche ragten zwei Briefe heraus, die an ihn, »Georg aus Berlin«, gerichtet waren. Georg schossen die Tränen in die Augen, so dass ihm die Schrift vor Augen verschwamm. Außerdem zitterten ihm die Hände. Nur mit Mühe konnte er die Nachricht an ihn entziffern.

Nach einer geglückten Flucht hätte sein Reisegefährte, zumal er in Luzern geboren war, doch die besten Aussichten in der Schweiz gehabt! In Basel hätte er sogar Aussichten auf eine Stelle, hatte er ihm erzählt. Den Rest hatte Georg Rubin vergessen. Dass einer so unverschämt viel Glück hat, hatte ihn bloß resigniert nicken lassen, und er hatte nicht weiter zugehört. Außerdem war Georg Schlesinger finanziell bestens versorgt. Er konnte sogar über Geld seiner Familie auf einem Schweizer Nummernkonto verfügen. Nur weil der Berliner Georg nicht missgünstig war, hatte er es dem Namensvetter nicht geneidet. Er hatte nur kurz die bittere Trauer des stets Zu-kurz-Gekommenen verspürt, die sich ein armer Teufel mit Stolz nie anmerken lässt. Diese Restwürde hatte sich Georg Rubin auch immer bewahrt.

Trotzdem: Dieser Glückspilz Schlesinger hatte doch alles gehabt, wovon er, Georg Rubin, noch nicht einmal zu träumen wagte! Ein studierter Mann mit Doktortitel, ein Professor sogar, mit einem Vermögen und der Aussicht auf eine sichere Position in der Schweiz! Und der bringt sich um? Georg Rubin verstand die Welt nicht mehr.

Als er vorsichtig weiter die Jackentaschen seines Bekannten untersuchte, entdeckte er in der anderen Brusttasche neben tausend Schweizer Franken einen geöffneten Briefumschlag. Der Brief war an den Verstorbenen gerichtet, die Anschrift darauf von selbstbewusster, schwungvoller Frauenhand. Der Absender war die Braut des Verstorbenen, Edeltraut Kriegeskotte. Sein toter Gefährte hatte die Tage zuvor immer mit viel Liebe von ihr gesprochen. Bisweilen hatte er den Verdacht, dass der Breslauer Georg von dieser Liebe besessen sei. Fast jeden zweiten Satz hatte er mit »Edeltraut meint ...« oder »Edeltraut denkt auch ...« begonnen. Ihm persönlich kam das, was Edeltraut da so dachte und sagte, schon vorher wenig edel oder traut vor. Zu seiner Überraschung steckte im Kuvert kommentarlos eine Heiratsanzeige mit einem Foto, das Fräulein Edeltraut Kriegeskotte im Brautschmuck glücklich am Arm eines SS-Mannes in Uniform zeigte. Offenbar gab sie dem Breslauer Georg auf diese grausame Weise den Laufpass. Die demonstrative Brutalität, mit der sie das tat, schockierte auch ihn. Es lag etwas seltsam Auftrumpfendes, ja Vernichtendes darin, als wollte sie damit etwas beweisen oder heimzahlen. Nur was und warum? Einfach nur aus Daffke? Aus reiner Nieder-

tracht? Dass es in diesen Zeiten tatsächlich noch Männer und noch dazu Juden gab, die sich aus *Liebeskummer* das Leben nahmen, erschien ihm absurd. Diese Studierten sind eben doch anders gestrickt als unsereins, dachte er. Angesichts der Bosheit der Braut fragte er sich nur, warum jene Edeltraut nicht einfach für immer geschwiegen hatte. Wozu diese unnötige Grausamkeit an ein liebend Herz?
Georg Rubin waren die Knie weich geworden. Deshalb nahm er neben dem Toten Platz. Zum Abschied umarmte er den Toten wie zum Trost, wischte sich mit der freien Hand die Tränen ab. Als er sich schließlich beruhigt hatte, nahm er den zweiten Brief zur Hand. Diesen hatte sein Breslauer Freund an ihn persönlich adressiert.

Mein lieber Gefährte der letzten Stunden!
Für Ihre aufmunternde Gesellschaft in meinen letzten Tagen und Stunden danke ich Ihnen. Nach dem grausamen Verlust meiner Liebe fehlt mir jede Kraft, mein Leben fortzusetzen. Es hat jeden Sinn verloren! Wozu soll ich mich weiter durchs Leben schlagen, zumal alles, woran ich glaubte, und alles, was mir lieb und teuer war, nicht mehr existiert und in den Schmutz gezogen wurde. Mein gebrochenes Herz ist nur noch müde. Ich kann nicht mehr, und ich will auch nicht mehr, ich bin des Lebens müde. Nur noch schlafen, und aus! Ich habe diesen Ort und die Zeit gewählt, weil ich unserem Wirt keine Umstände und Scherereien bereiten will.
Da Sie jetzt auch noch aller Papiere ledig sind, wie Sie mir am Telefon zu verstehen gaben, so bedienen Sie sich bitte

von meinen, wenn es Ihnen weiterhilft. Dann hat mein Tod wenigstens noch einen Sinn. In der Aktentasche sind meine sämtlichen Unterlagen und Dokumente von der Geburtsurkunde aus Luzern bis zum Pass. Außerdem finden Sie dort Bankpapiere. Die im Lineal eingeritzten Zahlen führen zu einem Nummernkonto der Helvetischen Handelsbank in Solothurn, über das Sie an meiner statt nun bedenkenlos verfügen können, denn mit mir stirbt meine Familie aus. Es gibt niemanden, der darauf Anspruch erheben könnte. Das alles ist bei Ihnen weit besser aufgehoben als bei den deutschen Behörden, die sich daran nicht noch zusätzlich bereichern sollen, nachdem sie unser Leben zerstört haben. Vielleicht bringe ich Ihnen sogar Glück für ein neues Leben. Ich gehe, wenngleich mit gebrochenem Herzen, in Frieden. Leben Sie wohl! Bitte sprechen Sie mir das Kaddisch, bevor Sie gehen, und pflanzen Sie für mich einen Apfelbaum am Ufer des Genfer Sees, in Vevey. Dort werde ich Sie als Geist zum nächsten Winzerfest treffen. Ihr Begleiter aus Breslau,
G. S.

Nach diesen Zeilen brach Georg erneut in Tränen aus. Als er sich gerade wieder etwas gefasst hatte, wurde seine Erschütterung sogleich vom Inhalt des zweiten Briefes überlagert. Es war das ominöse Kuvert, das für ihn im Gasthof abgegeben worden war. Gestempelt in Berlin. In einem holzig-grauen Umschlag lag kommentarlos ein Foto. Es zeigte einen weißhaarigen Mann mit einem Strick um den Hals! Ohne eine Spur von Angst blickte der Mann zornig direkt in die Kamera, als wollten seine Augen ein Loch in die Linse brennen. Ihm

kam der Mann vage bekannt vor, doch fiel ihm nicht gleich ein, woher. Ihm schwirrte der Kopf, so dass er für einen Moment die Augen schließen musste. Dabei hörte er das Blut in seinen Ohren rauschen. Zum Rauschen gesellte sich ein Cello. Es sägte ein langgezogenes tiefes G. Als das Cello endlich wieder Ruhe gab, war ihm klar, dass er sich aus dieser Lage mit kühlem Kopf retten musste. Es war keine Zeit zu verlieren. Jeden Moment könnte ein Spaziergänger auftauchen und ihn in dieser verfänglichen Situation mit einem Toten antreffen, dessen Taschen er gerade fledderte. Ratlos steckte er hastig das Foto in die Jackentasche.
Was soll ich jetzt nur machen? Einen Arzt rufen? Nein! Polizei rufen? Auf keinen Fall! Den Gastwirt rufen? Wozu? Soll ich das alles tatsächlich an mich nehmen? Und wenn ja, was kann ich damit schon anfangen? Nachdem er seine Gedanken einigermaßen wieder geordnet hatte, fasste er einen Entschluss. Davon beseelt sprang er auf. Den toten Georg Schlesinger rückte er ordentlich auf der Bank zurecht, nahm all seine Habseligkeiten und seine Papiere mitsamt dem Zimmerschlüssel an sich. Kurz zauderte er noch, überdachte wiederum die Rechtmäßigkeit seines Tuns. Nein, ich raube hier keinen Toten aus. Ich vollstrecke nur seinen letzten Willen!
Nur den Brief von Edeltraut ließ er dem Toten in der Brusttasche. Zum Schluss faltete er ihm die Hände über dem Bauch. Beinahe hätte er den Umschlag von Edeltrauts Brief übersehen. »Edeltraut Lehmkuhl, geb. Kriegskotte« stand als Absender auf der Rückseite des Umschlags. Vorn war er an »Herrn Prof. Dr. Georg

Schlesinger, Gasthaus zur Linde, Salem« adressiert. Vor Wut auf die untreue Edeltraut hätte er den Umschlag am liebsten in tausend Fetzen zerrissen, doch einem Impuls folgend hielt er inne, denn die Schnipsel könnten die Identität des Selbstmörders verraten. Die Polizei könnte sie zusammensetzen ... Also steckte er den Umschlag des fatalen Briefs in die Hosentasche. Über die Tragik des Todes seines Reisegefährten kurz aufseufzend, sprach er ihm das Totengebet. Schließlich fasste er sich ein Herz und klemmte sich Schlesingers Aktentasche unter den Arm. Abermals wischte er sich danach die Tränen ab. Zum Abschied klopfte dem Toten auf die Schulter. Wie er zum Gasthaus gelangt war, daran konnte sich Georg später nicht mehr erinnern. Nur daran, dass bereits die Laternen angegangen waren und dass es in der Gastwirtschaft schon hoch herging. Ein Wanderverein war eingekehrt und feierte lautstark irgendetwas. Unbemerkt konnte Georg über die Außentreppe ins Zimmer 17, ins Zimmer von Schlesinger, schlüpfen. Dort ließ er sich auf die unbenutzte Hälfte des Bettes fallen. Bis zum Morgen wäre er hier in Sicherheit. Den Toten würde man gewiss nicht vor der Mittagszeit finden. Bestimmt würde die Polizei nicht vor Nachmittag Nachforschungen in den Gasthäusern nach dem Unbekannten anstellen, rechnete er sich aus. Fast kam er sich schuldig vor, weil er nun wie ein Täter denken musste. Nach einer zergrübelten Nacht im Zimmer seines toten Freundes schlich Georg im Morgengrauen auf Socken mit den Wanderschuhen in der Hand und dem vollgestopften Rucksack auf dem Rücken leise wie auf Katzenpfoten die Treppe runter.

Vorsichtig vermied die knarrende dritte und fünfte Stufe, schloss die Wirtshaustür leise auf, indem er das Schließgeräusch mit seiner Mütze erstickte. Ungesehen machte er sich über die Felder ungesehen davon.

Nach der Zahlung von fünfhundert Schweizer Franken an den Mann, den ihm Schlesinger nebst Erkennungsparole für seinen ersten Fluchtversuch einst empfohlen hatte, wanderte Georg in der nächsten Nacht im Gänsemarsch hinter seinem Menschenschleuser her. Bei Mondschein ging es fernab aller bekannten Wanderwege über die geheimen Schmuggelpässe. Das war kein Weg für Stadtmenschen. Zum Glück war Georg gut zu Fuß und Nichtraucher. Im Morgengrauen endlich streichelte Georg einen Schweizer Grenzpfosten, der wie ein guter Freund auf ihn zu warten schien. Wortlos verschwand sein Führer im Nebel.
Endlich in Freiheit!
Trotzdem wollte Georg den Tag nicht vor dem Abend loben. Das Wetter schlug um. Schlagartig staute sich der Nebel, türmte sich zu bedrohlichen dunklen Wolken. Sturm zog auf. Dann brach ein heftiges Gewitter los, das ihm durch das Echo in den Bergen ungleich schrecklicher vorkam als in der Stadt. Gegen den Hunger und die Müdigkeit ankämpfend, mit waagerecht ins Gesicht peitschendem Schneeregen und Hagel wanderte Georg über Sturzbäche springend in den grauen Morgen weiter, bis er nicht mehr konnte. Ein Dorf! Zum Glück zog das Gewitter ab. Der Regen ließ nach. Plötzlich wurde ihm so schwindlig, dass er sich an einem Holzzaun festhalten musste. Am Tor winkte ihm ein

Holzschild zu, das mit leisem Quietschen im Wind schaukelte. »Fremdenzimmer, Chambres«.
Nach langem Klopfen und Rufen am Tor kam eine ältere hagere Bäuerin in Holzpantinen mit einer Plane über dem Kopf aus dem Kuhstall angelaufen.
»Himmelherrgottsakrament!«
Er hätte sich bei dem Wetter verlaufen, erklärte Georg.
»Ich würde gern einige Nächte bleiben, zumindest bis die Schlechtwetterfront durch ist und meine Sachen wieder getrocknet sind.«
Knurrig ließ sie ihn ein und befahl ihm, die Stiefel unter dem Vordach auszuziehen. Georg zahlte gleich bar im Voraus für eine Woche. Dafür bekam er das große Gastzimmer und ein »Zmorge« aus Brot, Butter, Speck und einen Krug Milch. Zwei Tage und Nächte schlief er durch, bis der Hunger ihn weckte.
Dem Bauern, der mit einem Hexenschuss im Bett lag, kam dieser gut zahlende Fremde, der sich sogar etwas mit Milchvieh und Landarbeit auskannte, wie gerufen. Natürlich ahnte er, dass Georg ein Illegaler war. Aber ein Illegaler mit Geld ist kein Flüchtling, wird er sich gedacht haben. Gegenüber den Polizisten, die turnusmäßig die Bauernhöfe der Grenzregion abklapperten, um Illegale aufzuspüren, spielte der Bauer den Ahnungslosen. Die Bäuerin sah die Grenzwächter treuherzig an und schob dann demonstrativ ihrem Mann die in der Backröhre aufgeheizten Kirschkernkissen ins Kreuz.
»Jetzt händ ihr mia au no die ganz Chuchi und Stubä dräckig gmacht, als hett ich nöd genueg Arbeit«, fuhr sie die Grenzwachmänner an. Die Polizisten blickten

schuldbewusst auf die Pfützen am Boden, entschuldigten sich für die Störung und machten sich davon.

Ein wenig später, nach dem Rasieren, setzte sich Georg in die Küche. Es war das beste Frühstück seines Lebens, wie er später immer wieder gern erzählte, »mit echtem, gutem Bohnenkaffee!«. Nun ausgeruht und gestärkt dachte er über seine nächsten Schritte nach. Einreisestempel mit gefälschtem Aufenthaltsvisum oder offiziell politisches Asyl beantragen? Gibt es das noch? Und wie bekomme ich meine Passfotos und die Stempel in Schlesingers Papiere? Er war ratlos. Als er der Bauersfrau seine Hose zum Aufbügeln geben wollte, fiel ihm der Umschlag mit dem seltsamen Foto erneut in die Hände. Sein Freund Werner hatte ihm das auf sein Telegramm mit dem vereinbarten Code »wunderbare Wandertage durch die Heimat« aus Berlin nach Salem geschickt. Den Umschlag mit dem Foto hatte er vollkommen vergessen. Nun, auf den zweiten Blick, erkannte er, wer der Mann mit dem Strick um den Hals auf dem Foto war. Das ist ja der alte Segall aus Schwetz!, staunte er. Ihm fiel dazu ein, dass er mit dem Schwetzer Ratsherrn und Industriellen, dem es hier auf dem Bild ans Leben ging, sogar über sieben Ecken verwandt war. Seine Familie, die Rubins, gehörten zwar zu den geächteten »Luftexistenzen« im Landkreis Schwetz, aber trotzdem verband sie etwas, und das war: Willy Rubin! Sein verstorbener Bruder Willy hatte, nachdem er der Kohanim-Tochter Franziska ein Kind gemacht hatte, in die bessere Gesellschaft, in die Familie Kohanim, eingeheiratet. Dass er das später mit seinem Leben bezahlte, stand auf einem anderen Blatt.

Zacharias Segall, dessen Foto er nun in seinen Händen hielt, war ein Cousin von Samuel Kohanim. Er, Georg Rubin, wiederum war der Bruder des Schwiegersohns vom alten Kohanim. Weitläufiger kann man kaum »verwandt« sein, dachte er. Der Ratsherr Zacharias Segall hätte ihn zu Lebzeiten in Schwetz noch nicht einmal auf der Straße gegrüßt. Er, Georg, der arme Schlucker aus dem Clan der verrufenen Rubins, wäre der Letzte gewesen, den man mit der reichen und angesehenen Familie Segall in Verbindung gebracht hätte. Umso erstaunlicher war es deshalb, dass jemand ausgerechnet *ihm* dieses Foto nach Berlin schickte. Werner hatte ihm treu und brav das Foto an seinen Zufluchtsort Salem weitergeleitet.

Georg grübelte weiter über das Foto nach. Für ihn hatte es keinen Wert. ›Warum an mich?‹ Schließlich kam er zu dem Schluss, wer immer diese ganze Transaktion mit der Fotografie von der Hinrichtung des alten Segall eingefädelt hatte, musste die Familienbeziehungen und Geheimnisse der Familie Segall sehr genau kennen. Selbstverständlich war Georg auch geläufig, wer sonst noch mit dem Segall verwandt war. Da musste er nicht lange nachdenken. Das war seinerzeit der Skandal des Landkreises: Die Geschichte, wie der alte Segall seine Tochter Else verstoßen hatte, kannte dort jeder. Der Mann auf dem Foto mit dem Strick um den Hals war der tyrannische Vater der verstoßenen Else Segall. Aber warum hatte man der Frau das Foto ihres Vaters nicht direkt geschickt? Sie wohnte doch auch in Berlin. Und hatte der Segall nicht sogar noch einen Sohn, so einen Nachkömmling aus einer zweiten Ehe? Und warum waren kommentarlos nur Ort und Datum, 8. 10. 1939, mit Kopierstift blassviolett auf der Rückseite des Fotos vermerkt? Georg tippte auf eine Männerhandschrift. Außerdem: Wer war wohl in der Lage, so ein Foto vom Massaker bei der Einnahme der Stadt Schwetz zu knipsen? Normalerweise lud man wohl kaum die Presse zu Hinrichtungen und Massakern ein. Er folgerte, dass nur ein Wehrmachtsangehöriger oder ein am Kommando beteiligter SS-Mann der Fotograf sein könnte. Aber welches Motiv hätte wohl ein SS-Mann, dieses Foto zu machen, um es heimlich über sieben Ecken an die jüdische Familie Segall weiterzuleiten? Und warum ausgerechnet über mich?

Er, Georg, war dabei nicht nur die sprichwörtliche siebente, sondern sogar die hinterste Ecke der Mischpoche der Segalls, ein Teil der »Mischpoke«. War es ein Bekannter der Familie, der ihnen heimlich diese Botschaft zukommen lassen wollte? Doch welch ein Wehrmachts- oder SS-Angehöriger kannte sich derart detailliert mit den Familieninterna der Familien Kohanim / Segall aus? Wer hatte zudem ein Interesse, solch ein Foto heimlich zu schießen und auch noch weiterzuleiten? Das ergab doch alles keinen Sinn! Folglich muss es einen Goi in der Wehrmacht, der Gestapo oder in der SS geben, der mit der Familie Segall in irgendeiner Beziehung stand oder dem etwas an den Segalls lag. Vielleicht eine alte Freundschaft oder eine alte Feindschaft? Doch, was zum Teufel, geht das alles *mich* an?, kreisten seine Gedanken immer weiter und verengten sich dabei zu einer Spirale, die irgendwann wie eine Platte mit Sprung hängen blieb. Langsam dämmert mir, dass man mich offenbar gezielt als Mittler ausgesucht hat. Warum auch immer ...

Die Sache war rätselhaft, vor allem war sie lästig, und er wollte sie so schnell wie möglich loswerden. Einen Moment lang war er sogar versucht, das Foto einfach in den Papierkorb zu werfen. Aber kann man ein *solches* Foto, das einen Mann auf dem Weg in den Tod zeigt, in den Papierkorb werfen? Außerdem könnte es Argwohn erregen.

Er müsste es verbrennen, doch dazu hatte er keine Gelegenheit. Höchstens in der Küche im Herd, doch das würde Fragen und Erklärungen nach sich ziehen.

Also steckte er das Bild wieder ein. Am besten und schnellsten werde ich das Foto los, indem ich es auf den Weg zu den Verwandten bringe, dachte er. Dann bin ich die Sache auf ehrliche Art und Weise los und habe vielleicht sogar noch ein gutes Werk getan ...

Als ihn der Bauer nach Werkzeug schickte, entdeckte Georg im Schuppen einen kleinen Kasten mit Uhrmacherwerkzeug. Es gehörte dem verstorbenen Bruder des Bauern, erfuhr er. Zum Dank für seine tatkräftige Hilfe in der Not überließ ihm der Bauer die Kiste mit dem Uhrmacherwerkzeug für wenige Franken. Nach einiger Übung konnte Georg bald geschickt damit umgehen. Vorsichtig bog er mit dem Gehäuseöffner jeden Zinken der Ösen, mit denen Schlesingers Fotos in seinen Papieren fixiert waren, hoch. Dann entfernte er Schlesingers Fotos, stanzte mit einer Lochzange passende Löcher für die Ösen in seine eigenen

Fotos, passte sie ein, unterlegte die Ösenränder mit einem Draht, um die Ösen wieder in leichter Wölbung auf die Dokumente zu schlagen. Abschließend rollte er ein geschältes hart gekochtes Ei über den Stempel von Schlesingers Passbild und übertrug den Abdruck auf sein Foto. Mit jedem Anlauf verbesserte er seine Technik. Georg war stolz auf sein Werk. Ich will verdammt sein und am Jüngsten Tag, wenn der Messias kommt, auf ewig liegen bleiben, wenn jemand merkt, dass das hier eine Fälschung ist! Das sieht sogar echter aus als das Original! Er stellte sich vor, wie seine kriminellen Ahnen vom Himmel aus applaudierten, als er die blauverfärbten Eier aufaß, um keine Spuren zu hinterlassen. Der Gedanke behagte ihm zwar nicht, aber von seinen neuen Dokumenten war Georg so angetan, dass er sich daran kaum sattsehen konnte. Zwei Tage später nahm ihn der Bauer mit dem Pferdefuhrwerk bis nach St. Gallen mit. Vorsichtig umging Georg einige Polizisten und betrat das PTT-Fernmeldeamt diskret durch den Lieferanteneingang, dort, wo sich die Postsäcke stapelten. Auf den Tresen des Schalters legte er einen Hundert-Franken-Schein. »Bitte ein Ferngespräch nach Berlin-Neukölln, zur Firma Kofferfabrik Dahnke, Direktverbindung zum Direktor Dahnke, persönlich.« Nach über zwei Stunden Voranmeldung für das Blitzgespräch, die ihm mit Blick auf die im PTT-Amt lässig hin- und herpatrouillierenden Polizisten zur Qual wurden, bekam er endlich seinen Aufruf. Eilig schlüpfte er in die Telefonkabine, bevor sich die Polizeistreife nähern konnte. Er drehte ihnen den Rücken zu, presste den Hörer ans Ohr. Es knackte und rauschte, dann war sein Gespräch durchgestellt, und er rief mit fester Stimme in das Mikrofon an der Wand: »Bitte verbinden Sie mich mit Herrn Direktor Dahnke von der Koffer- und Lederwarenfabrik Dahnke!«

Die Vermittlung stellte ihn durch. Es meldete sich das Vorzimmer der Direktion. Nachdem er der Büroleiterin mehrmals den privaten Zweck seines Anrufes erklärt hatte und dass er eigentlich nur die Gattin des Direktors zu sprechen wünschte, bestellte sie ihm schnippisch: »Die Gattin des Herrn Direktor ist auf Kur, und der Herr Direktor ist nicht zu sprechen.«

In dieser »überaus dringenden privaten Angelegenheit der Frau Direktor« wollte sich Georg aber nicht abweisen lassen. »Ich rufe aus der *Schweiz* an, falls Sie das vergessen haben sollten!«, rief er inzwischen ziemlich aufgebracht. Das Wort »Schweiz« erwies sich als ein Zauberwort. Die ungnädige Sekretärin stellte ihn endlich zum Herrn Direktor Bruno Dahnke durch. Nach einigem Nachdenken und etlichen prüfenden Zwischenfragen erinnerte sich Bruno Dahnke dunkel an ihn als den Bruder jenes unseligen Willy Rubin, der die Cousine seiner Frau, die Franziska Kohanim, »mittels eines Bubenstücks« geheiratet hatte. Vorsorglich stellte er erst einmal die entsprechende gesellschaftliche Distanz her.

»Werter Herr, also, ich kann mir beim besten Willen nicht vorstellen, was ausgerechnet *Sie* mir zu bestellen haben könnten?«, fuhr der Kofferfabrikant Georg von sehr weit oben an. Georg schluckte.

»Was auch immer Sie von mir halten, sei Ihnen unbenommen, Herr Direktor. Allerdings habe ich wichtige

Neuigkeiten und *Dokumente* aus der alten Heimat Ihrer Gattin. Aus Schwetz! Dokumente, die für Ihre Gattin von *vitalem* Interesse sein dürften.«
»Vital?!?«
»Es geht um den Tod des Vaters Ihrer werten Frau Gemahlin in Schwetz. Ihr Schwiegervater ist dort auf tragische Weise aus dem Leben gerissen worden, wenn Sie verstehen, was ich meine.«
Das hatte gesessen. Am anderen Ende der Leitung verlor ein aufgeblasener Direktor fast hörbar sehr viel Luft. Nun wurde Bruno Dahnke sachlich.
»Was für Dokumente haben Sie denn?«, fragte der Kofferfabrikant mit belegter Stimme nach und räusperte sich sogleich.
»Eindeutige, unfehlbare Beweise, versehen mit Ort und Datum und mit einem Foto des tragischen Vorgangs. Dieses Dokument ist mir nur durch einen Zufall zugespielt worden, und ich möchte es der rechtmäßigen Adressatin zustellen, weiter nichts.«
»Wie viel?«
»Was?«, fragte Georg entgeistert zurück. Er konnte nicht fassen, dass man ihn für einen Erpresser hielt.
»Wie viel wollen Sie dafür? Das ist doch wohl der Zweck Ihres Anrufes?«
»Nein, ich brauche Ihr Geld nicht! Ich bin ein rechtschaffener Mensch, egal, was Sie sonst von mir und meiner Familie halten. Ich komme nur einer Mizwa nach!«
»Einer was? Ach, so ... na ja ... dann«, der Dahnke wurde verlegen. Georg versicherte erneut, nur ein Dokument über das Ableben des jüdischen Schwiegervaters des Herrn Direktors zustellen zu wollen.

»Ich kann es Ihnen auch in einem Brief nach Berlin schicken, wenn Sie mir die genaue Anschrift durchgeben!«

Hastig wehrte Bruno Dahnke ab. »Nein, nein, um Gottes willen, bloß nicht zu mir nach Berlin! Auf keinen Fall nach Berlin, hören Sie. Ich muss *Rücksichten* nehmen!«

Darauf entstand eine Denkpause, und man hörte nur ein Knistern und Rauschen und im Hintergrund ein französisches Telefonat, in dem eine Frau ständig aufgebracht »Mon Dieu!« schrie. Dann meldete sich Bruno Dahnke mit einem Hüsteln zurück. »Da Sie aus der Schweiz anrufen, trifft es sich gut, dass meine Frau dort gerade zur Kur weilt...« Nach einigem Zögern gab er ihm widerwillig durch: »Dann schicken Sie das bitte an Frau Direktor Else Dahnke in Solothurn, poste restante.«

Georg versprach, den Brief zusammen mit den Grüßen an die Frau Gemahlin weiterzuleiten. Allerdings könnte er das Dokument der Frau Direktor auch persönlich überreichen, da er ohnehin in Solothurn zu tun hätte. »Das wäre garantiert schneller und sicherer.«

»Aber werter Herr, das ist zwar ein ganz reizendes Angebot. Doch daraus wird nichts! Es sei denn, meine Gattin wünscht tatsächlich, mit *Ihnen direkt* in Kontakt zu treten, was ich mir allerdings kaum vorstellen kann.«

Für seine Gefälligkeit kassierte Georg eine Ohrfeige. Was kann man von diesen Schmocks schon anderes erwarten? Wütend hängte Georg ein. »Das macht fünfundvierzig Franken und sechsunddreißig Rappen, der Herr!« Vergrätzt über die hohe Geldausgabe für ein

Telefonat, in dem er nur beleidigt worden war, strich er sein Restgeld ein. Dabei stieß er in der Brieftasche wieder auf das lästige Kuvert, als wolle es auf sich aufmerksam machen. Am liebsten hätte er das Kuvert mitsamt dem Foto doch noch im Fernsprechamt in den Papierkorb geworfen. Nichts als horrende Kosten und Verdruss hat man mit der vornehmen Bande! Was denken die sich eigentlich? Nur der strafende Blick des alten Segall auf dem Foto hielt ihn davon ab. Der mächtige Segall auf dem Weg zum Galgen, so etwas wirft man nicht einfach in den Papierkorb, tadelte er sich. Widerwillig steckte das Foto wieder ein. Wie zäh doch ein schlechter Ruf an einer Familie klebt. Dabei ist das alles Jahrzehnte her, ärgerte er sich.

Indessen fragte sich am anderen Ende der nun toten Leitung Bruno Dahnke, ob es wirklich klug war, einem Angehörigen dieser nichtsnutzigen Mischpoche von Glücksrittern den Aufenthaltsort seiner Frau zu verraten. Wer weiß, was der im Schilde führt?, überlegte er. Zumindest kennt er Elses genaue Adresse nicht. Soll doch Else selbst entscheiden, es ist schließlich ihre Familie ... Dennoch gärte die Sorge in ihm weiter. Und weil er sich nicht auf seine Arbeit konzentrieren konnte, meldete er beim Fernamt Berlin sogleich ein Gespräch nach Solothurn an. Er wollte Else warnen, falls dieser Georg Rubin tatsächlich eine Gaunerei aushecken sollte. Sorgfältig trug er in sein Notizbuch unter dem Datum des Tages ein: »Anruf Georg Rubin aus St. Gallen! Tod Schwiegervater Segall, Pogrommord oder Kriegsmassaker? 8. 10. 1939, Schwetz. Else soll das selbst entscheiden.«

Auf die Ankündigung seines geplanten Besuchs in Solothurn hatte Else Dahnke postwendend mit einem Brief poste restante St. Gallen geantwortet und Georg ein Treffen im Café Belle Époque in Solothurn vorgeschlagen. »Ich bin dort jeden Nachmittag ab vier Uhr.« Georg wollte nicht nur ein ehrlicher Mann sein. Er wollte dazu auch noch ein frommer Jude sein. Wie immer, wenn sich außergewöhnliche Ereignisse anbahnten, ging er in die Synagoge. Rabbiner Wolkenstein in Solothurn war nicht zu liberal, aber auch nicht zu orthodox, hieß es. »Gerade die richtige Mischung«, bestätigte ihm ein Glaubensbruder nach dem Gebet in der Synagoge und empfahl ihm diesen Gottesmann. Aber noch wichtiger war Georg: »Weiß er auch in wirklich heiklen Fragen des Lebens einen Rat, den man auch tatsächlich leben kann?« Zwei Glaubensbrüder aus dem Minjan nickten zustimmend.

Rabbiner Wolkenstein hatte sein Ordinariat in einer kleinen Gasse der Altstadt. Alle Häuser waren mit Fachwerk eng verbaut. Hängegeranien überwucherten die Fenster, so wie sich biedere, engstirnige Menschen ihre rechtschaffene Welt schmücken. Das Licht war ebenso trostlos anständig und grau. Der Rabbiner war ein massiger Mann von jovialer Gemütlichkeit. Nachdem Georg ihm sein Dilemma und die Seelenqual, gezwungenermaßen mit falscher Identität zu leben, gebeichtet hatte, musterte der Rabbiner Georg eindringlich von oben bis unten. Die Geschichte ging ihm zu Herzen. Ihm gefiel der Mann, der unbedingt ehrlich sein wollte, aber nicht durfte, wenn er nicht riskieren wollte, nach Deutschland und damit in Gefangenschaft abgeschoben zu werden. Das dezente Wesen dieses Mittvierzigers mit einem Gelehrtengesicht, obwohl er kein Gebildeter war, gefiel ihm. Dass Georg der Gemeinde für seinen Rat gleich unaufgefordert eine satte Spende zukommen ließ, stimmte ihn doppelt gnädig. »Sie werden einen guten Anwalt mit Beziehungen brauchen«, meinte der Rabbiner seufzend. Damit schob er ihm eine Visitenkarte über den Tisch. »Sagen Sie, dass ich Sie geschickt habe.« Fahrig blätterte der Rabbiner danach mit malmendem Kiefer, als ob er stumme Selbstgespräche mit sich führte, in irgendwelchen Folianten herum. Schließlich nahm er, als hätte ihn ein Geistesblitz getroffen, die Brille von seinen kurzsichtigen Augen und fixierte Georg mit dem verträumten Blick eines Fehlsichtigen. »Nach dem rechten Weg und nach dem Gesetz leben, das will jeder rechtschaffene Mann. Ja, und deshalb feiern wir auch das Fest der Gesetzesfreude! Nur, und das ist das menschliche Drama, es ist leider oft nicht jedem zu jeder Zeit vergönnt... Es ist unerheblich, ob das aufgrund eines schwachen Charakters oder widriger Umstände geschieht. Ganz nach unserem Wunsch können wir ohnehin nur ohne Anfechtung und Bedrängnis unser Leben gestalten, wenn der Messias erscheint...« Georg schluckte schockiert. Der Rabbiner winkte ab. »Und ich verstehe gerade vor dem Hintergrund Ihrer Familiengeschichte Ihre Situation. Ehrlich gesagt, mich rühren Ihr Eifer und Ihr Ringen um Aufrichtigkeit und Anstand. Ja, es ist ein Drama. Aber...«, um seinen Worten Nachdruck zu verleihen, beugte er sich über den Tisch und hob den Zeigefinger der rechten Hand: »Man kann es auch so sehen: Wenn es stimmt, und der All-

mächtige Ihnen schon alles so wunderbar an die Hand gibt, um Sie zu retten, dann scheint genau das sein göttlicher Plan zu sein! Also ergreifen Sie Ihre Chance und retten Sie sich gefälligst! Wer sind wir Menschen denn, Haschem für diese Gnade, für diesen wunderbaren Fingerzeig zu kritisieren und das Angebot auszuschlagen? Versuchung? Ich bitte Sie! Ist das nicht etwas zu gojisch-christlich gedacht? Immerhin hat ein Freund sich für Sie geopfert, damit Sie leben! Soll das Opfer Ihres Kameraden umsonst gewesen sein? Natürlich darf ich Sie zu keiner Straftat ermuntern ...« Einen Moment lang schien er den Faden verloren zu haben und blickte in der Hoffnung auf eine Eingebung auf die golden beschrifteten Buchrücken der Folianten vor ihm. Dann hob er erneut mahnend den Zeigefinger: »... doch andererseits hat ein Jude erst einmal die oberste Pflicht, sein Leben zu retten. Wenn die Zeit der Bedrängnis vorüber ist, verhelfen Sie dem Recht wieder zu Geltung. Widmen Sie sich wohltätigen Werken und dergleichen. Sie schaden doch niemandem. Also hadern Sie nicht mehr mit Haschem über Ihr unverdientes Glück, das Ihnen momentan nicht perfekt genug erscheint. Wenn es an der Zeit ist, wird der Allmächtige Ihnen den Weg zurück zum Gesetz weisen, wenn Sie aufrichtigen Herzens sind. Er wird Ihnen verzeihen, genau so, wie er dem Volk Israel den kurzen Abfall vom Glauben mit dem goldenen Kalbgötzen verziehen hat.
Verwirrt verließ Georg das Ordinariat des Rabbiners. Um sich zu sammeln, trank er in der Konditorei Häberli eine Schokolade mit Sahne. Auf der Schwelle des Bankhauses bekam er plötzlich Angst vor der eigenen

Courage. Zaghaft reichte er am Schalter die Nummer des Kontos auf einem Zettel über den Tresen. Soll es tatsächlich so einfach sein, zu Geld zu kommen? Der Gedanke kam ihm wahnwitzig vor. Ganze Generationen seiner Vorfahren hatten sich für weniger geschunden und krummgelegt.
»Möchten Sie einzahlen oder abheben, mein Herr?«
Ein Wunder!, staunte Georg.
Wie nach einer unverhofften Bescherung hielt er plötzlich recht fassungslos etwas mehr als fünftausend Schweizer Franken in seinen zitternden Händen.
Es war die Summe aufgelaufener Zinsen der Vorjahre, teilte man ihm mit. Nach einem höheren Betrag zu fragen, wagte er nicht. Die amerikanischen Aktiendividenden und das Kapital müsse er noch lange nicht angreifen, erklärte ihm der Bankbeamte höflich. Im Prinzip war Georg eher darauf gefasst, dass er jeden Moment aus einem Traum aufgerüttelt oder in Handschellen abgeführt würde. Doch Menschen mit glatten Wohlstandsgesichtern, die vor Gesundheit und Privilegien strotzten, verbeugten sich höflich vor ihm. Ja, sogar beflissen. Auch wenn die Herrentoilette einer Bank ungeeignet war, so sprach er sogleich ein Dankgebet. »Gepriesen seist du, Haschem, unser König der Welt, der auch den Schuldigen Gutes tut und mir so viel Gutes erwiesen hat! Amen!«
Im Café Belle Époque gönnte er sich zur Feier des Tages ein Kännchen Schokolade mit viel Sahne. Nach den mageren Zeiten im »Reich« hatte Georg eine schier unstillbare Lust auf Schokolade und Schlagsahne entwickelt. Andächtig nippte er an seiner Tasse und hielt

vorsichtig nach einer Dame Ausschau, die Else Dahnke sein könnte. Wir hätten ein Erkennungszeichen verabreden sollen, dachte er, allerdings war er auch noch zwei Stunden zu früh dran. Er bestellte sich einen Cognac zur Schokolade und trank auf den Toten und sein neues Leben. Mit der Mischung aus Schokolade und Cognac im Mund schien es ihm an der Zeit, sich nach einem Herrenausstatter umzusehen. Beim Anwalt und den Amtspersonen, von denen sein künftiges Leben abhängen könnte, wollte er nicht wie ein Kleinganove erscheinen, der aussieht, als ob er sich extra für einen Gerichtstermin feingemacht hat.
»Englischer Stil und Budapester!«

Solothurn, den 11. April 1940

Mein geliebter Bruder Johannes! Leider muss ich Dir heute eine entsetzliche Nachricht überbringen: Unser Vater ist tot! Ermordet von der SS! Ich habe lange gezögert, ob ich Dir das Foto, das ihn kurz vor seinem Tod am Galgen zeigt, überhaupt schicken soll. Es ist eine Kopie des Originals. Aber Du bist ja kein Kind mehr, also überlasse ich Dich auch den harten Realitäten des Lebens – oder des Sterbens. Mein lieber Bruno wollte in Berlin seiner Pflicht nachkommen und Deiner Mutter seine Aufwartung machen, ihr die Nachricht persönlich überbringen. Doch denk Dir, Bruno hat Deine Mutter in der Regensburger Straße nicht mehr angetroffen, und keiner konnte uns Auskunft geben, wohin sie gezogen sei. Jetzt wohnt dort ein Nazi namens Alfons Hansen. Auch Tante Fränze und die anderen Tanten waren völlig perplex. Keine wusste etwas. Bestimmt hat Deine Mutter eine schnelle Gelegenheit zur Auswanderung gefunden und konnte uns nur nicht mehr benachrichtigen. Kommt man denn jetzt überhaupt noch nach Palästina? Überstürzte Abschiede sind inzwischen an der Tagesordnung. Dir wird sie bestimmt regelmäßig schreiben. Ich schicke Dir gleich einen zweiten Abzug des Fotos mit, das ihn kurz vor seinem Tod zeigt. Diese mysteriöse Fotografie gelangte durch einen gewissen Georg Rubin in meine Hände. Er ist der Onkel Deines Cousins Benno, von dessen Existenz ich bislang auch nichts wusste, die aber von Fränze bestätigt worden ist. Dieser Mensch ist jetzt auch hier in der Schweiz. Doch dieser Georg hat mich über das Foto hinaus ziemlich in Erstaunen versetzt. Die Rubins waren doch in Osche immer als eine arme, nichtsnutzige Familie von Tagedieben und Luftexistenzen verschrien. Aber offenbar scheint dieser Georg Rubin ganz aus der Art geschlagen zu sein. Ein sehr feiner Herr ist er heute! Kaum zu glauben: sogar Professor soll er sein und einen Doktortitel soll er haben, obwohl ich nicht weiß, wie das wohl vonstattengegangen sein soll. Angeblich hatte er Förderer in Breslau, die ihm die Bildung und das Studium ermöglicht haben, sagt er. Aber dass ausgerechnet Georg Rubin so eine Leuchte sein soll, das wundert einen schon. Egal, es geht ihm offenbar glänzend, und – das muss man ihm lassen – er hat sehr feine Manieren. Andererseits ist es auch tröstlich, wenn einer mal im positiven Sinn so ganz »aus der Art« schlägt! Dieser Georg Rubin, also Bennos und Walters Onkel, will sich nun am Genfer See niederlassen. Wieso gerade in der französischen Schweiz? Ich komme immer noch nicht aus dem Staunen heraus. Wir deutschen Juden bleiben doch alle nach Möglichkeit in der deutschsprachigen

*Schweiz. Seltsam! Aber vielleicht hat er dort eine Liaison ...
Wie dem auch sei. Ich hoffe, Deine englischen Pflegeeltern
sind gut zu Dir und werden Dich trösten. Ansonsten hast
Du drüben auf der Insel noch an Deinem Cousin Benno
eine Stütze. Wie geht es ihm eigentlich? Wir alle haben sehr
lange nichts von ihm gehört und hoffen nur, dass er inzwischen seine Traudel geheiratet hat. Schicke ihnen beiden
unsere innigsten Grüße und Deiner Mutter ein herzliches
Beileid zum Witwenstand. Richte ihr doch bitte aus, wie
sehr uns das alles erschüttert hat. Seltsamerweise hatte ich
an Deine Mutter in letzter Zeit sehr oft gedacht, unlängst
sogar von ihr geträumt!
Sei umarmt und getröstet von Deiner großen Schwester, die
Dir jetzt so gern beistehen würde. Sei brav und folgsam zu
Deinen Gasteltern und lerne fleißig in der Schule. Trotz der
traurigen Nachricht wünsche ich Dir alles Gute und hoffe,
dass wir alle recht bald wieder vereint sein werden.
In Liebe, Deine Schwester Else*

Lag BaOmer[7]
Bennos Kriegstagebuch I

10. Mai 1940

Nun hat Hitler auch Dänemark und Norwegen überrannt! Jetzt macht er Anstalten, auch Holland und Belgien zu besetzen. Aus dem Scheinkrieg wird bei uns nun ein echter Krieg. In drei Tagen ist Pfingsten. Ich denke an zu Hause in Berlin, wie wir Pfingsten in aller Herrgottsfrühe ins Grüne gefahren sind. Zu den Pfingst-Konzerten ... Würstchen mit Tremolo! Das kommt mir vor wie aus einem anderen Leben. Gestern sind neue Truppentransporter aus England angekommen. Alles blutjunge Burschen mit Kindergesichtern, die sich mit uns gegen die anrennenden deutschen Truppen stemmen sollen. Hier geht alles drunter und drüber. Chamberlain hatte es versäumt, die britische Nation auf einen Krieg vorzubereiten.
Der Mann der Stunde ist Churchill, auf den wir alle unsere Hoffnungen setzen. Wir können nur hoffen, dass uns die Deutschen nicht den Weg von der Küste und zum Kanal abschneiden. Jedoch anstatt vorwärtszugehen, werden wir wieder zurückverlegt. Das macht mich alles sehr nervös. Aber einen Lichtblick gibt es für mich, ich habe einen neuen Job! Ich fahre jetzt die Lkws und muss nicht die ganze Zeit gelangweilt herumhängen wie meine Kameraden, denn an unserem alten Standort gibt es für uns Pioniere nichts mehr zu tun. Ich habe beim Hauptmann nachgefragt, wann wir

endlich bewaffnet werden. Bislang haben wir Pioniere von der Jüdischen Einheit nur Holzgewehre, Schippen und Hacken ...

25. Mai 1940

Die Deutschen rücken auf ganzer Front vor. Die 10. erobert Boulogne-sur-Mer und nimmt 5000 alliierte Soldaten gefangen! Es scheint kein Mittel dagegen zu geben. Die üblichen skrupellosen Brutalitäten: Beschuss der flüchtenden Zivilisten, Bombardierung der Krankenhäuser, auch ohne Rücksicht auf die eigenen verwundeten Soldaten darin. Die Deutschen sind dabei, uns jetzt wirklich von der Küste abzuschneiden und stürmen dabei gleichzeitig in Richtung Paris vor, indem sie die Maginot-Linie einfach umgehen. Jetzt haben wir es auch noch mit ihren Fallschirmspringern zu tun, die hinter unseren Linien abspringen und uns nun auch von hinten in die Zange nehmen. Wir sind praktisch ständig in Alarmbereitschaft. Uns allen vom jüdischen Pioneer Corps wäre wohler, wenn wir nun endlich richtige Gewehre bekämen. Mittlerweile ist es uns streng untersagt, in die Stadt zu gehen. Es wäre gefährlich, in Gruppen Englisch oder Deutsch zu sprechen, denn der Feind könnte überall sein. Ich muss jetzt ständig an die Front fahren und mich durch Flüchtlingsmassen und ihre verlassenen Autos und Fuhrwerke kämpfen. Überall Tragödien, Elend und Verzweiflung, so dass wir Engländer als wohlgekleidet und als die Einzigen mit lächelnden Gesichtern auffallen.

6. Juni 1940

Die britische Armee evakuiert Dünkirchen! Die Schlacht um Flandern ist verloren. Wir ziehen uns nun hinter die Somme zurück. Wenn die deutschen Truppen hier durchbrechen, dann Gnade uns Gott. Aber so weit will ich gar nicht denken. Auch unsere Kameraden von der 88. und 87. Abteilung sind von Le Havre hastig hierher verlegt worden. Das war eine Flucht, kein Rückzug. Viele mussten sogar ihre persönlichen Sachen zurücklassen und konnten gerade noch im letzten Moment auf die Lkws aufspringen, aber zum Glück ist keiner vermisst oder verwundet. Übrigens ein Scherz am Rande: einige vom 87. Zug, die der Kochschule in Le Mans zugeordnet waren, sind wegen Spionageverdacht verhaftet worden. Der Grund: Sie hatten deutsche Kochrezepte dabei und konnten sich nicht ausweisen! Dummerweise bin ich in die Affäre hineingezogen worden, weil ich sie passieren ließ, denn ich kenne sie ja alle. Meine Bestrafung folgte auf dem Fuß: vierzehn Tage Soldkürzung für Nichtbeachtung von Befehlen. Ich wusste immer, dass mich meine Großzügigkeit irgendwann einmal in Schwierigkeiten bringen würde. Das war mir eine Lehre. Viel wichtiger aber ist, dass die Deutschen drauf und dran sind, die Somme-Aisne-Linie zu überqueren und nun fast an der Seine stehen! Ich erinnere mich an eine Rede von Goebbels, in der er damit prahlte, dass sie Paris am 14. Juli einnehmen werden und London dann am 15. August...

12. Juni 1940

Nach langer Zeit bekommen wir nun haufenweise Post. Wieder kein Lebenszeichen von Traudel ... Die Deutschen stehen 50 Meilen östlich und westlich von Paris und nördlich bereits 25 Meilen. Die Franzosen stehen allein einer überwältigenden Übermacht der Deutschen gegenüber.

13. Juni 1940

Paris ist zur offenen Stadt erklärt worden! Die Franzosen werden nicht um ihre Hauptstadt kämpfen, sie wollen Paris kampflos räumen, um die Stadt vor Zerstörung zu schützen. Diese Art von Patriotismus ist mir sympathisch!

14. Juni 1940

Paris ist gefallen! Unter uns macht sich tiefe Niedergeschlagenheit breit. Man denkt über den Fall einer Kriegsgefangenschaft nach. Genfer Konvention hin oder her: Ich habe mich entschieden, im Falle einer drohenden Gefangenschaft Selbstmord zu begehen. Massada[8]-Komplex nennen wir das! Wir igeln uns mit Panzersperren und Stacheldraht ein, arbeiten von sieben Uhr in der Früh bis sieben Uhr abends, manchmal sogar noch länger. Andererseits wissen wir, dass das wenig ausrichten wird ...

15. Juni 1940

Rückzug! Ich habe es geahnt. In zwanzig Minuten müssen wir abmarschbereit sein. Alles an Männern und Material soll zurück nach England. Zwischenstopp mit Biwak in undichten Zelten. Die englischen Truppen, auch die neuen, haben jetzt alle Gewehre. Sogar Maschinengewehre. Sie werden an der Waffe ausgebildet und hart gedrillt. Wir Juden haben, obgleich an der Front, immer noch keine Gewehre, noch nicht einmal Pistolen, und dürfen nur zuschauen und uns abknallen lassen! So will das große britische Empire den größten Kampf seiner Geschichte gewinnen? Ansonsten kommt mir die ganze britische Kriegsführung so dilettantisch vor, dass ich an Churchill, auf den ich so große Hoffnungen gesetzt habe, langsam zweifele ...

16./17. Juni 1940

In der Nacht um vier Uhr wurden wir aus den Federn gejagt, um uns wieder fertig zum Abmarsch zu machen. Jetzt ist es offiziell: Frankreich ist verloren. Wir packen erneut hastig zusammen, jeder greift sich seine Gasmaske, seinen Stahlhelm, seinen Tornister, Wasserflasche, die zusammengerollte Decke und was er sonst am Körper hat. Innerhalb von zehn Minuten mussten wir abmarschbereit sein.

Einige waren so verschlafen, dass sie noch in Unterwäsche auf die Lkws aufspringen mussten und dabei alle persönlichen Gegenstände zurückließen. Die »Penner«, unsere englischen Vorgesetzten, die man offenbar aus dem Abschaum des Landes rekrutiert hat, sind dann durch die Unterkünfte geeilt, um zu plündern, was die verschlafenen Kameraden zurückgelassen hatten. Irgendwann werden wir ihnen eine Abreibung verpassen, jede Wette! Als wir durch die Stadt fuhren, bereiteten uns die Franzosen einen bewegenden Abschied. Sie winkten und weinten, gaben uns Blumen, Weinflaschen und Lebensmittel und riefen: »Come back soon, boys!« Hatten sie keine Ahnung, dass wir sie gerade im Stich ließen? Ich fühlte mich lausig dabei! Es ging nach Saint Malo. Dort bot sich ein weiteres denkwürdiges Schauspiel: Das gesamte Material der britischen Armee wurde gesprengt, verbrannt und zerstört, nicht weit von der bekannten Rennbahn. Um fünf Uhr nachmittags wurden wir auf ehemalige holländische Fischdampfer, die die Holländer noch rechtzeitig vor dem Zugriff der Deutschen nach England gerettet hatten, verladen. Die Schiffe fassen normalerweise maximal zweihundert Passagiere, stachen aber nun mit achthundert Soldaten an Bord in See. Wir saßen mit baumelnden Beinen an der Reling. Unsere Füße hingen im Wasser. Zum Glück war die See ruhig wie ein Dorftümpel. Obwohl wir nur das Nötigste mitführen durften, retteten wir unser Radio. Natürlich durften die Offiziere all ihre Sachen inklusive Feldbetten und silberne Teekannen mitnehmen, ja ihre Ordonnanz sogar ihre Schuhputzkästen, das silberne Rasierzeug und die Picknickkörbe ... Auf der Überfahrt entstand kurzfristig Panik, weil die französischen U-Boote auch mit uns flohen, wir sie aber für deutsche U-Boote hielten, die uns nun mit Torpedos versenken wollten. In Weymouth gingen wir in England an Land und wurden Fahnen schwenkend von Kindern und Frauen empfangen, die uns mit Keksen und englischem Tee am Straßenrand bewirteten, als kämen wir aus siegreicher Schlacht. Von dort aus ging es in einem komfortablen Zug mit unbekanntem Ziel weiter.

19. Juni 1940

Riesenbahnhof in London. Uns wurde ein Empfang bereitet, als hätten wir die Deutschen besiegt! Dabei mussten wir fluchtartig den Kriegsschauplatz verlassen.
So geht eben Kriegspropaganda, und vielleicht ist das sogar richtig so ... In der Empress Hall, der riesigen Eisarena, wurden wir Soldaten von Verwandten, Frauen und Kindern empfangen, geküsst und bekränzt. Von Traudel wieder keine Spur ...
Die Eissporthalle erinnerte mich an meine erste Flamme von der Sozialabteilung der Jüdischen Gemeinde in London, die rosa Angorawolke, die ich hier bei einer Sportveranstaltung zufällig wiedersah. Natürlich würdigte sie mich keines Blickes. Auf dem Eis verwandelte sich das Ekel aus der jüdischen Sozialabteilung in eine märchenhafte »Persona« und tanzte weltentrückt in einem blauen Paillettendress über das Eis. Wenn sie die Hände graziös über den Kopf führte, meinte man, Funken zwischen den Fingerspitzen überspringen zu sehen. Erstaunlich, die Frau!
Aber wo, zum Teufel, steckt nur Traudel? Sie musste doch wissen, dass meine Einheit heute wiederkehrt. Meine Anrufe in ihrer Dienststelle gingen ins Leere.

20. Juni 1940

Transport nach Westward, dann zwei Stunden Marsch bergauf, bergab durch North Devon. Ankunft in Bideford an einem strahlenden Morgen. Wir wurden in Ferienbungalows am Strand mit Seeblick untergebracht. Die Gegend kann ich mir gut als neue Heimat zusammen mit

Traudel vorstellen. Ich habe immer noch keine Post von ihr! Was ist passiert? Ich mache mir jetzt ernstlich Sorgen ... Ist ihr etwas zugestoßen?

23. Juni 1940

Immer noch in Bideford! Ab jetzt wird jeder bestraft, der nicht Englisch spricht. Bei Franzosen, Polen, Norwegern, Tschechoslowaken oder Palästinensern, ob Juden oder Araber, ist man großzügiger, aber sobald auch nur ein deutscher Klang vernommen wird, hagelt es Strafen. Ich durfte heute einundzwanzig Meilen Schweigemarsch als Strafe absolvieren für den alten Berliner Sparwitz: »Heil Hitler! – Heil du ihn doch!« Systematische Englischkurse wären da wohl sinnvoller als Strafen. Ich habe einen neuen Job: Ich beliefere jetzt mit dem Lkw die Kantine! Da fällt auch für Mutters Sohn etwas ab. Schon wieder habe ich eine Postkarte von Johannes Segall erhalten. Er ist der Einzige, der mir regelmäßig schreibt. Doch gerade auf den kann ich verzichten! Ach ja, ein Brief von Tante Else aus der Schweiz. Walter lebt und hält sich tapfer, Bruno hält treu zu unserer »alten Silberpappel«. Wir sollen uns keine Sorgen machen. Wie soll das gehen?
Gestern gab es die Order, dass die Ortsschilder von Bahnstationen und Wegweiser an den Straßen entfernt werden müssen. Bereitet man sich so etwa auf eine Invasion durch die Deutschen vor? Auf jeden Fall weiß man als Fremder nicht mehr, wo man gerade ist.
Vor allem ich, der seine freien Tage nutzen wollte, um nach London zu fahren, damit ich Traudel finden und hoffentlich auch treffen kann. Ich landete in Sheffield, weil ich an

falschen Stationen in die falschen Züge umgestiegen bin. Aber noch hatte ich vierundzwanzig Stunden Zeit, also stellte ich mich an die Straße und fuhr per Anhalter nach London. Da nahm ich das erste Taxi, was ich mir eigentlich nicht leisten kann, und ließ mich zum St James' Hospital fahren. Der Pförtner wies mich ab, ich lief ins nächste Telefonhäuschen und rief an. »Wir sind nicht befugt, Ihnen Auskunft zu geben!« Ich erklärte meinen Status, dass ich als Soldat im Kurzurlaub und Traudel meine Verlobte sei. Man legte einfach auf. Ich rief noch einmal an und gab den Namen meines Hotels durch, mit der Bitte, diese Nachricht an Traudel weiterzuleiten.

24. Juni 1940

Hurra, Traudel rief um neun Uhr an! Sie arbeite nicht mehr im Krankenhaus, teilte sie mir mit. Ihre Ausbildung als Krankenschwester wurde kurz vor dem Examen ausgesetzt, weil sie eine »feindliche Ausländerin« sei ... Zusammen mit anderen Frauen, die ebenfalls als feindliche Ausländerinnen entlassen worden waren, lebt sie nun in einem Frauenwohnheim. Dort trafen wir uns im Garten. Ich weiß inzwischen nicht, ob wir noch Liebende sind, oder nur platonische Freunde. Sie war merkwürdig ausweichend und sehr distanziert. Vielleicht kam es mir auch nur so vor, oder aber sie genierte sich vor den anderen Frauen; wahrscheinlich war es ja das? Trotzdem hatte ich erwartete, dass sie mir um den Hals fällt und mich küsst wie früher. Mit schweren Herzen saßen wir beieinander und führten eine angestrengte Unterhaltung immer um den heißen Brei herum. Wir hatten nicht mehr genug Zeit, um die alte Ver-

trautheit wiederherzustellen. Wahrscheinlich machte uns das beide verlegen, denke ich mir. Dann musste ich mich sputen, um den Zug nach Bideford zu erwischen. Wieder zurück im Camp, warf ich mich nur noch auf das Feldbett und tat so, als ob ich schliefe. In Wirklichkeit habe ich geheult. Inzwischen darf man als Mann auch weinen, ein Vorrecht in Kriegen?

20. August 1940

Ich bin schrecklich krank gewesen. Eine Lungenentzündung, und es stand wohl sehr schlecht um mich, denn ich wurde sogar mit einem Krankenwagen in das nächste Krankenhaus gebracht, ein richtiges Krankenhaus, das kein Armee-Lazarett war. Und das im Sommer! Ich muss wohl lange besinnungslos gewesen sein. Als ich aufwachte, nahm ich neben dem Geruch von Desinfektionsmitteln einen Duft von Parfum wahr, der mir bekannt vorkam. Als ich die Augen endlich aufschlug, blickte eine Krankenschwester mit großen bernsteinfarbenen Augen besorgt in mein Gesicht. »Hello stranger!« An der heiseren Stimme erkannte ich die Frau wieder. Das arrogante Miststück aus der jüdischen Sozialabteilung in London! »Ich hätte gern wieder tea for two bei Lyons' mit Ihnen, Miss Eugenie!«, murmelte ich matt und wunderte mich, woher ich die Kraft für einen Witz nahm, denn ich fühlte mich lausig und staunte, dass ich mich sogar an ihren Namen erinnerte. Miss Eugenie war das, was man in Berlin eine Kratzbürste nennt. Umso glücklicher bin ich, dass ich eine so sanfte, liebevolle Braut wie Traudel gefunden habe. Trotzdem kann ich mich nicht beklagen, Schwester Eugenie schien mich besser zu pflegen als all die anderen. Dabei hätte ich dieser Frau nie zugetraut, fürsorglich zu sein. Tja, so kann man sich irren.

1. September 1940

Ich bin wieder zurück in meiner Kaserne. Zwar noch etwas wacklig auf den Beinen, aber so weit in Ordnung. Es geht unter uns jüdischen Hilfspionieren das Gerücht um, dass nun doch eine Jüdische Einheit mit eigenem Emblem, mit einem Davidstern am Ärmel, aufgestellt werden soll. Ich habe mich sogleich beim Kommandanten gemeldet und um Versetzung in diese Jüdische Einheit gebeten, hilfsweise zu einer wirklich kämpfenden Einheit, denn Schippe und Hacke, wie auf unserem Emblem am Ärmel, bin ich leid. Das 78. Hilfspioniercorps hat in der Hierarchie der Armee wohl den schlechtesten Status und bekommt keine Waffen. Ich habe mein Gewehr nach der Erbeutung am Strand von St. Malo behalten, seltsamerweise hat man mir die Waffe bisher nicht streitig gemacht. Mal ehrlich, ein Soldat ohne Gewehr im Krieg ist doch eine Witzfigur!
Ansonsten sind unsere Vorgesetzten hier nicht nur die reinsten Penner, sondern fast ebenso antijüdisch eingestellt wie die Nazis. Ich bin doch nicht aus Deutschland geflohen, um hier das Gleiche zu erleben, oder?

Lag BaOmer des Gabriel Bukofzker
Jerusalem, 6. Januar 1941

Gabriel Bukofzker parkte den Lkw hinter dem Grab von König David. Der Parkplatz am Mount Zion war zu dieser nächtlichen Stunde leer, denn in Jerusalem herrschte mal wieder Ausgangssperre. Am Nachmittag waren mehrere Bomben in Tel Aviv und Haifa hochgegangen. Der Anschlag hatte ein Umspannwerk und eine englische Kaserne beschädigt, dabei war aber mehr Schrecken als Schaden entstanden. Das war die Antwort der jüdischen Untergrundorganisationen auf den erfolglosen Generalstreik der jüdischen Bevölkerung zur Erzwingung der Einwanderung der zirka sechstausend Auswanderer auf den drei Flüchtlingsschiffen »Patria«, »Milos«, »Pacific« sowie der »Atlantic«, die als Nachzügler noch an der Drei-Meilen-Zone auf Reede lag, bevor es ihnen gestattet wurde, in den Hafen von Haifa einzulaufen. Gabriel wartete mit seinen Kameraden auf einen Schweizer Emissär. Sie waren etwas zu früh dran. Aus Erfahrung wussten seine Kameraden, dass die Engländer auch bei Ausgehverbot die neutralen Schweizer Abgesandten passieren lassen würden. Bei den Ausgangssperren wurden ohnehin nur Juden verhaftet. Weil das jeder wusste, verkleideten sich die Juden als Araber und schminkten sich die Gesichter dunkel. Um sich kurz vor dem Treffen noch etwas Ruhe zu gönnen, legte Gabriel den Kopf auf seine Hände am

Lenkrad. Er schloss die Augen und dachte nach. Die anderen Männer rauchten und schwiegen. Normalerweise hätte Gabriel sich um diese Zeit auf seine Abiturprüfung in Danzig vorbereiten müssen. Dem geordneten Leben in Deutschland weinte er keine Träne nach. Schließlich war er mit siebzehn Jahren jung genug, den Kampf um die Unabhängigkeit von Eretz Israel aufregender zu finden als eine Abiturprüfung. Er wollte das Leben als eine Abfolge von Abenteuern feiern. Wie jeder Siebzehnjährige hielt sich auch Gabriel für unsterblich. Die Aktion am heutigen Abend wäre seine Reifeprüfung, wurde ihm gesagt. Danach würde er richtig dazugehören, zur Irgun[9]. »Die Irgun ist wenigstens nicht so ein zahnloser Verein wie die sich als staatstragend gebärdende Haganah.« Allerdings hatten sich die an dieser Aktion beteiligten Kampforganisationen geeinigt, dass die Haganah den Oberbefehl habe. Auf der Ladefläche seines Lkws waren Särge gestapelt. Davor stand einzeln ein aus groben ungehobelten Brettern zusammengeschusterter Sarg. In diesem Sarg lag ein englischer Major, eine Geisel der Irgun. Den Plan, mit dem betäubten englischen Major in einem Sarg unter vielen Särgen durch halb Palästina zu fahren, hatte Gabriels Kommandant entwickelt. Der hatte auch bestimmt, dass er, Gabriel Bukofzker, als Grünschnabel die Aktion trotz seiner Jugend und seiner persönlichen Betroffenheit mit durchführen sollte. Normalerweise waren persönlich Betroffene ausgeschlossen, damit sie die Aktionen nicht durch Übereifer gefährdeten. Nur weil nicht genügend Kämpfer verfügbar waren, durfte er mitmachen. »Ausnahmsweise!« Bei Gabriels Feuertaufe ging es um die verzweifelte Freipressung der Juden auf den Schiffen im Austausch gegen mehrere Geiseln der britischen Armee, die die Irgun und die anarchistische Stern-Bande vor zwei Tagen entführt hatten und zu erschießen drohten, wenn die Juden von den Schiffen nicht an Land dürften. Unter diesen sechstausend Juden waren auch Gabriels Eltern, Selma und Cäsar Bukofzker, auf der »Atlantic«. Die Geiselnahme des englischen Majors trug die Handschrift der Stern-Bande. Diese Terrororganisation war bekannt dafür, ihren Anschlägen immer eine gewisse poetische Note zu geben, denn ihr Anführer war ein Dichter. Eine Bombe mit einem Springteufel oder Tausenden Fetzen von Gedichten von Majakowski oder Emma Goldman, die sie durch die Luft wirbeln ließen und die Ermittler zur Entzifferung einer Botschaft in unendlicher Fleißarbeit zum Studium der Gedichte zwangen, waren charakteristisch für die Stern-Bande. Damit machten sie sich beliebt beim Volk, obgleich ihre Anschläge meist die blutigsten und unberechenbarsten waren, weil sie dilettantisch vorbereitet und schlecht durchgeführt wurden. Gabriel und seine Kameraden sollten von den Schweizer Emissären nur das Angebot der Engländer entgegennehmen und mit Lichtzeichen signalisieren, wenn es denn eines geben sollte. Sofern das Angebot der Engländer übermittelt durch die Schweizer Emissäre von der Führung akzeptiert werden würde, gäbe es ein Licht-Signal vom Berggipfel. Gabriel sollte dann einfach den Sarg mit der Geisel abladen und sie laufen lassen, oder aber sie gleich im Sarg erschießen lassen. Das war jedenfalls der Plan. Gabriel dachte an seine Familie

auf der »Atlantic«. Er dachte an den sogenannten Weißbuch-Beschluss der Tories in London, wonach in einem Zeitraum von fünf Jahren jährlich nur fünfzehntausend Juden plus fünfundzwanzigtausend Flüchtlinge im Gesamtzeitraum jährlich nach Palästina einwandern durften.
Das Kontingent war lange ausgeschöpft.
Der Hochkommissar war entschlossen, keine weiteren Juden mehr ins Land lassen, auch nicht die Flüchtlinge auf den Schiffen, die teils im Hafen von Haifa lagen, teils außerhalb der Drei-Meilen-Zone auf Reede lagen. Man verhandelte und wurde hingehalten. Selmas drei Söhne, Gabriel, Ariel und Raffael, hatten der Geduld und der Hinhaltetaktik so kurz vor dem Ziel misstraut. Ihr Schiff, die »Atlantic«, lag dreieinhalb Meilen vor der Küste vor Anker. Die Lichter von Haifa schienen zum Greifen nahe. Der Wind und die Strömung waren günstig. »Jetzt oder nie!« Der Mutter und ihrem Stiefvater Cäsar, die beide immer noch an die Verhandlungen glaubten, hinterließen Selmas Söhne einen lapidaren Abschiedsbrief:
»Liebe Eltern, wir warten nicht länger!
Wir schwimmen in die Heimat.
Wir warten dort auf Euch. Lang lebe Eretz Israel!«

Unbemerkt sprangen sie nachts von Bord. Die dreieinhalb Meilen brachten sie im mäßig warmen Wasser ohne Zwischenfälle hinter sich. Sie schwammen die Strecke in Formation in Richtung des erleuchteten Bahai-Tempels auf vierzehn Uhr. Dabei lösten sie sich mit der Führungsarbeit ab. Mitten in der Nacht erreichten sie vor Kälte und Erschöpfung zitternd und zähneklappernd den rettenden Strand. Sofort versteckten sie sich an Land, damit die britische Militärpolizei sie nicht entdeckte. Doch die Männer des Mossad le Alija Bet lagen gleichfalls auf der Lauer. Auch von den anderen Einwandererschiffen hatten sich junge Mutige bei Nacht auf die lange Schwimmstrecke ins Gelobte Land gewagt. Nicht alle schafften es bis ans Ufer, darunter eine Schwangere, die ihr Kind unbedingt in Eretz Israel zur Welt bringen wollte. Praktisch noch in nassen Unterhosen wurden die erfolgreichen Wagemutigen gleich an Ort und Stelle rekrutiert und den entsprechenden Untergrundeinheiten angeschlossen, die ihren Familien den Weg nach Eretz Israel ebnen sollten. Ariel hatte sich der Haganah, Raffael dem Mossad le Alija Bet und Gabriel der Irgun angeschlossen.

Gabriel lauschte nach hinten in den Lkw. Die Geisel im Sarg schnarchte leise. Ein Kampfgenosse bei diesem Einsatz, ein Jude aus Bordeaux, wachte neben dem Sarg und putzte einen zierlichen, vernickelten Damenrevolver, um sich die Zeit zu vertreiben. Für die eventuelle Exekution der Geisel hatte »der Franzose« noch eine Mauser im Gürtel stecken. Alle drei Männer des Kommandos kannten ihre echten Namen nicht, und es herrschte, wie bei solchen Aktionen üblich, ein absolutes Sprechverbot. Darum war es hier einerlei, mit welchem Akzent oder ob man überhaupt Hebräisch sprach. Gabriel blickte auf die Leuchtziffern seiner russischen Militärarmbanduhr, die ihm für die Operation extra zur Verfügung gestellt worden war. Die Schweizer Emissäre waren überfällig. Es war üblich, nie länger als zehn

Minuten zu warten. Sofern keine Emissäre erscheinen würden, sollten sie sich mit dem Untoten im Sarg zum Friedhof auf den Ölberg begeben, lautete der Befehl. Dort würde dann jemand aus der Kommandoebene der Irgun direkt entscheiden, ob die Geisel exekutiert oder für einen weiteren Zweck aufgespart werden sollte. Sie bekämen ein Lichtsignal vom Gipfel. Die radikale Irgun und die gemäßigte Haganah waren darüber zerstritten. Gabriel hoffte, dass ihm das Töten erspart bliebe. Er hatte noch nie auf ein lebendes Wesen geschossen. Nur der Franzose schien darauf ganz versessen zu sein. Außerdem fiel es Gabriel schwer, einen englischen Soldaten als einen Feind anzusehen. Das entsprach bei aller Rivalität und Gegensätzlichkeit auch der Linie der Haganah, die Wert darauf legte, dass trotz ihres Kampfes gegen die Engländer deren Kampfkraft gegen Hitler-Deutschland auf keinen Fall geschwächt werden dürfte. Der Franzose war da nicht so wählerisch. Er hatte schon etliche Feinde, meist Araber, liquidiert und galt als ein eisenharter Irgun-Mann, der am liebsten mit der Erschießung aller britischen Geiseln ein Exempel zur Glaubwürdigkeit der jüdischen Entschlossenheit statuieren wollte. Es war offensichtlich, dass er mit der noch radikaleren Stern-Bande sympathisierte. Die Leitung des Kommandos über ihre Aktion mit dem betäubten britischen Major im Sarg hatte ein Jude aus der Ukraine, den alle den »Schweiger« nannten. Er stand für die moderate Haganah-Linie. Darüber wurde jetzt nicht diskutiert. Das wussten sie einfach voneinander. Die Hierarchie der Befehlsgewalt war klar, Diskussionen überflüssig.

Endlich näherte sich eine Limousine, die das entsprechende Lichtsignal gab, langsam dem Parkplatz unter König Davids Grab. Sie trug die Hoheitsstandarte der Schweiz. Der Schweiger nickte Gabriel zu. Weil Gabriel Deutsch sprach, der Schweiger aber nie wieder Deutsch sprechen wollte, sollte Gabriel den verbalen Teil übernehmen, der am Vorabend festgelegt worden war. Wie befohlen kletterte Gabriel aus dem Lkw und stieg in den Schweizer Diplomatenwagen.

»Also, was gibt's?«, fuhr er die beiden Emissäre gleich nassforsch an. Von vornherein wollte er klarmachen, dass er hier den Ton angeben würde. Die sollten ihn bloß nicht für einen Milchbubi halten! Der Schweiger tigerte dauerrauchend in Hörweite auf dem Parkplatz auf und ab. Als sich die beiden Emissäre nur als harmlose Schweizer Archäologen mit einem Grabungsauftrag in Ägypten zu erkennen gaben, die nur auf Bitte des Konsuls aus »Freundlichkeit und gutem Willen« auf einer »nicht-diplomatischen Ebene« vom Konsulatssekretär mit leeren Händen vorgeschickt worden waren und selbst nicht so recht wussten, was sie hier eigentlich sollten, war Gabriel klar, man hatte sie alle verladen! Gleich von beiden Seiten. Von den Engländern und der Haganah.

»Der Herr Konsul ist auf der Dinnerparty der Rothschilds!« Das wirkte wie eine Backpfeife. Trotz der kränkenden Lektion und trotz seiner Wut und Enttäuschung über den Verrat der Aktion fiel Gabriel auf, dass er die Stimme des einen schon irgendwo einmal gehört hatte. Mit der Taschenlampe leuchtete er dem Mann ins Gesicht, der sich mit dem Unterarm gegen die

Blendung schützte, bis Gabriel den Lichtstrahl auf die Aktentasche in seinem Schoß absenkte.
»Also, Schweizer sind Sie nicht ...«
»Jetzt schon!«
»Und wo kommen Sie ursprünglich her?«
»Aus Breslau«, antwortete der Mann.
»Aber Sie sprechen nicht wie einer aus Breslau! Hatten Sie vielleicht mal in Danzig, Bromberg oder in Schwetz zu tun? Ich kenne Sie irgendwo her ...«
»Mein junger Freund, das ist wohl ein Déjà-vu! So etwas kommt häufiger vor, als man denkt. Ich war da noch nie, weder in Danzig noch, wie nannten Sie den Ort, in Schwütz?«
Gabriel sah an den Augen, dass der Mann log. Er hätte seine zerrissenen Schuhe darauf verwettet, dass er den Kerl vor Urzeiten in Osche auf einem Hundekarren gesehen hatte. Damals mochte er so etwa fünf Jahre alt gewesen sein. Er erinnerte sich nur deshalb so lebhaft daran, weil er den kräftigen Rottweiler, der den Karren zog, so gern gemocht hatte. Nur ihn, als einzigen Jungen aus dem Dorf, ließ der Hund auf seinem Rücken reiten. So etwas vergisst man nicht. Aber natürlich könnte er sich auch täuschen. Andererseits, an einen Archäologen in Schwetz müsste er sich eigentlich erinnern oder zumindest von ihm gehört haben. Allerdings hatte er jetzt nicht die Zeit und die Nerven, weiter darüber nachzudenken. Auf jeden Fall war die ganze Sache nicht koscher. Egal, was man davon halten mochte, sie hatten immer noch einen betäubten englischen Offizier als Geisel hinten auf dem Lkw. Es handelte sich um einen Hauptmann der berüchtigten »Poppies«, der

Luftlandetruppen, die rote Barette trugen und darum scherzhaft von den Juden »Mohnblumen« genannt wurden. Entgegen dem blumigen Namen galten die »Poppies« als die schärfsten Hunde der britischen Mandatsregierung. Gabriel winkte in Richtung Schweiger ab: Fehlschlag!
Der Schweiger kletterte auf das Dach des Lkws und gab das vereinbarte Lichtzeichen.
Die Antwort kam schnell: »Werdet ihn los!«
»Lebendig oder tot?«, wollte der Schweiger wissen.
Das Signal vom Berg blieb aus.
»Lebendig oder tot?«, signalisierte er erneut.
Keine Antwort.
Aus nicht allzu großer Ferne näherten sich Polizeiautos mit Sirenengeheul.
»Eine Exekution vor Schweizer Zeugen beim Herannahen der Militärpolizei? Na, wohl kaum! Die Aktion ist ein Schlag ins Wasser. Kein Mensch will sie noch«, fasste Gabriel die Lage altklug zusammen.
Weil der Schweiger aber wirklich klug war, folgerte er schnell: »Die Kommando-Ebene hat kalte Füße bekommen. Die Sache ist abgeblasen«, zischte er dem Franzosen in holprigem Hebräisch zu, der gerade seine Mauser aus dem Gürtel ziehen wollte. Enttäuscht steckte der die Waffe wieder ein. Auf Befehl des Schweigers hievten der Franzose und Gabriel den Sarg mit dem betäubten Hauptmann hastig vom Lkw auf das Straßenpflaster. Dabei kam der britische Hauptmann zu sich, stieß den Sargdeckel auf und entstieg dem Sarg benommen auf wackligen Beinen. Er hielt sich den Kopf mit dem roten Barett. In diesem Augenblick wirbelte ein Windstoß

aus dem Sarg rote Blütenblätter und ließ unzählige rote Mohnblumenblätter über Jerusalem regnen. Die Schweizer Archäologen im Diplomatenwagen waren baff. »Jerusalem ist eine Stadt der Wunder!«

Bennos Lag BaOmer
London, Silvester 1940/41

»Sag jetzt einfach nur Ben zu mir«, flüsterte Benno Traudel zärtlich ins Ohr und küsste sie auf die Wange. Anstatt die Zärtlichkeit zu erwidern, machte sich Traudel zur Begrüßung steif. Seiner Umarmung entwand sie sich sanft, aber bestimmt. Benno war vorgewarnt, ließ sich aber nichts anmerken. Er gab weiterhin den ahnungslosen, verliebten Trottel. »Lass uns ins Kino gehen!«, rief er aufgekratzt, um seine Enttäuschung zu überspielen. Es war aus! Das merkte ein Blinder mit 'nem Krückstock, wie seine Mutter, die olle Silberpappel, immer sagte. Die Nachfrage, warum sie sich nicht mehr gemeldet hatte, war nun müßig. Die zwei Tage, die er Urlaub hatte, wollte er sich nicht von Liebeskummer verderben lassen und von überflüssigen tränenreichen Erklärungen schon gar nicht. Der Film »Der große Diktator« mit Charly Chaplin war am 11. Dezember 1940 im Vereinigten Königreich angelaufen, doch aus politischen Rücksichten durfte er offiziell noch nicht gezeigt werden. Wegen der großen Publikumsnachfrage und wegen der Proteste im ganzen Land war der »Große Diktator« nur zu »Studienzwecken« in privaten Vorführungen zu sehen. Die Jüdische Gemeinde zeigte ihn in einer Privatvorführung vor »geladenen Gästen in geschlossener Gesellschaft«. Benno gehörte zu den Glücklichen, die Karten ergattern konnten.

Egal wie es um ihre Beziehung gerade stehen mochte, den Film wollten sie sich auf keinen Fall entgehen lassen. Als sie endlich im Saal Platz genommen hatten, fragte Benno rundheraus: »Und wer ist der Glückliche?«

Anstatt herumzudrucksen, blickte Traudel ihn nur kühl an. »Er ist ein früherer Kollege, Dr. Martin Holland. Er hat sich sehr liebevoll um mich gekümmert, als ich so gar nichts mehr von dir gehört hatte.« Jetzt erst fiel Benno auf, wie schmal ihre Lippen geworden waren und dass sie einen harten Zug um den Mund hatte, der ihm vorher nie aufgefallen war.

Einen Moment lang war Benno versucht, zu erklären, warum er aus dem Internierungscamp und später von der Front anfangs nicht schreiben konnte und etliche Briefe von ihm offenbar verloren gegangen seien, und, und, und ... doch wozu? Überflüssig!

»Martin und ich, wir sind verlobt. Wir heiraten in der nächsten Woche«, erklärte Traudel sehr bestimmt und sah an ihm vorbei. Trotzdem er vorbereitet war, traf ihn diese Mitteilung wie ein Schlag in die Magengrube. Nur wollte er sich auch das jetzt erst recht nicht anmerken lassen und sagte lakonisch: »Ich nehme an, er ist Engländer und Jude? Dann ist es ein Volltreffer!«

Unwillig kräuselte Traudel die Oberlippe. »*Ich* muss mich hier überhaupt nicht rechtfertigen«, versetzte sie pikiert.

»Und, liebst du ihn?«

»Also, darauf muss ich wirklich nicht antworten. Und nur, weil mir etwas an dir liegt, bin ich heute überhaupt noch hergekommen.«

»Ja, Traudel, ist gut. Das ist auch sehr lieb von dir!«, entgegnete er gespielt verständnisvoll. »Lass uns diesen sensationellen Film sehen«, schlug er frohgemut vor, »anschließend essen wir noch zum Abschied eine Kleinigkeit bei Lyons', und dann bringe ich dich nach Hause.«

»Nicht nötig, mein Verlobter holt mich nachher mit dem Auto ab.«

Mit diesem Satz wurde Benno schlagartig die ganze Fallhöhe seiner Existenz klar. Er war ein Niemand. Ohne Heimat. Unbehaust. Ohne richtigen Beruf. Eine Luftexistenz! Denn selbst zur Anerkennung als Buchhalter fehlten ihm die Abschlussprüfungen und Zeugnisse. Er war ohne Zukunft, herumgestoßen in einem fremden Land, dessen Sprache er nicht einmal richtig beherrschte, ohne Familie, ohne Freunde. Ein Soldat, dem man noch nicht einmal ein Gewehr gibt. Ein Emigrantenschicksal! Wenn er ehrlich war, musste er zugeben, dass er sich an Traudels Stelle genauso entschieden hätte. Ihn, Benno Rubin, oder Ben Rhodes, wie er nun als naturalisierter Engländer hieß, würde doch nur eine dumme Gans, eine gänzlich Anspruchslose, Hoffnungslose oder eine komplett Verrückte nehmen. Von den drei Möglichkeiten war ihm die Verrückte dann noch die liebste. Aber auch eine so Verrückte, idealerweise eine total meschuggene Jüdin wollte erst gefunden werden. Mechanisch tätschelte er Traudel beschwichtigend die Hand. Er wollte ihr nichts nachtragen. Den Schmerz wollte er wegstecken und blätterte angestrengt im Programmheft, als ob es nichts Wichtigeres gäbe, als zu erfahren, wer Beleuchter und Ausstatter des Films war. Dann ging im Saal das Licht aus. Fanfaren! Die britische Movietone-Wochenschau berichtete aus Palästina. »Im Hafen von Haifa ist am 25. November 1940 das Flüchtlingsschiff ›Patria‹ mit tausendsiebenhundertsiebzig Menschen an Bord durch eine Bombe von den zionistischen Terroristen der Irgun versenkt worden, um deren Einwanderung zu erzwingen. Zweihundertsiebenundsechzig jüdische Flüchtlinge, die sich unter der Wasserlinie aufhielten, kamen dabei ums Leben, und zweihundertneun Leichen konnten geborgen werden«, verkündete mit scharfer Stimme der Kommentator. Auf der Leinwand sah man ein untergehendes Schiff im Hafenbecken und unzählige Menschen, die im Wasser trieben und sich an Planken, Tischen oder Fässern festhielten. Schreiende, weinende Kinder, die an einem Treppengeländer in der Luft hingen und von arabischen Fischern und der englischen Marine gerettet wurden. Groß im Bild zwei weinende blonde Mädchen, die Hilfe suchend die Arme nach einer englischen Krankenschwester und einem britischen Soldaten ausstreckten, Verwundete und Tote, die auf Lastkraftwagen gestapelt wurden. Filmkenner meinten, die Bildsprache eines ehemaligen Eisenstein-Kameramannes zu erkennen. Die Bilder zu dieser Katastrophe waren genauso dramatisch, heroisch und anrührend in Szene gesetzt. Das halbe Kino schluchzte oder stieß Entsetzensschreie aus. Weniger anrührend war der Kommentar: »Bei allem Leid wird das den Zionisten kaum helfen. Gemäß einem Regierungsbeschluss, dem sogenannten Weißbuch, werden sie nicht nach Palästina einwandern dürfen, sondern werden nach Australien verschifft.« Im

Kinosaal entstand ein Tumult. »Pfui!« – »Was für eine Schande!« – »Lasst die Verfolgten doch endlich einwandern!«

Traudel weinte neben Benno herzzerreißend, schnaubte in ihr mit Spitze umhäkeltes Taschentuch und wies vorwurfsvoll auf Bennos Uniform.

»Und dieser Bande, die unseren Leuten das antut, dienst du auch noch?!«, brüllte sie ihn vorwurfsvoll an. »Schäm dich!«

Damit sprang sie wutentbrannt auf, spuckte vor Benno aus und stürmte heulend aus dem Kino. Benno rannte ihr hinterher. Viele taten es ihnen aus Empörung gleich. »Der große Diktator« interessierte jetzt niemanden mehr so recht. Der reale große Diktator hatte gerade wieder einmal gesiegt! Vor dem Kino wartete bereits Dr. Martin Holland, der verwirrt immer wieder seine Armbanduhr mit den Anfangszeiten der Vorstellungen verglich und unschlüssig auf und ab ging. Er hatte sich in der Zeit geirrt und war zur falschen Vorstellung gekommen. Er war der ideale Ehemann, der selbst im Irrtum noch der rechte Mann am rechten Ort war. Diese Eigenschaft machte ihn auch im Beruf allseitig beliebt und unentbehrlich.

Dr. Martin Holland war ein unscheinbarer, kleiner, dicklicher Mann, der auf die Fünfzig zuging. Seit zwei Jahren war er Witwer. Er hatte die wachen Augen eines Wiesels und bereits eine Halbglatze. Als er Traudel sah, breitete er die Arme aus. Traudel rannte weinend auf ihn zu und ließ sich in seine Arme fallen.

»You must be Benno!«

Der Angesprochene nickte mit verkniffenem Mund.

»Aber ich bin nicht der Grund für Traudels Tränen!
I just wanna say farewell and wish you well!«
Damit drehte sich Benno so nonchalant, wie es sein aufbrennender Schmerz in der Brust zuließ, auf dem Absatz um. Erst einige Hundert Meter weiter merkte er beim Kauf der Abendzeitung, dass ihm Tränen die Wangen runter liefen. Er dankte Haschem, dass es leicht zu regnen begonnen hatte. So waren seine Tränen von den Regentropfen nicht zu unterscheiden. Er fühlte sich, als ob man ihm gerade das Herz ohne Narkose herausgerissen hatte, wozu er nur »lausig« gesagt hätte. Allein! Wieder »mutterseelenallein«! Und dazu war es noch Silvester! Auf keinen Fall wollte er jetzt allein sein. Wen habe ich noch, zu dem ich gehen kann?, fragte er sich.

Mistress Tchitchi öffnete mit einem lustigen Silvesterhütchen aus grünem Stanniol. Die Spitze des grünen Stanniolkegels wurde von einem goldenen Pompon bekrönt und blinkte Benno lustig entgegen. Zuerst hatte sie ihren ehemaligen Buchhalter in der Uniform gar nicht erkannt. Schoschana Tchitchi war allein und roch nach reichlich Gin.

»Welch eine Überraschung! Mein Mann ist – er ist leider vor zwei Monaten verstorben«, säuselte sie mit schwerer Zunge.

»Oh, es tut mir leid, das zu hören, und ich will auch nicht stören, wenn Sie Gäste haben.«

Benno wollte gerade den Rückwärtsgang einlegen, doch seine alte Vermieterin und Arbeitgeberin hatte ihn bereits am Arm gepackt und ins Haus gezerrt.

»Seit wann haben Witwen Gäste oder Menschen, die

sich für sie interessieren? Höchstens, wenn sie reich geerbt haben, oder?«
Sie wollte witzig klingen, aber es klang nur bitter. So gab sich Benno mangels anderer Gelegenheiten geschlagen. Auf Befehl der Hausfrau ließ er sich auf dem Stammplatz seines ehemaligen Arbeitgebers nieder.
»Dich schickt der Himmel!«
Das scheint mir auch so, dachte er und fühlte sich auf der Stelle noch lausiger. Mrs Tchitchi stellte das »wireless«, wie sie zum Radio immer noch sagte, an. Aus dem Ballroom des Ritz gab es gemäßigt elegante Swingmusik, die Mrs Tchitchi mitwippen ließ. Ohne eine Tanzeinlage mit Mrs Tchitchi würde er hier nicht rauskommen. Also verbeugte sich Benno brav vor der alten Dame, die längst nicht mehr ganz sicher auf den Beinen war und schnell das Glas Gin Tonic abstellte, als hätte sie Angst, Benno könnte es sich anders überlegen.
»Hach, mit so einem schmucken Soldaten habe ich das letzte Mal 1917 getanzt!«
»Cheerioh and a Happy New Year 1941!«

Die Vertreibung
Selma und Cäsar, Haifa 1940

Leichen schaukelten im blauen Meer. Dazwischen dümpelten abgetrennte Gliedmaßen, Wrackteile und Koffer. Nur war die See strenggenommen nicht mehr blau. Stellenweise war sie vom Blut so rot, als hätten die Haie gerade ein Festmahl gehalten. Angesichts der grauenhaften Bilder von der Schiffsexplosion der »Patria« vor Haifa musste die britische Regierung dem Druck der öffentlichen Meinung nachgeben. Aus humanitären Gründen wurde den Überlebenden der Katastrophe des Flüchtlingsbootes als Gnadenakt die Einwanderung nach Palästina gestattet. Doch angesichts der vielen Toten blieb der Jubel nur verhalten. Alle Auswanderer, auch die von der »Atlantic« und der »Milos«, wurden in das südlich von Haifa gelegene Internierungslager Atlith gebracht. Nach all dem Schrecken wähnten sie sich am Ziel ihrer Wünsche. Eretz Israel! Alle nahmen an, dass der einmalige »Gnadenerlass, ohne Präzedenz« für alle Einwanderer des Schiffskonvois gelten würde. Doch bereits beim Betreten des Lagers wurden einige Einwanderer misstrauisch: Die Passagiere der »Atlantic«, »Pacific« und der »Milos« wurden streng getrennt von den Überlebenden der »Patria« untergebracht. Die Patria-Baracken hatten normale Zäune und offene Tore. Sogar ein paar verstaubte Geranien und Palmen am Eingang täuschten Normalität vor. Der Lagerbereich für die Menschen der anderen Schiffe war mit Stacheldraht umzäunt und wurde von Wachposten ebenso streng bewacht. Kein Internierter durfte diesen Bereich des Lagers ohne Sondergenehmigung mit drei Stempeln verlassen. Angeblich diente das alles nur dem Schutz vor Angriffen der Araber. Noch misstrauischer reagierten die Auswanderer auf die »Hygienemaßnahme«, dass allen Internierten zur Entlausung die Haare geschoren werden sollten. Die Auswanderer, die zum Teil gerade deutschen Lagern entkommen waren, wehrten sich mit Händen und Füßen. Gnadenlos wurden sie von vierschrötigen britischen Soldaten niedergerungen und gegen ihren Willen kahl geschoren.

Die Agenten des Mossad le Alija Bet alarmierten über die Schweiz die britische Presse, so dass in der Folge die Telegraphendrähte zwischen London und dem Hochkommissar in Palästina glühten. Premierminister Churchill hatte sich öffentlich für die Aufnahme der »Patria«-Überlebenden ausgesprochen. Doch die Hardliner unter den Tories, die gerade von der öffentlichen Meinung so arg düpiert worden waren, meinten spitzfindig: »Von denen auf den anderen Schiffen hat Churchill ja nichts gesagt.« Beim Premierminister wurden die Judenfeinde unter den Tories vorstellig. Sie plädierten dafür, dass das ruhmreiche große britische Empire nicht vor einer Handvoll Juden einknicken dürfe. Das Ansehen des Königreiches stehe auf dem Spiel. »Sonst stehen morgen hunderttausend Juden vor Palästina und wollen es ihnen gleichtun. Der Staat des Vereinigten Königreiches muss nun die Autorität der Krone wiederherstellen und am Beschluss zum Weißbuch von 1939 festhalten, wonach in Summe nur 15.000 Juden jährlich einwandern dürfen. Der Rest muss abgewiesen werden. Punktum!« Ausschlaggebend war die Sorge, dass die Araber am Golf ihre Drohung wahr machen könnten, die britischen Truppen in der Region bei unkontrollierter Einwanderung der Juden nach Palästina vom Nachschub an Öl und Benzin abzuschneiden und den Suezkanal zu blockieren.

Angesichts der schwierigen Lage mitten in einem Krieg, in dem es gerade besonders schlecht stand, gab sich der Premierminister schließlich geschlagen. Entnervt stimmte Churchill dem Erhalt der Staatsräson zu.

»Aber irgendwo müssen sie doch hin!« Nach Australien oder Südafrika? Kanada hatte bereits einige Tausend aufgenommen, und dazu noch die übrigen feindlichen Ausländer. Die Australier wiesen auf die unsicheren Wasserwege durch deutsche U-Boote im Indischen Ozean hin; der Gouverneur von Südafrika führte die ohnehin schon schwierige Rassenlage ins Feld. Kenia und der Sudan verfügten über keine baulichen Kapazitäten. Nur der Gouverneur von Mauritius hatte keine Ausrede parat. Das Marineministerium meldete an das Kolonialministerium, dass in den Bergen von Mauritius das alte Piratengefängnis Beau Bassin leer stehe. Das Kolonialministerium telegrafierte aus London dem Gouverneur in Port Louis auf Mauritius: »Beau Bassin ist umgehend für 1200 feindliche Ausländer zu reaktivieren!« Der Gouverneur entgegnete, dass aber kein Personal für eine derartige Aufgabe auf Mauritius zur Verfügung stehe.

»Ich kann doch keine Weißen von farbigen Eingeborenen bewachen lassen!« Das würde die Staatsräson der Kolonien infrage stellen. »Das brächte die Eingeborenen nur auf dumme Ideen!« Darin waren sich alle einig. Zähneknirschend musste London »weißes Wachpersonal« aus Großbritannien in Marsch setzen. Fünfzig verabschiedete Soldaten, die nicht mehr kriegstauglich waren, wurden aktiviert und zum Zwischenstopp nach Haifa kommandiert. Die Ankunft der Männer blieb in Haifa nicht unbemerkt. In den Kneipen der Hafenstadt brüsteten sich die Wachmannschaften damit, zur Judenbewachung auf Mauritius eingesetzt zu werden. So gingen im Lager Atlith bald die ersten Gerüchte um, dass alle die Flüchtlinge, die nicht auf der »Patria« waren, bald weiter verschifft werden sollten und ihre Bewacher aus England bereits in Haifa angekommen seien. In einer Blitzaktion wurde das Lager, das sich zum passiven Widerstand entschlossen hatte, von der britischen Polizei und dem Militär umstellt. Die Lagerinsassen, sofern sie zu den Passagieren der »Pacific«, der »Milos« und der »Atlantic« gehörten, sollten sich zum Abmarsch zur Weiterreise nach Mauritius aufstellen. Man leistete passiven Widerstand. Die tausendfünfhundertvierundachtzig Internierten setzten sich einfach auf den Boden. Mit Schlagstöcken gingen die Soldaten gegen die Widerstrebenden vor und trieben die Männer, Frauen und Kinder zusammen. Darauf gab einer die Parole aus: »Alles ausziehen! Sie werden es nicht wagen, uns nackt durch Haifa zu treiben und uns wie Vieh auf die Schiffe zu verladen!«

Der Premierminister im fernen London ahnte davon nichts. Als gewiefter Politiker hatte er allerdings einen feinen Instinkt für Quertreiberei. Auch schlug ihm das Gewissen: »Die britische Regierung dringt auf einen respektvollen humanitären Umgang mit den jüdischen Flüchtlingen!«, kabelte er an den Hochkommissar für Palästina in Jerusalem. Leider blieb das Telegramm aus der 10 Downing Street in Jerusalem unbeachtet. Das lag an der seltsamen Arbeitsweise des stellvertretenden Vizehochkommissars, Mr Gardiner.[10] Auf seinem Schreibtisch standen drei Eingangskörbe. Ein grüner für die Routinefälle, ein gelber für die mittelwichtigen Fälle und eine rote Ablage für die ganz brisanten, dringenden »Sofort-Fälle«. Zudem hatte es sich John Gardiner zur Angewohnheit gemacht, seinen Tagesablauf »antizyklisch« zu gestalten. Als Freiübung für die schweren, anspruchsvollen Fälle in der roten Ablage wollte er sich für den Arbeitstag erst einmal warmlaufen.
Nach dem dritten Tee am Morgen begann er mit der Organisation des Elends seiner Welt. Peu à peu. So griff er kurz nach neun Uhr am Morgen in den grünen Eingangskorb. Als Erstes widmete er sich dabei ausgiebig der Klage der Armenier, die meldeten, dass die griechisch-orthodoxen Mönche in der Grabeskirche vorsätzlich die Regeln verletzten, indem sie den Vorhang für den heiligen Demetrios beim Reinigen auf den Haken Nummer 1 und nicht auf den Haken Nummer 2 hängten, wie es vorgeschrieben war. Wie alle in Jerusalem wissen, gibt es wegen der Streitigkeiten der verschiedenen Konfessionen in und um die

Grabeskirche jährlich mindestens zwei bis drei heftige Massenschlägereien zwischen den heiligen Männern. Angesichts dieses heiklen Regierungsgeschäftes pfiff der stellvertretende Vizehochkommissar anerkennend durch die Zähne. Diese Querele war nach seinem Geschmack, denn dazu gab es einen Präzedenzfall aus dem Jahr 1923! Flugs ließ er sich die Akten kommen. Daumen und Zeigefinger immer an der Zunge befeuchtend, blätterte er Seite für Seite den Ordner durch. Für seine Sekretärin notierte er auf ein Lesezeichen den Vermerk: »Auf Grundsatzentscheidung aus dem Jahr 1923, siehe Akte, mit Paragraphen, Absatz und Zeile, Pipapo wie angestrichen bitte verweisen und einen Brief mit folgendem Wortlaut schreiben: ›Die Griechen dürfen den Vorhang für die Zeit der Reinigung ausschließlich auf Haken Nummer 1 anbringen. Diese Vereinbarung wurde 1923 von allen Parteien unterschrieben. Dem Protest der Armenier wird hiermit stattgegeben.‹« Der nächste Vorgang aus dem gelben Korb betraf den leidenschaftlichen Appell der provisorischen jüdischen Regierungsvertretung, repräsentiert von Mr Glickstein, dass man die zehntausend jüdischen Waisenkinder, die auf dem Weg seien, aus humanitären Gründen ins Land lassen möge. Dem Aufruf lag eine Petition von über vierzigtausend Juden aus Palästina bei, die alle privat für die Kinder aufkommen wollten. Quer über das Deckblatt der Petition schrieb Mr Gardiner mit Rotstift »No!!!«. Er verwies auf den britischen Regierungsbeschluss vom Mai 1939, dass die erwähnte Kopfzahl bereits weit überschritten sei, und erklärte, dass er nun dem Gesetz Folge leisten müsse. »Die zehntausend Kinder und die anderen Schiffe müssen in ihre Herkunftshäfen in Rumänien und Bulgarien zurückgeschickt werden!«

Kurz nach nine o'clock a. m., als der stellvertretende Hochkommissar noch über den armenischen Vorhang auf dem griechischen Haken der Grabeskirche brütete, trieben die englischen Soldaten die nackten Menschen aus dem Lager Atlith auf Lkws und im Hafen von Haifa danach ebenso nackt auf die Schiffe, wo die entsetzten Seeleute ihnen aus Mitleid ihre eigenen Decken und Kleidungsstücke gaben und versuchten, die verstörten Menschen zu beruhigen und zu trösten. Als die englischen Zollbeamten dann noch anfingen, jeden Ring, jede Kette, jeden Kultgegenstand und jede Uhr, die den Flüchtlingen noch geblieben waren, zu »kontrollieren«, sprich: abzunehmen, setzte der holländische Kapitän des Schiffes diesem Treiben ein Ende. Der Mann tobte vor Wut und warf die englischen Zollbeamten, die sich seiner Meinung nach wie Nazis aufführten, vom Schiff. Diesem Befehl folgten die holländischen Seeleute allzu gern. Mit Fußtritten und Faustschlägen trieben sie die englischen Soldaten und Beamten von Bord. Dem zeternden britischen Zolloffizier, dem die Nase heftig blutete, ließ der cholerische Kapitän bestellen, dass er bei Fortsetzung dieser unwürdigen Behandlung die Fahrt und die Verfrachtung dieser Menschen nach Mauritius gänzlich verweigern würde. Mit hochrotem Kopf brüllte er durch das blecherne Sprachrohr auf den Kai runter: »Die Zeiten der Sklavenschiffe sind vorbei, falls sich das noch nicht bis London herumgesprochen haben sollte!« Die irritierten, teilweise ebenfalls lädier-

ten englischen Wachmannschaften, die in das Getümmel geraten waren, ließ er an Bord antreten. Wütend, während er ihre Reihen abschritt, hielt der Skipper ihnen eine Standpauke über seine Regeln an Bord. »Auf meinem Schiff werden Menschen menschenwürdig behandelt! Jeder, der diesen Befehl missachtet, wird sofort ausgebootet und an Land gesetzt. Egal, wo wir uns an der afrikanischen Küste gerade befinden! Haben wir uns verstanden?! Wegtreten!«
Cäsar tröstete sich damit, dass ihm der weiße Panamahut, seine goldene Uhr, die feinen Maßschuhe, die Leinenjacke nebst -hose und seine Sammlung von Seidensocken geblieben waren. Nackt bis auf den Panamahut trug er seine Sachen in einem Kopfkissenbezug über der Schulter. Seine geliebten englischen Tweed-Sakkos würde er ohnehin nicht mehr brauchen, und wenn doch, dann wäre der Schnitt ohnehin veraltet, sagte er sich. Den Panamahut wusste er umso mehr zu schätzen, da Cäsar, der immer so stolz auf seine volle weiße Löwenmähne gewesen war, wie alle Mit-Internierten nun eine Sträflingsglatze hatte. Samson, der Haare beraubt und besiegt! Tatsächlich aber war seine Frau Selma das erste Mal in ihrem Leben die Besiegte. Irgendetwas in ihr schien seit dem Aufenthalt im Lager Atlith zerbrochen. Wie ein zu früh gelüftetes Soufflé in sich zusammengefallen und ungewohnt still war die einstige jüdische Löwin inzwischen geworden. Es schien so, als hätte man ihr eine Batterie mitsamt ihrer Lebensenergie entnommen. Mit einem Tuch um den Kopf, wie es sonst nur die ganz frommen Jüdinnen tragen, und in einem überlangen norwegischen Seemannspullover, der nach

Männerschweiß und Pfeifentabak stank, schmiegte sich Selma still an Cäsar. Mit Tränen in den Augen sah sie zu, wie das Gelobte Land im rosa Abenddunst hinter dem Horizont verschwand.

Raffael Bukofzkers Rache und die Stern-Bande
Jerusalem, 9. Januar 1941

Als der stellvertretende Vizehochkommissar in Jerusalem endlich das Telegramm aus der 10 Downing Street öffnete, war er sehr erleichtert: Manchmal erledigen sich die ach so dringenden Angelegenheiten durch längeres Liegen von selbst! Nun ist diese schreckliche Angelegenheit nicht mehr Sache des Home Office, sondern ein Vorgang des Kolonialministeriums und des Gouverneurs von Mauritius! Der Vertreter des Vizehochkommissars war mit sich zufrieden und hielt sich für einen cleveren Kerl. Zur Feier seines kleinen Sieges goss er sich bereits vor dem Lunch einen Whisky ein. Normalerweise genehmigte er sich erst nach fünf Uhr einen Drink. Doch nach all diesen Scherereien mit den Juden hatte er sich eine kleine Selbstbelohnung außer der Reihe verdient, fand er. Gerade als er sich mit einem kleinen Seufzer erleichtert in seinen Sessel zurücklehnen wollte, gab es eine mächtige Detonation.
Der Boden schwankte, der Putz rieselte von der Decke in seinen Hemdkragen. Als er in den Hemdkragen griff, um sich den Sand aus dem Genick zu wischen, sah er nur noch den riesigen Kronleuchter auf sich niederstürzen. Unter den Scherben des Kronleuchters ergoss sich sein Blut über den Mahagonischreibtisch. Das Blut des Vize-Vizehochkommissars ergoss sich über das ebenfalls blutrote »No!!!« auf der Petition

zur Aufnahme der zehntausend Waisenkinder und ließ nur seine Unterschrift lesbar zurück. Zusammen mit der Detonation waren unzählige kleine Püppchen durch die Luft gewirbelt. Fünf der winzigen Püppchen, die ursprünglich für ein Kaufhaus in Kairo bestimmt waren, landeten dabei auf dem Schreibtisch des stellvertretenden Vize-Vizes. Ein Püppchen fiel bis zur Taille kopfüber in sein Whiskyglas und sah ihn aus seinen starren Zelluloidäuglein böse an. Eine Allegorie? Dann wurde ihm schwarz vor Augen ...

»Wir haben jüdisches Leben gerächt!«, stand auf dem Flugblatt der Stern-Bande, das nachts zu Tausenden in Jerusalem und Haifa heimlich plakatiert wurde. »Das Blut von Tausenden jüdischen Flüchtlingen und zehntausend Waisenkindern, die von den Briten heute in den sicheren Tod geschickt wurden, soll über die Briten kommen!«: »*Wir sind die anonymen Soldaten ohne Uniformen / Umgeben von Angst und dem Schatten des Todes / Wir sind alle für das Leben eingezogen worden / Aus diesen Rängen wird nur der Tod uns befreien / Aus allen Richtungen, Zehntausende Hindernisse / Grausame Schicksale haben unsere Wege geprägt / Aber Feinde, Spione und Gefängnisse / Werden uns nicht aufhalten können!*« (Abraham Stern)
Nach der Aktion klopfte sich Raffael Bukofzker den Staub von den Kleidern. Ihm zitterten die Hände noch ein wenig. Sie sahen zwar immer noch wie Kinderhände aus, doch nun war er ein Mann. Nach der bestandenen Feuertaufe sehnte sich Raffael nach einem Vanilleeis. Er stieg ins Taxi und fuhr von Jerusalem ans Meer.

Wo der Pfeffer wächst ...
Selma und Cäsar auf Mauritius, Januar 1941

»Wenigstens haben die Jungs alles richtig gemacht!«, seufzte Selma, als die MS »Nieuw Zeeland« Kurs auf Suez nahm. »Du hast auch alles richtig gemacht, Selma! Ich verspreche dir, wir kommen bald zurück nach Eretz Israel. Das ist hier alles nur temporär, nur solange der Krieg andauert, glaube mir!«
In diesem Moment brachte Cäsar es nicht übers Herz, ehrlich zu gestehen, dass er es schon immer wahnwitzig fand, ausgerechnet nach Palästina zu auszuwandern, und nicht nach Schweden, Irland oder in die Schweiz, in zivilisierte europäische Länder mit einem normalen Klima und einer mild lächelnden Sonne. Das, was er von dem Land Palästina, dem ach so »Gelobten Land«, gesehen hatte, reichte ihm schon, um es zu hassen. Sonnengeätzte Wüsten, heißer Sand, Disteln, Malaria-Moskitos, Kakerlaken so groß wie Mäuse, Dreck und feindliche, angriffslustige Araber mit Dolchen im Gürtel, mit denen niemals Frieden zu machen wäre. Das konnte schließlich jeder sehen, der Augen im Kopf hatte: Denen könnte man goldene Berge versprechen und sie ihnen sogar frei Haus auf einem silbernen Tablett liefern, die würden nie Frieden machen, da war er sich sicher. In Palästina werden wir wieder wie in einem Ghetto leben, dachte er, und um uns herum dann aber richtige Wilde! Europäische Ghettos wären dagegen

noch die reinsten Sanatorien! Insgeheim hatte Cäsar für sich beschlossen, sobald sich die Gelegenheit böte, wieder nach Europa und am liebsten nach Deutschland zurückzukehren, egal, was seine Frau davon hielte. Am besten unter dem Vorwand von Geschäften. Der Rest würde sich finden. Doch nun brauchte seine bessere Hälfte, wie er Selma scherzhaft nannte, seinen Zuspruch. Insgeheim verachtete sich Cäsar, ein so hinterhältiger Schuft zu sein, der selbst nach diesem Schlamassel noch über die Verwirklichung seines Verrats tagträumte. Trotzdem konnte er sich nicht losreißen. Er ließ sich hinabgleiten zwischen unbändigem Heimweh und Schuldgefühl.
»Was die Jungs wohl gerade machen?«, schwadronierte er frohgemut aufs Geratewohl los, vor allem, um sich selbst zur Ordnung zu rufen. »Kämpfen unsere Söhne gerade mit dem Gewehr in der Hand gegen die Araber oder die Engländer? Oder bauen sie einen Kibbuz auf? Tanzen sie die Hora? Pflanzen sie vielleicht gerade Apfelsinenbäumchen? Beten sie in diesem Augenblick an der Klagemauer? Oder zeugen sie vielleicht gerade unsere Enkel?«
Darüber musste Selma lächeln. Schmerzlich. Gerührt schaute sie ihren Cäsar an. »Was bist du doch für ein seltsamer, seelenvoller, wunderbarer Mann! Ich bin dem Herrgott dankbar, dass ich dich gefunden habe!« Damit ließ sie ihren Kopf auf seine Schulter sinken. Soweit sich Cäsar erinnern konnte, war das die erste Liebeserklärung, die er je von seiner Frau zu hören bekommen hatte, und er lächelte ebenso schmerzlich. Dabei wusste er nur zu gut, dass ihn früher alle für einen Versager gehalten hatten, für einen nutzlosen

Grüßaugust. Nur weil er von Natur aus sanft, leutselig und freundlich war und ihm jedes teutonische Auftrumpfen oder Befehlen wesensfremd. Aber der Spott der anderen hatte ihn nie im Geringsten angefochten. Trotzdem staunte er selbst, welche Talente in ihm schlummerten, von allen unbemerkt, außer vielleicht von seiner scharfsichtigen Selma, die nie etwas auf ihn hatte kommen lassen, weil sie wohl in ihm etwas sah, was andere nicht sahen. Ignoranten taten das ab. Sie sähe diesen Schwächling eben nur mit den Augen der Liebe. Auch starke Frauen haben ihre Schwächen. Sie suchen sich schwache Männer!

»Wir stehen einander bei und werden auch das gemeinsam durchstehen, bis wir endlich im Gelobten Land sind. Das verspreche ich dir!«

Das war ein Versprechen, das er mit einem ziemlich schlechten Gewissen gab. Zumindest war es halbehrlich. In Port Louis auf Mauritius kletterten sie Hand in Hand von der taunassen Gangway der »Nieuw Zeeland«. Selma steckte die Nase in den lauen Wind der Insel und nahm Witterung auf. »Jetzt sind wir da, wo der Pfeffer wächst! Hierher verbannt man doch nur Strafgefangene. Das ist das Bagno.« Damit meinte sie das Postkartenidyll, wo sich schlanke Kokospalmen vor einem leuchtend blauen Ozean an Korallensträndern im Wind wiegten und wo die Frangipani-Blüten und der Zimt um die Wette dufteten. Indessen waren die Verbannten für die Schönheit dieses Tropenparadieses blind und gaben sich ganz ihrem Schmerz über das verlorene Heilige Land hin. Die Tropen galten in Europa mit Ausnahme der Südsee ohnehin als verfluchte Orte. Dass diese verfluchte Verbannungsinsel dereinst ein Touristenparadies werden sollte, hätten alle wohl für einen geschmacklosen Witz gehalten. Allerdings waren sie noch nicht an ihrem Bestimmungsort. Das alte, gänzlich unparadiesische Piratengefängnis wartete in den Bergen auf sie. Als ein düsteres Gemäuer aus schwarzen Lavaquadern auf einer Bergkuppe erhob es sich wie ein steingewordener Fluch.

Nur die Optimisten trösteten sich damit, dass hier oben wenigstens die Luft nicht so stickig wäre wie unten an der Küste. Ohne Vorwarnung und Begründung wurden die Familien getrennt und Männer und Frauen in unterschiedlichen Flügeln der Festung untergebracht. Nur zweimal die Woche durften die Ehepaare eine Nacht gemeinsam verbringen, in Zelten, die abseits der Gebäude standen.

»Sonst vermehren die sich hier wie die Karnickel!«, schrieb der Kommandant zur Rechtfertigung nach London. Ein letztes Mal bäumte sich Selma vor dem Kommandanten auf. »Welche rechtliche Grundlage legitimiert Sie zu dieser Maßnahme? Sind wir etwa kriminelle Gefangene?«

»Dann verklagen Sie mich doch!«, lachte der sie aus. »Sie haben den Status von Kriegsgefangenen. Sie sind feindliche Ausländer! Seien Sie froh, dass wir Sie aufgenommen haben. Die anderen, die nach Ihnen kamen, hat man alle nach Rumänien und Deutschland zurückgeschickt. Gefällt Ihnen das etwa besser?«

Als wären die Lebensumstände so nicht schrecklich genug, rächte sich der hastige Abtransport aus dem Lager Atlith in Palästina: Entgegen den ärztlichen

Verfügungen hatte man die internierten Auswanderer vor dem Ende der Inkubationszeit auf die Reise nach Mauritius geschickt. Wie zu erwarten war, brach nun im Camp nach einer Woche Typhus aus. In der Folge musste ein Friedhof angelegt werden. Die Männer wurden in den Zellenblocks A und B untergebracht und hatten das Privileg von Privatsphäre in winzigen vergitterten Zellen ohne Fensterglas. Sie schliefen in Hängematten. Im Block A wurde ein kleiner Synagogenraum für die Orthodoxen eingerichtet, im Block B ein großer Raum für die liberalen Juden. Wie üblich traf es die Frauen am härtesten. Sie wurden mit den Kindern abseits in Wellblechhütten in großen Schlafsälen interniert. In der winterlichen Hitze waren die aufgeheizten Nissenhütten praktisch unbewohnbar und in der sommerlichen Regenzeit ebenso, weil der Regen derart auf die Blechdächer trommelte, dass an Schlaf nicht zu denken war. Das Gezänk der Frauen untereinander und das Kindergeschrei ließen sie nie zur Ruhe kommen. Ein paar findige Frauen sorgten dafür, dass die Blechdächer mit Palmen- und Bananenblättern abgedeckt wurden, um das Hämmern des fallenden Regens etwas zu dämpfen. So konnten die Frauen und Kinder wenigstens in den stickigen Monsun-Nächten etwas Schlaf finden. Dafür kamen die Moskitos. Das Wachpersonal war überwiegend judenfeindlich und machte daher regen Gebrauch vom berüchtigten Arrestblock, vom Gefängnis im Gefängnis.
Der Speiseplan am Sonntag: Gemüsesuppe, Kraut und Pökelfleisch (mittags), Süßkartoffeln in Öl gebraten (abends);

Montag: Gemüsesuppe mit Corned Beef (mittags), Süßkartoffelgulasch (abends);
Dienstag: Karottensuppe (mittags), Maisbrei (abends)
Mittwoch: Kraut mit Corned Beef (mittags), Süßkartoffeln in Öl (abends);
Donnerstag: Kraut mit Süßkartoffeln (mittags), Gemüsesuppe (abends);
Freitag: Rindfleischsuppe und Gurkensalat (mittags), Gemüsesuppe (abends);
Samstag: Gemüsesuppe mit Karotten (mittags), Maisbrei (abends).
Jeder wollte bloß schnell weg.
Die wehrfähigen Männer unter den Tschechoslowaken und den Polen nahmen Kontakt zu den Konsulaten ihrer ehemaligen Heimatländer auf der Insel auf und meldeten sich als Freiwillige für die Exilarmeen ihrer Länder, die in London offizielle Exilregierungen hatten. Der polnische Konsul auf Mauritius reagierte höchst unwillig. Kämpfende Juden mochte er sich in einer polnischen Armee beim besten Willen noch nicht einmal vorstellen. Die Freiwilligenmeldungen der polnischen Juden warf er in hohem Bogen in den Papierkorb. »Ein Itzig mit 'nem Gewehr?! Einfach lachhaft!«
Ganz anders reagierte das tschechische Konsulat. Der tschechische Konsul forderte sechs Frauen an für Büroarbeiten und die Hauswirtschaft. Sie hatten damit das große Los gezogen und durften das Lager verlassen. Nach langem Hin und Her wurde eine Gruppe von sechsundfünfzig tschechischen Männern überstreng von den Briten auf Wehrtauglichkeit geprüft. Nach einer Schnellausbildung in Palästina wurden die

Greenhorns gleich in eine desaströse Schlacht gegen die deutsche Afrika-Armee geschickt. Anstatt in dieser aussichtslosen Schlacht Reißaus vor dem deutschen Feind zu nehmen oder sich bei ihren Befehlshabern zurückzumelden, liefen alle tschechischen Juden mitsamt Waffen und drei Fahrzeugen zu den jüdischen Freischärlern der Haganah und zur Irgun über. Für diesen Coup wurden sie von den Juden in Israel wie Helden gefeiert. Für die britische Armee galten Juden seitdem als »unzuverlässige Elemente«. Alle weiteren Freiwilligengesuche wurden abgelehnt, ihre Gesuche auf Eis gelegt. Etwas später hatte der polnische Konsul in Kapstadt trotzdem fünfundzwanzig polnische Freiwillige angefordert. Angesichts des Jammers und des Elends erwachte in Selma wieder der alte Kampfgeist. Mit jedem Zentimeter, mit dem sein volles weißes Haar wieder wuchs, kehrte auch Cäsars notorische gute Laune zurück. »Du bist mir schon ein rechter Samson!«, flachste Selma anlässlich ihrer »Beiwohnungsnacht« im »Honeymoon-Zelt«. Nachdem sie die Aufspaltung der deportierten Juden nach ihren Herkunftsnationen nicht verhindern konnte und die Auswanderung nach Eretz Israel in immer weitere Ferne rückte, schmiedete sie private Pläne und besann sich auf ihre Ausbildung zur Hilfskrankenschwester. Sie meldete sich beim Kommandanten, denn gelegentlich des Besuchs des anglikanischen Bischofs im Lager hatte sie die Bemerkung aufgeschnappt, dass man unten an der Küste im Krankenhaus von Port Louis dringend Pflegepersonal benötigte.

»Liebe Mrs Bukofzker, Ihre Sprachkenntnisse sind dazu

doch gar nicht ausreichend«, wehrte der Kommandant ihren Wunsch ab.

»How do you know that? Let's have a try!« Da sie sich partout nicht abweisen ließ, gab er sich schließlich geschlagen. Um weiteren anstrengenden Wortgefechten mit dieser »Gewitterziege« zu entgehen, nahm er sie zu seiner nächsten routinemäßigen Visite beim Gouverneur mit. Selma bekam die Stelle auf Anhieb.

Zum ersten Mal in ihrem Leben verdiente sie nun den Lebensunterhalt für sich und ihren Mann. Das gab ihr Auftrieb. Anstatt oben im Fort zu versauern, wohnte Selma lieber »auf Ehrenwort« unten bei den Nonnen im Krankenhaus. Wann immer die Nonnen sie trafen, bekreuzigten sie sich. Nach einer Weile ging Selma das auf die Nerven: »Ich bin nur Jüdin, nicht der Gehörnte!«, beschwerte sie sich über diese diskriminierende Behandlung bei der Äbtissin und beim Bischof. Dafür revanchierten sich die Nonnen mit einem gejubelten »Gelobt sei Jesus Christus!«. »Yes, he is one of *us*, Hallelujah«, nörgelte Selma gallig zurück.

Selma erkämpfte sich ihren Platz in der gojischen Welt von Mauritius und fand sich im bedrückenden Lager in Beau Bassin mehr oder weniger nur noch zu den Tagen der »ehelichen Beiwohnung« mit Cäsar ein. Das Stück Freiheit und Verantwortung an ihrem Arbeitsplatz hatte sie aufgemöbelt. Es dauerte nicht lange, da war sie im Krankenhaus von Port Louis bei den Patienten und Ärzten wegen ihrer Tüchtigkeit unentbehrlich und bei den Patienten beliebt. Hin und wieder wurde sie von den Patienten mit ihr unbekanntem Obst wie Ananas, Jackfruit oder Quadsums, Kakifrüchten und Avocados oder auch mit seltsamem Gemüse wie Okra beschenkt. Da es den Internierten verboten war, Lebensmittel ins Lager zu bringen, weil sie diese dort für den doppelten Preis im Laden des Lagers kaufen sollten, war der chinesische Lagerlieferant so freundlich, für Selma sämtliche Sachen einzuschmuggeln. Einmal bekam sie von einem zuckerkranken indischen Teehändler eine riesige Büchse feinsten Assam-Tee zum Dank.

Tee? Was soll man denn mit Tee anfangen? Das brachte Cäsar auf eine Idee! Nun wurde er anstelle seiner Frau beim Kommandanten vorstellig. Mit der ihm eigenen freundlichen Beredsamkeit versuchte er den Lagerleiter zu überzeugen, dass dem Lager sowohl für die Mannschaften als auch für Internierten so etwas wie ein Pub fehlte: »Sir, eine Teestube, wo man sich trifft, entspannt, ganz zwanglos.« Jede Gruppe bräuchte selbstverständlich einen gesonderten Bereich, damit keine Fraternisierung zustande käme. Das halb verfallene ehemalige Backhaus, das die Franzosen mal als »Tempel für ihre Baguettes, Brioches und Croissants« gebaut hatten, stand nun ungenutzt herum und wäre gut geeignet. Ein paar Stühle draußen unter einem Sonnensegel und drinnen ein kleiner Spirituskocher für den Tee, rechts der Bereich für die Mannschaften, links für die Internierten. Man könnte für die Tasse Tee einen symbolischen Betrag erheben, um die Kosten für Wasser, Zucker und Milch, Geschirr und Besteck zu decken. Der Kommandant nahm das Ansinnen mit dem üblichen Argwohn auf, versprach aber zumindest, darüber nachzudenken.

Nach vier Wochen, anlässlich des Besuchs des Gouverneurs im Fort, schenkte Cäsar einen so guten englischen Tee aus, dass der Gouverneur von der Idee einer Teestube im Fort ganz entzückt war.

»So bekommt das Camp doch ein menschenfreundliches Gesicht. Ich werde das in meinem nächsten Bericht nach London extra lobend erwähnen!«

Nun konnte sich der Kommandant Cäsars Wunsch nicht mehr länger verschließen. Gerührt von der eigenen Güte, hatte der Gouverneur auch noch Mobiliar und ein Grammophon nebst Schallplatten hochschicken lassen. Beim Lagerkommandanten kündigte er an, sich bald vom Fortschritt der Teestube »Beau Bassin« überzeugen zu wollen. Cäsar war in seinem Element. Er hatte zwar noch nie eine Gaststätte betrieben, besaß jedoch intuitiv ein Händchen dafür. Wie jeder weiß, ist ein Lokal immer nur so gut wie sein Wirt. Cäsar hatte ein neues Betätigungsfeld für seinen brachliegenden Ehrgeiz gefunden. Ihm war schnell klar, dass man mit Tee allein bei Kontinentaleuropäern nur wenig Zulauf fände. Nach Anleitung einer Wiener Hausfrau ließ er sich in die hohe Kunst einweisen, wie man rohe Kaffeebohnen röstet, so dass es bei ihm kurz darauf einen so köstlichen Kaffee gab, wie er ihn selbst aus feinsten Kaffeehäusern nicht gekannt hatte. Damit die Frauen nicht zu kurz kämen, ließ er jeden Tag etliche Thermoskannen von Kaffee und Tee rüber ins Frauenlager schicken, was wegen der strengen Trennung zwischen Frauen- und Männerlager heikel war, bis es Selma gelang, ihrerseits ausreichend Tee und Kaffeebohnen ins Frauenlager zu schmuggeln. Die Frauen revanchierten sich mit »Apfelstrudel à la Beau Bassin«, der anstatt mit Äpfeln mit Mangos gefüllt wurde.

Um zehn Uhr morgens, zur klassischen Tea Time des Wachpersonals, öffnete er das Lokal. Die britischen Wachsoldaten standen dann schon an. Cäsar schenkte sogleich seinen indischen Tee aus. Wie zu Veranstaltungseröffnungen in England üblich, spielte Cäsar die britische Nationalhymne auf dem Grammophon. Die Langversion. Zu »God save our gracious King!« sprangen die Wachsoldaten gemäß Protokoll auf, standen militärisch grüßend stramm, bis die Musik verklungen war. Unterdessen war ihr Tee lau geworden.
Die anwesenden Internierten auf der anderen Seite der Teestube lachten sich ins Fäustchen.
Cäsar ließ nur wie üblich seine weißen Augenbrauen hüpfen.
Nachmittags zum Five o'Clock Tea schloss Cäsar das Lokal mit der gleichen Zeremonie. Wieder schlichen die Juden um die Ecke und bogen sich vor Lachen angesichts der enttäuschten Mienen ihrer Wachen zum lauen Tee. Diese Zeremonie wurde Cäsar zum festen Ritual. Wenigstens im Witz war man den Wachen überlegen! Die Teestube in der Festung von Beau Bassin wurde bald das »Café Größenwahn von Mauritius« genannt. Hier wurden Schach-, Bridge- und Skat-Turniere ausgetragen und denkwürdige Debatten geführt. Die hochtourige Streitbarkeit, die man Juden nachsagte, hatte ihre Ursache vielleicht darin, dass die Juden im Gegensatz zu anderen Völkern, die sich gewöhnlich um Land, Besitz, Wasserrechte, Vieh und Bodenschätze die Köpfe einschlugen, nur auf das Wort und Theorien beschränkt waren.
Ihre Domäne war die Debatte.

Dabei entfalteten sie in diesem Internierungslager in den Tropen eine so leidenschaftliche Streitbarkeit, als wäre bereits der Verlust eines Satzzeichens eine verlorene Schlacht.

»Sie mögen in diesem Punkt recht haben, aber nicht in diesem Ton!« wurde schnell zum geflügelten Wort unter den überwiegend deutschsprachigen Juden. Fast alle politischen und weltanschaulichen Schattierungen waren im Lager Beau Bassin vertreten, wobei die der Linken überwogen.

Seltsamerweise bildeten sich im Debattenclub immer zwei Mannschaften: die »Stalinisten« und die »Revisionisten«, die aber nie so genannt werden wollten.

Zeitgleich zum linken Diskussionszirkel tagte die Schachgruppe.

Das übliche Polemik-Schach der Debattierer vollzog sich in etwa so:

»Die unabwendbare Notwendigkeit der trotzkistischen Weltrevolution ist für den Aufbau des Sozialismus die Grundvoraussetzung!«

Parallel dazu schlug hinten im Raum einer der Schachspieler mit der flachen Hand auf die Schachuhr.

Darauf folgte vorne argumentativ unerbittlich wie ein Uhrwerk:

»Das ist Opposition und Revisionismus! In einem Arbeiter- und Bauernstaat ist *jede* Opposition konterrevolutionär!«

Die schweigsamen Schachspieler schlugen härter auf die Schachuhr und zischten.

Die Linksrevolutionäre ignorierten das und gingen in der Debatte zum Gegenangriff über:

»Das ist typisch für die stalinistische bürokratische Entartung des Sozialismus!«
Noch härterer Schlag auf die Schachuhr und lauteres Zischen. Davon ebenfalls unbeeindruckt gingen die Moskauer »Linienschiffe« nun in die Defensive:
»Das gehört zur Notwendigkeit, die Produktion anzuspornen als Zwischenstadium zur Entfaltung der Produktivkräfte!«
Die Schachspieler hielten sich inzwischen die Ohren zu.
»Das führt nur zu chauvinistischer Erziehung und zu byzantinischem Personenkult!«
Darauf konterten die Freunde Stalins:
»Das ist ebenfalls ein nur sozialistisches Zwischenstadium, um die primitiven Massen auf den antiimperialistischen Krieg und die faschistische Aggression vorzubereiten!«
Mit höhnischem Gejohle trumpften nun die Anhänger der Trotzkis auf:
»Primitive Massen! Hört, hört! Die wahre Vergesellschaftung der Produktionsmittel und Aneignung durch die Werktätigen verwirklichen wir nicht bloß *utopisch oder formalistisch*, sondern ganz *konkret in Eretz Israel im Kibbuz!* Und kommt uns bloß nicht mit der Sowjetunion, wo Hebräisch verboten ist und Juden gezielt nach Birobidschan[11] *umgesiedelt* oder gleich umgebracht werden! Ich sage nur Radek, Trotzki und Eispickel! Es lebe die Weltrevolution und der konkret-sozialistische Kibbuz!«
Darauf folgte die übliche stalinistische Empörung, während die Schachfreunde eigentlich über eine klassische Russische Eröffnung nachdenken wollten.

Nur ein Rabbiner, von der bislang schweigsamen Teetrinker-Fraktion der Religiösen, zitierte mit lauter Predigerstimme plötzlich etwas, das angeblich irgendwo geschrieben stünde, was im Getümmel aber unterging. Es musste sich wohl um eine fromme Verwünschung der abtrünnigen Atheisten gehandelt haben.
»Mit Konterrevolutionären kann man nicht diskutieren, sondern«, rief der Westentaschen-Stalin.
Danach gab es kein Halten mehr. Der trotzkistische Kibbuznik, genannt »der Königspudel«, weil er grazil wie eine vertrocknete Jungfer mit bauschender Lockenpracht war, schwang die magere Faust und schrie mit sich überschlagener Stimme die Stalinisten an: »Genau, zwischen uns liegt nicht nur ein ideologischer Unterschied, zwischen uns liegt ein Meer von Blut!«
»Aber nicht in meiner Teestube!«, kommentierte Cäsar gutmütig mit hüpfenden Augenbrauen.
»Hier wird nur ganz revisionistisch Tee oder Kaffee getrunken!«
Cäsar hatte damit die Lacher auf seiner Seite. Die englischen Wachsoldaten, die gar nichts verstanden hatten, stimmen zögerlich ins Gelächter mit ein.
»What a jolly good show!«

Sechs Kilometer bergab, in Port Louis, unten an der Küste, lebte Selma als Krankenschwester inzwischen das erste Mal völlig losgelöst vom jüdischen Milieu. Sie musste auch nicht mehr ins Lager von Beau Bassin hoch.
Selma kam zu diesem Privileg, weil der Offizier ihres Neffen Benno in London für Selma, die jetzt als An-

gehörige eines Kämpfenden galt, diese Bewegungsfreiheit im fernen Mauritius erwirken konnte. So war Selma ebenso wie alle anderen Internierten, deren Verwandte in der Armee dienten, vom rigiden Lagerregime befreit.

Diese Vergünstigung galt aber nur für sie allein, nicht für ihren Mann Cäsar. So schleppte Selma zu jedem »Beiwohnungstag« zwei große Körbe an Fleisch, Fisch, Obst und Gemüse nach oben ins Lager, aber auch reichlich Alloody, das Gebräu aus Kokosmilch, Ingwersaft, Dattelsirup und Rhum Vieux, das ihr die Krankenhausköchin immer augenzwinkernd mitgab, damit das Leben lebenswerter sei. Die regulären Internierten ohne Verdienstmöglichkeiten bekamen monatlich 300 Rupien Taschengeld und konnten sich nur selten Extravaganzen im teuren Lagerladen leisten. Den Profit aus dem Lagerladen steckten sich die Lagerkommandanten in die Tasche. Aus Dankbarkeit für Selmas gute Pflege schmuggelte der chinesische Lagerlieferant regelmäßig ihre Einkäufe durch sämtliche Kontrollen. Bei den weniger glücklichen und den armen Insassen griffen wegen der schlechten Verpflegung, der Agonie, der Hoffnungslosigkeit erst alle Arten von Krankheiten weiter um sich, dann die Verzweiflung. Zuerst schliefen die Sportgruppen ein, dann die Kulturabende. Nur die Schachgruppe und die Freunde der Literatur waren noch unverdrossen aktiv. Die Literarische Gesellschaft des Lagers stellte Wandzeitungen her und bekleisterte die Teestubenwände mit Nachrichten und Informationen. Die Religiösen hefteten jeden Tag ein neues handschriftliches Traktat dazu an, damit der Glaube nicht ganz verloren ginge.

»Selma, du fehlst hier! Ohne dich geht hier alles vor die Hunde. Du bist und bleibst der Motor für die Alija!«, versuchte Cäsar seine Gattin wieder für ihren ursprünglichen Auftrag zu begeistern und wunderte sich dabei über sich selbst.
»Ach, weißt du mein Lieber, die Welt wird sich auch ohne mich weiterdrehen. Hier sind über tausend Menschen, darunter viele hochgebildete und fähigere als ich. Sollen sie doch eine Versammlung machen und jemand Neues für das Komitee bestimmen. Ich habe unten im Krankenhaus meine Arbeit und genug für die Allgemeinheit geleistet. Ich mache auch keine Unterschiede zwischen den Juden der verschiedenen Herkunftsländer, wie das jetzt hier so gehandhabt wird. Wir haben uns von den Engländern wieder in europäische Nationalitäten spalten lassen, damit wir vergessen sollen, dass wir ein Volk sind! So sieht es doch aus! Momentan könnte ich ohnehin nur noch für die Danziger Juden eintreten, nur für die hundertvierzig, anstatt wie vorher für alle! Auf diese Weise kann ich nicht mehr, und ich will auch nicht mehr weiterarbeiten!«
Cäsar traute seinen Ohren kaum. War das tatsächlich seine Selma, die das sagte? Nur noch aus Verantwortungsgefühl und um sich der unliebsam gewordenen Pflicht zu entziehen, rief Selma eine Versammlung ein, zu der nur wenige erschienen. Sie wolle das leitende Amt für die Alija in jüngere Hände legen, erklärte sie lahm. Es müsse dringend Kontakt zu den unterstützenden Gemeinden in Südafrika gehalten, eine Klage gegen die unmenschlichen, gesundheitsgefährdenden Lebens-

bedingungen und das korrupte Regime der Lagerleitung vom Komitee in London und der Schweiz auf den Weg gebracht und weiterverfolgt werden, der katholische Bischof unterstütze das Anliegen und würde die Petitionen mit seiner Post unzensiert weiterleiten. Das alles trug sie ohne Schwung vor. Erwartungsgemäß meldete sich »der Königspudel«, der schon seit langem auf das Amt geschielt hatte. Selma übergab ihm hastig alle Aktenordner. Abrupt stand sie auf, wünschte ihm und der Versammlung masel tov und verließ schnurstracks den Raum. Alle schauten ihr perplex nach. Was war bloß in sie gefahren?

Vor ihrem »Honeymoon-Zelt« bereitete Selma dann schweigend Hühnchen mit Okragemüse auf dem Dreifußgestell zu, der Kochgelegenheit der Eingeborenen. Dazu richtete sie einen tropischen Obstsalat mit süßem Klebreis an. Zum Schluss trank sie ihren Alloody aus und wirkte danach, als hätte man ihr eine Riesenlast von den Schultern genommen. Selma wurde nach dem zweiten Glas beschwipst und plauderte über ihren absonderlichen Alltag im Krankenhaus, über ihre Patienten, Kolleginnen, die alle bunte kreolische Mischungen aus Indern, Europäern, Afrikanerinnen und Chinesinnen waren. »Minnie ist eine schwarze Chinesin! Hast du jemals eine Schwarze mit Schlitzaugen gesehen?!« Sie bog sich vor Lachen.

Cäsar wusste nicht, was er von dem veränderten Verhalten seiner Frau halten sollte. Alle ernsten Themen, die er ansprechen wollte, wiegelte sie sofort ab. »Ach, sollen die doch allein mit ihren Kriegen und Krisen fertigwerden! Die Deutschen, die Engländer, die Juden,

die Araber! Ich habe genug davon! Ständig habe ich mich für alle eingesetzt, mich engagiert, gemacht und getan. Ich will nicht mehr! Aus! Ich warte nur noch auf Post von den Jungs, dass wir Enkel haben, und dann ist meine Mission erfüllt.«
Cäsar klappte die Kinnlade runter. »Ja, äh ... Und was ist mit der Alija?«
»Ja, was ist wohl mit der Alija?!«, schrie Selma gereizt zurück. »Wir sitzen hier am Ende der Welt, und nichts ist mit der Alija! Cäsar, ich bin mit den Wechseljahren lange durch! Ich werde alt! Ich weiß nicht, ob ich noch einmal irgendwo unter harten Bedingungen neu anfangen kann, wo Leute auf uns schießen. Hier unten in Port Louis im Krankenhaus habe ich einen Platz im Leben gefunden. Da werde ich gebraucht und sogar geliebt. Ja, sogar von Gojim geliebt! Ja, das gibt es! Machen wir uns doch nichts vor. Für uns ist es zu spät! Meine Kinder sind das Einzige, was ich wirklich ohne jeden Zweifel richtig gemacht habe. Und wenn man an ihren Vater, diesen schwächlichen Hilfsrabbiner Nathanson, denkt – Haschem sei seiner Seele gnädig –, dann wissen wir: Unsere Söhne sind Juden neuen Typs! Sie kämpfen in Palästina, gehen eigene Wege. Sie werden fremde Frauen finden und unbekannte Enkel zeugen. Keiner braucht uns mehr. Wir haben unsere Schuldigkeit getan. Das ist der Lauf der Welt. Vielleicht sollten wir für unsere letzten Tage einfach hierbleiben?«
Sie nahm noch einen Schluck aus ihrer Flasche, streckte sich auf der Matte im Zelt aus, drehte sich um und schlief sofort ein. Vorsichtig nahm Cäsar ihr die leere Flasche aus der Hand. Da roch er den Rum.

Purim[12] – oder das Schicksal
John und Ben, London, 1962

Die Arnett Grove in Mayfair ist eine jener Londoner Straßen, die so nervtötend gleichförmig sind, dass man die Busstationen und die Schritte abzählen muss, um sich zu orientieren. Es ist meine zweite Station in England nach Leeds. Hier haben alle roten Backsteinhäuser weiße tempelartige Eingänge, einen viersäuligen Portikus, weiße Fensterumrandungen und schwarze schmiedeeiserne Zäunchen – so weit das Auge reicht. Serieller Regency Style, der mit imperialem Pomp aus dem jungen 19. Jahrhundert auftrumpft und an die Behausungen der ärmeren halbadligen Tanten von Jane Austen denken lässt.

Ich kann kaum glauben, dass mein Cousin Benno Rubin, der jetzt als naturalisierter Brite Ben Rhodes heißt, hier tatsächlich wohnen soll. Hier, wo der Bowler noch obligat ist! Und hier soll Benno wohnen? Bestenfalls als Hausmeister, amüsiere ich mich. Das ist unfair, weise ich mich sogleich für dieses abfällige Vorurteil zurecht. Schließlich hat Bens Onkel, dieser seltsame Georg Rubin, in der Schweiz auch trotz Emigration sein Glück gemacht. Keiner versteht es, es ist aber eine Tatsache! »Unfair in Mayfair!«, kalauere ich laut vor mich hin, immer die Hausnummern im Blick. Ich habe es schließlich auch zum Chefbibliothekar in Amerika gebracht! Doch warum denke ich so geringschätzig von Benno? Zu meiner Verteidigung kann ich lediglich vorbringen, dass ich vergaß, dass Benno Rubin objektiv von seinen Voraussetzungen als Entwurzelter ohne Ausbildung und Beruf zur verlorenen Generation von Emigranten gehört. Ich hatte das Glück, noch jung in das Leben in der Fremde hineinzuwachsen, und konnte meine Chancen wahrnehmen. Benno hatte diese Chancen nicht. Was bringt mich nur zu dieser herablassenden Haltung und Bewertung seiner sozialen Situation? Aber als ich im Taxi weiter voranschleiche, erkenne ich das Haus, in dem er wohnen soll, schon von weitem: Alle Vorurteile stimmen! Beinahe bin ich darüber erleichtert. Während alle anderen Häuser sich im Glanz und in dezenter Vornehmheit überbieten, wie das nur Briten so konform und individuell zugleich vermögen, sticht ein Haus hervor. Die Backsteinfassade ist scheckig vom Hausschwamm angefressen. Die ehemals weißen Säulen des Portikus sowie die Fensterumrandungen haben die Farbe von angelaufenem Silber. Eine Hausnummer hängt verkehrt herum nur noch an einer Schraube. Ihr Absturz hat eine rostige Schleifspur hinterlassen. Vor dem Haus in dieser sonst zwanghaft aufgeräumten Straße liegt eine Sammlung auseinandergenommener Indian-Motorräder, von denen keines fahrtüchtig aussieht. Für die Befriedigung, die ich bei der Bestätigung meiner Einschätzung verspüre, schäme ich mich sogleich, muss aber trotzdem lächeln. Egal! Wahrscheinlich hat das aber eher etwas mit dem bitteren Groll zu tun, den ich gegen Benno Rubin aus meiner Jugend hege. Ja, zugegeben, ich habe mit dem Kerl noch ein Hühnchen zu rupfen! Es war mehr als

schnöde, wie er mich als vereinsamtes Kind hängen gelassen hatte. Nicht ein einziges Mal hat er sich um mich gekümmert, keine Briefe beantwortet und mein Vollwaisendasein noch um einige Grade unglücklicher gemacht. Im Grunde ist es unverzeihlich, wenn auch heute nur noch Schnee von gestern. Trotzdem, die Verwundung sitzt tiefer, als ich mir eingestehen wollte. Ich rufe mich zur Ordnung: Viel wichtiger ist, dass wir unsere Wiedergutmachungsansprüche gegen die Bundesrepublik Deutschland gemeinsam angehen und von nun an einem Strang ziehen. Persönliche Kränkungen sollten wir da tunlichst beiseitelassen.
Von weitem ist zu hören, dass im Hause Rhodes offenbar der Haussegen schief hängt. Zwei weibliche Stimmen, eine junge und eine ältere, liefern sich ein Schrei- und Heulduell, das die Straße hinunterschallt. Dazu setzt es offenbar auch Schläge. Geschirr zerbricht. Ein Klatschen und ein Aufschrei der jungen Frau. Im Hintergrund versucht ein Bassbariton zu beschwichtigen und zu schlichten. Vergeblich. Die Frauen nehmen ihn offenbar gar nicht wahr. Sie schreien sich weiter an wie keifende Weiber auf dem Markt mit Ausdrücken, die ich seit Leeds nicht mehr gehört hatte. »Bloody cunt« ist da noch das Harmloseste. Nach fast dreißig Jahren besuche ich meinen Cousin, den ich seit meiner Kindheit in Berlin nicht mehr gesehen habe, und nun das?, ärgere ich mich. Gerade kann ich mich noch bremsen, nicht wieder gekränkt zu sein. Höchstens pikiert. Soll ich tatsächlich in dieses Familiendrama reinplatzen und klingeln? Eher nicht! Gerade will ich den Rückzug antreten und hastig eine Nachricht auf einen Zettel

kritzeln, um ihn in den Briefkasten zu werfen, als die dunkelgrüne Haustür wütend aufgerissen wird. Eine verheulte Siebzehnjährige, auf deren Wange sich fünf Finger abzeichnen, schießt mit einem halb offenen Koffer an mir vorbei. Unverkennbar Bennos Tochter. Francine! Sie erinnert mich von Wuchs und Temperament an meine Tante Franziska, die mir von allen Tanten die liebste war. Francine starrt mich an, als wäre ich ein Gespenst. »Daddy, dein Besuch aus Amerika ist da!«, brüllt sie in die offene Haustür. Mit zusammengepressten Lippen, ohne mich zu grüßen, rennt sie die Straße runter, steigt zwei Häuser weiter in einen laubfroschgrünen Mini, in dem ein sehr attraktiver Südländer sitzt. Sie brausen an mir vorbei. Francines pinkfarbener Petticoat, der sich in der grünen Wagentür verfangen hat, schleift auf dem Pflaster entlang, als wolle er gleich Funken schlagen. In diesem Moment bete ich nur, dass mir das mit meinen Töchtern dereinst erspart bliebe.
Und dann steht er plötzlich da!
Benno in verschossenem Unterhemd und in zerbeulter Arbeitshose in der Haustür. Er stemmt die ölverschmierten Hände in die Hüften und grinst mich an, als sei nichts geschehen.
»Hi Jo! Long time no see!«
»Yes, almost thirty years!«, versetze ich sarkastisch mit der steifsten Oberlippe, zu der ich fähig bin. Gerade war ich drauf und dran, ihn zu umarmen, wie sich das für ein Wiedersehen nach so langer Zeit gehört, da dreht er sich weg, zwängt sich durch die Tür zurück ins Haus und lässt mich stehen wie einen Dorfdepp. Im Haus riecht es nach kaltem Rauch und muffig wie in einem

alten Keller, wenn sich der Mörtel zersetzt. Das muss vom Schwamm in der Wand kommen, fällt mir dazu ein. Überall herrscht ein heilloses Durcheinander, das die ebenso derangierte Dame des Hauses mit einem entschuldigenden Lächeln hastig zu kaschieren versucht und für den Gast im Living Room einen Sessel freischaufelt. Am erstaunlichsten finde ich die Inneneinrichtung. Ein schreckliches Durcheinander von verschlissenem Luxus-Pomp und primitivstem Mobiliar. Wertvoll aussehende Ölgemälde, darunter ein ganz gut nachgemachter Turner, hängen neben Plakaten, die für Stierkämpfe der dreißiger Jahre in Cádiz werben und wohl vom Torero persönlich signiert worden sind. Daneben prangen zusammengeschusterte Collagen von Familienfotos, die sehr wohlhabende, mit Schmuck überladene Menschen zusammen mit erstaunlich ärmlich gekleideten Menschen aus Osteuropa zeigen. Alles in einer Familie unglücklich vereint. Protzige Parvenus mit ihren armen Verwandten aus Osteuropa. Niemand lächelt. Irgendwoher kommt mir das bekannt vor.
»Ich bin Eugenie, Bennie's wife!«, stellt sich schließlich lachend die Hausfrau vor. Ihr Lachen mündet in einen Hustenanfall, bis man nicht mehr zu unterscheiden weiß, ob sie noch hustet oder schon wieder lacht. Benno hat sich nicht die Mühe gemacht, mich vorzustellen, er hat sich in die Küche verzogen.
»Du bist also der kleine Cousin John aus den Staaten? Komm, mach es dir bequem! Ben macht uns gerade Tee.«
Eugenie spricht ein unbestimmtes Londoner Englisch wie Verkäufer in besseren Läden, allerdings unter Zu-

satz eines forcierten französischen Akzents, den sie offenbar sehr pflegt.
»Bitte entschuldige noch einmal die hässliche Szene von vorhin. Aber da lässt sich doch dieses selten dämliche Weibsstück von Tochter von einem *Iren* ein Kind machen, will es sich nicht wegmachen lassen und heiratet dafür dann einen *Sizilianer* in Gretna Green! Dem geht es doch nur um die englische Staatsbürgerschaft, wenn er die Vaterschaft dieses Bastards anerkennt! Die ist doch völlig meschuuugge, wie Ben immer sagt. Und da soll man nicht die Wände hochgehen?!«
Eugenie ist immer noch völlig außer sich und fordert zornfunkelnd Zustimmung ein. Ich nicke nur vieldeutig. Mit Ironie will ich sie beruhigen und flachse: »Also, so ungewöhnlich ist das in *dieser* Familie aber auch nicht! Frag Ben mal nach seiner Mutter Franziska und ihrer Mutterschaft. Die hatte sich auch nur mit den ungewöhnlichsten Männern umgeben, die man sich nur denken kann! Erst mit einem Mitgiftjäger und dann mit einem sächsischen Klempner.«
Ich habe mich verplappert. Nur merke ich es etwas zu spät und bereue es sogleich.
»Ach?«, wundert sich Eugenie und schaut mich erstaunt mit großen Augen an. »Mir hat man immer erzählt, dass die olle Silberpappel eine Heilige sei. Aber als die uns hier 1947 besuchen kam, ahnte ich schon, dass die es faustdick hinter den Ohren hat. So ein gottverdammtes Luder! Kommt ausgehungert aus einer vollkommen zerbombten Stadt, und hier ist ihr nix gut genug, meckert an allem rum, weil sie es ja nur soooo gut meint, haha!«

Ihr gehässiges Gelächter klingt recht vulgär.
»Die olle Silberpappel! Eine Femme fatale! Sieh mal einer an! Ich kriege mich nicht ein vor Lachen!«
»Meine Lippen sind versiegelt«, sage ich leicht dahin und bin einerseits froh, dass das Eis zwischen Eugenie und mir so schnell gebrochen ist. Andererseits will ich auch nicht weiter ins Verhör genommen werden und wechsele rasch das Thema. »Wie seid ihr eigentlich zu diesem Haus gekommen?«, platze ich heraus, denn ich kann meine Neugierde nicht länger zügeln. Die noble Gegend und die Wirklichkeit im Hause Rhodes passen nicht so recht zusammen, was eher einem höflichen Euphemismus entspricht. »Ben ist ja nicht gerade der große Briefeschreiber!«, schiebe ich zaghaft nach.
»Da sagste was! Ich wohne hier praktisch schon immer! Ich meine, nach Lemberg und Paris. Ich habe das Haus von meinem Vater geerbt. Der war ein angesehener Kunsthändler und eine große Nummer in der Londoner Art Scene. Wie du siehst, habe wenigstens *ich* mal *tatsächlich* bessere Zeiten gesehen. Aber was soll's? Wir können uns das Haus ohnehin nicht mehr leisten. Demnächst verkaufe ich es. Willste 's haben?« Sie lacht auf, als ob es ein guter Witz sei. Unwillkürlich gucke ich genauer nach der Bausubstanz. Nach meiner unfachmännischen Schätzung müsste man hier gut und gerne zwanzigtausend Dollar reinstecken, um den Kasten einigermaßen wieder in Schuss zu bekommen. »Wir ziehen dann irgendwo raus nach Westen, nach Uxbridge oder Southall. Was Besseres können wir uns ohnehin nicht mehr leisten.«
Eugenie hat die hohen Wangenknochen einer Asiatin

und ist so französisch, wie ich Yankee bin. Also, rein imaginär. Ihr Vater stammt aus Lemberg, wo er eine Galerie für zeitgenössische Malerei betrieb, erzählt sie mir. Offenbar hatte er dabei ein gutes Händchen, denn er hatte alle wichtigen modernen russischen Maler im Angebot und handelte auch international. Sofort nach dem Sieg der Bolschewiki hatte ihr Vater vom letzten Geld eine Fahrkarte nach Paris gelöst. »Mit einigen frühen Malewitschs, Lissitzkys, Kandinskys und Chagalls im Gepäck ist er ohne Zwischenstopp nach Paris durchgefahren. Die Bilder waren in einen alten Teppich gewickelt, und alle hielten sie für Packmaterial. Hahaha! Lida, also meine Mutter, und uns Zwillingstöchter ließ er in Galizien sitzen. Er wollte uns nachholen, aber ließ sich dabei sehr viel Zeit. Doch uns brannte der Boden unter den Füßen, und das Geld ging aus. Also reiste meine Mutter ihm mit uns nach, nachdem sie das Kunststück fertigbrachte, die Galerie in Lemberg an einen verrückten Polen zu verkaufen. Mit dem letzten Orientexpress, der noch aus Russland rausfuhr, sind wir drei Monate später in Paris angekommen. In seiner Wohnung traf meine Mutter nur Papas Geliebte im Negligé an. Wutentbrannt stellte sie uns Töchter im Vestibül der Wohnung ab, drehte sich fluchend auf dem Absatz um und verschwand türenknallend auf Nimmerwiedersehen. So viel zum Mythos der jüdischen Mame«, Eugenie lacht bitter auf. »Die Geliebte von Papa, die wir Mädchen Tante Gigi nannten, musste nun unsere Mutter ersetzen. Die wusste auch nicht, wie ihr geschah, und war davon wenig begeistert. Als Erstes französierte sie uns. Rivka und Rosa sind unmög-

liche Namen für Paris!, meinte sie. Unserem Vater war das ohnehin egal, und er ließ sie einfach machen. Aus mir, Rivka, wurde eine Eugenie, und aus meiner Schwester, Rosa, eine Regine, so wie aus unserem Vater, der ursprünglich Rabinowitsch hieß, ein überfranzösisierter Monsieur *Rabin* wurde!« Sie äfft dabei den französischen Nasallaut nach und lacht. »Eines Tages«, erzählte Eugenie munter weiter, »war auch meine Schwester Regine plötzlich verschwunden. Sie hatte heimlich unsere Mutter gesucht und tatsächlich auch gefunden. Das erfuhren wir per Rohrpost. Meine Mutter, Lida Rabinowitsch, arbeitete als Modistin für einen bekannten Pariser Modeschöpfer. Sie hat tatsächlich die unglaublichsten Hüte kreiert. So etwas gibt es heute schon längst nicht mehr!«
Wie ich weiter erfuhr, hatten Eugenie und ihr Vater seither nie wieder etwas von Regine gehört. Selbst nach dem Tod der Mutter lehnte Regine jeden Kontakt zum Vater und zu ihr ab. »Sie kam noch nicht einmal zur Beerdigung!« Angeblich wussten weder Eugenie noch der Vater einen Grund oder gar eine Erklärung dafür. Offensichtlich gibt es da ein dunkles Familiengeheimnis, folgere ich. Regine war die ältere der Schwestern und ungefähr dreizehn, als sie Vater und Schwester verließ. Monsieur Rabin kümmerte sich nicht um seine Tochter Eugenie, war aber geschäftlich überaus erfolgreich. 1927 eröffnete er eine weitere Filiale in London, wo er noch zusätzlich mit wertvollen Ikonen und russischen Antiquitäten handelte. Er war in der Zwischenzeit ein wahrer Fabergé-Spezialist geworden und wurde dann auch richtig reich damit. Die Erziehung der Toch-

ter Eugenie, die er schon immer als unnötigen Ballast empfunden hatte, überließ er seiner französischen Geliebten Geneviève, die diese Aufgabe an verschiedene, häufig wechselnde Kinderfrauen abschob. So wuchs Eugenie praktisch »wie eine Wilde« im Luxus auf, wurde ebenso faul und anspruchsvoll wie launisch, wie sie mir lachend gesteht. Nur einen Ehrgeiz kannte sie, den Eistanz. Da sich niemand um das Kind und seine Erziehung kümmerte, verbrachte Eugenie ihre Tage fast nur noch auf der Eislaufbahn, in Vaudeville Shows oder im Kino, während das Kindermädchen Gin trank und ab Nachmittag auf dem Sofa im Salon schnarchte, wenn Gigi, meine Quasi-Stiefmutter, außer Haus war. Das alles erzählt mir Eugenie wie ein Wasserfall, nur unterbrochen von gelegentlichen Hustenattacken, denn sie raucht wie ein Schlot. Im Mundwinkel hängt ihr ständig eine Selbstgedrehte, die sie mithilfe eines zierlichen silbernen Klappkästchens nebenbei herstellt. Schnell notiere ich mir sämtliche Personalien. Auf der »Île de France« hatte ich den vagen Plan gefasst, endlich eine ordentliche Familienchronik zu erstellen, mit den Stammbäumen eines unübersichtlichen, verrückten Clans, den es inzwischen nicht mehr gibt. Das Einzige, was wir haben, sind unsere Geschichte und unsere Geschichten, als letzte Momentaufnahme vor dem endgültigen Untergang und Zerfall der Familie. So hätte meine Reise in die Vergangenheit wenigstens einen bleibenden Zweck, fand ich. Zum Glück ahnte ich damals nicht, auf welches Abenteuer ich mich da eingelassen hatte. Vermutlich hätte ich nicht damit begonnen, sondern mich ausschließlich auf den Wiedergutmachungsprozess und auf unmittelbar Familiäres wie das Schicksal meiner Mutter, auf das Geheimnis um das Foto meines Vaters kurz vor seinem Tod und, last but not least, auf die Krankheitsfälle von Mittelmeeranämie konzentriert, die, wie ich inzwischen in »The Lancet« in der British Library nachlesen konnte, unter Juden in Persien, in der Türkei und insbesondere bei Sepharden weit verbreitet ist, heute aber vorwiegend bei Arabern in Palästina auftritt.

Mir schwirrt der Kopf.

Ich kann gerade noch die Geburtsdaten und -orte sowie das Hochzeitsdatum von Eugenies Eltern abfragen, da springt Eugenie auf, weil sie zum Eislaufen muss. Sie ist eine quecksilbrige, drahtige kleine Person, die ständig in Bewegung ist und eine unglaubliche Energie ausstrahlt, aber dabei so quälend anstrengend ist, dass ich mich frage, wie Benno das erträgt. »Ich habe nämlich einen neuen Eistanzpartner«, lässt sie mich zwischen zwei Hustenanfällen wissen. »Den darf ich auf keinen Fall warten lassen, denn Eistanzpartner sind schwerer zu finden als gute Ehemänner!« Sie lacht über ihren Witz, ohne abzuwarten, ob ich ihn lustig finde, und schon ist sie auf und davon.

Vom erlittenen Redeschwall bin ich erschöpft. Als hätte er das Stichwort »Ehemänner« gehört, tappt Benno ins Wohnzimmer. Inzwischen hat er sich ordentlich angezogen. Mit einem gebügelten blau gestreiften Hemd, sowie einer dunkelblauen Hose mit scharfen Bügelfalten und mit sauber geschrubbten Händen, in denen er den unvermeidlichen Tee in zwei Tassen für uns balanciert, kommt er summend ins Wohnzimmer. »Tea

for two!«, brummt er vor sich hin und stellt die Tassen ab. Noch bevor er wieder ein verletzendes Benehmen oder eine Unart mir gegenüber an den Tag legen kann oder eine kränkende Bemerkung vom Stapel lässt, packe ich den Stier bei den Hörnern.
»Was ist eigentlich los mit dir? Warum hast du mich all die Jahre so gemein behandelt und so böse hängen gelassen? Gibt es dafür außer charakterliche Defizite sonst noch irgendeine plausible Erklärung, oder bin ich tatsächlich so ein übler Geselle?«
Benno glotzt mich perplex an. »Na, als ob du das nicht wüsstest!«, wirft er mir fast beleidigt vor.
»*Was* sollte ich denn wissen?«
»Frag deine Schwester oder deine Mutter, oder noch besser deinen Vater, wenn du kannst!«
»Mein Vater ist 1939 beim Einmarsch der Deutschen in Schwetz ermordet worden, wie sich auch bis zu dir herumgesprochen haben müsste. Der Rest der Familie, außer Else, ist vermutlich durch die Schornsteine von Auschwitz entschwebt. Meine Mutter, die in Berlin geblieben war, ist seit 1942 vermisst. Meine Schwester Else habe ich brieflich schon gefragt. Sie kann sich auch keinen Reim darauf machen. Also, rück raus mit der Sprache! Was hast du mir übelgenommen, was habe ich dir getan?«
Benno schaut mich ungläubig. »Du hast also tatsächlich keinen Schimmer, was *dein Vater* meiner Familie angetan hat?«
»Ja, um Himmels willen, *was* denn?«
Wortlos stand Benno auf, lief aus dem Zimmer und kam sogleich mit einer Zigarrenkiste voller Briefe und

einem Stapel Kladden wieder ins Wohnzimmer zurück, wühlte in der Kiste herum und fischte dann einen Brief heraus, dem er ein Blatt entnahm, das unverkennbar die Handschrift seiner Mutter trug.

Abschrift von Cäsar Bukofzkers Brief an Franziska Geißler, geb. Kohanim:

Danzig, den 31. Mai 1939

Liebe Schwägerin!
So diskret wie möglich habe ich Dir heute hiermit Dollars und Schmuck zu unserem Abschied aus Deutschland in die Hand gedrückt und hoffe, dass meine liebe Frau, Deine Schwester Selma, davon nichts mitbekommt. Nicht auszudenken, welch ein Geschrei das gäbe ...
Bevor ich unser neues Leben in Eretz Israel beginne, will ich reinen Tisch machen.
Ich kann mit der Schuld, die mein seliger Vater, Artur Bukofzker, und sein Komplize, der ehemalige Kompagnon Eures Vaters, Zacharias Segall, bezüglich des Todes Eurer Eltern auf sich geladen hatten, nicht so weiterleben. In dieser Stunde des Abschieds will ich wenigstens symbolisch ein wenig wiedergutmachen, was mein Vater Euch angetan hat.
Zusammen mit Zacharias Segall hatte er nach der Ermordung Eurer Eltern 1919 in den Nachkriegswirren ein Komplott ausgeheckt, den Besitz Eurer Familie an sich zu bringen, so dass Ihr Kohanim-Schwestern und vor allem aber Walter ums Erbe gebracht worden seid! Der polnische Grafensohn fungierte dabei nur als Strohmann. Wie das

*Schicksal so will, sind wir alle nun in einer Familie vereint,
und ich für meinen Teil möchte die Schuld meines Vaters
wenigstens zum Teil tilgen, so gut ich kann.*
*Mögen der Schmuck und die Dollars dazu dienen, dass ihr
Euch alle retten könnt, wenigstens die Jungs.*
Der Ewige möge Euch segnen!
Ich umarme Dich, liebe Schwägerin Franziska
Dein Schwager Cäsar Bukofzker

Ich bin erschüttert und schäme mich, dass mein Vater tatsächlich so ruchlos gewesen sein soll, die Familie seines Cousins und Geschäftspartners, die Kohanim-Nachfahren, mit so viel List und Vorsatz zu übervorteilen und auszuplündern. Das muss ich erst einmal verdauen.

»Aber da war ich doch noch nicht einmal geboren!«, verteidige ich mich fast etwas weinerlich.

»Egal, ihr habt in Saus und Braus gelebt, während meine Familie im Wedding im Elend saß. Du konntest auf die höhere Schule gehen und was nicht alles!«, fuhr Ben anklagend fort und sah nun im Profil aus wie ein Flamingo in Wartehaltung. »Natürlich hat man dann wenig Lust, das verwöhnte Fabrikantensöhnchen, das alles hatte, was eigentlich uns zugestanden hätte, auch noch zu trösten! Das wirst du doch wohl verstehen, oder?«

Nachdem ich mich einigermaßen gesammelt habe, nicke ich nachdenklich. »Was für eine üble Geschichte! Benno, ich hatte keine Ahnung und bin fassungslos. Es tut mir so leid. Sicherlich hat auch Else keine Ahnung davon. Um ehrlich zu sein, ich hatte zu meinem Vater auch früher immer ein sehr angespanntes Verhältnis. Man soll über Tote nichts Schlechtes sagen, aber mein Vater war tatsächlich ein übler Charakter, trotz aller Frömmelei. Das Einzige, was ich dir und Walter anbieten kann, ist, dass ich, falls ich beim Wiedergutmachungsprozess für die Werke und den Besitz meines Vaters entschädigt werde, euch daraus abfinde. Das verspreche ich! Wir werden nach einem Gutachter suchen, der unser beider Vertrauen genießt, und dann zahle ich euch aus. Das ist alles, was mir außer einer Entschuldigung und Scham über diese Tat meines Vaters einfällt. Wärst du damit einverstanden? Und Walter und deine Mutter hoffentlich auch? Ihr seid doch in lebhaftem Kontakt, wie ich von Else weiß.«

Bei dieser Gelegenheit fällt mir das Foto meines Vaters wieder ein. Ich wühle es aus meiner Brusttasche heraus und lege es auf den Tisch. »Das ist mein Vater wenige Minuten vor seinem Tod.«

Benno nimmt das Foto zur Hand. »Die Kohanims stehen am Ufer der Weichsel und sehen die Leichen ihrer Feinde vorbeischwimmen, so hieß es doch früher immer. Aber dein Leid ist nicht meine Freude, ich bin doch kein Unmensch. Mein Beileid! Auch wenn der Ermordete ein Schuft war.«

Wir umarmen uns, und die alte Herzlichkeit ist plötzlich wieder da. »Eine Partie Schach?« Wie ich gleich nach drei Zügen feststelle, hat Ben seit Berlin im Schach nicht viel dazu gelernt, aber ich bin auch nicht richtig bei der Sache.

Purim – oder das Schicksal
Georg, Ägypten, Jerusalem und die Schweiz, 1939–1941

Ich stehe tatsächlich an der Klagemauer! *Heute* in Jerusalem, nicht nächstes Jahr als Wunsch am Seder- oder am Sankt Nimmerleinstag! Wovon so viele Generationen meiner Vorfahren nur geträumt haben, für mich ist es Wirklichkeit geworden. Womit habe ausgerechnet *ich* das verdient?
Er kann es immer noch nicht fassen. Eigentlich sollte er bereits nach Ägypten weitergereist sein. Als Schweizer Wissenschaftler waren sie neben den Engländern die einzigen, die noch Ausgrabungen unternehmen durften. Allerdings grübelte Georg nur darüber nach, unter welchem Vorwand er sich aus der Expedition davonmachen könnte. Er wollte in Jerusalem bleiben, schon um Blamagen aufgrund seiner Ahnungslosigkeit zu vermeiden. Nachts quälten ihn Albträume, dass seine Kostümierung als falscher Archäologe und Ägyptologe unter Fachleuten jeden Moment auffliegen könnte. Es bräuchte nur unvermutet jemand auftauchen, der den echten Professor Schlesinger kennt. Man würde ihn als Schwindler entlarven. Vielleicht würde die Schweiz mich als Betrüger aburteilen, mir die frische Schweizer Staatsangehörigkeit aberkennen und mich nach Hitler-Deutschland abschieben, in den sicheren Tod. Dabei war er doch nur in diese Situation geraten, weil es in der Schweiz keinen Lehrstuhl für

Ägyptologie gab. Selbst die sogenannte Archäologische Gesellschaft der Schweiz wurde von einem Autodidakten in Brugg geleitet. Nur diesem Umstand war es zu verdanken, dass Georg in der Schweiz den Status des vermeintlich Einäugigen unter Blinden genoss. Alle Erwartungen der Expedition ruhten auf ihm, dabei hatte er nicht die blasseste Ahnung. Schon aus Angst aufzufliegen wollte er genau diese Situation vermeiden, ebenso wie das Zusammentreffen mit dem Schul- und Studienkameraden des echten Georg Schlesinger, der seinen Einfluss nutzte, um dem vermeintlichen Freund den Weg in der Schweiz zu ebnen. Dreimal schon hatte er ein Treffen bei der Akademischen Gesellschaft und Verabredungen zu gemeinsamen Ausflügen und Abendessen »aus gesundheitlichen Gründen« telefonisch abgesagt. Danach hegte er Panik, dass der Mann ihn womöglich daheim überfallen könnte. Die letzte Absage hatte er immerhin auf der Schreibmaschine getippt, um keinen Verdacht wegen der veränderten Handschrift zu erregen.

Kurz: Es wurde immer brenzliger ...

Zur Enttäuschung seines Schutzheiligen im Schweizer Innenministerium, Herrn Nationalrat Spröri, der offenbar ein Faible für Ägyptologie hegte und Georgs Einbürgerung als Professor emeritus Dr. Georg Schlesinger mit dem Schlachtruf »Jetzt machen wir mal einen ordentlichen Schweizer aus Ihnen!« mit unheimlichem Eifer vorantrieb, schlug Georg das wunderbare Angebot aus, in der Schweiz akademisch tätig zu werden. Die Empfehlungsschreiben von Professor Dr. Alois Scherff, der maßgeblichen Koryphäe der Berliner

Humboldt-Universität, die er aus der Mappe des echten Dr. Schlesinger vorgelegt hatte, hatten für den Einbürgerungsantrag zwar großen Eindruck gemacht, sollten nun aber tunlichst weiter in den Akten schmoren und auf keinen Fall in der akademischen Welt wiederbelebt werden.

Der hilfreiche Schweizer Nationalrat aber war von der Idee besessen, Georg, den er für eine Kapazität der Archäologie und Ägyptologie hielt, zum außerordentlichen Professor im Fachbereich für Ur- und Frühgeschichte an der Universität Basel berufen zu lassen, mit Aussicht auf ein stattliches Salär und darauf, einen neuen Lehrstuhl für Ägyptologie in Basel zu begründen. Dieser unwillkommenen Ehre konnte sich Georg nur mit dem Hinweis auf seine angeschlagene Gesundheit erwehren: »Die Nerven!«

Der förderwütige Nationalrat war tief enttäuscht, zeigte aber Verständnis und Mitgefühl. Zum Trost sollte Georg wenigstens die Schweizer Frühgeschichtler beratend begleiten.

So hatte der umtriebige Nationalrat eine britisch-schweizerische Expedition nach Ägypten, einen Forschungs- und Grabungsauftrag in Palästina und Ägypten arrangiert und eine Förderung »durchgedrückt«. Außerdem war ein Teilnehmer dieser geplanten Expedition wegen des Pfeifferschen Drüsenfiebers ausgefallen, und der Nationalrat drängte Georg, als »einziger Fachmann« mit Ägyptenerfahrung »wenigstens« an seiner statt teilzunehmen. Georg sträubte sich zuerst mit allen Mitteln. Doch wenn er keinen Argwohn erregen wollte, musste er zusagen. Außerdem konnte er so den

Nachstellungen des anhänglichen Schweizer Klassenkameraden des wahren Schlesinger, Dr. Martin Kuchenbecker, für eine Weile entgehen. Im Traum sah er sich wiederum wegen Betrug und Hochstapelei in einem Schweizer Kerker verrotten ... Warum lässt mich dieser Familienfluch, eine Luftexistenz oder ein krummer Hund zu sein, einfach nicht los? Allmächtiger, bitte, ich will doch nichts anderes als ein ehrlicher Mann sein und als ein solcher leben! Hab Erbarmen!, haderte er bei seiner Zwiesprache mit Haschem in der Synagoge. Der Allmächtige schwieg. Umso mehr steigerte sich Georg in die Fantasie hinein, durch eine höhere Macht geschützt zu werden. Doch selbst das beunruhigte ihn regelmäßig. Zwischenzeitlich hielt er es entweder für eine Wahnvorstellung oder für einen göttlichen Auftrag. Schon um sich nicht ewig durch schlaflose Nächte zu quälen und vollends die Nerven zu verlieren, hatte Georg versucht, neben der einschlägigen Fachliteratur vor allem die Veröffentlichungen des Mannes zu studieren, dessen Namen er zu Unrecht trug. Neben der moralischen Belastung war es eine zusätzliche Aufgabe, als erfolgreicher Hochstapler zu bestehen, stellte er fest. Mit seinen acht Jahren Volksschulbildung war es für Georg eine extreme Herausforderung, den Texten überhaupt einigermaßen folgen zu können. Ständig musste er alle möglichen Wörter und Fachbegriffe nachschlagen und verstand den Sinn und Zusammenhang trotzdem nicht. Das Ausmaß seiner Unbildung war niederschmetternd. Fast verzweifelte er daran. Zuerst hatte er von den Werken, die ein Mann wie er eigentlich aus dem Effeff beherrschen sollte, noch nicht einmal die Über-

schriften verstanden, geschweige denn deren Inhalt. Doch mit enormer Kraftanstrengung und großem Fleiß sowie aus Angst, entlarvt zu werden, war ihm mittlerweile der Stein von Rosette ebenso geläufig wie das griechische Alphabet. Von seinen Fortschritten ermutigt, nahm er heimlich Stunden in Latein, Altgriechisch und Arabisch, bis sein ungeübter Kopf ihm schmerzte. Zu seinem Erstaunen waren die Hieroglyphen nicht allzu schwer zu verstehen. Dabei half ihm sein fotografisches Gedächtnis, über das er verfügte, ohne es zu ahnen. Es bereitete ihm sogar großes Vergnügen, die Hieroglyphen nachzuzeichnen. Er konnte bereits seinen Namen in Hieroglyphen schreiben und ließ sich seinen Namen in Hieroglyphen auf die Rückseite seiner Visitenkarten drucken. Das machte Eindruck.
Sein größtes Hindernis war und blieb seine mangelnde Bildung, die er nun mit einem Parforceritt wenigstens im Fach Geschichte allgemein und in Altertumsgeschichte im Speziellen nachzuholen versuchte. Monatlich fraß er sich in den Bibliotheken durch mindestens acht Lehrbücher und Enzyklopädien, denn sein Leben hing davon ab, davon war er überzeugt. Dass ihn bei seinem kurzen Aufenthalt in Theben die ägyptischen Vorarbeiter wie einen alten Bekannten begrüßten, hatte die letzten Zweifel, so sie seitens des Teams jemals bestanden hatten, hinweggefegt. Nur die Frau des ägyptischen Vorarbeiters, die als Köchin für das Team tätig war, zeigte plötzlich mit dem Finger auf ihn und rief auf Arabisch: »Der ist ja plötzlich einen Kopf größer! Dieser Mann hat den bösen Blick!« Zum Glück taten das alle als Weibergeschwätz ab. Georg war vorgewarnt:

Die Menschen glauben, was sie glauben wollen! Wahrscheinlich sehen wir Europäer für die Ägypter alle ebenso verwechselbar ähnlich aus wie für uns die Chinesen? So erklärte er sich das Phänomen des falschen Erinnerns und Wiedererkennens. Oder war es auch nur eine besondere Form der Höflichkeit der Ägypter?
Mehr aus Instinkt als aus Kalkül ließ er sich dies von dem freundlichen Ägypter nach ihrer gemeinsamen Arbeit auf der Rückseite eines Fotos bestätigen: »Seit 1931 das erste Mal wieder vereint in Theben, 1939«. Das Foto, von vier Expeditionsteilnehmern fotografiert, zeigte sie lachend, und Achmed, der Vorarbeiter, signierte das Foto mit seinem Namen auf Arabisch. Das Glück blieb ihm hold, bis sich per Telegramm ein englischer Kollege aus Oxford für die nächste Woche in Theben ankündigte. Ein gnädiger Sandsturm und eine böse Bindehautentzündung halfen Georg aus der Verlegenheit. Im American Colony Hotel in Jerusalem konnte er dem englischen Ägyptologen, der ihm offenbar nachgereist war, nur knapp entkommen. Deshalb wechselte er überstürzt in die Industriestadt Haifa und in einen Kibbuz, wohin sich Ägyptologen und Archäologen nicht verirrten. Mit anderen Worten: Georg rutschte mit seiner falschen Identität immer tiefer in ein fremdes Leben hinein. Seltsamerweise wurde er gerade dadurch immer glaubwürdiger. Zeitweilig glaubte er selbst fast, er sei Dr. Georg Schlesinger aus Breslau, nach einer Nervenkrise Privatier mit Wohnsitz in Vevey am Genfer See.
Verzweifelt schmiedete Georg Pläne, wie er sich des anhänglichen Schulfreunds, dieses Dr. Martin Kuchen-

becker, für immer entledigen könnte. Außerdem begann er die Person, die er darstellte, mittlerweile zu lieben. Ja, fast wurde er tatsächlich zu dieser, oder zumindest teilweise – zu einer gespaltenen Persönlichkeit. Oft sehnte sich sein Ego nach seinem Alter Ego, dann wiederum sehnte sich sein zweites Ich nach dem alten Georg Rubin, der immer so ruhig gelebt hatte. Manchmal wusste er am Morgen nach dem Erwachen nicht, welcher Georg er gerade war. Zur Abbitte für seinen Schwindel wurde Georg Rubin umso frommer, je tiefer er sich verstrickte. Er war überzeugt, dass ihn das vor dem Verrücktwerden bewahrte. Die Religion wurde ihm so zum Halt und Lebenselixier. Um seine Verfehlungen kleiner zu halten, betete er wie die ganz frommen Juden inzwischen auch dreimal täglich.

Als Georg endlich wieder daheim in Vevey am Genfer See war, hatte er das Gefühl, einer Gefahr entronnen zu sein. Es blieb nur das Problem, wie er diesen Quälgeist Kuchenbecker unblutig loswerden könnte. Er schwor sich, nie wieder in diese orientalischen Gegenden zu reisen, wo er auf Kuchenbecker oder echte Ägyptologen treffen könnte. Auch Einladungen von Archäologen mied er. Er bat, aus den Verteilern der Frühgeschichtler gestrichen zu werden. Nachts träumte er immer häufiger davon, wie er den anhänglichen Martin Kuchenbecker von einem Schweizer Berg in die Tiefe stieß. Schweißgebadet wachte er dann auf.

Benno wird zu Ben
London, 1942

»Das Miststück« machte Benno wahnsinnig. Er verstand sich selbst nicht mehr. Warum mache ich das überhaupt mit? In den ersten Monaten ihrer »Liaison dangereuse« trennten sich Benno und Eugenie durchschnittlich alle drei Tage »für immer«, ohne voneinander loszukommen. Dann ging das Tohuwabohu wieder von Neuem los. Für gewöhnlich endete das in einer Raserei im Bett. Es war eine Amour fou, wie sie im Buche stand.
»Entweder wir heiraten, oder ich geh nach Kanada!«, verkündete Eugenie halb im Scherz, als sie sich gerade wieder zusammengerauft hatten. »Was willst du denn in Kanada? Na gut, dann heiraten wir eben!«
»D'accord!« Eugenie nickte amüsiert und zündete sich eine Zigarette an.
Auf dem Flur des Standesamtes hätten sie sich beinahe wieder zerstritten. Nur weil in der Nähe eine Bombe einschlug, verkrachten sie sich auf dem Flur des Standesamtes nicht erneut »endgültig«. Die Zeremonie fand während eines deutschen Luftangriffes im befestigten Keller des Standesamtes statt. Trotzig zogen sie und der Beamte die Eheschließung inmitten des Bombardements durch. Ab und zu flackerte das Licht und etwas Putz rieselte von der Decke, doch als patriotischer Brite ignorierte man das deutsche Kampfgetümmel. Eugenie

hatte sogar Eheringe dabei. Sie hatte sie beim Aufräumen am Vorabend im Schatzkästchen ihres Vaters entdeckt.

Zufällig passten sie ihnen. »Ein Wunder!«, rief Benno lachend. Nur die Gravuren in den Ringen stammten von wildfremden Personen. Sie trugen das Datum »May 2nd, 1927«. Eugenie und Benno fanden das originell. Aus Spaß sprachen sie sich oft mit den Namen in den Ringen an. »Alastair, reich mir doch bitte die Sahne rüber!« – »Ja, gern, Mildred!« Eine Weile fantasierten sie darüber, was aus Alastair und Mildred wohl geworden war.

»Aus Not versetzt?«

»Nein, geschieden!«

»Das glaube ich nicht. Bei Scheidung würde bestimmt ein Ring fehlen.«

»Wir sollten vielleicht über die Londoner Friedhöfe schlendern und nachschauen, ob 1927 ein Ehepaar mit diesen Namen verunglückt ist«, riet Benno scherzhaft.

»Also, Eheringe von Toten fände ich morbide! Wobei, wenn Alastair und Mildred wirklich so pleite waren, dass sie die Ringe versetzen mussten, ist das auch nicht gerade eine segensreiche Verheißung, aber es würde zumindest zu uns passen!«

Für alle unerwartet wirkte sich die Ehe beruhigend auf ihre konfliktgeladene Beziehung aus. »Für immer« trennten sie sich nur noch alle drei Monate. Den Rest erledigte wohl der Krieg.

*

Bennos erste Zeit in London ist John noch einigermaßen geläufig. Doch über Bennos Zeit als Soldat in der Armee nach 1940 will er mehr erfahren.
Benno lässt sich nicht lange bitten und kommt ins Plaudern:
Der Einsatz beim Auxiliary Military Pioneer Corps sei »die schlechte Nachricht«, meinte Bennos Führungsoffizier bei seinem Eintritt in die Streitkräfte. Die gute Nachricht sei, dass man plane, wie im Ersten Weltkrieg ein Jüdisches Corps aufzustellen. »Aber wann es so weit sein wird, ist noch völlig unklar.« Wegen seiner hochspezialisierten Fachkenntnisse im Brückenbau wurde sein Freund Heinrich Baltus sofort dem Offiziersstab zugeordnet. Benno hingegen trat Dienst als gemeiner Soldat an. Zuerst fühlte sich Benno sehr geehrt und war stolz auf seine Uniform und das Abzeichen der Einheit, Gewehr, Hacke und Schippe über Kreuz mit einer Krone darüber und der Losung »Labor Omnia Vincit«, die Arbeit besiegt alles. Zuerst hatte er keine Ahnung, was das hieß. »Latein ist mir ein böhmisches Dorf, das mir spanisch vorkommt.« Heinrich übersetzte es ihm lachend. Das »Labor Omnia Vincit« erinnerte fatal an »Arbeit macht frei«, aber Benno unterdrückte seine notorische Spottlust. »Was sagt uns das?«
»Ja, dass die Arbeit alles besiegt und somit auch die Tyrannen?«
Für Benno, der nun stolz den Namenszug »Rhodes« an der Brust trug, bedeutete der Militärdienst vorerst, dass Schippe und Hacke seine Waffen gegen Hitler-Deutschland sein würden. Heinrich, der hoffte, Amphibienfahrzeuge für die Landung zu entwickeln, durfte

transportable Pontonbrücken mitentwerfen. Benno hob unendlich viele Schützengräben aus, schippte Tausende Sandsäcke voll und verlegte Schienen, Schotter und Geleise. Zu seinem weiteren Kriegseinsatz nach dem Debakel von Dünkirchen 1940 blieb Benno seltsam einsilbig. Wortlos reicht Benno John einen Stapel vollgeschriebener Kladden.

19. August 1942

Wer hat sich die Operation Jubilee bloß ausgedacht? Landung an einer Steilküste!? In jedem Reiseführer kann man nachlesen, dass die Steilküste von Dieppe spektakulär ist. Wir sollen also unter feindlichem Feuer von oben die gut befestigte Steilküste (!) erklimmen und erobern. Ein kompletter Wahnsinn! Zum Glück sollten wir und die Pioniertruppen erst nach der zweiten Angriffswelle drankommen und Strickleitern in den Felsen befestigen, damit die nächsten Soldaten hochklettern könnten, denn die Treppen lagen unter Beschuss oder waren auseinandergerissen worden. Im Gefecht nahm ich einem der gefallenen Kameraden mit Kindergesicht ein Gewehr und Munition ab und schoss bergauf zurück. Da ich nicht an der Waffe ausgebildet war, musste ich erst einmal probieren, wie der Mechanismus genau ging, und war über die Wucht des Rückstoßes erschrocken. Dann schoss ich, was das Zeug hielt. Meine unbewaffneten Kameraden vom Jüdischen Hilfspioniercorps machten es mir nach, denn der Strand war übersät von gefallenen englischen Kameraden, und wir hatten wenig Lust, uns von den Deutschen von oben wie Hasen abknallen zu lassen. Der Blutzoll dieses Wahn-

sinnskommandos: zweihundert gefallene Soldaten in sechs Stunden! Hier habe ich nicht zum ersten Mal an einem Sieg Englands gezweifelt. Egal, aber so kamen wir jüdische Soldaten endlich an Waffen: unvorbereitet und mitten im Gefecht. Da unsere Lage aussichtslos war und wir nur hinter einem Felsen Schutz fanden, den die einsetzende Flut mehr und mehr umspülte, rauschten zum Glück unter heftigem Beschuss Landeboote an den Strand, um uns zu retten. Die ganze schmähliche Aktion dauerte etwas mehr als sechs Stunden. Uns kam es wie eine Ewigkeit vor, und wir sahen uns schon in der Flut ersaufen. Auf dem überladenen Boot konnten wir uns gerade mit Mühe und Not nach England retten.
Noch auf dem Schiff schlug mir der Kommandant auf die Schulter und nannte mich einen »Teufelskerl«. Ich musste mich zusammenreißen, ihn nicht »bloody asshole« zu nennen. Dann in Dover wieder die gleiche Prozedur wie 1940: patriotisches Fahnenschwenken und jubelnde Zivilisten, als kämen wir siegreich aus einer Schlacht. Dabei war das das Peinlichste, was ich mir an Kriegshandlungen vorstellen kann! Wieder zurück in London, wurde ich mit meinem zweiten Orden ausgezeichnet und als leuchtendes Beispiel für heldenhaften Einsatz gefeiert. Dabei tat ich nur das Unvermeidliche, denn ich hatte Glück. Ich sagte dem Offizier, dass er mindestens fünfhundert solcher Helden haben könnte, wenn man uns Juden endlich regulär an der Waffe ausbilden und bewaffnen würde.
He was not amused.

1. September 1942

Es machen unglaubliche Gerüchte die Runde: Hitler lässt in Deutschland und in Polen massenhaft Juden umbringen! Zehntausende an einem Tag oder sogar mehr. Tagtäglich, industriell! Was wir in unseren schlimmsten Albträumen nicht zu denken wagten, wird sogar noch übertroffen, wenn das stimmt ... Ich halte selbst diese unglaubliche Nachricht inzwischen für wahr, denn ich hatte den herangezüchteten Hass in Berlin erlebt und kann mir ausmalen, dass es vom Hass bis zum Massenmord nur ein kleiner Schritt sein kann. Und das in dem Land der Dichter und Denker! Die Engländer halten das immer noch für Propaganda und für eine Ausgeburt lebhafter jüdischer Fantasie.
Heute habe ich Post bekommen von Eugenie. Sie glaubt, dass sie schwanger ist. Genaues weiß sie erst in zwei Wochen, aber ich freue mich wie ein Schneekönig. Ich werde Vater! Ich werde eine Familie haben. Das muss ich sofort Tante Else in Solothurn schreiben, damit sie die frohe Kunde nach Berlin schicken kann. Die olle Silberpappel wird Großmutter!
Plötzlich fühle ich eine besondere Verantwortung auf meinen Schultern, denn jetzt bekommt mein Kampf als Soldat noch einen tieferen Sinn. Ich kämpfe jetzt nicht nur für mich und alle Juden, sondern auch für Frau und Kind. Nicht mehr abstrakt für ein Land, das noch nicht einmal das Meine ist, oder für ein politisches System wie die Demokratie. Dass man mitten im Krieg glücklich sein kann, hätte ich nicht für möglich gehalten. Heute Abend gehe ich mich mit meinen Kameraden betrinken. Hoffentlich werde ich in sechs Monaten bei der Geburt meines Kindes wieder

daheim bei Eugenie sein. Ich weiß, dass es ein Sohn wird, jede Wette!

10. September 1942

Ich habe wegen der Kriegsauszeichnung Heimaturlaub bekommen und bei meiner Einheit zum x-ten Mal um die Versetzung in einen regulären Truppenteil oder in das bislang eher sagenhafte Jüdische Bataillon gebeten, das immer noch in Palästina oder Nordafrika herumgeistert und angeblich nach Italien verlegt werden soll. Da will ich hin. Aber darüber will keiner so recht mit der Sprache raus. Immer wenn ich von der Jüdischen Einheit rede, machen alle Vorgesetzten besorgte Gesichter. Vielleicht bleibt es nur eine Geistereinheit. Wir werden sehen! Auf jeden Fall will ich weg vom Hilfspioniercorps, wenngleich die Vorgesetzten dort inzwischen nur noch ganz selten antijüdisch ausfällig werden.

11. September 1942

Jetzt ist es sicher, Eugenie ist im dritten Monat schwanger! Sie kotzt sich die Seele aus dem Leib. Sie tut mir leid, aber außer ihr ständig Wärmflaschen für den Magen zu bringen, kann ich wenig tun. Sie hat eine Saulaune ... Dieses Mal ausnahmsweise verständlich.

12. September 1942

Heute bekam ich den Befehl, mich um 2 o'clock p. m. in der Baker Street 64 zu melden, um meine Versetzung zu regeln – und fertig. Nun, ein Soldat fragt nicht lange nach, sondern gehorcht.

*

Vor der Baker Street 64 traf Benno Heinrich Baltus wieder, der nun Henry Baxter hieß. Auch Heini hatte um Versetzung gebeten, denn auch er hatte genug vom antijüdischen Klima bei den Hilfspionieren. Außerdem fühlte er sich in seinen Aufgaben als Ingenieur beim Bau von Pontonbrücken unterfordert. »Das, was ich da tue, kann jeder Klempner besser«, klagte er und hoffte auf einen Einsatz, wo seine Fähigkeiten besser genutzt werden könnten. »Sonst lieber regulär an der Front kämpfen!«
Im Zimmer, in das Benno und Heinrich geführt wurden, saßen drei Männer in Zivil und ein Major. »Der Inhalt unseres Gesprächs und der geplante Einsatz unterliegen strikter Geheimhaltung, und auch die Einheit, für die wir Sie rekrutieren wollen, ist streng geheim. Wir tragen keine Embleme, denn es gibt uns gar nicht. Die Aufgaben, für die Sie beide uns geeignet scheinen, sind hinter den Linien des Feindes zu lösen und beschränken sich nicht nur auf Aufklärung, sondern umfassen auch die Durchführung von Aktionen, um den Feind an entscheidender Stelle zu schwächen oder auszuschalten, bevor die reguläre Armee vorrücken kann. Sie, Rhodes, haben sich durch besonderen Mut, Initiative und Umsicht ausgezeichnet und sich damit für diese Aufgabe qualifiziert.«
»Aber ich kann doch nichts Besonderes, außer deutsche und britische Bilanzen aufzustellen und zu lesen. Aller-

dings bin ich sofort dabei, wenn ich bloß schnell vom Hilfspioniercorps abkommandiert werde und endlich wirksamer gegen die Nazis kämpfen darf!«
»Well, Ihre Direktheit ehrt Sie. Nur fürchte ich, dass Sie sich diese bei uns schnell abgewöhnen müssen!«, versetzte der Major General schneidig in vorzüglichem Deutsch. »Bevor wir uns in Einzelheiten verlieren, frage ich Sie, ob Sie in einem solchen Kommando dienen wollen. Das bedeutet aber auch, dass Sie nichts über Ihre Tätigkeit, Ihren Einsatz und diese Einheit, weder im dienstlichen noch im privaten Rahmen, erzählen dürfen, auch nicht Ihrer Frau, Rhodes! Noch nicht einmal das Wort ›intelligence‹ darf fallen. Sind Sie damit einverstanden?«
Benno war begeistert, stand zackig stramm und salutierte militärisch. »Yes, Sir!«
»Der Dienst in dieser speziellen Einheit ist freiwillig. Sowie Sie das Gefühl haben, den Aufgaben nicht gewachsen zu sein, können Sie den Dienst dort quittieren. In diesem Fall aber kämen Sie wieder zurück zum Hilfscorps. Vorher werden Sie allerdings an einem Auswahlverfahren teilnehmen. Sollten Sie nicht bestehen, kehren Sie in Ihre alte Einheit zurück. Ich betone noch einmal die Freiwilligkeit, zu dieser Einheit zu gehören, was Sie als Auszeichnung empfinden dürfen. Wir zwingen Sie zu nichts!«

Einige Tage später bekamen Ben und Henry ihre Marschbefehle. Sie gehörten von nun an zur »Special Operations Executive« und bekamen den doppelten Sold. Dabei hatte es sie auch nicht irritiert, dass sie als die »Baker Street Irregulars« in der regulären Armee verrufen waren. Ihre Einheit, die SOE, galt in soldatischen Kreisen, die von diesem Kommando durch Kasinoklatsch und -tratsch Wind bekommen hatten, als anrüchig. Weder das Militär noch das Innen- oder das Außenministerium noch die Geheimdienste wollten für sie zuständig sein, denn die SOE kämpfte »ungentlemanlike«. Einstweilen unterstand die SOE direkt dem Premierminister, dessen Idee die Einheit auch war. Hinter vorgehaltener Hand nannte man sie »Churchill's toy boys«. Ihre Rekrutierungsurkunde zierte das offizielle königliche Wappen auf der einen Seite und auf der anderen ein flammender Dolch, das Signum der SOE mit der Anschrift »Elektra House, 64 Baker Street, London«. Zwei Tage nach Erhalt ihres Marschbefehls fuhr ein Jeep vor ihrer Kaserne vor. Neben dem Fahrer saß Major Barnes, der selbst im Wagen sein Offiziersstöckchen wie festgewachsen unter dem Arm trug. Ben und Henry grüßten militärisch, warfen ihre Armeetornister auf die Ladefläche und sprangen auf die Rücksitze des Jeeps. Wohin die Reise gehen sollte, war selbstverständlich auch geheim. Um sich zu orientieren, verglich Henry den Sonnenstand mit der Uhrzeit. »Wir fahren stramm nach Nordwesten«, raunte er Benno zu. Trotz der Bomben auf London und Südengland hatten sie gehofft, dass sie eher in der Nähe der Hauptstadt stationiert würden. Jede Kommunikation aus dem Ausbildungslager heraus war ohnehin untersagt. Da kann ich genauso gut auf dem Mond oder auf einem Schlachtfeld sein, dachte sich Benno damals. Dennoch wurde ihm nun etwas beklommen zumute. Aus

Major Barnes war bei der Zigarettenpause auch nichts über ihren Aufenthaltsort und ihre Zuordnung herauszubekommen. Bei der Frage deutete der Major nur mit dem Finger der zigarettenfreien Hand ehrfurchtsvoll nach oben, was sowohl Norden als auch ganz, ganz oben bedeuten könnte, nahe bei Gott oder Churchill. Obgleich es noch Altweibersommer war, froren Benno und Heinrich im Jeep jämmerlich. Nur beiläufig nahmen sie die liebliche Landschaft des Lake District wahr.
»Im Krieg oder in der Gefangenschaft ist jede Landschaft schrecklich!«, dozierte Heinrich / Henry missmutig. »Hoffentlich geht es uns in der nächsten Etappe besser!«
»Wenn wir zu einer Einheit mit Engländern kommen, wird bestimmt zumindest die Verpflegung besser.«
Sie guckten einander skeptisch an, grinsten über ihren naiven Glauben an das Gute und ersparten sich die üblichen Witze über das englische Essen. Im Wesentlichen zählte ohnehin nur der Nährwert. Allerdings war es über die tägliche »rat soup« und das meist schimmlige Brot in ihrer Einheit fast zum Aufstand gekommen.
»Hoffen wir, dass es dort einen böhmischen oder österreichischen Koch gibt«, flachste Benno.
»Ich glaube, die verfrachten uns nach Schottland«, mutmaßte Heinrich laut. Der Major, der das zufällig hörte, drehte sich dazu brüsk um.
»This is not your god-damn business! Shut up!«
Benno lag auf der Zunge, dass »intelligence« auch etwas mit Intelligenz zu tun hätte, hielt aber lieber den Mund. Seine flapsigen Bemerkungen hatten ihn schon oft in Schwierigkeiten gebracht. Danke für das

Erbe, olle Silberpappel! Wirklich abenteuerlich wurde ihnen zumute, als man ihnen »aus Sicherheitsgründen« die Augen verband und dazu noch Postsäcke über die Köpfe zog. »Sorry, Kumpel!«, murmelte Henry in der Annahme, dass das wegen seiner vorwitzigen Bemerkung geschah. Gesprochen wurde nun noch weniger. Sie spekulierten nur still darüber, wie wohl ein Jeep mit zwei Offizieren vorn und hinten zwei Männern mit Säcken über dem Kopf auf arglose Passanten wirken mochte. Bei Ben und Henry keimten erste Zweifel an der Richtigkeit ihrer Entscheidung auf. Doch allein der Gedanke an Sergeant Willard beim Hilfscorps reichte, um diese Zweifel und den Anfall von Bangigkeit zu zerstreuen. Tröstlich war außerdem, dass ihnen unter den Augenbinden und den Säcken über den Köpfen etwas wärmer wurde. Nach einer Weile roch die Luft selbst unter ihren Säcken nach Wald und Moor. Um sie herum vernahmen sie das Rauschen hoher Bäume und die Geräusche wilder Natur. Froschquaken, rauschende Bäche und der singende Flügelschlag von Wildgänsen lagen in der Luft. Die letzte Strecke führte holperig über Stock und Stein und zum Schluss über einen schier endlos langen Kiesweg.
Mitten in der Nacht erreichten sie ihr Ziel.
Der Major nahm ihnen die Kapuzen und Augenbinden ab. Steifbeinig vor Kälte stiegen sie aus. In die tiefe Stille der klaren Nacht rief ein Käuzchen von irgendwo her. Ben und Henry stießen sich an, grinsten und schauten sich staunend um.
Sie standen vor dem düsteren Gemäuer eines mondbeschienenen Herrensitzes, der nur mäßig beleuch-

tet wurde und wahrhaftig als Kulisse für Gespenstergeschichten, Vampire und Geister taugte. Aus der Tür des trutzigen Herrenhauses trat im fahlen Licht einer Laterne eine Frau in Uniform, die keinen Zweifel über ihre Autorität aufkommen ließ, obwohl sie einen Rock trug. Aber auch Sterne blinkten auf den Schulterklappen, wie sie beim Näherkommen sahen. Benno und Heinrich fanden das nicht weniger bizarr als den Käuzchenruf am Gespensterschloss. Ein Flintenweib! Das gibt es tatsächlich! Nicht nur bei den Russen! Selbst bei den Engländern! Sie hatten Frauen in Uniform nur beim medizinischen Hilfscorps gesehen. Zackig führte die Frau in Uniform die Hand zum militärischen Gruß an ihr Käppi und der Major General grüßte etwas weniger zackig zurück, womit er wohl seinen höheren Rang unterstreichen wollte. »Ich übergebe Sie jetzt Ihrem Ausbildungsoffizier, Lieutenant Pankhurst!«, erläuterte er schnarrend auf Deutsch. »Wir sehen uns dann zum Briefing nach dem Frühstück. Gute Nacht, meine Herren!«

Nach einem kargen Imbiss in der Küche im Keller des Schlosses wurden Heinrich und Benno von ihrer Führungsoffizierin mit Nickelbrille und strengem rotblondem Dutt im Nacken in die dritte Etage geführt, wo sie ihnen ihre Schlafplätze zuwies. Im Raum schnarchten bereits zwei weitere Zimmergenossen um die Wette. Um fünf Uhr, als der Morgen gerade rauchgrau durchs Fenster kroch, schallten Trillerpfeifen durch das Gebäude. An den Türen polterte es. Benommen rannten sie ihren Zimmergenossen hinterher, die bereits im Laufschritt zum Waschraum trabten. Im

Waschraum wurde ihnen verschossenes militärisches Sportzeug ausgehändigt. Unter weiterem Kommandogeschrei mit Trillerpfeifen-Stakkato wurden sie zu einem Waldlauf getrieben und trafen im Hof auf zirka zwanzig Männer und Frauen, die ihnen bereits nach fünfzig Metern davongelaufen waren. Der Drill schien hier um einige Grade härter als beim Hilfscorps. Mehrmals musste mal Ben, mal Henry mit Seitenstichen zum Verschnaufen innehalten, wurden aber sofort von dem bulligen Drillsergeant unbarmherzig mit der Trillerpfeife und Gebrüll weiter vorangetrieben. Als nach einer Stunde das Herrenhaus wieder in Sicht kam und sie sich auf das Frühstück freuten, durften sie eine weitere Stunde lang Kniebeugen, Entengang, Liegestützen und Krafttraining absolvieren. Ihre Sportsachen waren bereits vom Dauerlauf klatschnass. Die Muskeln brannten. Henry war so erschöpft, dass er sich an der Tür zum Haus übergeben musste. An der Eingangstür zum Speisesaal wurden sie von ihrer Führungsoffizierin abgefangen. Henrys Erbrechen wurde von ihr mit Datum und Uhrzeit festgehalten. Nachdem sie das Notizbuch weggesteckt hatte, kamen die Instruktionen. »Sie nennen hier *nie* Ihre wahren Namen und sprechen ausschließlich *Englisch*! Sobald Sie Deutsch sprechen, bekommen Sie einen Disziplinierungsvermerk in Ihre Akte mit nachfolgender Strafmaßnahme! Sie dürfen darauf vertrauen, dass Ihnen unsere Disziplinierungsmaßnahmen nicht gefallen werden.« An Benno gewandt fuhr sie fort: »Für die Zeit Ihres Aufenthaltes hier tragen Sie, Sergeant Rhodes, den Kampfnamen ›Bernard Russ‹!« Henry sollte sich an den Namen »Harald Bel-

ford« gewöhnen. »Weitere Instruktionen und die passenden Legenden zu Ihren Namen bekommen Sie nach dem Frühstück im Duty Room in fünfzehn Minuten! Dort bekommen Sie auch Ihre neuen Uniformen. Zum Frühstück und zum Lunch erscheinen Sie in Dienstuniform. Zum Dinner ist Ausgehuniform mit Krawatte vorgeschrieben.
Tadellos, pieksauber, scharf gebügelt und mit blankgeputzten Stiefeln! Das Bettenmachen zeigen Ihnen die Kameraden. Und ich will absolut straff gezogene Laken sehen, auf denen selbst ein Sixpence-Stück hüpfen kann, wenn man es darauf fallen lässt! Haben wir uns verstanden? Im Übrigen heiße ich hier Lieutenant Valery Pankhurst und werde von Ihnen nur mit meinem Dienstgrad Lieutenant und mit ›Sir‹ angesprochen. Die Tatsache, dass ich eine Frau bin, ist hier irrelevant. Wegtreten zum Frühstückfassen!«
»Aye, aye ... äh, *Sir*!«, gab Benno von sich, wie er das einmal im Kino gehört hatte. Im Kino am Piccadilly Circus ... Jetzt bloß nicht an Traudel denken! Wie mag es nur Eugenie gehen?
Im Speisesaal saßen Männer und Frauen verschiedenen Alters und unterschiedlicher Nationalitäten in den braunen britischen Armee-Uniformen für den regulären Dienst, unter ihnen auch drei Araber und eine Inderin. Als Benno und Heinrich eintraten, brachen die Gespräche schlagartig ab. Schweigend verfolgten sie zwanzig argwöhnische Augenpaare. Ihrer ohnehin lädierten Stimmung versetzte das einen zusätzlichen Dämpfer. Hier unter Gleichgesinnten hatten sie wie in ihrer Einheit eine kameradschaftliche Atmosphäre und

wenigstens ein freundliches »Hello!« erwartet. Kaltes Schweigen, abschätzige Blicke. Ihnen schlug eine unverhohlene Feindseligkeit entgegen. Man rückte von ihnen ab.
Ist es nun, weil wir Deutsche oder weil wir Juden sind?

Johns unhappy birthday, an dem Ben kein Spion wurde
Leeds, 1942

In Leeds feierte ich meinen Geburtstag hinter der Ladentheke der Fleischerei. Es gab zu den üblichen Gesängen einen Cupcake mit Kerze. Ich blies sie nicht aus. Ich ließ sie brennen und dachte an meine Mutter. Inzwischen nannten mich alle John, aber ich ließ mir nicht anmerken, wie sehr ich litt. In diesem Zustand hegte ich die Erinnerung an meine Mutter und Berlin so liebevoll wie ein gut gepflegtes Grab. Nur zu gern hätte ich Trost bei meinem Cousin Benno gesucht, um mit ihm in Erinnerungen zu schwelgen. Doch Benno blieb unerreichbar und verschwunden. Nirgends eine Spur, eine Auskunft, ein Hinweis oder gar eine Erklärung für sein Verschwinden. Na ja, der Krieg, tröstete ich mich und wartete weiter auf ein Lebenszeichen von Benno, das nicht kam. Zur gleichen Zeit, als mich die Einsamkeit quälte, durchlief der Mann, nach dessen Gesellschaft ich mich sehnte, unter dem Kampfnamen »Bernard Russ« das rigide Rekrutenprogramm der Special Operations Executive.

Nach Churchills Plan sollte die SOE so schnell wie möglich als Vorhut den britischen Angriff nach Europa tragen. Mit Sabotageaktionen, wie man Terroranschläge noch beschönigend nannte. Den nachrückenden Truppen sollte die SOE den Weg bahnen.

Mein Cousin Benno alias Bernard Russ schnitt am besten beim Funken und Morsen ab, las ich in seinem Kriegstagebuch. Ganz besonders wurde seine deutliche und effiziente Sprechweise bei der Übermittlung am Feldtelefon gelobt. Dabei war das weniger ein Verdienst als vielmehr ein Mangel an Vokabeln und die Erfahrung, dass man als Ausländer ganz besonders deutlich Englisch sprechen sollte. Die präzisen Funksignale sowie seine Findigkeit beim Chiffrieren und Dechiffrieren der Funksprüche wurden besonders positiv gewertet. Das Berliner »Spacke Gelalle« konnte inzwischen nicht nur zehn Kilometer in einer respektablen Zeit laufen. Bernard Russ lernte auch drei Meter hohe Mauern allein zu überwinden, unter Stacheldraht im eisigen Schlamm zu robben und steile Gebirgswände ohne Hilfsmittel zu erklimmen. All diese Übungen gab es zwar auch in der Grundausbildung, aber hier waren die Anforderungen höher, und er hasste sich dafür, dass er in der Armee mit dem Rauchen angefangen hatte. Ja, selbst auf fünfzehn Meter über dem Boden gespannten Seilen konnte Benno inzwischen balancieren, trotz seiner schrecklichen Höhenangst. »Never look down!« Dass er sich nach dem Hochseilakt heftig übergeben musste, schränkte nach Ansicht seines Ausbildungsoffiziers Lieutenant Valery Pankhurst seine Kampfkraft nicht ein. Sie gab ihm für die Ausführung der Übung sogar fünf von sechs möglichen Punkten. »Einen Extrabonus für die Überwindung!« Nach Meinung der Militärs zeugte das von Charakterstärke. Doch beim Fallschirmspringen gab Benno endgültig auf. Schon beim Gedanken daran brach ihm der kalte Schweiß aus. Er ließ sich im Duty Room melden und verlangte seine sofortige Entlassung aus der »Special Operations Executive«.

»Bei der Rekrutierung wurde ausdrücklich gesagt, dass wir freiwillig hier sind und jederzeit den Dienst quittieren könnten. Ich werde am Parachuting auf keinen Fall teilnehmen und will deshalb meinen Abschied von der SOE nehmen und mich für die Jüdische Einheit bewerben.« Bei dieser Gelegenheit wurde Lieutenant Valery Pankhurst persönlich. Breitbeinig in Befehlshaberpose verschränkte sie die Arme hinter dem Rücken und ließ hinter ihrer Nickelbrille die Augen zornig aufblitzen. »Ich bin zurzeit der ranghöchste weibliche Offizier in der britischen Armee, gestählt durch den Irlandkrieg, Indien und andere Kriegsschauplätze. Spätestens in Dublin hatte ich gelernt, dass der schlimmste Feind der innere Schweinehund ist. Der Krieg ist kein Wunschkonzert. Sergeant Russ, bekämpfen Sie Ihren inneren Schweinehund, und Sie werden überall siegen! Ich gebe Ihnen noch vier Tage Bedenkzeit. Und jetzt wegtreten!«

»Yes, Sir!«, brüllte Benno und salutierte zackig. Halb benommen vor Wut schlich er davon. Was ist mit dem Versprechen, dass wir jederzeit kündigen können? Der bullige Drillsergeant wollte Benno noch besser auf die bevorstehende Herausforderung vorbereiten. »Für unsere Operation springen wir hinter den feindlichen Linien sowieso nur nachts ab. Da siehst du ohnehin nichts, entweder weil es dunkel ist oder weil dich die Suchscheinwerfer blenden, aber dann ist es eh zu spät!« Darüber brach er in dröhnendes Gelächter aus. Es war bekannt, dass der Schleifer über die eigenen Scherze am liebsten lachte, insbesondere, wenn der Rekrut schon grün um die Nase wurde. Bis zur Nacht zur Luftlandeübung stand »Technik« auf dem Ausbildungsplan. Verurteilte Einbrecher und Tresorknacker, die man eigens dazu aus den Gefängnissen holte, unterwiesen sie in der Kunst des Schlösserknackens, Sprengens von Safes und im Fertigen von Nachschlüsseln aus Abdrücken in Seifenstücken. Elitesoldaten drillten sie, wie man in Rekordzeit ein Gewehr im Dunkeln auseinandernimmt und wieder zusammenbaut, mit Handgranaten und Panzerfäusten noch geschickter umgeht. Ehemalige IRA-Kämpfer lehrten sie, wie man aus primitiven Materialien effektiv Minen, Sprengfallen und Bomben bastelt, Brücken sprengt, um Züge entgleisen zu lassen, wobei bei der Dosierung, der Art der Sprengstoffe und Zusammensetzung darauf zu achten sei, ob man es nur auf die nachhaltige Unterbrechung des Schienenstrangs abgesehen hatte oder aber der Zug »mit Mann und Maus« in die Luft gehen oder die aus Brücke aus taktischen Gründen kontrolliert einstürzen sollte, sodass man sie hinterher schnell wieder reparieren könnte, falls man sie selbst bräuchte.

»Das ist alles eine Frage der Dosis und der Auswahl der Sprengstoffe«, dozierte ihr Instrukteur mit starkem irischem Akzent. Ihm fehlten zwei Finger der linken Hand, was die Rekruten hinsichtlich seiner Kompetenz im Bombenbau so weit verunsicherte, dass sie miteinander tuschelten. Ihre fragenden Blicke auf die Stummel an seiner linken Hand parierte der irische Ex-Terrorist ungerührt und dozierte darüber, dass man trotz aller Routine beim Bau von »Höllenmaschinen«

nie die Sicherheitsvorkehrungen vergessen dürfe. »Sonst trifft es den Falschen!«
Zur Bekräftigung reckte er die linke Hand hoch.
Zum Schluss: Scharfschützentraining mit der Pistole, dem Scharfschützengewehr und dem Maschinengewehr. Danach gab es einen Grundkurs für den Kampf Mann gegen Mann, eine Lektion zum lautlosen Töten nach Art der Gurkhas mit dem Messer oder, wie bei den chinesischen Triaden, mit der Drahtschlaufe oder ganz traditionell mit der Seidenschnur, offenbar etwas für Kenner. Die gefürchteten nächtlichen Fallschirmabsprünge waren für die Folgewoche angesetzt. Vorher stand noch die Übungseinheit »Wie überstehe ich ein hartes Verhör durch einen Gestapo-Mann?« und »Wie lückenlos und überzeugend habe ich meine Legende parat?« sowie »Wie erfinderisch kann ich mich überzeugend aus einer brenzligen Situation herausreden?« an. Auf diese Übung freute sich Benno am meisten, denn da hatte er einschlägige Erfahrung und würde bestimmt als Kursbester glänzen und alle sechs Leistungspunkte holen.
Da passierte es: Benno konnte der Verführung angesichts eines unbeaufsichtigten Telefons nicht widerstehen. Nachdem er bereits über fünfzehn Minuten allein im Duty Room in Habachtstellung stehen musste und auf sein fingiertes Verhör wartete, griff er kurz entschlossen zum Telefon und wollte sich von der Vermittlung mit dem Gemeinschaftstelefon in Eugenies Unterkunft verbinden lassen. Schon während er auf die Vermittlung wartete, ahnte er, dass es ein Fehler war. Gerade wegen dieser Ahnung betete er, dass Eugenie

vielleicht gleich selbst an den Apparat ginge, denn sie sollte gerade im Bürodienst sein. Just in dem Moment, als er durchgestellt wurde, kam Lieutenant Pankhurst ins Dienstzimmer. Bei Bennos Anblick, mit Telefon am Ohr, sog sie die Luft scharf durch die Zähne ein und zog ein so schmerzlich schockiertes Gesicht wie eine Braut, die ihren Auserwählten in flagranti mit einer stadtbekannten Hure erwischt. Mit sofortiger Wirkung wurde Benno vom Dienst suspendiert und im vergitterten Dienstzimmer im Souterrain des alten Gemäuers eingeschlossen. Verstoß gegen die Geheimhaltungsvorschriften, was zwei Jahre Gefängnis bedeuten könnte, wie man ihnen bei der Rekrutierung eingeschärft hatte. Gegen die Geheimhaltungsvorschriften zu verstoßen war ungefähr das schlimmste Vergehen, dessen man sich bei der SOE schuldig machen konnte, ganz kurz vor dem Hochverrat. Lieutenant Pankhurst war darüber auch persönlich gekränkt. Sie hatte immer besonders große Stücke auf den langen Schlaks Benno gehalten und wollte ihn sogar mit einem eigenen Kommando betrauen, was in den Augen der SOE der ultimative Liebesbeweis war. Benno musste sofort die Uniform ablegen und stand eine Weile unbeweglich in Unterwäsche rum, als wäre er zur Anzugprobe beim Schneider. Dann wurde ihm seine alte Uniform ausgehändigt, die ihm jetzt überall zu weit war, außer im Rücken und an den Schultern, wo selbst sein leptosomer Körper Muskeln angesetzt hatte. Benno durfte mit niemandem sprechen, auch nicht mit seinem Kumpel Henry. Ehe sich Benno versah, bekam er eine Binde vor die Augen und einen Sack über den Kopf, der nach faulen Zwiebeln roch. Unverzüglich wurde er in ein Auto gesteckt und einen Tag lang kreuz und quer durch das Vereinigte Königreich geschaukelt. Irgendwann hatte er jede Orientierung verloren und hätte sich auch nicht gewundert, wenn er zufällig in Indien gelandet wäre. Nur die Kälte sprach dagegen. Die nächsten drei Wochen sollte er auf einem entlegenen Landsitz verbringen, bis seine Ausbildungs- und Informationskenntnisse bei der SOE veraltet wären, hieß es. In der Zwischenzeit wolle man über sein weiteres »Schicksal« befinden. Das Wort »Schicksal« hatte ihn alarmiert. Normalerweise hätte man von »Verwendung« gesprochen. Oder klingt »Schicksal« im Deutschen dramatischer und bedeutet im Englischen einfach »Bestimmung«? Das unterschiedliche Bedeutungsgewicht von bestimmten Worten in beiden Sprachen machte ihn nicht zum ersten Mal unsicher. Auf jeden Fall hatte er plötzlich einen richtigen Bammel, denn egal ob Schicksal oder Bestimmung, in der Konsequenz könnte es auch auf Gefängnis hinauslaufen. Schließlich hatte er unterschrieben, dass Zuwiderhandlungen gegen das strikte Geheimhaltungsgebot wie Hochverrat geahndet werden könnten. Für ein Weilchen haderte Benno noch, mit welcher Möglichkeit er sich eher anfreunden könnte: Gefängnis oder wieder zurück ins Pioniercorps. Auch eine Verlegung nach Kanada in ein Internierungslager könnte ihm drohen. Nur bei dem Gedanken, dass seine Frau Eugenie schwanger war, hielt er eine derartige räumliche Entfernung für unwahrscheinlich. Aber wenn doch, dann würde er seinen Sohn gar nicht erst sehen? An seinem neuen Standort in einem nicht minder

monströsen Kasten, einer Zwingburg mit Verlies aus dem sechzehnten Jahrhundert, hoch über der Irischen See, konnte Benno sich zwar etwas freier bewegen, doch nun musste er alles auf eine Karte setzen. Gleich am zweiten Tag wurde Benno beim Kommandeur vorstellig. »Sir, ich habe zwar einen schweren Fehler begangen, den ich tief bereue, der jedoch meine Loyalität zur Krone nicht infrage stellt. Es wäre fatal, wenn meine Ausbildung in der britischen Armee, insbesondere in der letzten Einheit, eine vertane Investition wäre, jetzt wo jeder kampfbereite Mann gebraucht wird. Meine Loyalität und meine Kampfbereitschaft gegen Hitler-Deutschland sind ungebrochen!«, eröffnete er kühn das Gespräch. »Ich möchte weiterhin meine hier erworbenen Fähigkeiten in den Dienst der gemeinsamen Sache, in den Kampf für das Vereinigte Königreich und die Krone, stellen und hoffe, Sie befürworten das und finden einen geeigneten Verwendungszweck in einem regulären Kampftruppenteil seiner Majestät für mich, vorzugsweise in der Jüdischen Einheit.« Sich auf das Königshaus zu beziehen, wäre ihm früher, ohne seine Ausbildungszeit bei der SOE, nie in den Sinn gekommen. Er betrachtete das als Ergebnis seines geglückten Naturalisierungsprozesses als Engländer. Er meinte es ernst. Er hatte sich entschieden: Nach Deutschland wollte er nie wieder zurück. Inzwischen liebte Benno dieses seltsame, vollkommen verschmockte Land.
Nachdem er sich setzen durfte und in die mitfühlenden Augen des Kommandanten sah, brach es aus ihm heraus. Seine ganze Leidensgeschichte von der Flucht aus Deutschland, wo sein Bruder, der weniger Glück

als er hatte, nun im Konzentrationslager Buchenwald unglaublich litt, seine Zeit in London, das Internierungscamp, die schrecklichen Feldzüge, unbewaffnet und als Jude schikaniert, und seine Frau, die ein Kind erwartete und nichts von ihm hörte. »Nur wegen der Sorge um meine Frau, die unser erstes Kind erwartet und zu der ich so gar keinen Kontakt hatte, und in dem Wissen, dass die Schwangerschaft problematisch ist, habe ich mich zu dieser Disziplinlosigkeit hinreißen lassen, Sir!«

Weil er über alle seine Leiden noch nie sein Herz ausschütten konnte, brach er gegen seinen Willen in unkontrolliertes Schluchzen aus. Sein ganzer Oberkörper bebte in Krämpfen. Zuerst kämpfte er noch dagegen an, dann ließ er seinem aufgestauten Schmerz freien Lauf und wunderte sich, woher ihm plötzlich die englischen Worte zuflogen. Nur für seinen Gefühlsausbruch schämte er sich. Vielleicht disqualifiziert er sich damit nun endgültig? Engländer glauben nicht an Gefühle, warnte ihn eine innere Stimme. »Sir, mit Verlaub, ich glaube, ich habe gerade einen kleinen Aussetzer. Geben Sie mir fünf Minuten, dann habe ich mich wieder im Griff!«

Zu seiner Überraschung zeigte sich der Kommandant gerührt, reichte ihm aus der Schublade sogar noch ein Taschentuch und blickte ihn weiter mitfühlend an. Nachdem sich Benno gefangen hatte, räusperte sich der Offizier und sagte mit belegter Stimme. »Ich werde sehen, was ich für Sie tun kann. Sie haben sich sonst ausgezeichnet gehalten. Sogar zwei Tapferkeitsmedaillen. Tja, Sie haben ein Disziplinproblem. Das haben

viele mutige Kerle. Disziplin und Eigeninitiative schließen einander weitgehend aus. Ich kenne das.« Kameradschaftlich klopfte er Benno auf die Schulter. Zum ersten Mal fühlte sich Benno von einer Autoritätsperson verstanden und schöpfte neuen Mut.
»Denken Sie auf jeden Fall an Ihren Verschwiegenheitseid zu allen Vorgängen der SOE. Auch wenn viele hier ebenfalls in diesem Dienst tätig gewesen sind, sind Interna und auch die Erwähnung einer ehemaligen Zugehörigkeit zur SOE kein Thema für einen Small Talk.«
»Yes, Sir! Normalerweise bin ich nicht so emotional, und Verschwiegenheit ist für mich das Wichtigste«, verteidigte er sich gleich mit zwei frommen Lügen, nachdem er sich die Augen gewischt und heftig geschnäuzt hatte. Die Wartezeit in dem walisischen Gemäuer zog sich wie ein ausgeleiertes Gummiband, nutzlos, unansehnlich und ohne jeden Halt. Gern hätte Benno an der wilden Küste wenigstens Spaziergänge oder die ihm inzwischen lieb gewordenen Geländeläufe unternommen. Die anderen SOE-Verabschiedeten, alles durchweg Engländer, waren in der Frist bis zur Freigabe oft hinten im Park über die Mauer gestiegen, um heimlich im Dorf ihre Freundinnen zu treffen, ins Pub zu gehen oder sich sinnlos zu betrinken. Doch das wollte Benno nun nach alledem nicht mehr riskieren. Er war schließlich kein Engländer, und von Besäufnissen hatte er noch nie etwas gehalten. Überdies machte er sich ohnehin nicht viel aus Natur. Die Landschaft fand er unwirtlich und den Himmel zu tief.
Das ist ja, als hinge einem hier eine Granitplatte über dem Kopf!

So vertrieb er sich die Zeit mit seinem inzwischen sehr zerfledderten Sprachbuch und seinem Dictionary und wagte sich in die Bibliothek des ehemaligen Herrensitzes. In den Regalen fand er zumeist ungelesene Erstausgaben aus dem 18. und 19. Jahrhundert, Luxusausgaben mit Goldschnitt, oder Bücher, die man noch mit einem Buchmesser aufschneiden musste. Walter wäre hier vollkommen aus dem Häuschen!, ging es ihm da durch den Kopf. Den schmerzlichen Gedanken, der gleich wieder Schuldgefühle hochspülte, musste er schleunigst beiseiteschieben. Da die Bibliothek kaum benutzt wurde, herrschte dort die kränkliche Stille von längerer Verwaistheit. Das entsprach seiner Gemütslage. Nach einer langen Folge von öden Tagen, die genauso fade waren wie die Mahlzeiten und Gespräche und nur von unruhigem Schlaf unterbrochen wurden, wurde er an einem Morgen kurz nach dem Neun-Uhr-Tee vom Kommandanten ins Dienstzimmer gerufen. Neben ihm, getarnt im Halbdunkel des Hintergrunds, standen noch zwei andere Offiziere, die Benno nicht vorgestellt wurden und wie Komparsen wirkten.

»Ich habe eine gute und eine schlechte Nachricht. Nach eingehender Bewertung Ihrer Akte hat die Armee Seiner Majestät Sie für würdig befunden, ihr weiterhin dienen zu dürfen. Diese Gentlemen sind für die provisorische Jüdische Brigade zuständig, aber bis das so weit ist, dauert es sicher noch ein Weilchen. In der Zwischenzeit können Sie sich im MI 6, Abteilung G, in der Aufklärung und Propaganda für die deutsche Front nützlich machen. Wie finden Sie denn das?«

Wie aufs Stichwort traten die beiden Offiziere aus

dem Halbdunkel hervor, die Dienstmützen unter dem Arm, und nickten zur Begrüßung kurz. »Dass Sie noch nicht zur Jüdischen Brigade nach Italien dürfen, ist die schlechte Nachricht.«
»Thank you, Sir«, dankte Benno und salutierte, so zackig er konnte. »Ich werde ...«
Weiter kam er nicht, denn der Kommandant schnitt ihm mit einer Geste das Wort ab. »Mann, stehen Sie bequem und machen Sie hier keine Faxen! Wir sind nicht auf dem Exerzierhof!« Amüsiert tadelnd musterte er Benno, suchte fahrig in seiner Akte herum. »Ich habe aber auch zwei weitere gute Nachrichten!« Damit zog er schließlich einen Brief vom Roten Kreuz aus Genf hervor. Eine Nachricht von Walter aus dem KZ in fünf Worten. »Altes Haus steht unversehrt. Durchhalten! Walter.« Daraufhin zog der Kommandant noch eine Bescheinigung hervor, überflog diese kurz und verkündete lächelnd: »Sie dürfen jetzt Ihre Frau anrufen und ihr wieder schreiben, unter Einhaltung der Geheimhaltungsvorschriften, Freundchen! Ich wünsche Ihnen viel Glück. Im Übrigen wird Ihr Einbürgerungsgesuch als Ben Rhodes mit dem Geburtsort Dundee wohlwollend geprüft. Bitte folgen Sie den Anweisungen dieser beiden Gentlemen, die Sie zu Ihrem Einsatzort bringen. Alles Weitere regelt sich an ihrem neuen Standort, im Personalbüro der Abteilung G, wie Germany, des MI 6 in London!«

Jom Kippur
John und Georg, Vevey, Schweiz, 1962

Berlin, den 20. September 1962

*Mein herzallerliebster Bruder Johannes,
ich freue mich sehr auf Deinen Besuch hier in Berlin, und Walter nicht minder! Doch vorher solltest Du in der Schweiz bei Georg vorbeischauen. Er schrieb mir, dass er Dich bei Deinen Nachforschungen finanziell unterstützen möchte (!), da ihm auch sehr an der Aufklärung liege, was seit der Schoah aus den Überlebenden unserer Familien geworden ist. Bedauerlicherweise hat Georg vergessen, seine Telefonnummer mitzuteilen. Über die Auslandsauskunft kannst Du bestimmt seine Nummer erfragen. Durch unsere Cousine Fränze habe ich einen Kontakt zu den Kohanims in Buenos Aires! Sigismund Kohanim, ein Cousin von Fränzes Vater, hatte, wie Fränze berichtete, sogar die Chroniken der Familie Kohanim-Beinesch-Rosenberg-Segall aus dem 19. Jahrhundert unbeschadet nach Südamerika retten können und kann Dir vielleicht mit einigen Informationen bezüglich der Blutkrankheit weiterhelfen, falls es da Fälle gegeben haben sollte. Leider habe ich davon überhaupt keine Ahnung, denn ich war ja über zwanzig Jahre von der Familie abgeschnitten. Ich weiß nur, dass die Kohanims eigentlich sephardischen Ursprungs sind und als ehemalige Mittelmeeranrainer auch für diesen Erbfehler infrage kommen könnten ... Ich denke da auch an die Häufungen von*

Totgeburten in dieser Familie und an den Tod des ehemaligen Erben, Benjamin, der alle Anzeichen dieser Erkrankung trug: Wachstumsstörungen und blass-gelbliche Haut ... Das ist nur ein Verdacht, denn schließlich bin ich kein Experte. Ich weiß im Moment auch gar nicht, inwieweit uns das betrifft. Nimm es als Hinweis.
Wie geht es Deiner Tochter Lilith inzwischen? Ist Rebekka, Deine jüngere, auch betroffen? Kommt Deine Frau denn mit all den Problemen allein zurecht? Zwei Töchter, und eine davon ernstlich krank? Gibt es dazu schon neue Forschungsergebnisse? Ich will es für Dein Töchterchen hoffen. Das alles kannst Du mir hier in ein paar Wochen persönlich mitteilen. Wir in Berlin freuen uns riesig darauf, uns nach so langer Zeit wieder zu sehen! Vielleicht wie das letzte Mal 1932 bei mir am Vortag zu Jom Kippur?
Auf jeden Fall muss das gefeiert werden! Du bist herzlich eingeladen, bei mir zu wohnen, denn Platz habe ich ja nun wirklich mehr als genug. Also ziere Dich nicht, denn schließlich bin ich ja Deine Schwester. Mit Grüßen sowie den besten Wünschen für das neue Jahr,
Deine Schwester Else

Über den Auslandsoperator habe ich die Nummer von Georg am Genfer See herausbekommen. Das war nicht so einfach. »In Vevey finde ich nur einen gewissen Georg Rubin-Schlesinger, Professor emeritus, Doktor«, flötet die Telefonistin der internationalen Auskunft. »Ach, ähm ... Das ist ja interessant!«, murmele ich überrascht und füge schnell hinzu: »Tja, das muss er dann wohl sein«, und notiere rasch Nummer und Adresse. Aber wer ist Schlesinger? Seine Frau?

Als ich die Nummer anwähle, meldet sich eine ältliche männliche Stimme. »Spreche ich mit Herrn Georg Rubin? Vormals ansässig in Osche, Westpreußen?« Zögerlich, mit tiefem Misstrauen in der Stimme, fragt der Mann zurück: »Und wer will das wissen, bitte schön?« Hastig entschuldige ich mich und stelle mich vor. Offensichtlich ist der Mann am anderen Ende der Leitung ebenso erleichtert wie ich. Trotzdem will ich am Telefon nicht weiter nach den Hintergründen des Doppelnamens Rubin-Schlesinger fragen. Es gibt tausend Gründe, warum Juden vorsichtig sind und den Namen wechseln. Benno und auch ich sind die besten Beispiele. Darum füge ich hastig hinzu: »Danke für das freundliche Angebot, dass Sie, äh, meiner Schwester brieflich gemacht hatten. Es ist sehr hochherzig, dass Sie die Nachforschungen zu unserer Familiengeschichte finanziell fördern wollen. Das ist eine große Hilfe für mich. Schon allein die Reisekosten. Ich bin voraussichtlich am Vorabend zu Jom Kippur in Vevey. Dann könnten wir alles Weitere besprechen.«

Georg Rubin wirkt danach sehr aufgeräumt. »Ach, mein lieber Mister Segall, es ist mir eine Herzenssache. Leider sind von uns nur noch so wenige übrig. Ich freue mich auf Ihren Besuch.« Georg Rubin hat eine warme Stimme. Ich beschließe, ihn sympathisch zu finden, obgleich ich ihn noch nicht persönlich kenne. Abschließend nennt er mir noch eine hübsche, aber nicht ganz billige Pension in der Nähe und verspricht, mir dort ein nettes Zimmer zu reservieren. Nicht nur wegen der Aussicht auf einen finanziellen Zuschuss zu meinen Recherchen, sondern auch wegen seiner Erfah-

rung mit Wiedergutmachungsprozessen ist es ratsam, Georg am Genfer See noch vor meiner Reise nach Berlin zu besuchen. Als Quelle für Krankengeschichten ist er bestimmt unergiebig. Walters und Bennos Onkel ist schließlich *mit mir* nicht direkt blutsverwandt. Trotzdem, denke ich, welch günstige Gelegenheit, diesem mysteriösen Professor mal auf den Zahn zu fühlen!
Der weitere Reiseverlauf ist von meiner besonderen Schwäche geprägt: Außerhalb der USA ist es mir unmöglich, ein Eisenbahnabteil zu betreten. In Europa bricht mir in einem Zug sofort der Schweiß aus, oder ich werde sogar ohnmächtig. Zur Vorsicht hatte ich früher in England immer Beruhigungsmittel dabei, sofern ich nicht mit dem Bus oder Auto irgendwohin fahren konnte. Versteht kein Goi! Allerdings ist die Aversion gegen Bahnreisen unter Juden recht weit verbreitet. Allerdings redet keiner darüber. Man ertappt einander dabei nur zufällig. Selbst Benno, der nie auf einem »Transport« war wie ich, steigt auf dem Kontinent nie freiwillig in einen Eisenbahnwagen. Ihm werde da auch gleich schlecht, bekannte er mir in London kleinlaut, als ich meine Reisepläne erläuterte. Und das ist keine Reisekrankheit!
Benno reitet auch lieber auf einer seiner Indian-Maschinen durch halb Europa. Die Leichen seiner Motorräder liegen dann wie totgerittene Klepper vor seiner Haustür in Mayfair. Nachdem Benno und ich unsere Animositäten geklärt hatten, lud er mich ein, mit ihm auf dem Sozius seines Motorrads bis nach Basel mitzufahren. Weil Eugenie Reisen ohnehin hasst, gab es darüber auch keinen Streit. Auf diese Art und Weise wollte er

heimlich seine Tochter Francine und den zukünftigen Enkel auf Sizilien besuchen, gestand er mir. Natürlich darf seine Frau davon nichts wissen. Wahlweise bot er mir sogar noch an, ihn auf dem Rückweg zu begleiten, wenn er von Sizilien über Basel nach Berlin zu Walter und Else führe, mit mir hinten auf dem »Bock«. Mein Gepäck könne ich ja vorausschicken. Offenbar meinte er das ernst. Wieder so eine Kohanim'sche Überspanntheit, dachte ich belustigt. Ich bin zwar der Jüngere von uns beiden, doch halte ich es da eher mit Churchill. »No sports!« Churchill-Zitate kommen bei Benno immer gut an. Zum Glück plant er seine Reise aber erst etwas später, wenn das irisch-jüdisch-sizilianische Baby in Palermo auf die Welt käme. Aber so lange könne ich nicht warten, machte ich ihm klar. So kam ich wenigstens drum herum, ihn nach unserer frischen Versöhnung gleich wieder mit einer Absage vor den Kopf zu stoßen. Ursprünglich wollte ich von London nach Genf fliegen.

»Haben Sie es eilig, oder können Sie sich Zeit nehmen, um etwas von Europa zu sehen?« Der Flug wäre gleich teuer wie die touristischere Variante per Schiff, erklärte mir die freundliche indische Dame im Londoner American-Express-Reisebüro. Das Gehämmer von drei Fernschreibern im engen Büro überschreiend hatte ich mich nach Flügen erkundigt, als ich meine Travellerschecks in Schweizer Franken, Gulden und Deutsche Mark eintauschte. Fasziniert starrte ich nur auf den roten Punkt auf ihrer Stirn und nickte. Es siegte die Verlockung, mir bei dieser Gelegenheit das Nachkriegseuropa anschauen, wenn es sich nun schon so ergibt. In den USA bekommt man wenig von Europa mit. Nur über die Krisen, wie den Mauerbau in Berlin im vorigen Jahr, steht etwas in der Zeitung oder kommt im Fernsehen. Um eine beklemmende Fahrt mit der Deutschen Bahn zu vermeiden, habe ich eine Flussfahrt auf dem Rhein von Amsterdam bis Basel gebucht. In Gesellschaft von lachlustigen Holländern kann ich mich ganz entspannt aus der neutralen Perspektive eines Touristen auf Deutschland eingelassen. Das ist bestimmt das Beste.

Es war die richtige Entscheidung, stelle ich fest, denn durch die unverwüstliche Heiterkeit meiner niederländischen Reisegefährten erscheint mir das beängstigende Deutschland plötzlich in einem milden Licht. Der Klumpen im Magen löst sich auf. »Es ist ein schönes Land, wenn man es mit den Augen eines Unbedarften sieht«, schrieb ich Esther vor ein paar Tagen auf einer Postkarte von der Loreley. »Und wer ist vom deutschen Wirtschaftswunder, das man vom Niederrhein, Düsseldorf bis Mannheim ausgiebig besichtigen kann, nicht beeindruckt? Wen lässt das romantische Rheintal kalt?« Von Bord gegangen bin ich von dem Dampfer allerdings nur in Straßburg, weil es französisch ist. Deutschen Boden zu betreten fühle ich mich noch nicht fit genug. Ich schleiche noch etwas um den heißen Brei herum. In Basel habe ich mir für die Fahrt quer durch die Schweiz zum Genfer See einen Mercedes Benz gegönnt. Erstaunlicherweise finden die Schweizer das Mieten eines Autos sehr extravagant. »Es ist doch mit der Schweizer Eisenbahn viel bequemer und billiger!« Der Mann im Schweizer Reisebüro schüttelt den Kopf: »Ein verrückter Ami!«

Die Tour durch die Schweiz wirkt auf mich wie ein Kitschfilm. Alles ist so übertrieben gediegen, putzig, idyllisch und geleckt. Nur vom Genfer See bekomme ich erst einmal nichts mit. Es gießt in Strömen, so dass die Scheibenwischer große Mühe mit der Regenflut haben. Zweimal habe ich mich schon verfahren. Bei dem Sauwetter hatte ich die Schilder, die nach Vevey wiesen, übersehen. Zur »Auberge des Vignobles«, wo Georg mir ein Zimmer reserviert hat, muss ich neben den Weinbauterrassen steil bergauf fahren. Ich lege den zweiten Gang ein, da schießt mir ein mittlerer Sturzbach mit Geröll und entwurzelten Weinstöcken entgegen. Der Benz kämpft dagegen an wie ein Schlachtschiff und bleibt Sieger.

Mit einem riesigen grünen Regenschirm läuft mir der Hausdiener in ebenso grünen Gummistiefeln entgegen. Er geleitet erst mich und dann mein Gepäck in die Pension. Die Pension ist eine alte Villa, die mit ausgesuchten antiken Möbeln, Gemälden, Leuchtern und dicken Teppichen einen Luxus der Zimmer verspricht. Von irgendwoher erklingt der silberzarte Schlag einer antiken Kaminuhr. Zumindest beweist Georg mit seiner Empfehlung einen sehr erlesenen Geschmack für einen ehemaligen Bauernlümmel aus Westpreußen.

Die Wasserlachen, die unsere Schuhe hinterlassen, wischt die Haustochter sofort hinter uns weg. Sogleich platziert sie eine Art Tablett neben die Zimmertür und stellt meine Schuhe darauf. Diensteifrig stopft sie meine aufgeweichten Treter mit Zeitungspapier aus. Noch

im Flur wischt der Hausdiener mein Gepäck trocken. Die Effektivität ihrer Arbeit verrät professionelle Routine. Beim Betreten des Zimmers zieht der Hausdiener die Vorhänge auf. Das tut er wohl gewohnheitsmäßig. Wahrscheinlich soll ich die Aussicht genießen. Ich sehe aber nur einen grauen Vorhang aus Regen.
Den Lac Léman kann ich nicht einmal in der Ferne ahnen. Das Zimmer hat ein weißes Telefon. Das gilt in Europa als großer Luxus. Auch ein Radio mit Weckuhr ist im Kopfteil des Bettes eingebaut. Der letzte Schrei in Europa, was ich, wenngleich in den Staaten längst Standard, aus Höflichkeit ganz besonders würdige und damit das Personal glücklich mache. Nachdem ich mich frisch gemacht habe, lasse ich mich mit Georg verbinden. Dieses Mal hat er kein Misstrauen in der Stimme. Wir verabreden uns zum Abendessen in meiner Pension. »Die Küche des Hauses gilt als eine der besten hier in der Gegend! Und zum Glück hat der Regen aufgehört.«
Meine Schwester hatte mir die Rubins als grobschlächtige Menschen beschrieben. Zu meiner Überraschung kommt ein eher schmächtiger Mann in einem Dreiteiler mit roter Fliege und Halbglatze auf mich zu getippelt. Seine wenigen Haare vom Haarkranz hat er sich seitlich über den kahlen Schädel gekämmt.
»Georg!«, sagt er und streckt mir mit prüfendem Lächeln seine Hand entgegen. »Vorsicht, ich habe zwar ein freundliches Gesicht, aber in Wirklichkeit bin ich ein Schuft!«, lacht er.
»Ja, gleichfalls!«, antworte ich amüsiert. »Nur am freundlichen Gesicht arbeite ich noch«, versetze ich und freue

mich, dass mir auf Anhieb eine schlagfertige Replik auf Deutsch gelingt.
»Wie sind wir eigentlich verwandt?«
»Überhaupt nicht«, sage ich nach einer Gedankenpause. Wortlos ziehe ich das letzte Foto meines Vaters mit dem Strick um den Hals aus der Tasche. Ich lege es vor ihm auf den Tisch. Zögerlich nimmt er es zur Hand. Er trägt keinen Ehering, fällt mir dabei auf.
»Das ist mein Vater! Kannten Sie ihn?«
Georg schaut überrascht drein. »Ich kenne zumindest das Foto. Denn schließlich hatte ich es ja seinerzeit aus Deutschland in die Schweiz zu Ihrer Schwester geschmuggelt.«
»Ja, ich weiß, aber wie sind Sie an das Foto gekommen?«, bohre ich nach. »Die Erklärungen meiner Schwester fand ich etwas wolkig und ziemlich *unergiebig*, wenn ich mal so sagen darf...«
Wieder zeigt Georg sein rätselhaftes Lächeln. »Tja, das ist auch einer der Gründe, warum ich Sie bei Ihren Nachforschungen unterstützen möchte. Denn genau das will ich auch herausfinden, unter anderem natürlich. Mein Freund Werner aus Berlin, der es mir damals nachgeschickt hatte, lebt leider nicht mehr und kann keine Auskunft mehr geben. Meine Briefe an ihn kamen alle zurück... Tja... Natürlich könnte man auch einen Privatdetektiv engagieren, aber...« Georg Rubin senkt die Stimme, schaut sich um und beugt sich vertraulich über den Tisch. »Aber können und wollen wir *dazu* wirklich einen Goi engagieren?«, fragt er mit gedämpfter Stimme, als dürfe das niemand hören. Umständlich fängt er an, sich eine Pfeife zu stopfen, wozu er vorher

aus einer Herrenhandtasche ein ganzes Konvolut an Pfeifen, Tabakdosen, Pfeifenreinigern und einen silbernen Pfeifenstopfer hervorgezogen und vor sich auf dem Tisch ausgebreitet hat. Die Selbstinszenierung von Pfeifenrauchern geht mir auf die Nerven, doch ich versuche es höflich zu ignorieren und lächle milde. Zwischen seinen Verrichtungen sieht er mich fragend an. Ich schüttele den Kopf.

»Mir wäre wohler, wenn wir keinen Goi in unsere Familieninterna einweihen«, sage ich ihm zu Gefallen.

»Mir geht es genauso«, entgegnet er zwischen zwei Zügen aus der Pfeife, »sonst hätte ich schon jemanden damit betraut. Aber es gibt nur drei jüdische Privatdetektive in der Schweiz, und die sind alle aus naheliegenden Gründen ausgelastet. Außerdem haben die aufgrund ihrer Sonderstellung auch völlig übertriebene Honorarvorstellungen.«

Der Kellner kommt mit der Karte.

»Was bitte ist ein Stubenküken?«, will ich wissen. Ich starre ratlos in die zweisprachige Karte, als wollte ich sie auswendig lernen, und gebe schließlich auf. »Ich nehme dasselbe wie ... Sie?«

»Da morgen Jom Kippur ist, will ich einigermaßen koscher essen und nehme heute das Stubenküken ohne Sahnesauce, nur gegrillt. Einverstanden?«

Ich nicke. Georg bestellt Weißwein, probiert zwei Weine und entscheidet sich für einen Gewürztraminer, was immer das ist. Inzwischen schmaucht er seine Pfeife. Englischer Kirschtabak. Mir fällt zum ersten Mal auf, dass alle meine Gesprächspartner passionierte Raucher sind. Die Woodwards, Benno, Georg ... alle paffen.

Nachdem sich der Kellner mit unseren Bestellungen davongemacht hat, kann ich meine Neugierde nicht mehr zügeln.
»Wer ist Schlesinger?«
Georg bekommt feuchte Augen und einen schmerzlichen Zug um den Mund. Sein sibyllinisches Lächeln verfinstert sich um einige Nuancen. Er nickt bedächtig und murmelt: »Es klebe die Zunge an meinem Gaumen, wenn ich deiner nicht gedenke! Baruch dayan ha'emet!«
»Oh«, entfährt es mir. Zartfühlend will ich ihn nicht mit weiteren Fragen bedrängen. Ich schließe daraus, dass dieser Segensspruch einer erst kürzlich verblichenen Dame seines Herzens gilt. Für unsere Sache ist das nicht von Belang, darum gebe ich Ruhe. Mag er darauf zurückkommen, wenn ihm danach ist, egal. Unvermittelt fasst Georg in seine Brusttasche und fischt mit zwei Fingern einen Zettel heraus und reicht ihn über den Tisch: »Edeltraut Kriegeskotte, verh. Lehmkuhl, geb. 21.06.1920 in Breslau.«
»Finden Sie doch bitte alles über diese Person heraus! Es wäre vielleicht wichtig im Zusammenhang mit einer heiklen Angelegenheit, die mir sehr am Herzen liegt. Der Mann, also dieser Lehmkuhl, war bei der SS, soviel ich weiß. Bitte nur alles über sie herausfinden, ob und wo sie lebt, aber bitte nicht in Kontakt treten! Er, dieser Verbrecher, ist mir egal. Bei Gelegenheit erzähle ich Ihnen mehr dazu.«
Nachdem der Wein und die Vorspeise serviert worden sind, fährt Georg fort: »Wie mir Ihre Schwester aus Berlin schrieb, sind Sie auch auf der Suche nach dem Verbleib Ihrer Mutter? Meinen Sie, dass sie tatsächlich

noch lebt? Ich meine ... ohne nach dem Krieg je nach Ihnen gesucht zu haben ...?«
Den Mund voller Flusskrebse mit Orangenmayonnaise, zucke ich stumm mit den Schultern.
Georg fährt fort: »Mein Neffe Walter aus Berlin schreibt, dass wohl alle Rubins, außer sein Bruder Benno in London, er selbst und ich die einzigen überlebenden Rubins sind. Die ganze restliche Familie der Rubins, achtundvierzig an der Zahl, ist umgebracht worden. Ich weiß noch nicht einmal, wer genau und wo ...«
»Auch dazu werde ich Nachforschungen anstellen, wenn Sie mir da noch ein paar Daten an die Hand geben«, verspreche ich und wechsele schnell das Thema. Der vermutete Tod meiner Mutter und die achtundvierzig ermordeten Rubins drücken zu sehr auf die Stimmung für ein Dinner vor Jom Kippur, darum nehme ich nach einer Gedankenpause den Gesprächsfaden wieder auf: »Aktuell muss ich mich noch ein wenig um die Lebenden kümmern. Und da hätte ich eine große Bitte«, fahre ich in forciert aufgeräumtem Ton nach einem Schluck Wein fort. »Weil abends die Fernsprechämter geschlossen sind, bin ich in der Verlegenheit, nur aus der Pension in die Staaten telefonieren zu können, was unnötiges Aufsehen erregt und Kosten verursacht. Wäre es vielleicht möglich, dass ich von Ihrer Wohnung aus anrufen könnte, um daheim einige Dinge zu klären? Die teuren Auslandsgespräche erstatte ich natürlich.« Ich erwähne kurz Liliths Krankheit und strecke die Fühler aus: »Haben Sie in Osche jemals von einer seltsamen Blutkrankheit, die Mittelmeeranämie heißt, gehört? Von Kindern, die bleich mit gelb-

licher Haut und Wachstumsstörungen früh verstorben sind?«
Georg sieht mich groß an. »Die Hälfte aller Kinder starb damals ohnehin ... Da hat man kaum Näheres über die Gründe gewusst. Meist war es Tuberkulose, Diphtherie, Lungenentzündung, Masern oder Scharlach. Starb eines, kam sofort ein neues nach. Äh... Ich meine, bei den armen Juden wie bei uns Rubins.«
Ich nicke verständnisvoll. Ich werde daran erinnert, welch große soziale Unterschiede es auch unter Juden gab. Das hatte ich im Elfenbeinturm meines amerikanischen Universitätsstädtchens völlig vergessen. Bin ich nur der Befangene meiner eigenen sozialen Klasse oder habe ich unwillkürlich die faschistische Propaganda vom »reichen oder intellektuellen Juden« übernommen?, frage ich mich und schäme mich, dass ich all die armen Juden aus dem Berliner Scheunenviertel, ebenso wie die in Brooklyn, verdrängt habe. Nicht zu reden von all den armen Teufeln im früheren Schtetl, zu denen die Rubins immer gehört haben. Sie waren uns arrivierten Juden nur ein Ärgernis. Wahrscheinlich, weil sie uns an unsere eigene elende Herkunft erinnert hatten. Dabei hätte ich nur an meine Tante Franziska, Walter und Benno im Berliner Arbeiterbezirk Wedding zu denken brauchen. Ich fühle mich ertappt.
»Wenn wir für Ihr Telefonat keine Pyjamaparty veranstalten wollen, dann müssen wir uns nun sputen. Außerdem ist *jetzt* schon Jom Kippur, und wir sollten bereits seit einer Stunde schweigen und fasten.«
Erstaunt stelle ich fest, dass Georg offenbar viel frommer ist als ich. Seine Wohnung liegt unten am See, ist

zwar sehr gediegen, hat aber eine sehr seltsame Bibliothek für einen Professor. Wozu so viel Populärwissenschaftliches und so wenig Fachliteratur?, wundere ich mich kurz, als mein Blick über die Buchrücken gleitet. Sogar Bücher aus Buchclubs!

Taktvollerweise rufe ich nur kurz zu Hause in Ann Arbor an, um meine Glückwünsche zu Jom Kippur zu überbringen. Mit Rücksicht auf meinen Gastgeber verschiebe ich die wichtigen Gespräche auf den Tag nach Jom Kippur. Denn eigentlich herrscht wegen des höchsten Feiertags schon das Schweigegebot, und Georg versucht seine Missbilligung hinter fahriger Rumräumerei auf dem Schreibtisch zu kaschieren.

Zum Gebet zu Jom Kippur verabreden wir uns im kleinen Bethaus von Vevey. Vier Schweizer Juden und sieben geflüchtete Juden aus Deutschland sind ein Minjan. Wir beten wie alle Juden an diesem Tag in weiße Gewänder gehüllt mit Sandalen an den Füßen. Wir danken dem Allmächtigen, dass er uns den Vorfall mit dem Goldenen Kalb vergab und sich mit dem Volk Israel wieder versöhnt hatte. Seither sollen es ihm alle Juden an diesen Tag gleichtun, alles vergeben und sich versöhnen. Leichter gesagt als getan.

Selmas Heimkehr ins Gelobte Land
Mauritius, Haifa, 1943–1945

Gerade als Selma rein spekulativ nach einem geeigneten kleinen Haus am Strand nördlich von Port Louis Ausschau hielt, in dem sie mit Cäsar später einmal leben könnte, kühlte sich das Klima zwischen ihr und ihren neuen Freundinnen im Krankenhaus ab. Man wich ihr aus, beantwortete ihre Fragen nicht, und sie merkte, dass man sie zunehmend mit Argwohn beobachtete. Scheele Blicke aus den Augenwinkeln. Tuscheln hinter dem Rücken. Verschlossene Türen. Plötzlich verstummende Gespräche. Durch die Presse auf Mauritius geisterten bösartige Hetzartikel, die davon berichteten, dass das Camp von Beau Bassin Luxusartikel und nur die besten Lebensmittel bekäme, die den Insulanern verwehrt blieben. Angeblich hätte man drei Spione im Lager verhaftet. Ohne Vorwarnung wurden alle Internierten, die wie Selma außerhalb des Lagers arbeiteten, zurück ins Lager gebracht und wie die übrigen unter Arrest gestellt. Auch das Erholungsheim weiter unten und das Ferienzeltlager in Pointe de Flacq wurden geräumt und geschlossen. Nur die sechs tschechischen Büroangestellten durften bleiben und weiter im Konsulat arbeiten und wohnen, weil der tschechische Konsul beim Gouverneur der Insel energisch auf dem Verbleib seiner Mitarbeiterinnen bestand und mit ernsten diplomatischen Konsequenzen gedroht hatte.

Auch wenn sich keiner vorstellen konnte, worin diese diplomatischen Konsequenzen mit der Tschechoslowakei – einem Land, das eigentlich als souveräner Staat gar nicht mehr existierte –, im Einzelnen bestehen könnten, so gab sich der Gouverneur trotzdem geschlagen. Er wolle keinen Ärger mit dem Kolonialministerium und dem Foreign Office in London, erklärte er den hartnäckigen Tschechoslowaken. Nach einiger Zeit wurde klar, dass all diese Gerüchte vom Lagerkommandanten in Beau Bassin gestreut worden waren. Dabei konnte man noch nicht mal sagen, dass der Mann von Grund auf schlecht war. Er war nur korrupt, intrigant, nachtragend und äußerst rachsüchtig. Dass sich die Internierten immer mehr Freiheiten herausnahmen, passte ihm schon lange nicht mehr. Außerdem schmälerte es seine Einkünfte, wenn sich die Internierten in Port Louis anstatt in seinem Lagerladen mit Lebensmitteln und Kleidung eindeckten. Am 1. August 1943 hatte die Marine japanische U-Boote vor der Ostküste ausgemacht, und die Insel geriet in Panik, dass die Japaner sie von der Versorgung aus Südafrika und dem Mutterland abschneiden könnten. In der Nacht vom 7. auf den 8. August 1943 wurde das Lager von Militär umstellt. Alle Internierten mussten zum Zählappell antreten. Man suchte Spione, die den Japanern angeblich Lichtzeichen gegeben haben sollten. Wie man über die Berge von der Westküste zur Ostküste signalisieren könne, blieb ein Geheimnis der Propaganda. »Juden war alles zuzutrauen!«
Im Wesentlichen waren die unsinnigen Maßnahmen eher für die Inselbevölkerung gedacht. Zur Beruhigung

wollte der Gouverneur so auf Kosten der Internierten politische Handlungsfähigkeit und Wachsamkeit vortäuschen und zusammen mit dem Lagerkommandanten die Zügel der Willkür wieder straffer ziehen. Das vorher sehr entspannte, ja fast schon freundschaftliche Verhältnis zwischen den Insulanern und den jüdischen Internierten war ihnen schon lange ein Dorn im Auge. Nun war es nachhaltig vergiftet. Zwar durfte Selma hin und wieder unten in Port Louis im Krankenhaus arbeiten, aber immer wieder wurde ihr ohne Grund der Ausgang untersagt. Auch den anderen Auswärtstätigen wurde grundlos der Arbeitsausgang versagt, dann wieder ebenso grundlos erlaubt. »Sind wir jetzt hier in Schutzhaft wie in einem deutschen KZ?«, protestierte Selma.

Das hatte den Lagerkommandanten tief gekränkt. Offenbar um sich zu rächen, schaltete er alle BBC-Radiosendungen, die sonst über Lautsprecher zu hören waren, ab. Nur die deutschen Nazisender konnten noch gehört werden. Diese Schikane hatte wenigstens den Vorteil, dass sich die Insassen von Beau Bassin über jede »Frontbegradigung«, also die deutschen Rückzüge, freuen konnten. Allmorgendlich aktualisierte Cäsar den Verlauf der deutschen Front auf der Landkarte, bevor er sein »Café Größenwahn« öffnete und seinen Running Gag mit der Nationalhymne und den strammstehenden Wachen zu lauem Kaffee oder Tee zelebrierte.

Die Einzigen, die das Lager nun tatsächlich endgültig verlassen durften, als man gar nicht mehr damit rechnete, waren die polnischen Freiwilligen, die über

das Konsulat in Johannesburg zum Kriegseinsatz in Marsch gesetzt wurden.
Der Konflikt im Lager spitzte sich weiter zu. Die Internierten traten in den Hungerstreik.
Selma und dem Königspudel war es mit Bestechung über den chinesischen Lagerlieferanten und mithilfe des katholischen Bischofs gelungen, einen unzensierten Brief an die Glaubensbrüder in Johannesburg zu schicken. Darin prangerten sie die Zustände in Beau Bassin an und wiesen auf ihre komplette Rechtlosigkeit »wie in einem deutschen KZ« hin. Dieser Brief wurde in sämtlichen südafrikanischen Zeitungen und zeitversetzt dann von allen britischen Blättern im Mutterland veröffentlicht. Kurz darauf gab es im Unterhaus in London eine große Aussprache über die skandalösen Zustände im Lager Beau Bassin, die die Tories zu verantworten hatten. Die Öffentlichkeit Großbritanniens war empört. Der verhasste Lagerkommandant musste mit sofortiger Wirkung seinen Dienst quittieren. Sein Stellvertreter zeigte sich als ein menschlicher und fairer Partner. Doch die Not war damit noch nicht ausgestanden. Auf der Insel brach eine Polio-Epidemie aus, und eintausendzweihundert Menschen erkrankten. Auch über das Lager wurde eine Quarantäne verhängt. Selbst Selma, die vom Krankenhaus von Port Louis dringend angefordert wurde, durfte das Lager nicht verlassen.
Am 21. Februar 1944 wurden die Vertreter der »Zionist Association of Mauritius«, zu der neben dem Königspudel für die Danziger Juden auch Selma als Sprecherin gehörte, überraschend zum Lagerkommandanten gerufen.

Feierlich verkündete er ihnen: »Die Regierung seiner Majestät in Großbritannien und die Regierung von Palästina haben beschlossen, dass es den jüdischen Flüchtlingen, die sich gegenwärtig in Mauritius aufhalten, erlaubt wird, nach Palästina auszureisen, sobald die notwendigen technischen Voraussetzungen dafür geschaffen worden sind. Zwar können noch keine Aussagen darüber gemacht werden, wann genau das der Fall sein wird, denn die Transportprobleme sind erheblich und Verzögerungen daher unvermeidlich.«
Der Jubel im Lager war unbeschreiblich. Allerdings mussten die Flüchtlinge noch vier heftige Wirbelstürme abwarten, die die Insel verwüsteten, bis endlich das angekündigte Schiff Kurs auf Mauritius nehmen konnte. Nur notdürftig konnten die jüdischen Flüchtlinge die Gräber des jüdischen Friedhofs auf Mauritius wiederherrichten. Selma sollte eigentlich jubeln, doch seit Wochen kränkelte sie derart, dass ihr vom neuen Kommandanten drei Wochen Erholungsurlaub im idyllischen Norden der Insel genehmigt wurde. Cäsar durfte sie sogar in das Guesthouse begleiten. Nach vier Jahren durften sie das erste Mal wieder länger als acht Stunden beisammen sein. Das sei der Vorgeschmack auf die Freiheit, versuchte Cäsar sie aufzumuntern. Für die Reise ins ersehnte Gelobte Land sollten sie noch ordentlich Kraft schöpfen, warb Cäsar weiter. Doch bei Selma hatte sich etwas grundlegend verändert. Sie zuckte bloß mit den Schultern. Schon seit längerem hatte sie einen schmerzlichen Ausdruck in den Augen, doch nun war ihr Blick matt und fast erloschen. Immer wieder las Cäsar ihr die Briefe der Söhne vor, um sie

wieder aufzumuntern. Selbst über die Fotos der drei Enkelkinder, die inzwischen als »Sabres« in Israel geboren worden waren, freute sie sich nur halbherzig. Ein viertes Enkelkind sei unterwegs, schrieb ihnen Gabriel aus Tel Aviv gerade. »Da sieht man, wie viel Leben man uns gestohlen hat!«, murmelte Selma nur erbittert, und ihr Blick wurde wieder leer. Überhaupt hatten die letzten zwei Jahre nicht nur ihrer Gesundheit, sondern vor allem ihrem Seelenzustand geschadet. Wenngleich sie es sich nicht eingestehen wollte, die Enttäuschung über ihre Freundinnen und Kolleginnen im Krankenhaus hatte sie tief getroffen. Mit einem trotzigen »Gojim ist eben nicht zu trauen!« wollte sie darüber hinweggehen, doch die menschliche Enttäuschung nagte umso heftiger an ihr, je mehr sie sie verdrängen wollte.

Im Lager hatten Cäsar und Selma ihre wenigen Habseligkeiten bereits transportfertig in Kisten verpackt. In einem kreolischen Gasthaus am Hafen warteten sie sehnsüchtig nur noch auf das Schiff, das sie endlich in die neue Heimat zur Familie bringen sollte. Der Königspudel, der nun vor Überarbeitung jeden Moment zu kollabieren drohte, erwies sich entgegen allen Unkenrufen und trotz aller Widrigkeiten der letzten Jahre als ein kluger, unermüdlicher Organisator. Dennoch verschaffte es Selma eine grimmige Befriedigung, dass ihr Nachfolger nie die gleiche Autorität genoss wie sie, als sie noch die Verantwortung trug. Obwohl der emsige Mann so tüchtig war, gab es immer noch Leute, die sich hinter seinem Rücken über ihn lustig machten. Zum Glück störte ihn das nicht weiter. Er überhörte und übersah es einfach. Selma schätzte ihn für diese Uneitelkeit umso mehr.

Endlich, am 12. August 1945 war es so weit! Alle Juden aus dem Lager Beau Bassin gingen an Bord des ehemaligen Truppentransporters »Franconia« mit Ziel Haifa. Selma trank noch einen letzten Kaffee unter der Markise des Gasthauses »Mardi Gras« in Port Louis, während Cäsar sich um das Verladen des Gepäcks und die Papiere kümmerte. Vor dem Schiff hatte sich eine stattliche Menschenmenge versammelt, Freunde, Arbeitskollegen unter den Insulanern. Immer wieder stimmten sie die bekannten englisch-irischen Farewell-Gesänge an, die aber von den Abschiednehmenden kaum erwidert wurden. Sie blickten nur finster. Nachdem Selma und Cäsar ihren Aufruf bekamen, schälte sich aus der Menge eine Gruppe farbiger Frauen heraus, die von Sina, der Küchenchefin des Krankenhauses, angeführt wurde. Die Frauen kamen freudestrahlend mit Blumenketten, Früchten und Lunchpaketen beladen auf Selma zu: »We all are so sorry that you go, Selma! Why don't you stay with us?« Wenngleich die Frage rein rhetorisch war und Selma eigentlich gerührt vom Abschied ihrer Kolleginnen sein wollte, konnte sie sich eine bittere Replik darauf nicht verkneifen. »Das ist hier nicht mein Zuhause, und ihr habt es mir im letzten Jahr noch einmal ausdrücklich klargemacht: Du bist hier immer eine Fremde! Ich kann nur Freunde gebrauchen, denen ich vertrauen und auf die ich mich auch in der Not verlassen kann. Wahre Freunde finde ich nur unter meinen Leuten, habe ich gelernt. Lebt wohl! God bless!«

Beschämt schlugen die Frauen die Augen nieder, legten ihr schüchtern die Blumenketten um den Hals und überreichten ihre Abschiedsgaben. »Das tut uns alles so leid, wirklich!«, flüsterte Sina betreten. »Ja, ja, das ist, was sie immer sagen: die Polen, die Deutschen, die Engländer und nun auch ihr. Aber trotzdem ist es nett, dass ihr mir einen freundlichen Abschied bereitet habt!« Mit einem bitteren Lächeln nahm sie die Präsente entgegen und umarmte die Kolleginnen, bevor sie sich mit Blumen bekränzt und mit den Abschiedsgeschenken in zwei Korbtaschen die Gangway hochschlepppte, wo Cäsar ungeduldig auf sie wartete, weil er in ein heftiges Palaver mit den Vertretern der jüdischen Einwanderungsbehörde verstrickt war und dringend Selmas Unterstützung brauchte.

Die Lage auf der »Franconia« war noch beengter als auf ihrem Weg nach Mauritius, doch das machte den gut tausenddreihundert Passagieren nun nichts mehr aus. Alle waren froh gestimmt und sangen Lieder, sobald sie ablegten. Verklang ein Lied an einem Ende des Schiffes, so erklang ein neues am anderen Ende.

Nun erst, beim Abschied von dem verhassten Paradies, hatten sie auch einen Blick für die Schönheit des Landes. Erst jetzt wurde vielen bewusst, was sie jahrelang als Gefangene missachtet hatten und was man ihnen oben im Fort neben der Freiheit vorenthalten hatte: die tropische Fülle, das azurblaue Wasser in den Korallenlagunen!

Im Tiefblau des Ozeans sahen sie, mit türkisfarbenen Schürzen um die Atolle, die Insel Sansibar an sich vorbeiziehen. Einerseits wurde es ihnen beim Anblick weh ums Herz, andererseits überdeckte die Freude auf die Freiheit und die neue Heimat Israel alles.

Als die »Franconia« endlich bei Bab al-Mandab in das Rote Meer einbog, brach ein unbeschreiblicher Freudentaumel und Jubel aus. In Suez stiegen die Verantwortlichen der Jewish Agency ein und händigten nach Aufruf Fragebögen aus. Es stellte sich heraus, dass von den registrierten 1310 jüdischen Passagieren 84 gar nicht mehr nach Israel wollten. Sie wollten zurück nach Europa. Selma regte sich darüber so auf, dass sie einen Herzanfall bekam. Halb besinnungslos lag sie auf einer Matte an Deck. Schon deshalb war Cäsar in diesem Moment froh, dass er nicht sein wahres Wunschziel, Hamburg, eingetragen hatte. Brav trug er für sie beide die Adresse seines Stiefsohnes Gabriel ein, der in Tel Aviv wohnte und ihm die neue Heimat damit schmackhaft machen wollte, dass sie in Strandnähe in einen Bauhaus-Wohnkomplex einziehen könnten. Seinem ungeliebten Ziel Israel kam er immer näher. Dabei wurde ihm in dem Maße, wie die anderen sich freuten, beklommen zumute.

Werde ich da je wieder wegkommen?

Langsam zeichnete sich aus dem Küstendunst schemenhaft der Karmel ab. Viele Einwanderer brachen in Tränen aus. Einige fielen auf die Knie und sprachen Lobgebete auf den Allmächtigen. Auch Selma hatte Tränen in den Augen. Endlich war sie angekommen! Mit dem Blick auf den Karmel seufzte sie tief auf. Dann schloss Selma die Augen, für immer.

Tel Aviv, den 1. Oktober 1945

Liebe Schwägerin Franziska,
Ihr habt sicher inzwischen von unserer glücklichen Ankunft in Eretz Israel erfahren. Das Glück war getrübt, denn Deine Schwester, meine geliebte Selma, verstarb an einem Herzschlag, noch bevor wir an Land gehen konnten. Ich tröste mich, dass sie glücklich mit dem Blick auf den Karmel starb. Gabriel, Raffael und Ariel nebst ihren Frauen Ilyana, Ruth und Serafine und ich haben sie, wie sie es sich gewünscht hatte, in Jerusalem auf dem Ölberg zur letzten Ruhe gebettet. Baruch dayan ha'emet.
Obwohl ich ja nur der Stiefvater bin, habe ich herzliche Aufnahme bei Gabriel und seiner Frau Ilyana gefunden und viel Freude an den Enkelkindern Noah und Leah. Die anderen Enkel lerne ich dann nächste Woche kennen.
Und wie es mir geht? Die Sonne will hier ein Loch in den Himmel brennen. Darum bin ich mit den Enkelkindern fast jeden Tag am Strand, weil man es bei der Affenhitze nur da aushalten kann, bis zur Brust im Wasser stehend mit großem Strohhut auf dem Kopf. Abends bin ich dann so erledigt, dass ich schon beim Abendbrot bei Tisch einschlafe. Das Leben hier ist einfach, aber auch hart.
Zum Glück ist Gabriel jetzt ein hohes Tier beim Sicherheitsdienst und muss nicht wie Ariel bei dieser Hitze im Kibbuz in der Landwirtschaft arbeiten. Raffael ist bei den Soldaten und wohnt mit seiner Frau Serafine am See Genezareth, wo es zwar paradiesisch ist, aber fast täglich zu Scharmützeln mit den Arabern von der Golanseite des Sees kommt. Wir wohnten seinem Fahneneid auf der Festung Massada am Toten Meer bei. Es war sehr bewegend.

Wie stolz würde Selma auf ihre Jungs sein!
Eigentlich sollte auch ich ein glücklicher Mann sein, aber ich habe so Heimweh nach Deutschland ... Ich weiß, dass es verrückt ist, aber was soll ich tun? Ich sehne mich so nach den Jahreszeiten daheim und nach Schnee und Schlittschuhlaufen im Winter, sogar nach dem Läuten der Kirchenglocken am Sonntag.
Grüße mir Walter besonders herzlich, den unverwüstlichen Tausendsassa. Wie kommt Walter denn im »neuen« Deutschland, im Osten, zurecht? Und grüße ganz besonders herzlich unser Schweizer »Kriegspostamt«, unsere Else und ihren tapferen Mann Bruno.
Voller Sehnsucht, Euch alle recht bald wiederzusehen, und voller Heimweh im Herzen,
Euer Cäsar

Die Gesetzesfreude von John und Else
Berlin, 1962

Von Genf fliege ich nach Frankfurt. Dort werde ich erstmals seit 1939 deutschen Boden betreten. Anschließend geht es von Frankfurt mit der Pan Am nach Berlin.
»Last call for Mr Segall from Ann Arbor!«
Ich bin mal wieder ein late passenger und die Gangway wird extra für mich noch einmal an das Flugzeug herangefahren. Die Stewardess platziert mich auf einen Fensterplatz in der ersten Klasse, in die Reihe mit den Raucherplätzen vor dem Vorhang. Kaum sind wir in der Luft, wird mir ein Menue serviert. Das weiße Röschen in der Porzellanvase neben der Leinenserviette lässt das Köpfchen hängen. Unwillkürlich muss ich bei diesem Anblick an meine Tochter denken.
Schon wieder ist Lilith in der Klinik, wie mir meine Frau in unserem letzten Telefonat sagte. Weiße Rosen sind Liliths Lieblingsblumen, fällt mir ein. Vom Flugzeugfenster der Swiss Air Maschine habe ich imaginär kurz über Baden-Baden meinem kürzlich erst entdeckten neuesten Verwandten Heinz zugewinkt. Das Rote Kreuz hatte ihn für mich über den Stammbaum der Beineschs zufällig gefunden. Ich rätsele immer noch, was für ein Cousin welchen Grades dieser Heinz wohl sein mag. Wenn unsere Großmütter Cousinen waren, dann müssten wir Vettern dritten oder vierten Grades sein? Das wird mir alles zu mathematisch. Relevant ist

nur, dass eine gewisse Gertrud Kessler meinen undefinierten Cousin Heinz über die Nazizeit versteckt und danach geheiratet hatte. Die Landung in Berlin, hart über den Gräbern am Flughafen Tempelhof, ist legendär, erklärt mir mein Sitznachbar, ein amerikanischer Offizier. »Very challenging! The airlift, you know?!« Ich nicke und nehme das Bonbon für den Druckausgleich, das die Stewardess jedem Gast reicht. In meinen Ohren gibt es einen Knall. Berlin!
Mit einem Kilo Zeitschriften unter dem Arm trotte ich ungeduldig über den hochglänzenden sandfarbenen Marmor an der Gepäckausgabe auf und ab. Plötzlich hält mir jemand von hinten die Augen zu. Es sind parfümierte kleine, schwarz behandschuhte Hände. Die Handschuhe sind aus Wildleder. Das samtige Gefühl an meinen Schläfen mit dem feinen Trangeruch, der mir in die Nase steigt, verrät mir das. »Kuckuck!« Die Stimme erkenne ich nicht. Auch nicht die Frau, die mir schluchzend um den Hals fällt, als ich mich umdrehe. Von wegen Stimme des Blutes! Auf der Straße wäre ich glatt an ihr vorbeigelaufen!, denke ich nach dem ersten Schreck. Meine Halbschwester Else ist inzwischen keine junge Frau mehr. Sie riecht nach Tosca Eau de Cologne und Verfall. Sie ist ganz in Schwarz gekleidet. Trägt sie Trauer? »Über dreißig Jahre haben wir uns nicht gesehen«, stammelt sie ständig fassungslos. Um mein Erschrecken zu überdecken, stimme ich in das Wiedersehensgeheul ein. Ein paar Tränen verdrücke ich trotzdem. Wahrscheinlich bin ich nur über mich selbst gerührt. Wegen unserer Gefühlsausbrüche und Umarmungen merken wir nicht, dass sich um uns herum

die Ankunftshalle geleert hat. Alle rennen plötzlich zum VIP-Bereich und brüllen: »Die Dietrich!« Ich sehe nur eine schlanke Frau von hinten in einem taubenblauen Kostüm. Unter ihrem weißen Topfhut lugt blondes Haar hervor. »Ihre Mutter wohnt in Britz«, erläutert mir Else, während sie den kleinen Trauerschleier am Hut richtet und um Fassung ringt. »Wir haben die gleiche Pediküre. Ach nee, in Britz wohnt ja die Mutter von der Knef!«, korrigiert sie sich sogleich. Als wäre es ihr Besitz, weist Else voller Stolz auf die glänzenden Marmorwände und die messinggerahmten Fensterfronten des Flughafens Tempelhof. Er will als Schaufenster des Westens alles repräsentieren, was in Berlin als Luxus gilt. Mich beeindruckt nur, dass man dieses Nazibauwerk innen so anheimelnd mit zeitgemäßem Pomp ausstatten konnte, dass man darüber die Nazi-Architektur fast vergisst. Fast!, stelle ich mäklig fest. Die Messingkandelaber an den Wänden sehen trotzdem so aus, als hätte sie Hitler persönlich entworfen, nörgele ich weiter in mich hinein.

Inzwischen bahnt uns Elses bulliger Chauffeur Gustav eine Gasse durch die aufgeregte Reporter- und Wochenschau-Meute. Dabei keilt er meinen Koffer wie einen Rammbock voran. Gustav zieht leicht das linke Bein nach. Als er endlich mein Gepäck im Kofferraum verstaut hat, raunt er mir leise zu: »Nicht wundern, wenn mich die Gnädigste manchmal mit ›Bruno‹ anspricht. Seit dem Tod ihres Mannes hält sie mich oft für ihren Mann. Also nur, was das Auto angeht und die guten Dienste im Haus. Reine Gewohnheitssache. Nur damit Sie Bescheid wissen.«

»Wann ist er denn gestorben?«, frage ich überrascht. Vermutlich aufgrund meiner Herumreiserei hatte mich keine Todesanzeige erreicht.
»Vor drei Wochen. Wir fahren jetzt auch gleich weiter zum Friedhof, zur Heerstraße.«
»Heerstraße? Nicht nach Weißensee?«
»Die Mauer, Herr Segall, die Mauer!«, korrigiert mich Gustav nachsichtig.
Trotzdem bin ich irritiert. Wieso liegt ein Goi auf einem jüdischen Friedhof? Um nicht mit der Tür ins Haus zu fallen und meiner Schwester möglichst taktvoll die Zunge zu lösen, frage ich im Auto so zartfühlend und beiläufig wie möglich: »Wir fahren zur Heerstraße, zum neuen *Jüdischen* Friedhof, sagt dein Chauffeur. Da soll auch dein Bruno begraben sein, stimmt das denn? Mein Beileid, Baruch dayan ha'emet. Aber war Bruno denn nicht Christ?«
Else sieht mich groß an. »Ach, hatte ich dir nicht geschrieben, dass die beiden Brunos, also mein Bruno und Franziskas Bruno gleich nach der Befreiung 1945 zum Judentum übergetreten sind?!«
Ich bin perplex. Bei dem Gedanken, wie sich wohl eine Vorhautbeschneidung bei einem erwachsenen Mann anfühlen mochte, muss ich wohl sehr dumm dreingesehen haben, denn Gustav, der meine Gedanken offenbar errät, meint lachend in den Rückspiegel blickend: »So viel Eis zur Kühlung der edlen Teile kann man gar nicht in die umfunktionierten Wärmflaschen packen, wie die gebraucht haben. Haha! Und das im Sommer 1945! Eis hatten doch nur die Amis!«
Damit wollte er wohl auf seine Verdienste bei der

Beschaffung des Eises anspielen. So viel Schmerz, nur um zur Glaubensgemeinschaft der Ehefrau dazuzugehören. Bemerkenswert! Durch ihren schwarzen Halbschleier mit den samtenen Mouches schickt Else einen strafenden Blick nach vorn. Gustav zieht gleich den Kopf ein. Ich nicke nachdenklich.

In der Zwischenzeit gleitet Berlin an mir vorbei, oder was davon übrig ist. Es ist jammervoll. Ein Heimatgefühl kommt nicht auf. Noch nicht einmal die Sentimentalität des »Weißt-du-noch?« Nur ein leichtes Weh. Diese Stadt ist nicht bloß amputiert. Als Dame ohne östlichen Unterleib kämpft sie hohläugig gegen ihre Verwesung an. Vergeblich! Die Stadt hat ihre Seele verloren und ihren eigenen Tod überlebt. Aus den Einschusslöchern in den geschwärzten Häuserfronten scheint immer noch ihre Lebenskraft zu tropfen. Die Neubauten, die der Agonie trotzen wollen, unterstreichen nur ihre Seelenlosigkeit. Berlin ist eine Stadt der betriebsamen Untoten!

Am Grab an der Heerstraße legen wir die Blumen ab, die Gustav aus der Gärtnerei geholt hat. »Bruno Dahnke, Kofferfabrikant und treuer Ehemann« steht auf dem Grabstein. Darüber in hebräischen Buchstaben: »Baruch dayan ha'emet«. Mein innerer Chronist notiert außer den Daten gleich »Doppelgrabstelle«. Unmittelbar daneben sehe ich das Grab vom anderen Bruno: Bruno Geißler, Tante Franziskas zweiter Mann, der dort in einer Doppelgrabstelle spiegelverkehrt mit dem gleichen pompösen Grabstein aus schwarzem Marmor mit goldener Inschrift begraben liegt. Er ist drei Jahre früher verstorben. Warum weiß ich davon nichts?

Wie soll ich denn die Familienstammbäume nachzeichnen, wenn man mir hier schon die wichtigsten Daten verschweigt?, ärgere ich mich. Auf beiden Steinen sind bereits die Namen und Geburtsdaten der Gattinnen eingemeißelt, als lebten die Witwen nur noch auf Abruf und sollten sich besser sputen. So etwas habe ich in den Staaten noch nie gesehen.

Aber wann war ich in den Staaten schon auf einem Friedhof? Nie! In Leeds, in England? Never ever! Warum auch, wenn man keine eigene Familie hat?

Die Grabstellen beider Brunos sind mit schwarzem Marmor eingefasst. Eisblumen und Vergissmeinnicht blühen auf abgezirkelten Rabatten, professionell von Gärtnerhand gesetzt und gepflegt. Eine kleine schwarze gusseiserne Bank steht vor den beiden Gräbern. Darauf hat Else sich ächzend niedergelassen. Sie lüftet den zarten Schleier und tupft sich Kölnisch Wasser an die Schläfen, das sie aus dem ovalen Flakon auf ihr Taschentuch schüttet. Gustav gießt derweil die Pflanzen auf dem Grab. In gleichmäßigen Bewegungen schwenkt er feierlich eine Zinkgießkanne über den Blumen hin und her. Es wirkt so theatralisch wie eine Dienstbotendemonstration.

Das muss doch alles ein Vermögen gekostet haben. Offenbar kann man heute meine Gedanken wie eine Neonleuchtreklame auf meiner Stirn ablesen, denn Else, die meinen prüfenden Blick auffängt, erklärt mir sogleich: »Das alles habe natürlich *ich* bezahlt, denn Fränze kann sich ja so etwas gar nicht leisten. Das Geld muss weg, hatte mein Bruno, Gott hab ihn selig, ja immer gesagt!«

»Weil ihr kinderlos seid?«
»Auch!«
»Was heißt *auch*?«, hake ich nach. »Grabstellen sind ewige Werte! Darum habe ich auch gleich Fränzes und meinen Namen dazusetzen lassen. Man weiß ja nie!«

Zum nächsten Sabbat hat meine Schwester »die letzten Mohikaner« der Berliner Verwandtschaft in ihren »Tattersall« eingeladen, das riesige Berliner Zimmer, das sie mehr denn je als einen »Reitsaal« betrachtet. Auf ein Wiedersehen mit meinem Jugendidol Walter bin ich ganz besonders gespannt. Seine Mutter Franziska lässt sich telefonisch entschuldigen. Angeblich sei sie nicht auf dem Posten. Dabei wissen alle, dass sie bloß ihrer Schwiegertochter Hella aus dem Weg gehen will. So wie Fränze früher mit ihrer Schwester Martha auf Kriegsfuß stand, so hat sie ihre Lust an Feindseligkeiten auf die nichtjüdische Schwiegertochter übertragen. Aus diesem Grund hatte Hella vor sechs Jahren den Kontakt zu Franziska abgebrochen. Keine Macht der Welt konnte Hella umstimmen.
»Tja, leider wird das Evchen nie zu *uns* gehören. Und dabei ist sie so ein begabtes Kind!« Mit diesem leicht dahin gesagten Satz spielte Franziska darauf an, dass die Enkeltochter ohne jüdische Mutter nie zur Judenheit und somit nie »wirklich« zur Familie gehören könne – und dass Hella an diesem Geburtsmakel schuld sei. Dieser Satz traf Hella damals wie ein Peitschenhieb.
»Das war doch nur ein Scherz!«, versuchte Fränze sich später gegenüber Walter herauszureden. Doch selbst

ihr sonst so ergebener Erstgeborener ließ ihr das nicht durchgehen. Um den familiären Frieden wiederherzustellen, hatte er seine zeternde Mutter dazu gedrängt, Hella einen Entschuldigungsbrief zu schicken. All ihr Sträuben, Aufschieben und ihre Ausflüchte halfen nicht. Erst die Androhung, dass sie dann auch ihn verlöre. »Einen Sohn an England verloren und den zweiten an deinen jüdischen Starrsinn?«

Walter diktierte seiner Mutter zu seinem vierzigsten Geburtstag 1952 einen Entschuldigungsbrief und zwang sie mit Nachdruck zur Unterschrift. Nun werde alles gut, meinte er. Allerdings hatte er nicht mit Hellas Unversöhnlichkeit gerechnet. Hella hat die mühsam abgerungene Abbitte ungeöffnet zurückgeschickt und quer über das Kuvert geschrieben: »Es gibt Worte und Taten, die sind unverzeihlich!« Walters Vorhaltung, dass Hella ja selbst ihrem Vater verziehen hatte, einem Mann, der seiner Familie aus Eifersucht das Haus über dem Kopf angezündet hatte, verfing bei Hella nicht. »Das war eine Tat im Affekt aus Leidenschaft! Mein Vater hat später in Worten und Taten aufrichtige Abbitte geleistet. Aber deine Mutter hat ihre Bosheit grundlos, ganz bewusst und gezielt gegen mich und unsere Tochter eingesetzt! Sie wollte uns absichtlich herabsetzen und verletzen, weil wir keine Juden sind. Nein, da gibt es kein Pardon. Im Leben nicht und selbst darüber hinaus nicht.«

»Na, jedenfalls hat deine Frau Charakter. Das muss der Neid ihr lassen! Dafür würde ich sie glatt ehrenhalber zur Jüdin erklären«, quittierte Franziska die Abfuhr und meinte es auch so. Stolz hatte ihr immer imponiert.

Insgeheim bedauerte sie nun im Nachhinein, dass sie es sich mit Hella für immer verscherzt hatte.

Nach Fränzes Absage verbringt Else in Erwartung eines harmonischen Familientreffens den Vormittag in der Küche, obwohl sie selbst nicht kocht. Kritisch inspiziert sie mit einer Tasse »guten Bohnenkaffee« in der Hand das kleingeschnittene Gemüse. Es ist ihr nicht fein genug geschnitten. »Wir sind doch keine Bauern, die ihr Gesinde abfüttern!« Gerda, die Zugehfrau, steht mit einer gestärkten weißen Schürze am Herd. Geduldig nimmt sie Elses Tadel und Befehle entgegen. Tatsächlich ist Gerda dieselbe Zugehfrau, die ich noch als Junge 1932 im Haushalt der Dahnkes angetroffen hatte. Die halbe Welt ging in der Zwischenzeit in Trümmern, aber Gerda, die Perle der Dahnkes, steht nach wie vor bei Else am Herd, wischt Staub, deckt den Tisch, öffnet die Tür. Elses »Mädchen für alles« ist über die Jahre welk und grau geworden. Im Küchendunst zeigt sie rosige Waschfrauenarme. Ihre geschwollenen Füße stecken heute in Gesundheitsschuhen und wollen sich über das orthopädische Schuhwerk entgrenzen. Ein kurzes Aufleuchten im Blick signalisiert mir, dass auch Gerda mich wiedererkannt hat. Nach fast dreißig Jahren?, zweifele ich. Else muss Gerda auf das Wiedersehen vorbereitet haben! Bestimmt hat sie tagelang von nichts anderem geredet. Nun rührt Gerda weiter emsig die Sauce an. Ihr ganzer Oberkörper bebt dabei. »Für morgen zum Sonntagsbraten«, erklärt sie mir. Ohne mit der Wimper zu zucken, nimmt Gerda Elses nörgeligen Ermahnungen hin, die mich schon nach zwei Minuten auf die Palme gebracht hätten. Die deutschen Worte

»Duldsamkeit« und »Demut« fallen mir dazu ein. Diese Worte erinnern mich an meine Zeit in Leeds bei den Woodwards. Mein Gleichmut von damals erstaunt mich heute im Nachhinein.

Endlich klingelt es. Gerda hat sich in ihrer Kammer inzwischen in Rekordzeit von der Köchin zum Dienstmädchen gewandelt. Mit Spitzenhäubchen, Schürzchen und kecker Schleife im Rücken, über einem mausgrauen Kleid mit weißen Manschetten. »Comme il faut!«, wie meine Mutter wohl gesagt hätte. Die Kohanim-Rubins steigen bedächtig die Marmortreppe empor. Walter trägt grinsend einen Blumenstrauß im Arm. Er ist in Zeitungspapier eingewickelt. Die Blumen sind aus dem Garten. Auf dem Kopf trägt Walter eine blaue Baskenmütze. Mit der Ablehnung eines Herrenhutes demonstriert er weiterhin seine prinzipiell antibürgerliche Gesinnung. Der Schillerkragen ohne bourgeoise Krawatte rundet sein politisches Statement in der äußeren Erscheinung ab. Wie früher. In seinen Augen, die früher vor Zuversicht und Lebenslust blitzten, hat sich nun gallige Skepsis mit Restironie eingenistet, die immer noch auf Pointen lauert. Ihm hängen die Schultern wie einem Besiegten, der sein Schicksal tapfer in Würde angenommen hat, aber mit sich im Reinen ist. Walter ist ein Held auf Halbmast. Hinter ihm geht mit festem Schritt seine streng blickende Frau, Hella, die mich an die Erinnyen aus antiken Balladen denken lässt. Auf den ersten Blick ist klar, dass in dieser Ehe Hella die Hosen anhat. Lustlos trottet ihnen die Tochter Eva hinterdrein. Eva sieht ihrer Großmutter Franziska sehr ähnlich. Aber nur, wenn man sich ihre nihilistische Existenzialisten-Kluft, bestehend aus einem übergroßen schwarzen Rollkragenpullover zu einem schwarzen Faltenrock und schwarzen Strümpfen, und ihre ebenso schwarze Juliette-Gréco-Mähne und die blass geschminkten Lippen wegdenkt. Wahrscheinlich schmiert sie sich wie Lilith auch heimlich schwarzen Eyeliner auf die Augenlider und ist jetzt schlecht gelaunt, weil sie so brav sein muss, mutmaße ich. Ihren Protest gegen die Eltern demonstriert Eva mit einem riesigen Davidstern aus blankem Silber auf dem schwarzen Pullover, unter dem sich, anders als bei meiner Tochter, noch kein Busen abzeichnet. Der demonstrative Davidstern erstaunt nicht nur mich. Alle wissen doch, dass sie »nur« Vater-Jüdin ist, also nicht wirklich Jüdin nach traditionellem Verständnis. Irgendwen will Eva provozieren. Wahrscheinlich geht das gegen die Mutter. Oder wollte sie ihre Großmutter Fränze damit ärgern, die sie heute verpasst hat?, folgere ich. Angesichts ihrer streng blickenden Mutter Hella vermute ich, dass sich das Mädchen hauptsächlich an ihrer Mutter abarbeiten will. Insgeheim wirft sie ihr wohl auch ihr Nichtjudentum vor. Ob es ihr bewusst ist, dass sie damit Salz in die Wunden ihrer Mutter reibt? Absichtlich? Wie subtil sich Frauen bekriegen können! Else, darauf angesprochen, meint hingegen, dass Eva ihrer Mutter Hella insgeheim vorwirft, als deutsch-jüdischer »Mischling« ein Leben zwischen sämtlichen Stühlen führen zu müssen.

Sie sind beide einsame Außenseiter. Beide tun mir leid. Sie werden einander nichts schenken an Schmerz und Verletzung. Als Fazit ziehe ich daraus erneut den

Schluss, dass ich keine Ahnung habe, was in den Seelen von Frauen vor sich geht. Ich verstehe weder die Motive noch das Ziel. Ich sehe nur, dass sich die Frauen dieser Familie ständig neue Anlässe suchen, einander Schmerz und Kummer zu bereiten.

Am meisten bedauere ich den Helden meiner Jugendzeit, den gutmütigen Walter. Wenn er nicht allabendlich seinen streitbaren Weibern – Mutter, Ehefrau und Tochter – in die Welt der Opernarien entfliehen könnte, würden die ihn fertigmachen, mutmaße ich. Bei Tage verschanzt Walter sich hinter Zeitungen oder ignoriert die zänkischen Frauen in seiner Umgebung. Wenn nichts anderes hilft, steigt er auf sein altes Rennrad und flieht einige Hundert Kilometer rund um West-Berlin immer an der Mauer entlang, sagt Else.

Um Elses Kaffeetafel versammeln sich jetzt die Reste der Mischpoke. Allen ist schmerzlich bewusst, dass die vier Segals mit einem l fehlen. Deportiert und auf der Flucht nach Schweden umgekommen. Die einzig Überlebende, die blinde Tochter Hedwig, kam in den fünfziger Jahren bei einem Autounfall in Malmö um. Es fehlen auch die vier Hartmanns, Tante Martha und ihre Familie. Sie kamen schon 1935 durch den erweiterten Selbstmord des Vaters ums Leben. Der abgesetzte Gerichtspräsident am Kammergericht erschoss erst die Familie und dann sich selbst. Auch die Sportskanone Elli fehlt. Die ehemalige Partisanin »La Lupa«, die in den Abruzzen als Scharfschützin kämpfte, ist nach dem Krieg eine tief katholische Betschwester geworden, geehrt und hoch dekoriert mit Verdienstorden vom italienischen Staat für ihre Verdienste im Kampf gegen die

Deutschen. Sie wird Deutschland nie wieder betreten, hatte sie geschworen.

»Fränze hat sich für heute entschuldigt«, verkündet Else und verschweigt, dass sie schon länger den Eindruck hat, dass ihre Cousine ihrem sächsischen Fels, Bruno Geißler, recht bald ins Grab folgen will. Obgleich das alle denken, verliert niemand darüber ein Wort. Man tauscht nur verständnisinnige Blicke. Um vom schmerzhaften Fehlen all der anderen Verwandten abzulenken, bringe ich meinen wiedergefundenen entfernten Cousin Heinz Rein aus Baden-Baden und Walters neu entdeckten Onkel Georg ins Gespräch. Schriftsteller soll Heinz Rein sein und hat wohl den ersten deutschen Roman der Nachkriegszeit geschrieben. An einen Cousin Heinz aus Berlin, den es nach Baden-Baden verschlagen hat, kann sich niemand erinnern.

»Gehört der tatsächlich zur Familie?«

»Ja, über die Beineschs! Das ist die Familie mütterlicherseits, also von Franziskas Mutter. Und einen Sohn hat er auch ...« Das interessiert offenbar niemanden, darum stecke ich die Literaturliste der Werke des Cousins wieder ein und lasse seine Bücher in der Tasche. Mit gerunzelter Stirn denkt Walter nach und schüttelt den Kopf. »Ein Schriftsteller? In unserer Familie? A Wunder!«

Mit Georg Rubin verhält es sich anders. Das Foto meines Vaters auf dem Weg zum Galgen, das Georg durch die Weitergabe an meine Schwester Else in die Familie zurückkatapultierte, geht an der Tafel von Hand zu Hand. Walters Frau Hella betrachtet das Foto lange und eindringlich.

»Was? Ein Professor und Doktor soll Georg Rubin sein!?«, witzelt Walter und bricht in schallendes Gelächter aus. Dabei rührt er sich einen Esslöffel Schlagsahne in die Kaffeetasse. Süffisant spottet Walter über Georgs Hundegespann, das ihn damals immer vom Bahnhof in Osche zum Vorwerk transportiert hatte, als er noch der »Kronprinz« der Kohanims war und Georg Rubin der peinliche Onkel väterlicherseits. »Was für ein Hochstapler! Wie alle Rubins! Friede ihrer Asche! Die Frage ist nur: in Auschwitz oder Bergen-Belsen?«
Alle gucken betreten auf die fettglänzende Sahnecreme ihrer Schwarzwälder Kirsch. Walter weiß, dass nur *er* aufgrund seiner Leiden die Narrenfreiheit hat, eine solche Pointe loszulassen. Trotzdem lässt Else empört die Kuchengabel auf den Teller fallen. »Ich glaube, die Rubins sind allesamt in Auschwitz vergast worden. Und daran ist nichts witzig!«, weist meine Schwester Walter zurecht. »Aber vergiss nicht, dein Onkel Georg ist der einzige Blutsverwandte von deines Vaters Seite, den du noch hast! Dafür sollten wir alle Gott danken! Le Chaim!«
Darauf folgt betretenes Schweigen. Walter senkt schuldbewusst den Kopf. Ich räuspere mich. Es ist angebracht, dem Tischgespräch eine andere Wendung zu geben, finde ich.
»Also, ein Hochstapler, was die Titel angeht, das mag vielleicht sein, aber was die Finanzen betrifft, die sind echt«, plädiere ich zur Ehrenrettung von Georg Rubin. »Um ehrlich zu sein: Georg finanziert meine Nachforschungen zum Verbleib unserer Familie! Wir sollten ihm dafür dankbar sein.«

Das verschlägt allen die Sprache. In die plötzliche Stille hinein leite ich über zu meiner schwierigsten Recherche, zum Schicksal meiner Mutter und zum mysteriösen Foto meines Vaters auf dem Weg zum Galgen, das sich alle angesehen haben und das neben meinen Teller zurückgewandert ist. Hella kaut stumm an ihrem Tortenstück herum. Vorsichtig trägt sie die Maraschinokirsche ab und lässt sie auf Evas Teller kullern. Hella sucht meinen Blick. Mit einer minimalen Kopfbewegung macht sie mir ein Zeichen Richtung Flur. Ich gehe zum Bad. Kurz darauf kommt Hella mit einem Tablett schmutzigen Geschirrs den Flur entlang. Leise klopft sie an die Badezimmertür. Wortlos läuft sie weiter zur Küche. Ich folge ihr. Gerda hat offenbar den sechsten Sinn aufmerksamer Dienstboten und verzieht sich mit einem Wäschekorb zum Trockenboden. Als wir allein in der Küche sind, verkündet Hella: »Ich habe eine vage Vermutung zum Foto. Ich weiß, wer das Foto gemacht hat!«
Ich bin baff. »Ja, wer und warum?«
Hella schaut zu Boden, als wolle sie die schwarz-weißen Fliesen zählen. »Es war mein Onkel Rudolf! Er war Fotograf bei der Waffen-SS und in der Einheit, die Schwetz eingenommen hat. Ich wollte das nicht vor der Familie ausbreiten. Es reicht ja, wenn ich mich dafür schäme. Ich will nicht noch vor der ganzen Familie dazu Rechenschaft ablegen und angefeindet werden, mit einem SS-Mörder verwandt zu sein ... Schon wegen Eva!«
Für einen Moment verschlägt mir das die Sprache. Da sitzen also die Nachkommen der Opfer und der Täter

als eine Familie an einer Kaffeetafel! Ein echtes deutsches Tableau ... »Ja, und warum hat er dann das Foto gemacht und auch noch rumgeschickt?«, will ich wissen und füge hinzu: »Das ist sehr ungewöhnlich, denn normalerweise wollen SS-Leute alle Spuren beseitigen ...«
Hella blickt vom Boden auf und sieht mir fest in die Augen. »Das versteht man nur, wenn man weiß, dass unsere Familie, die von Güldeners, und die Segalls nach einem Prozess um ein Waldstück seit Jahrzehnten verfeindet waren. Mein Onkel Rudolf wollte damit wohl seinen späten Triumph dokumentieren. Aus Rachsucht wollte er den Segalls seinen ›Endsieg‹ unter die Nase reiben! Das denke ich zumindest.«
»Dann haben wir alle die Absicht falsch verstanden. Also wurde das Foto nicht aus Mitgefühl und Hochherzigkeit, sondern aus reiner Niedertracht geschickt?!« Ich will noch Näheres über diesen Rudolf von Güldner wissen. Doch Hella schüttelt den Kopf.
»Er ist tot!«, sagt sie tonlos mit abweisendem Blick. Dann legt sie mir den Zeigefinger auf den Mund. »Und zu niemandem ein Wort, versprochen?«
Ich nicke und versuche unterdessen die Anzahl der Familiengeheimnisse nachzuzählen. Unvermittelt dreht sie sich auf dem Absatz um und geht zurück in den »Tattersall«. Dort referiert Else alles, was sie über Liliths Blutkrankheit weiß. Ich komme gerade rechtzeitig, um die neuesten Forschungsergebnisse zur Mittelmeeranämie anzubringen. »Neben Juden sind vor allem Römer, Griechen, Araber und Perser davon betroffen. Wissenschaftlich festgestellt wurde die Krankheit erstmals 1923 bei einem italienischen Einwanderer in Chicago.«

Das animiert Walter, laut über die letzten Kronprinzen der Kohanims nachzudenken, die alle die gleichen Symptome aufwiesen. »Mit Muttern habe ich darüber schon gesprochen. Sie weiß aber nichts über gesicherte Diagnosen der verstorbenen ›Prinzen‹! Wir haben immer geglaubt, es wäre die Gelbsucht, also irgendetwas mit der Leber. Ob es noch Unterlagen unserer jüdischen Ärzte gibt?«

»In Polen?« Else lacht höhnisch auf.

Johns Gesetzesfreude
Berlin, 1962/63

Mr Bingham im amerikanischen Konsulat in West-Berlin hatte ich noch aus der Schweiz getelext und mein Anliegen erklärt. Auf meinen Besuch war er erfreulich gut vorbereitet. Feinsäuberlich hat er mir alle Archive mit Adressen und Telefonnummern sowie die verantwortlichen Ressortleiter aufgelistet. Er hat mir sogar die verantwortlichen Stellen in Polen genannt. Woher er die wohl kannte? Informationsaustausch mit der polnischen Militärmission in Berlin-West? Ich frage besser nicht. Auf jeden Fall war es hilfreich zu wissen, dass alle ehemaligen preußischen Akten des einstigen Landkreises Schwetz in Bromberg zusammengefasst sind. »Das heißt jetzt Bydgoszcz!«, erklärt er mir. »Alle jüdischen Akten haben die Polen aber in Danzig / Gdańsk konzentriert.« Das hört sich nicht gut an. Eine Weile diskutieren wir darüber, welchen Zweck ich für meine Nachforschungen bei der polnischen Botschaft in Ost-Berlin angeben solle. »Also, von Ihrer Idee, dass Sie wissenschaftlich zu Fragen des internationalen Archivwesens arbeiten, rate ich dringend ab«, meinte er nachdenklich durch den blauen Rauch seiner Zigarre. »Gerade jetzt, wo Polen mit den Alliierten und Deutschland über Reparationsleistungen und Wiederaufbaufonds für die Zerstörungen in Polen während des Krieges verhandelt, sind die ganz besonders empfindlich. Bloß nicht dran rühren!«

Diese Querelen zwischen Deutschland und Polen vollziehen sich im Geheimen, erfahre ich. Wie die meisten Zeitgenossen hatte ich davon keine Ahnung. Unverdrossen hoffe ich trotzdem, dass sich das günstig auf meine Ansprüche auswirkt. Es bleibt nur abzuwarten, gegen wen ich meine Ansprüche erheben muss.

»Vielleicht denken die Polen gleich, Sie wollen im Auftrag der CIA oder des Büros Gehlen das polnische Registraturwesen und den Aktenbestand ausspionieren. Hahaha! Auch wenn es vielleicht nicht die Dringlichkeit signalisiert, die Sie sich davon erhofft haben, wäre es besser, wenn Sie einfach bei der Wahrheit blieben. Geben Sie lieber an, dass Sie ganz privat Ihre Familienverhältnisse anhand der Urkunden klären wollen, die Sie für Wiedergutmachungsprozesse gegen Deutschland brauchen. Wenn es gegen den deutschen Staat geht, sind die immer hilfsbereit.« Er grinst und zieht noch einmal sabbernd an seiner Zigarre. Schließlich drückt er den Stumpen im Kristallaschenbecher aus. Auf dem Schreibtisch faltet er dann die Hände wie zum Gebet. »Die werden Sie dann zwar immer noch für einen Spion halten, aber nur wie alle anderen Besucher aus dem Westen auch. Am besten sprechen Sie drüben in Ost-Berlin mit Herrn Koslowski, dem habe ich Sie schon *mit Ihrem privaten Anliegen* avisiert. Viel Glück bei der Recherche!«

Zuerst versuche ich mein Glück bei der polnischen Militärmission in West-Berlin. Ein kompletter Fehlschlag. Ziemlich unfreundlich werde ich abgefertigt, ohne ein Ergebnis. Nach Mr Binghams Liste muss ich auf der Suche nach meiner Mutter alle NS- und Gestapo-Ar-

chive abklappern. Zu meinem Erstaunen sind die Unterlagen über die verschiedenen Besatzungszonen verteilt. Doch zum Glück haben die Amerikaner auch einen Teil der Akten im amerikanischen Sektor von West-Berlin archiviert. Wo soll ich anfangen?
Zunächst frage ich mich in der Jüdischen Gemeinde durch. Hier bekomme ich Einsicht in die Transportlisten, die die Gemeindevorsteher der Jüdischen Gemeinde zu Berlin für die SS erstellen mussten. Tatsächlich finde ich Listen, auf denen der Name meiner Mutter steht. Immer wieder wurde er penibel mithilfe eines Lineals ausgestrichen. Nur auf der Liste vom 22. November 1942 ist Rosalie Segall, geb. Salomon, nicht ausgestrichen. Demnach muss sie nach Riga abtransportiert worden sein. Mein Herz macht einen Aussetzer.
Seltsam ist nur, dass ich über Else in der Schweiz noch einen Brief von meiner Mutter, datiert auf Dezember 1942, aus Berlin erhalten hatte. Von einer Reise oder gar einem erwarteten Transport war da keine Rede. Papier und Schrift lassen weder auf ein Drama noch auf Not schließen. Ich finde nicht das geringste Anzeichen, das einen Hinweis auf eine besondere Bedrängnis oder Sorge geben könnte. Der Brief ist mit einem Füllfederhalter mit königsblauer Tinte geschrieben. Die Schrift meiner Mutter ist gewohnt ruhig, rund und um Schönschrift bemüht. Wie üblich hatte sie auf handgeschöpftem Büttenpapier mit ihrem Prägezeichen geschrieben und offenbar wie immer mit einem Linienpapier darunter die Zeilen gehalten. Briefe aus einem Lager sehen anders aus, folgere ich. Zumindest wird man da kein handgeschöpftes Bütten mit persönlicher Prägung

vorrätig gehabt haben. Ich analysiere und prüfe die letzten Briefe noch einmal nach versteckten Zeichen. Dazu halte ich sie sogar gegen das Licht, bestrahle sie mit ultraviolettem Licht, ob sie vielleicht mit Zitronensäure eine geheime Botschaft enthalten. Nichts! Ich gleiche das mit den Transportlisten der Gestapo und der Bahn ab. Nirgendwo taucht ihr Name in Riga auf den Ankunftslisten auf. Auch auf den Listen der Verstorbenen oder Vermissten taucht ihr Name nicht auf. Dann habe ich eine Idee. Noch einmal gehe ich das Berliner Melderegister durch. Erstaunlicherweise ist sie in der Regensburger Straße erst bei Einzug der Hansens 1943 als »abgemeldet« aufgeführt. Ohne Angabe einer Nachfolgeadresse. Das ist ungewöhnlich. Sie hatte damals noch ihren alten Pass von 1932 ohne ein »J« für jüdisch. Es gibt lediglich den Vermerk, dass der alte Pass ungültig sei, weil sie ihn der Meldestelle nicht zum Nachtrag für das »J« und den Zusatznamen »Sara« vorgelegt hatte. Es liegen sonst noch Kopien mehrerer Aufforderungsschreiben vor, ihren Reisepass mit »Sara« und »J« ergänzen zu lassen. Doch dieser Aufforderung war sie offenbar nie nachgekommen. Es gibt auch keinen Vermerk zur weiteren Bearbeitung in den Akten, dass der Pass für ungültig erklärt oder gar eine Fahndung herausgegeben worden war, wie sonst in diesen Fällen üblich. Ich gehe zum Standesamt Berlin-Schöneberg. Dort liegt auch keine Sterbeurkunde vor. Ob sie vielleicht doch nach Riga abtransportiert wurde? Herr Bernstein von der Gemeinde hält das für ausgeschlossen. Ich habe systematisch alle Namenslisten der Transporte oder Judenhäuser um die fragliche Zeit herum

abgeglichen. Auch auf den entsprechenden Transporten ist keine Tote oder Unbekannte in den Sammelstellen zu finden. Nichts!
»Aber vielleicht haben ja die Russen noch Archive?«
»Die haben sich nur auf Kriegsverbrecher konzentriert und die restlichen Akten den Deutschen übergeben.«
»Ob sich in Ost-Berlin noch etwas fände?«
Er zuckt mit den Schultern. »Kann sein, kann aber auch nicht sein. Bei Russen weiß man nie!«
»Aber meine Mutter kann sich doch nicht in Luft aufgelöst haben! Was hat es zu bedeuten, dass sie insgesamt dreimal nicht abtransportiert wurde? Haben Sie dafür eine Erklärung?«
Herr Bernstein bekommt plötzlich einen harten Zug um den Mund und wird sehr einsilbig. In seinen Augen glimmt etwas, was ich nicht deuten kann. Nach allen Regeln der Kunst versuche ich, es aus ihm herauszukitzeln. Er bleibt verschlossen wie eine Auster.
»Bitte geben Sie mir doch wenigstens einen Hinweis, eine Vermutung oder Theorie?«, bettele ich fast. Vergeblich. Irgendwie habe ich ihn verärgert, denn Herr Bernstein wird sehr ungehalten. Ziemlich barsch fertigt er mich ab. Angeblich hat er plötzlich dringende Termine. Eine offensichtliche Lüge, denn zu Anfang unseres Treffens betonte er immer wieder überschwänglich, dass er sich extra für mich Zeit genommen hätte. »Denn schließlich sind Sie ja eigens aus den Staaten angereist.« Was für ein launischer Mensch! Ich kann mir keinen Reim drauf machen.
Danach bin ich tagelang alle Deportationslisten der Gemeinde bis 1945 durchgegangen. Nichts! Nirgendwo

taucht der Name meiner Mutter auf. Auch in den Gestapo-Listen zu den Verhaftungen nicht. Selbst bei der Kriminalpolizei gab es keinen Vorgang, der zu ihr passen könnte. Keine Vermisstenanzeige, keine Fahndung, keine unbekannte Frauenleiche, die man ihr zuordnen könnte. Ich bin deprimiert.
Weil ich nun schon zufällig in der Joachimsthaler Straße gelandet bin und mir nach den Stunden in den muffigen Archiven die Beine vertreten will, denn die Sonne lacht, schlendere ich an einigen Trümmerbrachen vorbei zu meiner alten »Penne«. Wie durch ein Wunder hat der gelbe Renaissancepalast den Krieg fast unbeschädigt überstanden. Drum herum ist alles platt gebombt worden. Wie oft haben wir das Spottlied »Die Schule brennt, die Schule brennt« gegrölt. Doch sie tat niemandem den Gefallen. Noch nicht einmal im Krieg. Weiterhin leuchtet sie unbeschadet im mediterranen Sonnengelb ihrer Backsteine in den stahlblauen preußischen Himmel. Heute ist sie kein Elite-Knabengymnasium mehr, erfahre ich. »Konservatorium« steht auf dem Messingschild am Eingang. Jemand übt am Piano Czerny-Etüden. Aus den oberen Etagen erklingt ein Waldhorn. Auf dem Weg zur Regensburger Straße durchquere ich weitere Bombenbrachen. An ihren Rändern wuchern Goldregen und zaghaft einige Neubauten. Wie durch ein Wunder ist eine Seite des Straßenzugs der Regensburger Straße unversehrt geblieben. Unsere Seite! Die gegenüberliegende Seite und die Ecken zur Kaiserallee, die jetzt Bundesallee heißt, ist komplett »wegrasiert« worden.
Ich betrete unseren alten Hausflur. Der rote Sisalläufer

im Treppenhaus ist weg. Ein Blick in den Stillen Portier des Hauses zeigt, dass in unserer Wohnung jetzt die Familie Hansen wohnt. Nur die Hausmeisterfamilie Lemke wohnt immer noch im Parterre. Ich freue mich auf ein Wiedersehen mit meinem Freund Hansi und klingele erwartungsvoll.
»Der Hansi ist im Krieg gefallen«, sagt der Mann an der Wohnungstür. Irgendwie kommt er mir bekannt vor. Die Nachricht vom »Heldentod« meines Kinderfreundes verschlägt mir die Sprache. Zum ersten Mal überkommt mich der Reflex, mich zu entschuldigen, dass ich, der Verfolgte, noch lebe – nebbich!
Verlegen druckse ich herum. »Ich bin Johannes Segall, und Hansi war mein bester Freund, als ich hier noch wohnte ...«
Die abweisende Miene des Mannes hellt sich auf. Aber nur halb. »Ach, der Hansi hat immer wieder nach Ihnen gefragt. Warum haben Sie sich denn nie gemeldet?«, fragt er mich vorwurfsvoll.
Ich gucke ihn verdutzt an und schüttele verständnislos den Kopf. Nach einer Denkpause ist bei ihm schließlich der Groschen gefallen. Er winkt ab.
»Ach ja! Ach, ja, 'tschuldigung! Na, dann kommen Sie doch rein. Wir müssen das nicht unbedingt hier im Hausflur verhandeln. Ich bin der Manfred, der Kleene, erinnern Sie sich?«
Hansis jüngerer Bruder Manfred schickt einen forschenden Blick nach oben in die erste Etage, wo wir früher wohnten. »Die Hansens!«, sagt er gedämpft und weist mit seiner verstümmelten linken Hand, an der Zeige- und Mittelfinger fehlen, nach oben. »Det waren

früher janz hundertfünfzigprozentige Nazis. Die haben eure Wohnung übernommen. *Arisiert* nannte sich das. Wie die Aasgeier sind 'se drüber hergefallen, alle, auch die Nachbarn!«

Durch einen düsteren Flur voller Gerümpel führt er mich in seine gute Stube. Seit meinem letzten Besuch als Halbwüchsiger scheint die Welt hier stehen geblieben zu sein. Nur Hansis Bild in Wehrmachtsuniform mit Trauerflor ist dazugekommen. Ich studiere das Foto eindringlich, als wollte ich mit dem Bild Zwiesprache halten. Ein Halbwüchsiger, mehr Kind als Mann, blickt mit aufgerissenen Augen, in denen sich schon das Entsetzen eingenistet hatte, tapfer in die Kamera.

»Ihn hat es bei Stalingrad erwischt«, erläutert Manni. In der guten Stube riecht es nach frischem Bohnerwachs und nach Möbelpolitur. Eine Wanduhr tickt gegen die Zeit an. Aber das Ticken kenne ich! Die Uhr an der Wand des Hausmeisters war einst unsere Wanduhr aus dem Herrenzimmer.

Manfred erläutert hastig: »Nich wat du denkst. Die haben uns die Hansens jejeben, weil sie der Westminster-Gong so störte. Det war denen zu undeutsch!«, berlinert er feixend.

Ich mustere ihn streng. Er behält aber den offenen Blick eines ehrlichen Mannes. Ich murmele Beileidsworte zu Hansis Tod.

»Muttern ist auch gleich nach dem Umschwung gestorben. Vatern ham 'se noch zum Volkssturm geholt. Der ist irgendwo bei Beeskow verscharrt worden.«

»Was ist eigentlich mit *meiner* Mutter passiert?«, greife ich das Thema auf. »Weißt du da was Genaueres?«

Manfred kratzt sich am Kopf. »Ich war ja damals erst zehn. Aber ich habe gesehen, dass die von einem SS-Mann abgeführt und in ein Auto verfrachtet wurde. Det war det Letzte, wat man hier von deiner Mutta jesehen hatte.«
Mir kommt das seltsam vor.
»Sie wurde von *nur einem* SS-Mann abgeführt? Wieso SS und nicht von der Gestapo in Zivil und zu zweit, wie das doch üblich war?«
Manfred reibt sich das unrasierte Kinn und lehnt sich im Stuhl zurück. »Jetzt, wo du das sagst, kommt mir das im Nachhinein auch komisch vor. Stimmt! Det war schon seltsam irjendwie. Verhaftet wurde eigentlich immer mindestens zu zweit, egal ob normale Polizei oder Gestapo. Meist rückten die sogar zu dritt an. Und det Auto – fällt mir jetzt erst ein –, det war auch keene der üblichen Polizei- oder Gestapo-Karren. Det war ne schicke Privatlimousine, womit so feine Pinkel herumkutschierten, eens mit Verdeck zum Runterklappen, verstehste?! Ja, und nur *een* SS-Mann hatte sie abgeführt. Stimmt! Keene Ahnung, wieso!« Er nickt nachdenklich vor sich hin.
»Hatte sie Gepäck oder einen Koffer dabei?«
»Nee, komisch! Nur 'ne Handtasche, und darum haben wir uns ooch nischt dabei gedacht. Vielleicht nur 'ne Zeugenaussage oder 'n Verhör, hatte Vatern damals jemeent.«
»SS und 'ne Zeugenaussage oder Verhör?«, frage ich ungläubig nach.
»Ach, wat weeß ick?! Auf jeden Fall war sie danach weg, und keene zwee Wochen später ham die Hansens die

Wohnung übernommen. Und der Witz war, dass genau der SS-Mann, der deine Mutter abgeführt hatte, da auch wieder bei war.«
»Weißt du zufällig, wie der hieß?«
»Mensch, die stellen sich doch nicht mit Namen vor wie in den Ami-Filmen! Keene Ahnung!«
Ich notiere mir den Namen Hansen und SS. »Gibt es zu den Hansens noch Vornamen?«, will ich wissen.
»Na, ick wäre 'n schlechter Hausmeister, wenn ick nich die Vornamen und Geburtsdaten meiner Mieter wüsste«, entgegnet er fast beleidigt. »Die Hausmeisterstelle hab ick übrigens von Muttern übernommen, war ja sonst keener mehr da.« Manfred blättert in einem Karteikasten herum. Mit einem Pfiff durch die Zähne zückt er triumphierend eine Karte und studiert sie, als sähe er sie das erste Mal.
»Ach, det ist ja komisch! Die Hansens kommen auch aus dem Wartheland. Da ist doch deine Familie ooch herjewesen, oder? Na, Zufälle jibt's!«

*

Was geben die Akten über die Entnazifizierung der Familie Hansen her?, frage ich mich. Durch Zufall stoße ich in der Hansen-Akte darauf, dass 1943 ein SS-Mann namens Wolfgang Hansen als Zeuge für die Arisierung benannt wurde. Ein Bruder von Alfons Hansen, des jetzigen Wohnungsinhabers der arisierten Wohnung von Rosalie »Sara« Segall. Endlich habe ich eine Spur! Gemäß seiner Entnazifizierungsakte soll der ehemalige Zeuge, der offenbar meine Mutter abgeführt hatte, in Berlin-Siemensstadt wohnen. Vielleicht kann er mir

sagen, wohin er meine Mutter gebracht hatte, oder zumindest, wo ich vielleicht weiter nach ihr forschen könnte. Auf dem Weg zu jenem mysteriösen Mann denke ich darüber nach, welche Haltung ich ihm gegenüber einnehmen soll, um etwas aus ihm rauszukriegen. Soll ich mich als der Sohn outen? Ihn als Täter über mich als Opfer triumphieren lassen? Allerdings erweisen sich meine Überlegungen dazu als überflüssig, denn er wohnt nicht mehr an der angegebenen Adresse. Seit 1961 ist Wolfgang Hansen mit unbekanntem Wohnsitz nach Bayern verzogen, erklärt mir der Uniformierte in der Meldestelle. »Scheint ja 'n gefragter Mann zu sein«, plaudert der Polizeibeamte redselig. »Nach dem haben sich schon drei andere erkundigt.« Zum Beweis hält er mir die Karteikarte mit den Anfragedaten und den entsprechenden Kürzeln vor die Nase.
»Wird er gesucht?«
»Polizeilich jedenfalls nicht! Aber der Suchdienst des Roten Kreuzes hatte angefragt«, erzählt er mir. »Die Amis natürlich noch mal... Na, und ein gewisser Herr Schimmelpfennig aus Wien.«

Kurzentschlossen fahre ich zurück in die Regensburger Straße. Ich klingele in der Beletage bei Hansens.
»Entschuldigen Sie die Störung, aber ich bin auf der Suche nach meinem alten Kameraden Wolfgang Hansen. Mir wurde gesagt, dass hier sein Bruder wohnen soll. Wo finde ich Wolfgang?«
»Da kann ja jeder kommen«, blafft mich eine verknöcherte ältere Dame an der Wohnungstür an. »Wenn Sie ein ›Freund‹ sind, dann kennen Sie sicher auch sei-

nen Spitznamen.« Sie mustert mich mit Habichtaugen. Genauso stellt man sich eine Nazisse vor!, denke ich und trage das vor, was ich mir auf der Fahrt zurechtgelegt hatte.

»Wissen Sie, bei uns hatte man es nicht so mit privaten Spitznamen, sondern eher mit militärischen Rängen! Zum Spaß nannten wir ihn ›Wölfi‹. Aber das hatte er gar nicht gerne ... und ...«

Anstelle einer Antwort knallt sie mir die Tür vor der Nase zu. Touché!

Eigentlich war ich am Nachmittag mit Walters Tochter Eva zu einer Radtour entlang der Mauer verabredet. Die einzige echte Sehenswürdigkeit Berlins. Dieses Monstrum hatte ich mir immer noch nicht angesehen. Der Rest der Stadt, die mal meine Heimat war, bleibt mir seltsam fremd wie die Leiche eines ehemals geliebten Menschen. Diese geschundene Stadt hat bei all ihrer Neubautätigkeit etwas Gespenstisches.

»Sorry, Eva, unsere Tour muss ich leider verschieben«, sage ich ihr am Telefon. »Nach all dem Bürokratenstaub hätte ich gern meinen Kopf etwas durchgelüftet. Ich muss nach West-Deutschland und melde mich wieder. Ich bin jetzt an einer spannenden Sache ...«, weiter komme ich nicht.

»Ist schon okay, Onkel John!« Sie hört sich mehr erleichtert als enttäuscht an. »Ich muss sowieso ins Virchow-Krankenhaus zu Oma.«

»Wieso, was hat sie denn? Und warum liegt Fränze eigentlich nicht im Jüdischen Krankenhaus?«

Eva legt einfach auf. Was sollte das denn?

Am nächsten Tag stöbere ich im Archiv der Amerikaner die Gestapo-Akte meiner Mutter auf. Die Akte »Rosalie Segall, geb. Salomon« lag auf dem Stapel der ungeklärten Fälle. Der Nazi-Beiname »Sara« war mehrfach wütend mit Kugelschreiber durchgestrichen. Nebenbei fällt mir auf, dass alle anderen Aktendeckel graugrün sind. Die Aktenmappe meiner Mutter ist aber rot. Das hat immer etwas zu bedeuten!, frohlocke ich. Allerdings ruft mein gesunder Menschenverstand mich zur Ordnung. Bist du mittlerweile tatsächlich so paranoid, selbst in der Farbe eines Aktendeckels ein verstecktes Zeichen zu sehen? Vielleicht waren die regulären graugrünen Aktendeckel nur aufgebraucht? Erwartungsvoll öffne ich die rote Klappmappe. Die Mappe ist leer! In der Ecke des Pappdeckels ist fein mit Bleistift nur eine Nummer notiert. Als Bibliothekar erkenne ich darin eine Archivsystematik. Die Ziffer verweist auf das Archiv in Bad Arolsen?

»Tante Fränze ist ins Krankenhaus eingeliefert worden. Sie hatte einen Herzanfall«, ruft Else durch den Flur, als ich gerade zur Wohnungstür reingekommen bin und die Tür wieder mit dem Sicherheitsriegel schließe. »Ach ...!«, rufe ich zurück. »Und warum ist sie nicht ins Jüdische Krankenhaus gegangen?«, will ich erneut wissen.
»Also, nun mach aber mal 'nen Punkt!«, fährt mich meine Schwester empört an. Sie humpelt, schwer auf einen Stock gestützt, auf mich zu und ächzt. »Da hat sie drei Jahre um ihr Leben gebangt. Mit solchen Erinnerungen wird man nicht gesund.« Missbilligend

über so viel Unverstand schüttelt sie den Kopf. In der freien Hand hält sie mir ein Kuvert und einen gelben Zettel entgegen. »Du hast ein Einschreiben von deiner Frau und ein Aerogramm von Lilith aus Amerika bekommen.«
Zu erschöpft, um mich mit weiteren Neuigkeiten zu belasten, werfe ich beides in meinem Zimmer in die Bleikristallschale. Hat Zeit bis morgen!

Am Abend fahre ich anstandshalber noch kurz ins Virchow-Krankenhaus zu Tante Fränze. Ich erkenne sie kaum wieder. Sie muss das Erschrecken in meinen Augen bemerkt haben. Um kein betretenes Schweigen aufkommen zu lassen, lenkt sie von sich ab und berichtet mir ausführlich von den Krankengeschichten ihrer kleinen Brüder, die alle im Säuglingsalter verstorben sind. Ihre Angaben passen genau zum Krankheitsbild meiner Tochter Lilith. Kurzentschlossen ruft Fränze nach der Oberschwester. Sie soll ihr Blut abnehmen, damit die Blutprobe analysiert werden kann. »Das ist doch nicht nötig«, wehre ich ab. Auch die Oberschwester macht Ausflüchte, doch wie üblich wischt Fränze das mit »papperlapapp und nebbich« beiseite und setzt ihren Willen durch. Zwanzig Mark wandern dazu diskret in den Schwesternkittel. Schwester Erika kommt mit einer Spritze zurück und zapft Blut aus ihren blauen knotigen Venen. »Wenn man die Veränderungen im Blut auch bei mir feststellt, weißt du Bescheid.«
Beim Gedanken, welches Theater meine Frau um die Blutproben gemacht hatte, so dass ich mir dann heimlich von den Schwiegereltern die Blutproben zur Ana-

lyse geben lassen musste, verblüfft mich Fränzes freimütige Reaktion. Wie bereits geahnt, fand man in der Probe der mütterlichen Linie meiner Frau Esther auch die Bestätigung. Die Mayo Clinic hatte mir das Ergebnis an das Büro vom American Express in London mit Luftpost geschickt. »In meinem Blut wurde der Gendefekt auch schon nachgewiesen. Darum ist es nicht nötig, dass du dir hier Blut zur Untersuchung abnehmen lässt, Tante Fränze!«
Doch Franziska will es trotzdem wissen. »Es ist wegen Evchen!«
Am nächsten Tag will ich mich auf den Weg zu weiteren Recherchen nach Bad Arolsen aufmachen und hole Elses blank geputzten Mercedes aus der Garage. Gustav steht daneben und macht ein Gesicht, als wolle ich sein Baby entführen. Zärtlich putzt er mit dem Jackenärmel ein Stäubchen vom Mercedesstern. Es ist mehr ein Streicheln als ein Putzen.
»Von Bad Arolsen will ich dann gleich weiter nach Wien«, erkläre ich ihm. Er schaut noch verdrießlicher drein.
»Ins Ausland?! Weeß det die Chefin?«

Auf den Namen Schimmelpfennig gibt es drei Einträge im Wiener Telefonbuch. Das freundliche Fräulein vom Fernamt gibt sie mir durch. Dazu noch die Adressen. »Normalerweise darf ich keine Adressen herausgeben«, flötet sie. Das wusste ich zwar schon aus der Schweiz, dass das in Europa wohl so üblich sei, aber ich spiele den ahnungslosen Einfaltspinsel, um mich umso wortreicher zu bedanken.

Georgs Dilemma
Vevey, Schweiz, 1962

Morgens um zehn vor sieben steht Georg mit seinem Schweinslederkoffer im Flur seiner Wohnung in Vevey am Genfer See. Er wartet auf das Taxi. Zum Flughafen nach Genf soll die Fahrt gehen. Seine Maschine geht um zehn Uhr nach Frankfurt. In Frankfurt ist er anschließend auf die Pan-Am-Maschine nach Berlin-Tempelhof gebucht. Er hat zwei Beratungstermine bei renommierten Anwaltskanzleien in Berlin. Es geht um seine Erfolgsaussichten bei einem Wiedergutmachungsprozess zu Schäden und Verlusten durch den Nationalsozialismus. Allerdings ist er sich immer noch nicht im Klaren, ob er überhaupt einen Antrag auf Wiedergutmachung stellen sollte. Wozu eigentlich? Das Geld brauche ich doch gar nicht! In der letzten Nacht trieb ihn die Frage um: Angenommen ich stelle tatsächlich einen Wiedergutmachungsantrag, als welche Person soll ich da eigentlich klagen? Als Georg Rubin oder als Professor Dr. Schlesinger? Unrecht ist beiden geschehen. Für den Fuhrunternehmer Georg Rubin, der sein bescheidenes Unternehmen zwangsarisieren lassen musste und aus Berlin gerade noch rechtzeitig fliehen konnte? Oder soll ich als Professor Dr. Schlesinger klagen, von dessen Hinterlassenschaft ich jetzt schon so unverdient profitiere? Bin ich inzwischen nicht schon eher der Schlesinger als der Rubin?

Morgens beim Rasieren ist Georg wieder unsicher und fragt sein Spiegelbild: »Vielleicht ist es besser, gar nichts zu tun? Wer weiß, was bei so einem Prozess noch so zutage gefördert wird? Am Ende tauchen sogar unverhoffte Zeugen auf?« Mit Schrecken denkt Georg an den Überraschungsbesuch von Dr. Martin Kuchenbecker.
An einem trüben Sonntagnachmittag klingelte es bei ihm an der Wohnungstür. Ein korpulenter Mann stellte sich als Dr. Martin Kuchenbecker vor und behauptete, der beste Schulfreund von Georg Schlesinger zu sein.
»Ach, äh ... bin ich hier richtig bei Dr. Schlesinger?«
Georg sackte das Herz in die Hose. Ist jetzt alles aus? Doch instinktiv reagierte er kaltblütig. »Wenn man so will, ja!«, gab Georg gedehnt zurück. »Mein *Freund* ist momentan nicht da. Möchten Sie vielleicht eine Nachricht hinterlassen?«
Der Besucher blickte ihn konsterniert an. Um sich zu vergewissern, schaute der noch einmal irritiert auf das Klingelschild. »Ach, das ist ja interessant ... Dann sind Sie also Herr Rubin?«
Georg hatte spontan eine Eingebung, wie er den anhänglichen Freund von Schlesinger loswerden könnte.
»Ja, wir leben schon seit über fünfzehn Jahren zusammen. Hat Georg Ihnen nichts davon erzählt?«
Martin Kuchenbecker blieb der Mund offen stehen.
»Ja, ich verstehe, er ist immer so diskret in diesen Dingen. Man weiß ja nie. Trau, schau wem. Aber kommen Sie doch herein.«
»Ach, danke, danke, vielleicht ein andermal.«
Schon legte Kuchenbecker den Rückwärtsgang ein und stob mit wehendem Trenchcoat über die Straße davon,

als hätte er den Leibhaftigen gesehen. Lächelnd sah Georg ihm nach. Den sind wir für immer los! Allerdings fragte er sich nach dieser unheimlichen Begegnung, ob es vielleicht nicht besser wäre, jetzt die Wohnung und den Kanton zu wechseln. In den Tessin beispielsweise. Er ging schon die Annoncen durch. Dieses Erlebnis hatte ihn so aufgeschreckt, dass er drei Nächte nicht mehr schlafen konnte, und wenn er schlief, dann hatte er wieder die alten Angstträume von Entdeckung und Haft. Andererseits amüsierte ihn die Vorstellung, nun für einen »warmen Bruder« gehalten zu werden.
Doch davon abgesehen befindet er sich nun in einer weiteren Zwickmühle. Wenn er als Schlesinger einen Prozess in Deutschland anstrengen würde und man alles sorgfältig untersuchte, käme womöglich auch heraus, dass ein gewisser Herr Neumann der Letzte war, der den wahren Schlesinger gesehen hatte? Die Wirtsleute könnten ihn möglicherweise wiedererkennen. Vielleicht hatte man den Leichnam des unbekannten Toten auf der Parkbank in Salem gar anhand seines Gebisses identifizieren können? Das scheint zwar unwahrscheinlich, denn welchen Eifer sollte die Polizei in Salem haben, die Identität eines unbekannten Toten, eines offensichtlichen Selbstmörders, festzustellen? Dazu noch in diesen Zeiten! Aber wer weiß? Den Gedanken schiebt Georg bis auf weiteres beiseite. Andererseits: Wo sollte eine solche Patientenakte, falls eine derartige überhaupt existierte, herkommen? In Breslau hatte man sicher Wichtigeres zu tun, als Papiere über den Zahnstatus eines geflüchteten Juden gen Westen zu schleppen. Hatte der echte Professor aus Breslau

vielleicht einen Zahnarzt im westlichen Teil Berlins? Unwahrscheinlich! Die Wirtsleute aus der Linde bei Salem stellten eine Schwachstelle dar. Die könnten die Leiche vielleicht identifiziert haben. Nur der Wirt und seine Tochter Lizzi wussten, dass der Tote Professor Dr. Schlesinger war und woher er stammte. Wenn ich nun in Deutschland mit einem Prozess schlafende Hunde wecke, könnte dabei sogar herauskommen, dass der echte Schlesinger in Salem oder Überlingen beerdigt worden ist und ich in Verdacht gerate, als Betrüger und potenzieller Mörder einen Prozess gegen die Bundesrepublik Deutschland anzustrengen! Mein beschauliches Leben in der Schweiz wäre dahin. Man braucht mir lediglich ein paar akademische Fangfragen zum Studienfach stellen, und schon bin ich geliefert! Bei diesem Gedanken macht sich Georg vor dem Rasierspiegel daran, vorsichtig die Nasenhaare mit der Nagelschere zu stutzen, und kommt dabei zu dem Schluss: Es ist vielleicht nicht nur moralisch ratsam, als Georg Rubin zurück ins ehrliche Leben zu finden. Dazu braucht mein wahres Ich erst einmal gültige Papiere. Die beantrage ich in Berlin. Den deutschen Pass hatten mir die Schweizer bei meinem ersten Fluchtversuch abgenommen, doch ich habe noch meinen alten Ausweis und in Berlin außerdem Angehörige, die meine Identität als Georg Rubin bestätigen können. Das einzige Problem ist nur, wie erkläre ich meine Existenz der letzten dreiundzwanzig Jahre als Georg Rubin ohne Papiere? Vielleicht ist es doch besser, auch als Georg Rubin keine Ansprüche gegen die Bundesrepublik Deutschland zu erheben? Andererseits: Soll ich das Land der Täter mit allem so billig davonkommen lassen? Das kommt nicht infrage! Schließlich bin ich erst durch die Verfolgung in Deutschland in die Lage gebracht worden, ein Doppelleben in ständiger Angst vor Entdeckung zu führen. Dafür muss ich entschädigt werden! Ein Betrüger darf keine halben Sachen machen, hatte sein Vater ihm einst eingeschärft. Andererseits darf man den Bogen auch nicht überspannen. Ein Betrüger muss unauffällig bleiben. Was hatte er seinen Vater für seine Gaunerlogik gehasst! Doch während der letzten dreiundzwanzig Jahre hatte sich Georg damit abgefunden, das vorsichtige, unauffällige Leben eines Hochstaplers zu führen. Bis zum Auftauchen dieses amerikanischen Bibliothekars, John Segall, hatte niemand seine Seelenruhe gestört.

Obgleich es die Vernunft gebietet, weiterhin verschwiegen als Professor Dr. Schlesinger in der Schweiz zu leben, so bietet sich nun in seiner alten Heimat Berlin die Gelegenheit, zurück zur Wahrhaftigkeit zu finden. Zurück in ein Leben als Ehrenmann. Die alte Sehnsucht nach einem ehrbaren Leben überwältigt ihn bei dem Gedanken wieder. Ein göttliches Zeichen? Endlich ein ehrliches Leben führen und mein Gelübde vor Gott einlösen?, jubelt sein Herz. Endlich das unrechtmäßig erworbene Vermögen vom Schlesinger einer wohltätigen Einrichtung spenden! Ja! Schließlich hätte ich als Georg Rubin auch einen Anspruch auf eine Rente als Verfolgter des Naziregimes und litte keine Not. Aber was, wenn ich mich eben gerade mit der Wahrheit in Schwierigkeiten bringe? Dann würde ich womöglich alles verlieren, man könnte mich wegen Betrug und

Hochstapelei ins Gefängnis stecken, hinzukämen: Passvergehen, Urkundenfälschung, Veruntreuung und ein Haufen weiterer Gesetzesübertretungen! Dann säße ich bis zum Ende meiner Tage hinter Gittern. Nein, in der Lüge bin ich sicher und geborgen!

Georg blickt in den Spiegel und schüttelt den Kopf. Nachdenklich spült er den Nassrasierer und die Nagelschere ab. Wer weiß, was dieser John Segall für mich über den unbekannten Toten in Salem herausfindet? Ich darf nur nicht den Überblick über meine Lügen verlieren ... Beim Auftragen des Rasierwassers, das leicht auf seinen Wangen brennt, überlegt Georg weiter: Und was, wenn ich mich erst einmal bloß informiere und mich bei Anwälten umhöre? Neue Papiere für Georg Rubin ... und wenn es dabei Schwierigkeiten gäbe, könnte ich unerkannt den Rückzug in die Schweiz antreten. Wo ist das Problem?

Inzwischen bürstet Georg sich vor dem Flurspiegel die Haare vom Kragen seines Sakkos und kämmt sich seinen gestutzten Schnurrbart. Eine Weile sieht er sich prüfend in die Augen und hält sich nur für einen mittelprächtigen Schurken. Schließlich zuckt er unschlüssig die Achseln.

Da klingelt es an der Tür. Etwas zu früh, findet er mit Blick auf seine Armbanduhr. Wider Erwarten ist es nicht der Chauffeur. Durch den Türspion fällt Georgs Blick auf das Käppi des Telegrammboten. Vorsichtig öffnet er.

»Grüezi, Herr Professor! Eine Depesche aus Berlin, bitte schön!«, sagt er mit französischem Akzent. Aus seiner kastenförmigen schwarzen Ledertasche zieht der Bote

ein Blitztelegramm, das sich von den regulären Telegrammen durch einen roten Umschlag abhebt. Es ist an Professor Rubin-Schlesinger adressiert und kommt von Else Dahnke aus Berlin! Da haben wir's! Woher weiß Frau Dahnke meine Adresse und, woher kennt sie den *Doppelnamen* an meiner Tür? Das mit dem Doppelnamen muss aufhören, sonst komme ich noch in Teufels Küche! Bevor ihn eine neue Welle von Panik ergreifen kann, fällt ihm der Besuch von John Segall, Else Dahnkes amerikanischem Bruder, wieder ein. Georg schlägt sich mit dem Handballen an die Stirn und beruhigt sich sogleich wieder.
Das Kuvert mit dem Telegramm dreht er hin und her. Unschlüssig lässt er es eine Weile rhythmisch auf seinem linken Daumennagel auf und nieder federn. Telegramme bringen meist nur schlechte Nachrichten. Vor seinem Abflug ins Land der Mörder sollte er sich schonen. Gemischte Gefühle, Ängste und Vorahnungen, wankelmütiges Hin und Her steigen wieder auf. Schließlich siegt die Neugier. Ungeduldig reißt Georg das Telegrammkuvert auf.
»Franziska tot +++ Stopp +++ Beerdigung am Donnerstag 15 Uhr Jüdischer Friedhof Heerstraße +++ Stopp«
Ist das etwa eine Einladung an mich, den ewig Geächteten, sich nun nach einem halben Jahrhundert als Teil der Familie zu betrachten? Trotzdem bereitet ihm der Gedanke Genugtuung. Ihm wird es warm ums Herz.

*

Von Frankfurt aus ruft Georg Else Dahnke an. »Ich komme um sechzehn Uhr dreißig mit der Pan Am aus

Frankfurt!« Gerade als er auf dem Flughafen Tempelhof mit seinem Gepäck dem Ausgang zustrebt, hört er durch die schwingende Glastür seinen Namen. »Herr Georg Rubin aus Genf wird gebeten, sich am Informationsschalter zu melden!« Also wirft er sich seinen Trenchcoat über die Schulter, schleppt seinen Koffer und die Aktentasche wieder den ganzen Weg zurück zum Schalter. »Berlin ist eine Reise wert«, steht da. Das muss sich erst noch rausstellen, denkt er. Als er das ausrufende Fräulein ansprechen will, tippt ihm jemand auf die Schulter. »Onkel Georg?«

Vor ihm steht Walter, unverkennbar sein Neffe, den er zuletzt 1919 als Knirps in Osche getroffen hatte, als dessen Großeltern, Samuel und Mindel Kohanim, ermordet aufgefunden worden waren. Ihm lachen zwei makellose kräftige Zahnreihen entgegen. Die Augen kennt er. Es sind die Augen seines jüngeren Bruders Willy. Der lachende Mann mit dem weißen Raubtiergebiss sieht aus wie die Kopie seines Bruders. Er steckt in einem schäbigen grauen Zellstoffanzug ohne Krawatte. Als Erkennungszeichen aller freien Geister trägt er anstatt eines Hutes eine schwarze Baskenmütze. Die frappierende Ähnlichkeit mit seinem verstorbenen Bruder Willy verschlägt Georg die Sprache, doch sein Neffe Walter bemerkt das nicht einmal, sondern umarmt ihn und lacht.

»Onkel Georg, dich gibt es also wirklich!«

Georg schießt das Wasser in die Augen. »Mein lieber, lieber Neffe Walter! Dass wir uns in diesem Leben noch wiedersehen! Es ist so tröstlich, doch noch einen Verwandten zu haben, nach alledem!«

Walter klopft ihm tröstend auf den Rücken. Er weiß von John, dass Georgs gesamte Familie vergast worden war.
»Na, nu mach mal halblang! So ein seltenes Einzelstück bin ich nun auch wieder nicht. Genau genommen hast du noch insgesamt fünf Blutsverwandte: Benno, mich, meine Tochter Eva und Bennos Tochter Francine mit ihrem Sohn Aurelio in Sizilien, gerade zwei Wochen alt. Wir sind wieder im Spiel, altes Haus!«
Georg schaut ihn glücklich an. Verschämt zieht er ein Taschentuch aus der Brusttasche und tupft sich die Tränen aus den Augenwinkeln. »Warum habe ich nie etwas von euch gehört?«
»Weil uns die olle Silberpappel nie etwas von deiner Existenz erzählt hat. Wir haben erst von John aus Amerika von dir erfahren. Willkommen in der meschuggensten Mischpoche von ganz Berlin!«

Acht Trauergäste folgen Franziskas Sarg. Auf dem Sarg liegt neben Kränzen mit Seidenschleifen am Kopfende ein Bündel Zweige einer Silberpappel. Das war Walters Idee. Kränze mit bedruckten Seidenschleifen waren ihm zu »bourgeois«. Benno hatte im Hof noch schnell einige Stiele von der Pappel abgeschnitten und zum Begräbnis mitgebracht. Nach der ergreifenden Trauerrede mit Gebeten klagt Else auf dem Weg zur Grabstelle darüber, dass im Gegensatz zu den wenigen Trauergästen von heute früher einige Hundert Trauernde bei Begräbnissen der Kohanims zusammengekommen seien, so dass man für den Trauerzug der Kohanims in Schwetz ganze Straßenzüge hatte absperren müssen.

»Ja, ist gut, Tante Else! Umso glücklicher sind wir, dass es uns wenigstens noch gibt«, sagt Benno.

»Dann bin ich wohl die Nächste, die ihr begraben müsst«, murmelt Else ihrem Bruder John ins Ohr. Er tätschelt ihre faltige Hand.

»Ach, du wirst hundertzwanzig Jahre alt. Da sind erst noch andere dran, glaub mir.« John spielt auf die letzte Kohanim-Schwester an. Von Franziskas sechs Schwestern lebt nur noch eine, Elli, die ehemalige Partisanin aus den Abruzzen, in einem Altenheim in Mailand. Von ihr weiß man nur durch Johns Nachforschungen. Selbst zum Tod ihrer Schwester Franziska hat sie sich nicht gemeldet. Elli, alias Elsa Marchetti, hat seit Kriegsende jeden Kontakt nach Deutschland abgebrochen. Selbst die Antragsformulare zur Anmeldung von Wiedergutmachungsansprüchen, die ihr Fränze vor Wochen geschickt hatte, hatte sie nicht angenommen. Ungeöffnet kamen die Briefe mit den Fragebögen zurück. »Wahrscheinlich nur, weil sie schon blind ist und niemanden hat, der ihr die deutschen Fragebögen ausfüllen kann«, erklärte John beschwichtigend. John stützt Else, wenn er nicht gerade seine rutschende Kippa richten muss, denn das Laufen fällt ihr schwer.

»Dann sieh nur zu, dass Benno zu meiner Beerdigung nicht in so einer scheußlichen Motorradjacke daherkommt wie heute.«

Johns linken Arm hat ein sonnenverbrannter Weißhaariger in Beschlag genommen, den Georg nicht kannte, wie er fast niemanden hier kannte. Der weißhaarige Cäsar Bukofzker hat mit Freude die ersehnte

Gelegenheit ergriffen, auf Einladung zurück nach Deutschland reisen zu können. Im Stillen dankt er Franziska dafür. Else hatte ihm das Ticket für den Flug zur Beerdigung geschickt. Im schlotternden schwarzen Anzug des verstorbenen Bruno Dahnke tippelt Cäsar einigermaßen trauerfein neben John her. Er trägt eine prächtige mit Silberfäden fein bestickte Kippa. Aus Israel hat er die mitgebracht, denn so etwas bekommt man in Deutschland gar nicht mehr. Walter und sein Bruder Benno, der es mit dem Motorrad von London gerade noch zur Beerdigung geschafft hat, folgen Franziskas Sarg als Erste auf ihrem letzten Weg über den knirschenden Kies. Ihre Leihkippot von der jüdischen Friedhofsverwaltung weisen sie als säkulare Juden aus. Die Leihkappen haben eine Einheitsgröße, sitzen lose und drohen wegzufliegen, so dass sie sie immer wieder festhalten müssen. Während Benno bleich und gefasst seiner Mutter das letzte Geleit gibt, löst sich Walter laut schluchzend in Tränen auf. Er trägt den schwarzen Anzug, den er sonst nur zu Aufführungen in der Oper anhat. Hella, Walters Frau, geht mit Tochter Eva einen halben Schritt hinter Walter. Sie hat sich bei Georg untergehakt. Trotz ihres strengen Blicks und ihres verkniffenen Mundes sieht sie fast zufrieden aus. Eva reicht ihrem schluchzenden Vater automatisch alle dreißig Sekunden Papiertaschentücher. Sie läuft neben Franziskas bester Freundin und Leidensgenossin im Jüdischen Krankenhaus, Lotte Hörl, deren Kopf ständig wackelt. Sie hat Parkinson. Sie stützt sich auf die Nachbarin Emmi Gesche, deren Sohn einst in Plötzensee hingerichtet worden war und den Reigen des Todes vor zwanzig Jahren angeführt hatte. Lotte ergreift mit der rechten Hand Evas Arm und schleppt sich zum ausgehobenen Grab ihrer Freundin.

Passend zur Extravaganz der teuren Verblichenen hat Else zum Leichenschmaus ins Funkturmrestaurant geladen. Wegen seiner Höhenangst scheut Benno am Fahrstuhl, doch Walter schubst ihn einfach in die Kabine. »Immer nach oben gucken, wo die olle Silberpappel jetzt wohnt.« Der bleiche Benno wählt den Platz hinten mit dem Rücken zum Fenster des Fahrstuhls.

Als Aperitif wird ein Lufthansa-Cocktail serviert. Orange schimmert das Modegetränk in den Gläsern, bis er mit Keller-Geister-Perlwein aufgefüllt wird und die Farbe von Urin annimmt. »Le Chaim!« Umständlich erhebt sich Else und klopft an ein Weinglas.

»Meine Lieben! Wir sind nun wieder um einen geliebten Menschen ärmer geworden ...« An dieser Stelle räuspert sich Hella demonstrativ. Eva verdreht die Augen. Strafend blickt Else Hella an. Die senkt aber nicht den Blick, sondern starrt selbstbewusst zurück, als wolle sie sagen: Ich habe gesiegt! »... andererseits rückt die Familie nun enger zusammen. Darum ist es mir eine große Freude, euch allen mitzuteilen, dass unser ›Schwipponkel‹ Cäsar aus Israel zurückgekommen ist, um wieder mit uns in Deutschland zu leben. Eigentlich zieht es ihn ja eher nach Hamburg oder Kiel, aber vielleicht bleibt er uns doch in Berlin erhalten. Was soll er denn alleine in Hamburg oder Kiel, oder?«

Die Ämter würden ihm beim Umzug nach Berlin keine Schwierigkeiten machen, erfährt die Trauergemeinde. In das erstaunte Raunen bei Tisch erhebt sich Walter mit einem Glas Wasser, denn er ist strikt abstinent, und ruft »Le Chaim!«.

»Was gibt es Tröstlicheres, als nach dem Verlust eines geliebten Menschen einen verloren geglaubten wiederzufinden! Das ist eine große Freude! Ich trinke deshalb auch auf die Wiederkehr meines Onkels Georg, den ich das letzte Mal als Steppke in Osche gesehen habe. Zugegeben, meine Mutter hätte ihn sicher nicht so gern wiedergetroffen, Benno und ich aber umso mehr! Onkel Georg ist der einzige Überlebende der Rubin-Familie. In den Alben unserer Mutter habe ich noch einige Fotos mit Georg und unserem Vater gefunden, Gott hab ihn selig. Ich habe sie ablichten lassen und für dich gerahmt, Georg. Willkommen in der Familie! Le Chaim!« Walter schiebt zwei Fotos in Silberrahmen über den Tisch.
Georg bekommt vor Rührung feuchte Augen.
»Ganz lieben Dank, Walter. Aber dass ich wieder bei euch bin, verdanken wir alle John!«
Mit wedelnden Händen wehrt John das Kompliment ab.
»Na, der Wahrheit die Ehre. Georg ist der hochherzige Gönner, dem wir es verdanken, dass ich alles über die Familie zusammentragen konnte, hauptsächlich aus Archiven in Polen. Er hat die Reisen und die Nachforschungen finanziert. Nach unserem Essen habe ich bei Else etwas vorbereitet, um euch meine Ergebnisse vorzustellen.«
Erwartungsvoll nehmen die Trauergäste zwei Stunden später in Elses Tattersall Platz. Er ist abgedunkelt. An der Stirnseite ist eine Leinwand aufgespannt. Auf der gegenüberliegenden Seite macht sich John an einem Projektor zu schaffen. Er knipst den Projektor

an, löscht die Zimmerlampe und zeigt das erste Bild. Es ist die Ahnentafel der Kohanims, die mit Baruch Kohanim und seiner Frau Rahel Halevi aus dem Jahr 1648 beginnt und über zweihundert Ahnen und Verwandte zeigt. John hat methodisch alle mit Namen, Daten, kleinen Vignetten ihrer Besonderheiten und mit Ordnungszahlen versehen. So haben die aus dem Stammbaum der Kohanims / Beineschs / Rubins die Ordnungszahl 1. »Franziska ist danach die Nummer 1245, ihre Söhne Walter und Benno 1246 und 1247, Eva 1248, Francine 1249 und ihr Sohn Aurelio hat die 1250. Selma hat die 1230 und ihre Söhne Gabriel, Ariel und Raffael 1231, 1232, 1233 und die letzten Neuzugänge des Stammes sind neben dem jüngsten, Aurelio, Ilyana, 1234; Dany, 1235; Uriel, 1236; und Samuel, 1237. Georg und die Rubins sind auf einer Nebentafel aufgeführt. Es gibt 32 Ahnentafeln. Die Segalls sind auf Tafel 3. Sie beginnen mit 3724 mit Mosse Segall und Feigel. Else ist da die Nummer 3534, und ich bin die 3535. Auf den anderen Tafeln sind die Rosenbergs, die Nathansons, die Beineschs, die Salomons und die Lewinskys.«

Alle sind fasziniert oder so verblüfft, dass sie Kaffee und Kuchen vergessen haben.

»Was für eine Heidenarbeit! Wahnsinn!«, ruft Walter.

John winkt ab und fährt fort. »Wegen dieses österreichischen Anstreichers aus Linz ist die Familie, die früher in Westpreußen in einem Umkreis von fünfzig Kilometern ansässig war, heute über den ganzen Globus verstreut.«

»Aus Landeiern wurden Kosmopoliten! Irre!«, feixt Eva.

»Sei nicht so vorlaut«, herrscht Hella sie an. Sprachlos

starren alle weiter auf die Weltkarte und überlegen, was diese für sie bedeuten mag.

Rote Punkte darauf markieren die Standorte einzelner Familienangehöriger, es sieht aus, als hätte die Weltkarte Röteln. Schließlich fasst sich Else: »Was für eine Arbeit ... Aber die Leute kennen wir doch alle gar nicht!«

»Genau das ist der Punkt!«, erkläre ich. »Früher wären die alle zu Fränzes Beerdigung gekommen. Inzwischen hat man uns alle auseinandergerissen. Wir sind uns fremd geworden. Unsere Kinder sprechen inzwischen verschiedene Sprachen und verstehen einander nicht mehr.

Wir haben zwar überlebt, aber die Familie nicht!«

Cäsars Revision
Berlin, 1963

Elses Herrenzimmer quillt über vor Aktenordnern, Kassenbüchern und Bilanzen. Alle Aschenbecher sind voll mit angerauchten, vergessenen Zigarren. Die Luft im Zimmer ist stahlblau. Mittendrin sitzt, schemenhaft zu erkennen, Cäsar Bukofzker in einem samtenen weinroten Morgenmantel des seligen Bruno Dahnke. Vor sich hin summend vergleicht er die Bilanzen, die Kassenbücher und die Kontokorrentlisten. Hier und da macht er sich Notizen. Einem Raubvogel gleich, fährt sein Bleistift in eine der Zahlenkolonnen nieder und spießt triumphierend einen Posten auf. Jedes Fundstück überträgt er sogleich in verschiedene Spalten, die in seiner Kladde zu beachtlichen Zahlenkolonnen anwachsen. Wann immer sein Bleistift auf eine Beute im Zahlenwerk der Kofferfabrik Dahnke & Co. niederstößt, pfeift Cäsar eine Siegesfanfare. Dabei huscht ein Lächeln über sein Gesicht. Der Grund seines Glücks ist die reiche Ausbeute auf der Jagd nach Unstimmigkeiten. Die unerklärlichen Umbuchungen und die rätselhaften Barentnahmen ohne plausible Belege, die entdeckten Luftbuchungen. Seit Franziskas Beerdigung vor drei Tagen ist das Cäsars liebster Zeitvertreib. Endlich kann er seine fast vergessenen Fähigkeiten als Vizedirektor aus Danziger Zeiten zum Wohle der Familie einbringen. Else beobachtet das mit gemischten Gefühlen. Sie weiß nicht so recht, was sie davon halten soll. Warum bereitet ihm die Aufdeckung von Unstimmigkeiten oder Fehlern so großes Vergnügen? Ihr seliger Bruno hätte früher bei Unstimmigkeiten mit Schimpfen und Flüchen reagiert und anschließend den Buchhalter zusammengestaucht.

»Was ist denn daran bloß so komisch?!«, fährt sie ihn gereizt an. Darauf reagiert Cäsar aber nur mit einem vielsagenden Wiegen des Kopfes und Lächeln: »Lass mich mal machen!« Mittlerweile empfindet Else Cäsars Revision fast als Frevel am Werk ihres verstorbenen Gatten. Sie schilt sich, dass sie seinem Vorschlag, »nur mal eben einen Blick in die Bücher des Unternehmens zu werfen«, so arglos zugestimmt hatte. Es kann ja nichts schaden, meinte sie anfangs. Nun stellt sie fest, dass jede seiner offenbar kritischen Notizen ihr einen Stich ins Herz versetzt.

»Aber du weißt schon, dass in einer Stunde der Herrenausstatter zum Maßnehmen kommt?«, fährt sie ihm in die Parade der guten Laune, die sich offenbar an den Fehlern anderer aufbaut.

»Ja, liebe Else, das ist mir wohl bewusst, und ich danke dir dafür ganz herzlich. Nur meine ich, anders als du und dein seliger Bruno, *nicht*, dass das Geld weg müsste. Im Gegenteil!«

Else fühlt sich gekränkt, dass Cäsar den Wahlspruch ihres verstorbenen Gatten aus Kriegszeiten hier so respektlos negiert. »Der Prokurist und Buchhalter, unser Herr Kunze, hat meinem Bruno immer treue Dienste geleistet«, entgegnet Else pikiert. Dann reißt sie wie zum Protest das Fenster auf. Dicke Rauchschwaden strömen nach draußen, als wäre das Herrenzimmer das Kraftwerk Klingenberg. Nur langsam klart die blaue Luft im Zimmer auf.

»Abwarten, Else! Abwarten! Vertrauen ist gut, Kontrolle ist besser!«

Als Antwort verlässt Else das Zimmer und lässt die Tür knallen. Cäsar bemerkt das nicht einmal.

Ein wenig später meldet sich der Herrenausstatter in Begleitung des Schneiders. Else leitet sie in Cäsars Schlafzimmer um, denn im Herrenzimmer findet sich kein freier Platz zum Maßnehmen und zur Auslage der Musterbücher für die Hemdenstoffe und Tuche für Anzüge und Mäntel. Außerdem geht niemanden sonst das Heiligste der Kofferfabrik Dahnke & Co an! Schlimm genug, dass sie Cäsar an die Geschäftsbücher gelassen hat. Gerda, die Zugehfrau, klopft und schleppt einige Kleidungsstücke des seligen Bruno Dahnke in Cäsars Zimmer. »Die gnä' Frau meint, dass Sie noch die Sachen durchsehen sollen, ob sie geändert werden könnten. Das hat der gnä' Herr ja alles kaum getragen. Ist noch sehr gutes Zeug!«

Auf dem Bett türmen sich die hinterlassenen Anzüge und Mäntel. Der Herrenausstatter und sein Schneider halten Bandmaße, Stift und Notizblöcke bereit. Eine halbe Stunde lang wird Maß genommen und geklärt, wie viel Spiel in Schulter und Schritt gelassen werden solle und ob der gnädige Herr »Linksträger« oder »Rechtsträger« sei. Gemeinsam beraten sie, mit dem Ernst von Ärzten bei der Vorbereitung einer Operation, das Für und Wider verschiedener Anzug- und Mantelmodelle, Materialien, Hemdenschnitte. Zielsicher wählt

Cäsar die Stoffe für vier Anzüge und acht Hemden aus. »Englischer Stil, aber mit den modernen schmalen Kragen und Revers. Und die Hosenbeine auch schlank, wie es jetzt modern ist. Zwei Hemden davon mäßig tailliert mit Button-down. Ich hätte dann außerdem gern vier graue, vier dunkelblaue und zwei Paar schwarze Seidensocken.«

Der Gehilfe notiert die Seidensocken mit anerkennender Miene. Cäsar dreht sich um zum Bett. »Können Sie denn die Anzüge dort«, er weist nachlässig auf das Konglomerat der geerbten Garderobe, »überhaupt auf den neuesten Chic umändern?«

Früher in Danzig hätte er abgelegte Sachen eines anderen niemals auch nur angesehen, doch Mauritius und Tel Aviv haben ihn demütig gemacht. Den Schneider und den Ausstatter elektrisiert das Wort »Chic«. Sie sind entzückt, nun seit langem einen fachkundigen Herrn alter Schule beraten zu dürfen. Die »besseren Herren« sind inzwischen fast alle weggestorben, und die Jungen haben ihrer Meinung nach keine Ahnung von Stil und Schliff. Mit besonderem Eifer legen sie sich ins Zeug.

»Werter Herr Bukofzker, im Prinzip geht das schon, nur halten Sie bitte zu Gnaden, dass sich die Änderungen meist aufwendiger gestalten als Neuanfertigungen. Da die Sachen aber von sehr guter Qualität sind, würde ich sie im Kleidersack in Seidenpapier einmotten und warten, bis der Stil wieder modern wird. Sie wissen ja, die Mode ist wie eine Tonne, die dreißig Jahre gefüllt und dann umgedreht wird, so dass das Unterste wieder total aktuell ist. Vielleicht so 1990!« Sie lachen. Cäsar droht ihnen scherzhaft mit dem Zeigefinger und findet zwei Anzüge von Bruno der Umarbeitung würdig. Er wählt einen Pfeffer-und-Salz-Anzug mit Weste und den feierlichen Anzug mit den Stresemannstreifen. »Fürs Kontor sind die umgearbeitet noch recht brauchbar!« Beide Anzüge haben die breiten Revers und weiten Hosenschläge der fünfziger Jahre.

Als Cäsar schließlich mit seiner alten Hose aus Tel Aviv und Brunos weinroter Hausjacke mit dem Kavalierstuch in der Brusttasche wieder ins Herrenzimmer zurückkehrt, serviert ihm Else seinen Lapsang-Souchong-Tee, einen chinesischen Rauchtee, den es in Berlin nur im KaDeWe gibt. Alle außer Cäsar finden ihn ungenießbar. Der extravagante Tee und die Bestellung beim Herrenausstatter lassen Else ahnen, dass Cäsar ungleich anspruchsvoller ist als ihr verstorbener Gatte und dass das ins Geld gehen wird. Sie schaut besorgt drein. Cäsar bläst in seine Teetasse und fängt beim Aufschauen ihren Blick auf. »Du musst dich nicht ängstigen, liebe Else. Ich werde dir das alles auf Heller und Pfennig erstatten.«

Zweifelnd fragt sich Else nur still: Wovon? Fast mittellos und ziemlich abgerissen kam Cäsar aus Israel in Berlin an. Ganz bescheiden. Nun hat er die Attitüde des großen Herrn von Welt! Sie erinnert sich, dass er früher, vor der Emigration, schon ein ziemlicher Snob war. Sie fürchtet das Schlimmste. Inzwischen hadert sie mit sich, so töricht auf Cäsars Charme und Überzeugungskraft reingefallen zu sein. Sie fragt sich, ob sie sich womöglich eine besonders anspruchsvolle Laus in den Pelz gesetzt habe. Andererseits kann sie sich nicht beklagen. Cäsars Gegenwart ist ihr sehr angenehm. Vor allem ist sie ist mehr allein. Cäsar erweist sich bisher in jeder Hinsicht als eine Hilfe und Stütze. Doch gerade das macht die Sache ihrer Meinung nach noch komplizierter. Egal wie liebenswürdig Cäsar ist, ich will nicht, dass jemand die Verletzlichkeit meines Witwenstandes ausnutzt. Ist Cäsar vielleicht nur ein besonders gewiefter Schnorrer?

Cäsar ist Elses schwankende Seelenlage nicht entgangen. Das ist der richtige Moment, um sich erst einmal »dünnzumachen«, findet er. Seine Möglichkeiten im Holzhandel in Hamburg und Kiel will er vor Ort prüfen. Den einen oder anderen Geschäftsfreund aus alten Danziger Zeiten soll es dorthin verschlagen haben. Vielleicht ergeben sich da ja Einstiegsmöglichkeiten in Kiel und Hamburg für ihn, wenn er mit fünfzigtausend Mark in eines der Unternehmen einsteigen könnte?

Der Handel mit Holz hat sich in den letzten zwei Jahrzehnten erstaunlich internationalisiert. Auch der Bedarf und die Verarbeitungsweise haben sich sehr verändert und viel stärker ausdifferenziert. Exotische Hölzer aus Afrika und Asien sind stärker gefragt als Eiche und Nussbaum. Wenn es um Mahagoni, Teak, Balsa und Ebenholz geht, dann er hat seinen Konkurrenten durch seine Vertreibung etwas voraus: die fließende Kenntnis von drei bis vier Fremdsprachen in Wort und Schrift, wenn man neben Polnisch, Französisch und Englisch noch Iwrit dazuzählt! Bei der Madera-Holzgroßhandel KG in Kiel hat er erst einmal einen letter of intent zur Geschäftsbeteiligung mit sechsmonatiger Frist gezeichnet. »Und wie steht es um die Nazivergangenheit der Madera-Holzgroßhandel KG?«, fragte ihn skeptisch ein sozialdemokratischer Kenner des Marktes. »Ich kenne jetzt weder Freund noch Feind, ich kenne nur noch Kunden!«, entgegnete er mit hüpfenden Augenbrauen. »Na dann, willkommen im deutschen Wirtschaftswunder!«, meinte sein Gesprächspartner nur spitz.

Mit diesen guten Aussichten in Norddeutschland kehrt Cäsar gut gelaunt in die Rankestraße zu Else zurück. Beim Abendbrot erklärt er ihr seine neuen Möglichkeiten und fragt, ob er eventuell vorerst in die Wohnung der seligen Franziska einziehen solle, sobald Benno wieder zurück nach London fährt. »Gäste und Fische sollen ja nie älter als drei Tage werden.« Else weiß nicht, wie sie das verstehen soll. Cäsar deutet ihr Schweigen als Zustimmung. Beschwingt pfeifend zieht er sich mit seinem Kännchen Rauchtee ins Herrenzimmer zum Zahlenwerk der Dahnke'schen Kofferfabriken zurück. Else ist zwar verblüfft, gleichzeitig aber auch erleichtert, dass Cäsar sich nicht länger aufdrängen will. Doch sogleich grämt sie sich über eine andere Frage: Dann wäre ich wieder ganz allein, und was wird aus dem Geschäft? Allein bin ich dem schon lange nicht mehr gewachsen. Der Gedanke raubt ihr den Schlaf.

Beim Frühstück platzt Else mit ihrer Sorge heraus. »Lieber Cäsar, du hast dich ja jetzt so intensiv mit den Geschäftsunterlagen beschäftigt. Wie sieht es aus? Ich komme mit alldem allein nicht mehr zurecht. Ich glaube, ich sollte die Firma verkaufen. Was ist sie wert?« Cäsar wird verlegen, druckst herum, räuspert sich und beginnt dann mit einer salbungsvollen Rede: »Meine

liebe Else, ich bin dir für alles, was du für mich getan hast, sehr dankbar, und mein Einsatz mit der Prüfung der Bücher sollte eine bescheidene Gegenleistung, nur eine kleine Gefälligkeit unter Verwandten sein. Doch was ich da in den Büchern gesehen habe, wird dir nicht gefallen. Ich weiß nicht, wie ich es dir sagen soll ...«
»Sag es einfach rundheraus!«
Cäsar atmet tief durch. »Ich wollte dir meine Beurteilung erst nach Abschluss der gesamten Revision mitteilen. Aber eines vorab: Selbst ein florierendes Unternehmen in West-Berlin ist zu diesem Zeitpunkt schwer zu bewerten und würde nach dem Mauerbau und der ständigen Bedrohung durch die Russen seinem wahren Wert schwerlich gerecht. Jetzt, wo alle verarbeitenden Betriebe nach West-Deutschland abwandern. Das muss man bei einer Wertermittlung auch berücksichtigen.«
Else fasst sich ans Herz. »Wie schlimm ist es, Cäsar?«
Cäsar ergreift ihre Hand, die auf dem Tisch neben dem Teller ruht. Er drückt ihre Hand und blickt ihr fest in die Augen. »Else, ich will nicht drum rumreden. Es ist sehr schlimm! Schlimmer als befürchtet! Die Firma ist auf dem besten Weg in den Konkurs. Das ist die *eine* Wahrheit. Aber das lag nicht an der Geschäftsführung deines seligen Bruno. Die *andere* bittere Wahrheit ist: Dein Prokurist und Dein Buchhalter, der Kunze, haben offenbar gemeinsam die Firma in den letzten drei Jahren regelrecht ausgeplündert! Um es kurz zu machen: Es fehlen über zweihunderttausend Mark, für die es keine plausiblen Belege gibt! Außerdem ist die Firma mit hohen Krediten belastet. Mit anderen Worten: Die Firma ist momentan nicht in einem Zustand, um ver-

kauft werden zu können. Du musst entweder in spätestens zwei Monaten Konkurs anmelden, oder du brauchst einen Geschäftsführer, der in dem Laden mit eisernem Besen kehrt und das Unternehmen mit vollem Einsatz saniert. Die Schuldigen müssen dazu bewegt werden, die Gelder ihrer Unterschlagungen wieder zurückzuzahlen, oder es muss gegen sie, vor allem gegen den Kunze, Strafanzeige gestellt werden. Was willst du tun, Else?«

Else ist blass geworden. »Du lieber Himmel! Wie ist das möglich? Warum hat Bruno davon nichts bemerkt?«

»Tja...« Cäsar wirft die Arme hoch. »Es war auch ziemlich geschickt kaschiert. Aber nicht geschickt genug, als dass *ich* es nicht bemerken würde.«

Else sind die Tränen gekommen. Mit einem Taschentuch trocknet sie ihre Augen und putzt sich die Nase. Nachdem sie sich gefasst hat, blickt sie Cäsar tief in die Augen und fragt: »Ich weiß ja, dass du Pläne in deiner alten Branche in Kiel und Hamburg hast. Aber... traust du dir zu, die Firma wieder flottzumachen, wenigstens so weit, um sie verkaufen zu können?«

Wiedergutmachung als Strafe
Walter, Berlin, 1963

Im Landgericht Berlin wird im Saal 201 die Sache Kohanim-Rubin gegen die Bundesrepublik Deutschland aufgerufen. Der Kläger Walter Kohanim-Rubin vertritt sich selbst. Er kann sich keinen Anwalt leisten. Mit dem starrsinnigen Stolz armer Leute lehnte Walter alle Angebote zur Kostenübernahme ab. Sowohl Else als auch Onkel Georg wollten einspringen und ihm die fünftausend Mark für den Anwalt und die Prozesskosten vorstrecken. Vergeblich. Seine Anklageschrift von vierzig Seiten hatte Walter zusammen mit Hella seiner Tochter Eva in die Reiseschreibmaschine diktiert. Der Schriftsatz ist eher ein pathetisches Pamphlet der Empörung, wenngleich es auch sachlich vorgetragene Forderungen mit Daten und benannten Zeugen enthält. In erster Linie aber ist es hoch moralisch und ziemlich wirr. Eva, die mit Hella direkt hinter Walter Platz genommen hatte, ahnt bereits nach dem dritten Satz, den ihr Vater etwas zu theatralisch vorträgt, dass das hier alles nicht verfängt. Die Richter und der Staatsanwalt lächeln einander mokant zu. Sie sprechen so herablassend mit Walter wie Lehrer mit einem uneinsichtigen Kind. Mahnend gräbt Hella ihre Fingernägel in die Schultern ihres Mannes, damit er nicht vor Zorn explodiert. Hier ist er auf feindlichem Gelände und allein. »Walter, bleib jetzt ganz ruhig! Bloß kein

Geschrei!« Obgleich es Hella gelingt, einen Ausbruch ihres Mannes zu verhindern, und Walters Zornesader an der Schläfe gefährlich pumpt, kommt es, wie es kommen muss: Walter verliert den Prozess.
In einer Nebenbemerkung räumt der Richter mehr oder weniger privat zwar ein, dass Walters Urteil für Hausfriedensbruch mit Sachbeschädigung beim Erklettern des Fabrikschornsteins zur Anbringung einer roten Fahne mit fünfzehn Jahren Haft unverhältnismäßig hart ausgefallen sei und die Begründung »der Vorbereitung eines hochverräterischen Unternehmens« sicherlich abwegig. Zum Hauptteil des Verfahrens heißt es aber: »Zum Klagepunkt zwei: Da die Kommunistische Partei auch heute noch als verfassungsfeindlich gilt und verboten ist, einige ihrer Funktionäre deshalb auch gegenwärtig in der Bundesrepublik inhaftiert sind, werden für kommunistische Umtriebe auch vor 1945 keine Haftentschädigungen anerkannt. Zum Klagepunkt drei: Die zweite Inhaftierung des Klägers direkt ins Konzentrationslager Buchenwald erfolgte mit der Begründung ›asozial, arbeitsscheu‹. Wiedergutmachungsleistungen werden für diesen Haftgrund ebenfalls nicht anerkannt. Der Kläger trägt die Kosten des Verfahrens. Die Sitzung ist geschlossen.«

Wie geprügelte Hunde schleichen die Kohanim-Rubins aus dem Gerichtsgebäude. Als Erste findet Hella die Sprache wieder. Sie fürchtet, dass Walter, wie nach seinem Parteiaustritt, wieder einen Nervenzusammenbruch erleiden könnte. »Walter, bitte nimm es dir nicht zu sehr zu Herzen! Wir wissen doch, dass hier Klassen-

justiz herrscht. Wir werden das Verfahren noch einmal in der nächsten Instanz aufrollen. Dann aber mit einem guten, spezialisierten Rechtsanwalt. Los, Kopf hoch! Denke lieber daran, dass du heute Abend den kleinen Solopart im Gefangenenchor hast. Das Leben geht weiter!«
Walter nickt verbittert mit dem leidenden Blick des wiederholt Gedemütigten, der sich Mühe gibt, tapfer zu sein. Seinen Part auf der Bühne der Deutschen Oper muss der Ersatzmann im Chor singen. Walter hat Magenschmerzen und liegt gekrümmt mit einer Wärmflasche auf dem Sofa. Hella drängt ihm Kamillentee auf. Widerwillig schluckt er die »Plörre«.
Von allen unbemerkt hat sich nach dieser Gerichtsverhandlung in Evas Seele das Feuer jugendlicher Empörung entzündet. Still, mit zusammengebissenen Zähnen. Ihre dunklen Augen funkeln wütend: Eines Tages, wenn ich groß bin, werde ich es diesen reaktionären Arschlöchern zeigen! Alles, was an Deutschland gut und edel ist, verkörpert mein Vater! Keiner kann dem Helden von Buchenwald das Wasser reichen! Ihrer Meinung nach hat »die Reaktion« ihren Vater nun noch nachträglich verhöhnt und gedemütigt. Sie wird das nicht hinnehmen! Nie! Das schwört sie sich in diesem Moment. Am liebsten würde ich all diese Mistkerle an die Wand stellen! Vielleicht besser mit einer Bombe in ihrem Scheißgericht hochjagen!
Nach dem Prozesstag muss sich Eva auf ihren Vortrag in der Schule konzentrieren. Auf Drängen des Schulsenators sollen die Berliner Schulen mehr für die politische Bildung der Schüler tun. Politische Arbeitskreise

sollen gebildet werden. Da sich keiner dafür findet, hat Evas Geschichtslehrer Dr. Münzer sie bekniet, einen solchen Arbeitskreis zu bilden. Dass Eva für politisches Engagement empfänglich ist, weiß jeder in der Schule. Schließlich hatte sie zum Mauerbau einem Dutzend Ost-Schüler und -Lehrer der Schule über die grüne Grenze geholfen. Keiner kannte den unübersichtlichen Grenzverlauf in dem sumpfigen Gelände des Tegeler Fließes besser als sie. Natürlich hatten ihre Eltern davon keine Ahnung. Dass seine Lieblingsschülerin unter so starkem seelischem Druck steht, so dass sie jeden Moment zu explodieren droht, ahnt Dr. Münzer nicht. Eva gibt sich nach wie vor als die unergründliche Prinzessin der Finsternis, die die Welt verachtet. Doch ihr Widerspruchsgeist findet plötzlich Gefallen an dem Projekt, und sie willigt ein.

Dann ist der große Tag da. Die Aula ist festlich geschmückt, die Projektoren und Mikrofone für die drei Vorträge geprüft und bereit. Der Schulrat des Bezirkes wird mit einem Strauß Nelken empfangen. Es gilt Anwesenheitspflicht. Die Lehrer und die Schüler versammeln sich entweder ergeben oder betont widerwillig. Als Erstes kommt ein zittrig-braver Vortrag von einem Schüler aus Evas Parallelklasse zum Thema Marshallplan mit Schaubildern und Statistiken. Sie zeigen, wie alte Industrieanlagen in Deutschland abmontiert und als Reparaturleistungen nach England verschifft wurden, während sich Deutschland mit Geldern aus dem Marshallplan mit modernen Anlagen neu ausrüsten konnte. Damit zog dann der Wohlstand ein. Spätestens nach dem leiernden Beitrag der zweiten Rednerin über die Berliner Blockade und den Mauerbau mit Filmchen und Diaprojektionen ist die Hälfte der Zuhörer in Dämmerschlaf gefallen. Schließlich kündigt der Schuldirektor wohlwollend-väterlich Evas Vortrag mit ermutigendem Applaus an. Da werden plötzlich alle wach, denn Eva hat ein hochbrisantes Thema gewählt: »Verzicht auf die Ostgebiete, ein Beitrag zum Frieden?« Mit zitternden Knien erklimmt Eva das Podium. Während sie das Publikum nach bekannten Gesichtern absucht, ermahnt sie sich zur Gelassenheit. Nach jedem Punkt bis drei zählen, betet sie sich vor. So weit geht das auch gut. Eva ist wie ihr Vater Walter eine talentierte Rednerin. Nur wusste sie das bis zu dieser Feuerprobe nicht. Nach den ersten drei Sätzen gewinnt sie Selbstvertrauen und kommt in Schwung. Mit ihrer dunklen Stimme zieht sie ihr Publikum in den Bann. Die Bühne ist ihr Element. Allerdings werden die Zuhörer in der Mitte des Vortrags immer unruhiger. Es gibt Zwischenrufe. Nach dem ersten »Pfui!« strafft sich Eva, und ihre Augen funkeln gefährlich in Richtung der Rufer. Sie schießen kleine schwarze Blitze ins Publikum ab. An der Stelle, an der sie das Resümee ihres Vortrags zieht: Deutschland habe schließlich den Krieg angefangen und verloren. Als Folge des Angriffskrieges seien die Ostgebiete an die Sieger gefallen, die Deutschen dort vertrieben worden, und heute würden sie integriert in beiden deutschen Staaten leben und nicht mehr zurückwollen, so dass sich die Frage stelle, wer eigentlich und aus welchen Gründen *nicht* auf die Ostgebiete verzichten wolle? Bei diesen Worten wird ihr plötzlich das Mikrofon abgedreht.

Dass sogar Umfragen ergeben haben, dass die ehemaligen Bewohner der Ostgebiete kaum in »die alte Heimat« zurückwollen und ein Beharren auf den Gebietsanspruch nicht nur der Logik eines verlorenen Angriffskrieges widerspreche, geht dann ungehört in einem Tumult im Saal unter.
Stolz wirft Eva ihre schwarze Haarmähne nach hinten, zieht scharf die Luft ein und ihre Wangen röten sich. Während sie um Fassung ringt, sieht sie, wie der Schulrat wutentbrannt aufspringt und unter Protest den Saal verlässt. Ihm wieselt Entschuldigungen murmelnd der Schuldirektor hinterher. Die Lehrer folgen seinem Beispiel. Zum Teil demonstrieren sie ebenfalls Empörung. Nur der oppositionelle Teil des Kollegiums zwinkert Eva verschmitzt zu und grinst einverständig. Aber sie schweigen. Keiner der Sympathisanten tritt für sie ein. Dr. Münzer baut sich unten vor dem Podium auf. Die Hände in die Hüften gestemmt, brüllt er Eva an.
»Was, zum Teufel, haben Sie sich dabei eigentlich gedacht? Sind Sie verrückt geworden? Worum geht es Ihnen eigentlich?«
»Um Gerechtigkeit!«

Danach bekommt Eva ihre Lektion zur Relativität der Rede- und Meinungsfreiheit im freien Westen: Ab sofort schneidet man sie in der Schule. Nur drei Freunde halten zu ihr. Fortan wird sie in jedem Fach so lange und schikanös geprüft, bis sie versagt. Auf Anordnung des Schuldirektors, wie man munkelt: »Ich will die hier nicht mehr sehen!«
Von alledem ahnen Evas Eltern nichts. Als gute Toch-

ter will Eva die Eltern mit ihrem Problem nicht zusätzlich belasten, denn sie ringen um einen neuen Wiedergutmachungsprozess und dessen Finanzierung. Einige Wochen später flattert ein Blauer Brief der Schule ins Haus. Als Einschreiben! Die Versetzung der Tochter Eva sei gefährdet. Außerdem wird Eva mit sofortiger Wirkung wegen »renitentem Verhalten, das den Schulfrieden stört«, der Schule verwiesen.
»Aber wie konnte es dazu kommen? Was hast du denn bloß angestellt? Haben wir noch nicht genug Probleme?!«, fährt Hella sie an. Nachdem Eva ihren Bericht beendet hat, den sie so leidenschaftslos vorgetragen hat, als wäre das einer anderen Person zugestoßen, nickt Walter nur nachdenklich mit dem Kopf und seufzt: »Aber Mädel, warum hast du uns denn nichts von deinem Projekt erzählt. Wir hätten dich doch warnen können!«
»Wieso *warnen*?«, wundert sich Eva. »Es war doch nur eine Schulaufgabe! Und es wird doch immer gesagt, dass man hier in West-Berlin frei seine Meinung sagen kann. Deshalb sind wir doch hierhergekommen, oder nicht!? Sonst hätten wir doch gleich im Osten bleiben können«, mault sie trotzig.
»Großer Gott, Kind! Das darf man doch nicht wörtlich nehmen!«, putzt sie Walter runter.
»Tja, woher soll das Kind das denn wissen?«, nimmt Hella sie in Schutz. »Wir sind schuld!«, murmelt Hella. Sie reibt sich die Schläfen mit den Fingerspitzen und geht im Wohnzimmer auf und ab. Sie kämpft gegen einen Migräneanfall. »Wir müssen jetzt praktisch denken. Jetzt, da wir alle Ersparnisse für den verdammten

Wiedergutmachungsprozess brauchen, müssen wir erst einmal Zeit gewinnen. Vor allem muss das Kind aus der Schusslinie gebracht werden!«
»Vielleicht kann ich ja in eine andere Schule gehen«, schlägt Eva kleinlaut vor.
»Tja, mein liebes Kind, du kennst die Welt nicht!«, zischt Walter gallig. »Bevor du da einen Fuß reingesetzt hast, ist deine Schülerakte publik, und das Kesseltreiben geht von vorne los. Das kannst du vergessen!«
»Und wenn ich alles widerrufe und mich entschuldige?«, fragt sie zaghaft nach.
»Waaasss?!«, schreit ihr Vater entgeistert. »Die eigene Überzeugung aus Feigheit verraten?! So etwas machen wir nicht!«
Eva lässt den Kopf hängen, ist aber erleichtert, dass ihr wenigstens diese Demütigung erspart bleibt.
»Außerdem kauft dir das sowieso keiner ab!«
»Stimmt!«, pflichtet Hella ihm bei und macht sich bereits die dritte Zigarette an, worauf ihre Migräne die zweite Stufe zündet. Wutschnaubend tigert Walter im Wohnzimmer auf und ab. »Also gut! Da wir momentan nicht kämpfen können und das wahrscheinlich auch nichts bringt, müssen wir aus der Situation das Beste machen. Eva muss hier raus, bevor man sie ganz fertigmacht und ihr die Zukunft verbaut. Erst muss mal Gras über die Sache wachsen, dann sehen wir weiter«, fasst Walter die Lage zusammen. Erst jetzt dämmert Eva das Ausmaß ihrer Katastrophe, die sie aus der harmlosen Kinderwelt in die gefährliche Welt der Erwachsenen katapultiert hat.
Hella presst sich zur Schmerzlinderung ihre heiße Kaf-

feetasse gegen die Stirn. »Momentan können wir gar nichts machen! Aber einfach zu Hause lassen können wir sie auch nicht.«

»Noch ist nicht aller Tage Abend«, entgegnet Walter. Damit beschwichtigt er sich in erster Linie selbst. Mit wippenden Hacken steht er am Fenster und blickt in den Ahornbaum mit dem Elsternnest. Dann dreht er sich unvermittelt um. Er hat eine Idee: »Und damit unser Töchterlein hier nicht weiter Spießruten laufen muss oder vor Faulenzerei Zeit verliert und uns noch ganz rammdösig wird, sollte unser Evchen zu meinem Bruder nach London fahren! Der Sprache wegen! Erst einmal nur für die Ferien. Else wird bestimmt für die Reisekosten einspringen. Wenn es der Kleenen da gefällt, wird sich der Rest schon irgendwie finden. Dann ist sie wenigstens in Englisch firm, und danach sehen wir weiter. Irgendwann ist auch dieser elende Wiedergutmachungsprozess mal erledigt. Dann haben wir eine neue Lage, und die ›Wiedergutmachung‹ hilft dann hoffentlich auch unserer Tochter weiter!«

Walter hat sich in der Begeisterung über seinen Einfall vom Fenster zu Eva bewegt und blickt sie erwartungsvoll an. Die nihilistische »Prinzessin der Finsternis« ist im Sessel zu einem Häufchen Elend geschrumpft. Walter geht vor ihr in die Hocke, wie immer, wenn er sie trösten will. »Würde dir denn London gefallen?«

Cäsars neue Ordnung
Berlin, 1963

Cäsar Bukofzker hatte schon immer das Talent der Antizipation. Anhand kleiner Anzeichen konnte er Ereignisse voraussahen. Elses übernächtigtes Gesicht, das auf eine Reihe schlafloser Nächte schließen lässt, und ihre festliche Bluse am Frühstückstisch sind solche Signale, die andeuten, dass etwas Ungewöhnliches in der Luft liegt. Als Cäsar sein Frühstücksei köpft, lässt Else die Katze aus dem Sack. Sie macht Cäsar einen Antrag nach Art ihrer Generation: »Cäsar, ein Mann muss seine Ordnung haben!«, ruft sie mit würdevoller Bestimmtheit. Dazu lässt sie dramatisch das Besteck fallen. Else blickt Cäsar so eindringlich an, als wolle sie sich an seinem Gesicht festsaugen. »Außerdem wächst mir das Ganze mit der Firma ohnehin über den Kopf«, erklärt sie. Trotz Gerdas treuer Dienste, die demnächst in Rente gehe, wolle sie künftig in ihrem »Reitstall« in der Rankestraße »nicht mehr allein herumgeistern«.
»Du kannst drei Zimmer haben, meinetwegen auch vier. Brunos Arbeitszimmer, dazu das Herrenzimmer und das kleine Gästezimmer neben dem Bad als dein Schlafzimmer. Wir machen einen ordentlichen Ehevertrag. Du solltest dann in die Firma als Geschäftsführer einsteigen und den Laden auf Vordermann bringen. Was hältst du davon?«
Cäsar ist sprachlos. An diese Möglichkeit hatte er zwar

auch vage gedacht, das aber als Hirngespinst kindischen Wunschdenkens verworfen, und sich weiter auf sein Geschäftsprojekt in Hamburg, den Handel mit exotischen Hölzern, konzentriert. Mit seinem Wiedergutmachungsprozess, der ihn weiter in Atem hält und in Berlin festnagelt, steht es auch denkbar schlecht. Für die verloren gegangenen Werke in Danzig und Schwetz, die alle nicht zum Deutschen Reich gehörten, gibt es keinen Ausgleich, hat ihm der Anwalt erklärt.

Der Anwalt macht eine Pause, damit sich sein Klient von diesem ersten Tiefschlag erholen kann, bevor er fortfährt: »Lägen Ihre beanspruchten Besitzungen in Königsberg, Ostpreußen, oder Schlesien, hätten wir gute Karten, denn das gehörte formal ja zum Deutschen Reich nach den Grenzen von 1937. Aber zu diesem Zeitpunkt war das alles schon Polen? Und genau genommen sind Sie als *Danziger*, dessen Vater nach dem Ersten Weltkrieg die polnische Staatsbürgerschaft angenommen hatte, eigentlich auch nicht zweifelsfrei anspruchsberechtigt. Nach Aktenlage würde die Gegenseite Sie als einen Polen einstufen, der lediglich in Danzig lebte! Dann sind Sie nicht anspruchsberechtigt. Haben Sie irgendein Papier, das Sie als deutschen Bürger oder Danziger ausweist? Ich meine außer Ihrer preußischen Geburtsurkunde? Aber ich will jetzt nicht abschweifen.«

Wieder macht er eine rhetorische Pause. Um die Hoffnungslosigkeit der Causa zu unterstreichen, blickt er ihn mitleidig an und streicht mit der Hand die Krawatte glatt. »Außerdem haben Sie in Danzig alles vor

Ihrer Emigration verkauft, oder vielmehr verschleudert. Bevor die massiven Enteignungen und Verfolgungen losgingen.«
Erneut macht er eine Kunstpause und fährt mit weicher Stimme, die Zuversicht signalisieren soll, fort: »Nun gut. – Allerdings gäbe es die vage Möglichkeit, nach Paragraph 4, Abs. 1 und 2 Bundesentschädigungsgesetz, vorzugehen, das Danzig in der Novelle miteinbezieht. Sicherlich könnte man auf einen zu entschädigenden Verschleuderungsschaden nach Paragraph 56 BEG plädieren. Allerdings auch nur rein theoretisch.«
Zu Stärkung nippt er an seinem lauwarmen Kaffee auf dem Schreibtisch und fährt fort.
»In Ihrem Fall hängt die Sache an Ihrer Staatszugehörigkeit. Sie waren ein polnischer Staatsbürger, der in Danzig lediglich *ansässig* war, und darum besteht kaum Aussicht, Ihre Ansprüche geltend machen zu können.«
Er nippt wieder an seiner Tasse.
»Selbst nach einem Friedensvertrag mit Polen kann ich Ihnen wenig Hoffnung machen. Zumal ein Friedensvertrag mit Polen ohnehin in den Sternen steht und wahrscheinlich nie zustande kommt. Also machen wir uns nichts vor: Ihre Aussichten sind mehr als vage. Vielleicht könnte man über eine Härteregelung ... Aber selbst das wäre auch nur rein spekulativ.«
Nachdem Cäsar den ersten Schock überwunden hat, dämmert ihm, dass er, der ehemalige Frühstücksdirektor eines Unternehmens mit Sitz im neuen Polen und Danzig, ein armer Teufel bleiben wird.
Mit Erbitterung denkt er an das Lebensmotto seines Vaters: »Lieber ein reicher Pole mit einem Geschäft

als ein armer Deutscher ohne Besitz«, womit Artur Bukofzker seinen Verbleib als polnischer Staatsbürger immer gerechtfertigt hatte.
Nun dämmert ihm, dass er seinen Plan, mit fünfzigtausend Mark ins Hamburger Holzgeschäft einzusteigen oder gar Benno und Walter abzufinden, begraben kann. Cäsar schämt sich. Im Prinzip bin ich jetzt das, was man unter Juden am meisten hasst: eine Luftexistenz, denkt er. Bloß gut, dass Selma das nicht miterleben muss! Momentan habe ich noch zweihundert Mark in der Tasche, bemerkt er mit Schrecken. Und selbst die sind nur geliehen. Von Else natürlich. Nur eines steht für ihn fest: Zurück nach Israel will er auf keinen Fall!

Angesichts dieser prekären Lage kommt ihm Elses Antrag wie gerufen – einerseits.
Doch andererseits hat ihn die Lebenserfahrung vorsichtig werden lassen: Die Braut ist zu schön, sagen die Franzosen in solchen Fällen. Wo ist der Haken?
Else kann diese Gedanken nicht erraten. Als Kavalier alter Schule nimmt Cäsar ihre Hand vom Tisch auf und küsst galant die Luft über ihrem Handrücken. Treuherzig schaut er sie an.
»Meine liebste Else, das habe ich selbst in meinen kühnsten Träumen nicht zu hoffen gewagt. Ich bin überwältigt. Ich fühle mich sehr geehrt und bin wirklich gerührt. Auch wenn es in unserem Alter weniger auf Romanzen und Gefühle ankommt, so erbitte ich doch drei Tage Bedenkzeit. Nimm es bitte nicht persönlich, und fühle dich durch mein Zögern nicht gekränkt,

aber ich mache das immer so vor weitreichenden Entscheidungen. Ich bitte um Nachsicht.«
»Nichts anderes als Besonnenheit habe ich von dir erwartet«, entgegnet Else majestätisch und kräuselt den Mund, was eher auf das Gegenteil ihrer Aussage schließen lassen könnte. In diesem Moment läutet das Telefon.
»Ich bin auf keinen Fall da, wenn es die Hamburger sind! Bitte sei so gut und wimmele die ab, Else. Ich muss mich erst noch sortieren.«
Else lächelt verschmitzt und droht spaßhaft mit dem Zeigefinger.
John ist am Apparat. Er hatte einen Autounfall in Polen, er ist auf dem Weg von Bydgoszcz nach Świecie bei Dunkelheit auf ein Pferdefuhrwerk aufgefahren.
»Na, zum Glück ist dir nichts passiert! Die Rechnungen und die Papiere für das Auto schicke bitte ins Büro«, kommentiert Else seinen Bericht. »Bitte die Rechnungen in doppelter Ausführung«, ruft Cäsar rüber ins Arbeitszimmer, wo Else das Gespräch angenommen hat. Angestrengt lauscht Else weiter in den Hörer und spielt nervös mit dem Telefonkabel, das sie sich immer wieder um den Finger wickelt und den Finger dann befreit, bevor die Wickelei von neuem losgeht. »Und wann bist du wieder zurück?«
Am anderen Ende erklärt John seiner Schwester wortreich seine weiteren Recherchen in Polen. »Wien ist meine letzte Hoffnung«, erklärt er ihr über die ächzende, hallende Leitung. John, der von der Hauptpost in Bydgoszcz anruft, fährt sich in der verrauchten Fernsprechkabine mit der linken Hand über seinen Stirn-

verband. »Morgen werden die Fäden gezogen. Es ist nur eine Platzwunde. Ja, keine Sorge, ich bin wirklich glimpflich davongekommen. Das Auto übrigens auch. Nur ein paar Dellen im Dach und am Kofferraum. Du bekommst es zurück wie neu! Garantiert und ...«
Else verdreht die Augen und schneidet ihm das Wort ab. »Ja, ja! Dann versuche bitte spätestens in vier Wochen zurück zu sein«, fährt sie ihm über den Mund und legt auf. »Du bekommst es zurück wie neu! Garantiert!«, äfft sie gereizt Johns Gerede nach. »Was für ein Schmock!« Um sich zu beruhigen, ergreift sie die Post, die gerade durch den Briefschlitz in der Wohnungstür in einem Korb auf der Innenseite landet. Sie kommt damit Gerda beim Einsammeln zuvor. Aus dem Bündel Briefe fischt sie eine bunte Postkarte heraus. Sie kommt aus London und zeigt Piccadilly Circus. Am Motiv errät sie, dass die Karte von Eva ist, und liest auf der Rückseite.

London, Pfingsten 1963

Liebe Tante Else! Sei lieb aus einer wirklichen Metropole gegrüßt! Aus Southall muss ich mit dem Bus und der U-Bahn eine Stunde in die City fahren! Mit Onkel Ben alles prima. Nur Tante Eugenie ist weg, sie will sich scheiden lassen. Englisch lerne ich am besten aus dem Werbefernsehen und aus den Texten von Musikgruppen wie The Yardbirds und The Beatles. Scheitern hat auch seine guten Seiten: endlich frei! Nach Berlin will ich nie mehr zurück! Aber nix Mama und Papa sagen. Gruß und Kuss, Dein Evchen

Else atmet tief durch. Wer oder was sind die Yardbirds und die Beatles?, wundert sie sich. Ansonsten hat sie es satt, für andere zu lügen oder ahnungslos zu tun. Trotzdem muss sie lächeln, wie bei allem von Eva. Mit einem Stoßseufzer öffnet sie den nächsten Brief aus dem Ausland. Er kommt aus der Schweiz von Georg. Dieser neue Verwandte ist ihr immer noch nicht recht geheuer. Doch seine Anhänglichkeit rührt sie, auch wenn sie das nicht zugeben will.

Vevey, den 21. Mai 1963

Liebe Else,
ich danke Dir, dass ich mich bei Dir polizeilich anmelden und eine Zuzugsgenehmigung nach Berlin erwirken konnte. Wie ich soeben telefonisch von meinem Anwalt erfuhr, haben wir in allen Punkten obsiegt. Es ist doch manchmal gut, brav alle seine Steuern gezahlt zu haben. Die drei letzten Geschäftsjahre vor der »Arisierung« hat man zur Grundlage der Wiedergutmachung für die materiellen Schäden herangezogen. Der Verdienstausfall aufgrund der letzten Steuerschätzung für all die Jahre ergibt ein hübsches Sümmchen! Hinzu kommt die Rente, die ich über das Lastenausgleichsamt aufgrund meines tatsächlichen und entgangenen Verdienstes beanspruchen kann. Der Richter war sichtlich erleichtert, dass bei mir alles so einfach und klar war. Grüße mir meine Neffen Walter und Benno und die Großnichte Eva!
Dein in jeder Hinsicht entfernter Verwandter
Georg

Else runzelt die Stirn. Und was ist mit dem Verlust des Lehrstuhls als Professor? Keine Vermögenswerte? Keine wertvolle Bibliothek? Was meint er mit *Verdienstausfall*? Nennt man so etwa die entgangenen Bezüge aus einer Professur? Das nennt man doch anders. Warum kein Wort von Pensions- oder Rentenansprüchen?
Irgendetwas stimmt doch da doch nicht! Aber besser nicht dran rühren.
Das meint auch Cäsar.
Seit Wochen sieht sie Cäsar meist nur noch zum Abendessen. Dann hört sie sich seine neuesten Ideen zur Revolutionierung des Koffermarktes an. »Wir müssen für den Touristen von heute produzieren! Die Koffer müssen robust, leicht und gut beweglich sein. Was hältst du von Aluminiumkoffern mit Rädern?«
»Cäsar, du spinnst! Koffer mit Rädern? So etwas habe ich noch nie gehört! Da werden doch alle Dienstmänner auf den Flughäfen und Bahnhöfen arbeitslos!«
Cäsar lächelt Else nachsichtig an. »Eben! Ich habe hier ein Modell anfertigen lassen.« Er zieht Fotos aus seiner Brusttasche. »Also, von Reisen ohne Dienstmänner verstehe ich wirklich etwas. Das kannst du mir glauben.« Er lacht in sich hinein. »Das hat mich auch auf die Idee gebracht. Übrigens habe ich für die Prototypen die Rollen von Hudora-Rollschuhen montieren lassen. Das Patent habe ich schon angemeldet.«
Else beugt sich über die Fotos der Prototypen. »Diese Aluminiumkoffer mit Rollen sehen doch aus, als wolltest du Reisegepäck in den Weltraum schießen. Das wird doch viel zu teuer, und wir werden pleitegehen!«
Wie elektrisiert springt Cäsar auf. »Else, du bist ein

Schatz! Weltraum! Genau das wird unsere Reklame-Idee! Mit unseren Koffern bringen wir Sie bis zum Mond, wenn Sie wollen! Grandios, Else!«

Else staunt nur noch. Seit Cäsar Geschäftsführer von Dahnke & Co ist, wirkt er um zwanzig Jahre verjüngt. Jeden Morgen scheint er mit einem Jubelschrei aufzustehen. Vor Energie dampfend kann Cäsar es morgens um sechs kaum erwarten, dass Gerda das Frühstück bereitet, um ins Büro zu gehen.

Beim Sonntagsfrühstück fragt Cäsar hinter seiner Zeitung kleinlaut hervor: »Sag, meine Liebe ...«, fängt er zögerlich an: »Was hältst du eigentlich davon, wenn ich einen meiner Stiefsöhne aus Israel zurück nach Deutschland hole und zum Einstieg ins Geschäft überrede? Na, als Selmas Söhne sind es ja eigentlich *Deine* Neffen! Ich bin ja nur der Stiefvater. Das ist aber hier nicht der Punkt. Wir sind beide nicht mehr die Jüngsten und müssen an die Nachfolge denken.«

Else ist erschöpft und überfragt. »Mach, was du für richtig hältst«, antwortet sie matt und schaltet den Fernseher ein, um die Wiederholung des Abendprogrammes mit ihrer Lieblingssendung »Mit Schirm, Charme und Melone« zu sehen. John Steed ist erholsamer als Cäsar im Erfinderwahn.

Der Preis von toten Tanten
Walter und Georg, Berlin, 1963

Walter bekommt vom Chorleiter in der Pause einen Rüffel. »Herr Kohanim-Rubin, Sie haben heute *wieder* vergessen, dass *nicht Sie* hier der Solist sind und sich in den Chor einzugliedern haben! Auch wenn Sie der Stimmführer der Tenöre sind. Ordnen Sie sich gefälligst entsprechend unter!«
Walter guckt schuldbewusst drein und hebt zur Entschuldigung die Schultern. Gerade will er sich für seinen Vorwitz entschuldigen, da zischt der Stimmführer der Baritone gehässig. »Das ist doch immer dasselbe mit den Juden! Ständig wollen die eine Extrawurst haben!«
Walter verengt die Augen und geht bedrohlich auf den Bariton zu. »Aus gutem Grund! Schon allein für das Vergnügen, einen verhinderten Herrenmenschen wie Sie zu ärgern! Und darum freut mich das umso mehr!«
Der Chorleiter macht beschwichtigende Gesten.
»Meine Herren! Ich muss doch bitten! Tragen Sie Ihre Differenzen außerhalb der Oper aus. Ordnen Sie bitte Ihre Kostüme für das Szenenbild Gefangenenchor im nächsten Aufzug, und trinken Sie schnell Ihre Tees und Honigwasser!«
»Herr Neubert, ich entschuldige mich für meine Disziplinlosigkeit, aber ich habe heute gerade einen Jubeltag, und da schlägt man schon mal über die Stränge!«

Herr Neubert klopft Walter auf die Schulter. »Ist schon gut. Zu was genau darf man denn gratulieren?«
»Oh ja, danke der Nachfrage: Ich habe heute einen Prozess halb gewonnen. Nach der Vorstellung gehe ich mit meinem Onkel aus der Schweiz feiern.«
Aber da ist der Chorleiter schon weitergegangen und staucht einen Bass wegen schiefer Töne zusammen.

Georg Rubin sitzt in der Kantine und wartet auf Walter, der sich in der Garderobe abschminkt. Ein wenig später sitzen sie in der Opernklause bei Schnitzel, Bier und Fassbrause. »Na, wie lief dein Prozess?«, fragt Georg gespannt nach ihrer nachlässigen Umarmung zur Begrüßung. Walter will groß ausholen: »Du weißt ja, dass ich im ersten Anlauf mit Pauken und Trompeten gescheitert bin, ohne Anwalt ...«
»Aber Junge, ich habe dir doch von Anfang an gesagt, dass man einen Anwalt haben *muss* ...«
Walter winkt ab. »Ja, das hast du. Aber wovon zahlen?«
Georg lässt sich empört gegen die Lehne fallen. »Nun mach aber mal 'n Punkt! Ich habe dir schon damals angeboten, die Prozess- und Anwaltskosten zu übernehmen.«
Walter nimmt einen Schluck von seiner Sportlermolle, wie man Fassbrause in Berliner Kneipen nennt. »Sollen wir nicht lieber Champagner bestellen?«, fragt Georg.
»Ich trinke doch keinen Alkohol, das weißt du doch!«
Danach kaut Walter an seinem Wiener Schnitzel herum. Als er den Bissen heruntergeschluckt hat, fährt er fort: »Ich habe eine Anwältin gefunden, die mich auf Erfolgs-

honorarbasis vertreten hat. Bei Misserfolg zahle ich nichts, und bei Erfolg bekommt sie dreißig Prozent.«
»Ist das eigentlich erlaubt?«
»Nein, natürlich nicht!« Beide feixen.
»Beim ersten Wiedergutmachungstermin saß da als Vorsitzender tatsächlich der olle Nazirichter, der mich 1933 wegen Vorbereitung eines hochverräterischen Unternehmens verknackt hatte!« Walter genießt das ungläubige Gesicht seines Onkels wie bei einer guten Pointe. »Da verklagt Walter Kohanim-Rubin die Bundesrepublik Deutschland, und dann setzen die mir doch tatsächlich den gleichen Richter vor die Nase, der mich für die Nazis zu fünfzehn Jahren verknackt hatte! Meine Anwältin hat den lapidar als befangen abgelehnt. Ich hätte dem am liebsten gleich an Ort und Stelle eine Abreibung verpasst. Aber als ›Opfer‹ hat man leidensfähig und demütig zu sein! Soll heißen: Die Zumutungen der ›Herrenrasse‹ gehen weiter!« Er nimmt einen Schluck Fassbrause.
»Wenn ich meiner Hella nicht versprochen hätte, das alles stoisch durchzuboxen, dann wäre ich auf und davon oder hätte mich vergessen, aber«, er spült noch einen Schluck hinterher, als säße ihm ein Kloß im Hals, »die Anwältin sagte mir, dass man bei Wiedergutmachungsprozessen mit Vorliebe alte NS-Richter einsetzt. Das sei keine Bosheit, sondern von der Sache her zu verstehen: Der Staat wolle nur Wiedergutmachungsgelder sparen. Es sei nichts Persönliches und ich soll es mir nicht zu Herzen nehmen!«
Georg schüttelt den Kopf. Bei einer Gedankenpause lassen sie beide den Satz noch einmal nachklingen. »Ja,

und wie lief der Prozess sonst so?«, bohrt Georg weiter, nachdem er seinen Bissen heruntergeschluckt hat. Walter seufzt auf.

»Es begann wie beim ersten Prozess: Sie wollten mich für meine Haftzeit von 1933 bis 1937 als politischer Häftling *nicht* entschädigen, weil die Kommunistische Partei ja auch heute verboten ist et cetera, et cetera. Und da kam meine kaltblütige Anwältin ins Spiel. Zum Glück konnte sie nachweisen, dass ich zu dem Zeitpunkt noch kein ordentliches Mitglied der KPD war. Weil es bei mir immer mit der Parteidisziplin gehapert hatte, bekam ich damals bloß Kandidatenstatus, war also lediglich in der Jugendorganisation, und das zählte nicht. Außerdem widersprach meine sogenannte Straftat auch der offiziellen KPD-Linie. Mein alter Kumpel Erhard, der mich damals im Parteiauftrag rügen musste, konnte das als Zeuge bestätigen und hatte dazu sogar noch etwas Schriftliches, frag mich nicht woher. Kurz und gut: Die KPD-Führung hat das Hissen der roten Fahne am höchsten Fabrikschornstein Berlins zum Verbot der Gewerkschaften am 1. Mai 1933 als ›links-aktionistischen Akt eines Spontanisten ohne Parteiauftrag‹ kritisiert. Dazu gab es sogar eins dieser Scheißparolen-Flugblätter der Partei: ›Solch sinnlose Provokationen stören die Vorbereitung für den Kampf im Untergrund‹. Der Erhard hat das alles beeidet. Dem Gericht blieb also nichts anderes übrig, als das Ganze als eine pro-gewerkschaftliche Protesttat eines einzelnen Bürgers zu bewerten. Eine Weile haben die wirklich darüber debattiert, ob ich dabei tatsächlich Hausfriedensbruch und Sachbeschädigung begangen habe, und wollten mir dafür glatt zwei Monate Haftentschädigung abziehen!« Walter guckt amüsiert in Georgs verdutztes Gesicht. »Dann kam der nächste Knackpunkt: meine zweite Inhaftierung 1937 ins KZ Buchenwald als ›asozial, arbeitsscheu‹. Das wurde im ersten Prozess, wie bei den meisten mit diesem Haftgrund, so auch bei mir, erst einmal abgelehnt. Doch meine Anwältin hatte auch hier ihre Hausaufgaben gemacht. Sie konnte nachweisen, dass unter dieser Bezeichnung willkürliche Verhaftungen von Menschen, die in irgendeiner Weise unliebsam geworden waren, stattfanden. Ja, sie hatte sogar eine Kopie des Gestapobefehls aufgetrieben, in dem es explizit heißt, dass mit dieser Verhaftungsaktion, ›asozial, arbeitsscheu‹, neben Asozialen *vor allem Juden und sonstige ›Artfremde‹ zu inhaftieren seien*. Somit mussten sie meine Verhaftung zähneknirschend als Verfolgung aus rassischen Gründen anerkennen, zumal ich in den Judenblock 22 kam und nicht zu den Kriminellen! Das hat denen gar nicht gefallen.«

Walter, noch ganz von seinem Triumph erfüllt, fällt nun auf, dass er die ganze Zeit nur von sich geredet hat, während Georg noch nichts über sich und seinen Prozess preisgegeben hat. »Und wie ist es denn bei dir gelaufen?« Georg räuspert sich: »Um das Geld ging es mir dabei eigentlich weniger. Mir geht es nur um die Genugtuung, um mein Recht.«

»Tja, wenn man sich das leisten kann. Prima, ganz große Klasse! Haste denn deine ›Genugtuung‹ bekommen?«, fragt Walter mit einem Anflug von Ärger und Ironie in der Stimme, weil er sich dabei denkt: Was für ein Schmock!

»Ja, ich bin zufrieden ...«

Nach dem nächsten Bissen fragt Walter seinen Onkel: »Warum hast du eigentlich nie geheiratet, Georg? Bist du vom anderen Ufer, oder wollte dich keine?«

»Weder noch!« Georg denkt an seine Scheu vor der weiblichen Neugierde, die ihn womöglich hätte auffliegen lassen. Er beschränkte sich auf unverbindliche Amouren mit wechselnden Damen außer Haus. Immer genau in dem Augenblick, wenn sie ihm zu nahe kamen, ließ er sie fallen. Aus reinem Selbstschutz. Außerdem empfand er Familie schon immer als ziemlich belastend. Darum schweigt Georg und wechselt das Thema: »Dann war bei dir nach deiner Anerkennung als rassisch Verfolgter also alles in Butter?!«

Walter lacht bitter auf. »Na, du bist vielleicht trocken! Jetzt ging es erst richtig zur Sache. Ein harter Handel um jeden Hafttag brach da los: Für die politische Haft von fünf Jahren wollte das Gericht nur 2,50 Mark Entschädigung pro Hafttag anerkennen. Für jeden Hafttag als rassisch Verfolgter wollten die dann nur ganze 5 Mark pro Tag springen lassen, wie es im Gesetz steht. Und für die Jahre von 1933 bis 1937 als politischer Gefangener biste nur die Hälfte wert. Daraus lernen wir, dass Zivilcourage in Deutschland unerwünscht ist und man warten soll, bis man dich wie ein Schaf zur Schlachtbank führt!«

Walter lacht böse auf.

»Das ist ja widerlich!« Georg bleibt vor Empörung der Mund offen stehen.

»Ohne meine Anwältin, die mich immer wieder beruhigt hat, hätte ich getobt. Das Tollste kam aber noch.

Jede erlittene Folteraktion wurde extra berechnet nach Aktenlage oder Zeugenaussage. Bei mir waren das neun Tage Bunker zu hundertachtzig Mark und dreimal ›Baumhängen‹ zu hundertfünfzig Mark pro Folter. Übrigens habe ich für meine tote Tante, die auf der Flucht in der Ostsee ertrunken ist, hundertzwanzig Mark Entschädigung bekommen.«
»Meinst du deine Tante Fanny von den Segals mit einem l?«
Walter nickt. Schweigend essen sie ihre Schnitzel auf. Georg, dem die Entschädigung von hundertzwanzig Mark für eine tote Tante auf den Magen geschlagen ist, bestellt einen Cognac und einen Schoppen Riesling zum Nachspülen. »Für meine toten Tanten habe ich nix bekommen. Die waren ja auch bloß *polnische* Jüdinnen.« Beide hängen beim Essen ihren Gedanken nach. Mittlerweile ist es in der Opernklause laut geworden. Die Solisten der ersten Besetzung, die vor Adrenalin schier bersten, belegen die raren freien Plätze und lärmen nach Art von Schmierenkomödianten, indem sie mit großen Gesten irgendwas deklamieren, was sie für komisch halten. Doch jeder weiß, dass sie sich nur vor den Zweit- und Drittbesetzungen aufspielen wollen. Die gucken verächtlich weg. Georg wendet sich kopfschüttelnd seinem Neffen Walter zu, als sich der Kellner entfernt hat.
»Aber hast du denn keine Entschädigung für den beruflichen Schaden bekommen?«, will Georg wissen.
Walter lehnt sich demonstrativ zurück und umfasst die Tischplatte an den Ecken mit ausgestreckten Armen. Er hat sich entschieden, seine Not nach Art der Kohanims

in Komik zu kleiden, denn Lachen ist die vornehmste Art, mit Schmerz umzugehen.

»Tja, das war auch so ein Ding!«, lacht bitter er auf. »Erst wollten die mir nur fünfhundert Mark pro Jahr zuerkennen, weil ich angeblich noch Lehrling war, also in ihren Augen ›berufslos‹. Doch dann hat meine Anwältin meinen Gesellenbrief, den mir Bruno ausgestellt hatte, vorgelegt und zweitausend Mark pro Jahr gefordert. Es folgte eine lange Debatte über den Jahresverdienst von Klempnergesellen. Am Ende wurden mir 1.825 Mark pro Haftjahr mal zwölf Jahre Gesamthaft, also 21.900 Mark zugesprochen, mit Berufsschaden und Werten kommt man in Deutschland immer man besser weg als mit Leid, da gab es für mich dann schließlich noch 24.000 Mark dazu. Dann hat meine Anwältin noch für Schaden an Leib und Leben 33.000 Mark erstritten wegen meiner Nervenkrankheit, die ich mir im Lager geholt habe. So kamen summa summarum 78.900 DM für die zwölf Jahre Todesangst zusammen. Davon gehen dreißig Prozent Erfolgshonorar für die Anwältin zu 23.670 DM ab, so verbleiben mir als Entschädigung für meine besten Jahre unter Qualen immerhin 55.230 DM und eine Verfolgten- und Schwerbehindertenrente von 1.800 DM! Es hätte schlimmer kommen können.«

Georg nickt und süffelt nachdenklich seinen Riesling.

»Was ist das denn für eine Nervenkrankheit?«

Walter blickt verlegen auf sein Besteck. »Heißt MS, haben die Amis nach Haftentlassung zum Glück damals festgestellt, sonst hätte das Gericht das doch nie anerkannt. Aber kein Wort zu meiner Frau oder zur

Familie! Die sollen denken, dass ich nur wegen der Albträume zum Nervenarzt gehe.«
»Verstehe! Von mir erfährt keiner etwas.«
Nach diesem erschütternden Bericht, den Walter wie eine launige Schnurre vorgetragen hat, verschweigt Georg, dass ihm als Verdienstausfall als verhinderter Fuhrunternehmer jährlich 3.500 DM angerechnet wurden und für den Betrieb 30.000 DM, was allein schon die Summe von 44.000 DM ergeben hat.
Walter, der viel länger, außerdem doppelt und dreifach gelitten hat und nun auch noch mit Multipler Sklerose geschlagen ist, würde das nur aufregen, also hält er den Mund.
Im Stillen zieht Georg die moralische Bilanz: Die armen Teufel mögen noch so viel leiden, die Privilegierten werden selbst in der Schoah bevorzugt.
»Gratuliere, Walter!«

Helle Köpfe und schwarze Seelen
John, Wien, 1963

Morgens um neun Uhr bin ich mit Herrn Schimmelpfennig in Wien verabredet. Ich zeige ihm die Notiz aus dem Berliner Archiv zur Entnahme der Akten über meine Mutter. Erst streitet er ab, dass seine Stiftung die Daten zu Opfern und Täter sammelt, diese Unterlagen überhaupt besitzt. Nachdem ich ihm die Kopie der Ausleihkarte zeige, fängt er widerwillig an zu suchen und grantelt entrüstet vor sich hin. Dabei macht er den Eindruck, als wolle er nichts finden. Dann telefoniert er. Darauf kommen zwei freundliche Herren im Alter von etwa Mitte dreißig ins Büro. Die beiden sehen nicht nach Büromenschen aus. Dazu sind sie zu sportlich und auf eine unbestimmte Art wachsamer als stupide Bürohengste. Ehe ich darüber nachdenken kann, welche Funktion sie wohl haben mögen und warum sie sich derartig von den üblichen Schreibtischtätern unterscheiden, überrollen sie mich mit Freundlichkeiten und tun ganz besonders herzlich. Trotzdem meine ich, in ihren Blicken etwas Lauerndes zu erkennen. Doch angesichts ihrer Hilfsbereitschaft und ihrer aufmunternden Worte schiebe ich den Gedanken beiseite. Es wird Zeit, dass diese Suche aufhört, das schlägt dir aufs Gemüt, warnt mich meine innere Stimme zum x-ten Mal. Herr Brenner und Herr Lewinsky laden mich zum Kaffee ein, währenddessen man die Akte auffinden will.

»Wir sind auf der Suche nach interessanten Fällen, die wir im Rahmen unserer Dokumentation herausstellen möchten, und hoffen, dass der Fall Ihrer Frau Mutter, Frau Rosalie Segall, ein solcher Fall ist. Was können Sie uns über sie sagen?«

Aha, Journalisten!, denke ich erleichtert. Arglos gebe ich Auskunft. Auch über den Mann, SS-Mann Hansen, der sie abgeholt und ihren Haushalt für seinen Bruder »arisiert« hat, informiere ich sie. Der stillere der beiden Herren notiert alles sorgfältig, fragt nach den Vornamen der Hansen-Brüder, nach Geburtsdaten. Irgendetwas missfällt mir an der Art und Weise, wie sie mich befragen. Es ist seltsam, dass sie ein so großes Interesse an diesen beiden Hansens haben und kaum nach meiner Mutter fragen.

»Wozu brauchen Sie diese Daten?«, frage ich sie so beiläufig wie möglich. »Wenn Sie doch bloß eine Reportage über die Suche nach einer verschwundenen Mutter machen wollen?«

»Ach«, meint der Lebhaftere der beiden lachend, »Informationen kann man nie genug haben. Manchmal sind es gerade die nebensächlichen Fakten, die eine Sache rundmachen. Alte Journalistenweisheit!« Er zwinkert spaßhaft mit dem linken Auge.

Ich lasse trotzdem nicht locker: »Haben Sie denn weitere Informationen zu einem der beiden Hansen-Brüder? Ich meine, die sind doch aus Berlin. Wieso interessiert Sie das hier in Wien?«

Offenbar habe ich mit der Frage ins Schwarze getroffen, denn mir entgeht nicht, wie sie einen langen, verständnisinnigen Blick tauschen.

»Uns interessiert im Prinzip *alles*!«

Als wir aus dem Kaffeehaus zurück ins Kontor kommen, erklärt mir Herr Schimmelpfennig, dass die Akte meiner Mutter momentan nicht auffindbar sei. »Wahrscheinlich ist sie beim Herrn Magister im Schreibtisch eingeschlossen. In drei Tagen ist der Herr Rat zurück. Erst dann kann ich Ihnen weiterhelfen, bedauere!«
Ich weiß, dass er lügt. Aber was kann ich tun? Herr Brenner und Herr Lewinsky machen betrübte Gesichter. »Ach, das ist ja schad! Bloß gut, dass Wien auch sonst einiges zu bieten hat. Wir würden Sie gern herumführen.«
Nur mit Mühe kann ich ihre Freundlichkeiten abwehren und bin froh, sie los zu sein, als ich das Haus verlasse. An der ganzen Sache ist irgendetwas oberfaul.
Ich fahre zum Fernsprechamt und melde ein Gespräch nach Berlin an, mit meiner Schwester. Noch unter dem Eindruck der seltsamen Begegnung und etwas aufgebracht schildere ich ihr mein Erlebnis. Else wird immer einsilbiger, bis sie ganz verstummt.
»Was ist?«
Sie druckst herum. »Nun, ich wollte es dir letztens schon sagen, dass es vielleicht besser ist, die Sache einfach auf sich beruhen zu lassen.«
Ich bin entgeistert. »Wie kommst du denn auf diese Idee? Es geht schließlich um *meine Mutter*!«
Die Leitung nach Berlin ist schlecht. Es knackt, rauscht und knistert in der Leitung, wenngleich nicht so stark wie beim long distance call aus dem kommunistischen Osten.
»Ach, John! Lass es einfach sein! Da liegt kein Segen drauf.«

»Was soll denn daran verkehrt sein, nach der eigenen Mutter zu suchen?«, fahre ich sie aufgebracht an.
»Ich sag ja nur. Hast du jemals daran gedacht, dass sie vielleicht nicht gefunden werden will, wenn sie noch leben sollte? Ansonsten spricht doch alles dafür, dass sie tot ist. Friede ihrer armen Seele. Lass es gut sein, hör auf mich! Bitte, wenigstens dieses eine Mal!«
»Else, nun werd bitte nicht melodramatisch! In drei Tagen weiß ich mehr!«
»Na, wie du meinst!«, entgegnet sie spitz und legt beleidigt auf.
Nachdenklich gehe ich in Richtung Ausgang, da fällt mein Blick auf die versammelten Fernsprechbücher der Republik Österreich. Mehr aus Spaß greife zum Fernsprechbuch für Wien und den Wiener Wald. Hansen ist doch ein sehr norddeutscher Name: mal sehen, wie viele es in Wien davon gibt. Nur mal so… Auf Anhieb finde ich nur einen einzigen Hansen. Mit dem Vornamen *Wolfgang*! Treffer!
Es ist gerade um die Mittagszeit. Was soll ich sonst mit dem Tag anfangen, in einer Stadt, in der ich niemanden kenne, denn die Sehenswürdigkeiten hatte ich bereits am Tag zuvor abgeklappert.
Auf gut Glück fahre ich zur angegebenen Adresse: Wien-Döbling, 19. Bezirk. Pompöse bis bröckelige Jugendstil-Villen. Stille Straße. Ich parke zwei Häuser weiter. Das Gartentor ist offen. Ich klingele an der Haustür. In der Tür erscheint eine Frau Mitte bis Ende sechzig.
»Grüß Gott!«
Bevor ich ihr Gesicht auf Zeichen von Vertrautem prüfen kann, bleibt mein Blick an ihrer Halskette hängen:

schwarzgraue Südseeperlen! Die Kette kenne ich! Diese Kette, der ganze Stolz meiner Mutter, habe ich das letzte Mal 1932 zu Jom Kippur gesehen, als ich noch ein Dreikäsehoch war!

Aus dem Augenwinkel bekomme ich gerade noch mit, dass auf der gegenüberliegenden Straße ein Auto lautlos heranrollt und zum Stehen kommt. Ich linse kurz rüber und erkenne Brenner und Lewinsky im Wagen. Plötzlich wittere ich eine Gefahr, ohne zu wissen, worin diese bestünde. Verwirrt schaue ich zurück in das Gesicht der Frau mit der Perlenkette. Ihr laufen Tränen die Wange runter. Sonst bleibt ihr Gesicht unbewegt. Die Bedrohung kommt vom Auto her. Ich kann sie nicht erklären, aber ich spüre sie fast körperlich. Zum Glück ist mein Instinkt schlauer als mein Kopf. Ich lege den Zeigefinger auf den Mund und sage lauter als nötig: »Ach, entschuldigen Sie die Störung! Ich habe mich wohl geirrt. Ich hoffte, hier meine *Mutter Rosalie Segall* zu finden.«

Ich mache zur Warnung eine winzige Kopfbewegung zum Auto gegenüber, in dem Brenner und Lewinsky angefangen haben zu fotografieren. Die fremde Frau, die offenbar meine Mutter ist, schluckt, folgt meinem Blick, nickt stumm und schließt leise die Tür. Hinter der Tür höre ich sie aufschluchzen. Meine eigene Erschütterung kämpfe ich nieder. Ich habe sie tatsächlich gefunden, denke ich triumphierend. Ich muss die Bedrohung abwenden, meine Mutter schützen, sagt mir mein Impuls. Wie immer in Gefahrenlagen bleibe ich ganz ruhig und folge weiter meinem Instinkt. So wohlgemut und harmlos wie möglich schlendere ich rüber zum parkenden Auto auf der anderen Straßenseite. In

diesem Augenblick wird mir klar, wer die beiden Männer sein müssen: Brenner und Lewinsky sind Agenten des Mossad! Spätestens mit der Entführung von Eichmann hat der Mossad bewiesen, dass sie jeden Menschen auf der Welt finden können. Die sind mir nicht aus Langeweile gefolgt. Es liegt auf der Hand, dass die beiden hinter dem ehemaligen SS-Mann Wolfgang Hansen her sind, der augenscheinlich mit meiner Mutter hier in Wien zusammenlebt. Er muss sie geschützt haben, schlussfolgere ich. Und dafür werde ich ihn jetzt auch nicht verraten.
Ich beuge mich so lässig wie möglich zu ihnen runter und schaue ins Autofenster. »Tja, Fehlanzeige! Dann muss ich wohl noch die anderen Hansens in Wien und Österreich abklappern.«
»Wunderbar, dass Sie uns die Arbeit abgenommen haben. Wollen Sie wissen, warum wir eine Rosalie Segall, geborene Salomon, suchen?«
Ich winke ab. Wieso sollte der Mossad eigentlich *meine Mutter* suchen? Es kann ihnen nur darum gehen, an den Hansen heranzukommen, oder nicht?
Brenner spricht ungefragt weiter: »Die Rosalie Segall, geborene Salomon, aus Berlin, *die wir* suchen, hat dreiundzwanzig Menschen auf dem Gewissen. Sie war nach Stella Goldschlag die erfolgreichste Greiferin der Gestapo in Berlin. Wir brauchen noch eine sichere Identifizierung der Frau und hofften, dass Sie als Sohn uns Gewissheit verschaffen können. Nur damit wir uns richtig verstehen: Wir suchen sie übrigens im eigenen Auftrag, denn Rosalie Segall hat unsere Eltern auf dem Gewissen.«

Nach einer kurzen Pause fährt er fort: »Na, dann können Sie von Glück sagen, dass es sich um die Falsche handelt, denn mit so einer Mutter kann man sich eigentlich nur noch umbringen, oder?«
Else hat es die ganze Zeit gewusst!, ist mein letzter Gedanke. Dann habe ich einen Filmriss.

> Steh nicht am Grab, die Augen rot!
> Steh nicht am Grab, die Augen rot!
> Steh nicht am Grab! Ich bin nicht tot!

Drei Tage später werde ich nach einer akuten Alkoholvergiftung aus dem Wiener Spital entlassen. Ich habe den Glauben an das Schlechte im Menschen wiedergefunden. Als ich beim Rasieren in den Spiegel schaue, scheine ich um Jahre gealtert. Der Schmerz ist immer noch da. Tief drinnen, links unterhalb des Schlüsselbeines. Ich nehme noch eine Beruhigungspille.

*

Überlingen, den 8. August 1963

Lieber Georg Rubin,
wie ich Ihnen versprochen hatte, habe ich Nachforschungen über den Bruder Ihrer verstorbenen Frau, Georg Schlesinger, in Überlingen und Salem angestellt, und kann Ihnen mitteilen, dass zur fraglichen Zeit nichts über den Aufenthalt dieser Person bekannt ist, weder bei den einschlägigen Polizeistellen noch beim Internat oder den Beherbergungsbetrieben. Allerdings gab es zur fraglichen Zeit tatsächlich

einen unbekannten Selbstmörder in der Gegend. Das Alter könnte stimmen. Der Unbekannte ist auf dem städtischen Friedhof in Überlingen beigesetzt worden.
Was Edeltraud Kriegeskotte, verheiratete Lehmkuhl, angeht, so lebt die auf Teneriffa, wohin sich viele Nazis nach dem Krieg verzogen haben. Anbei finden Sie eine Kopie der spanischen Dokumente über sie in den Unterlagen. Das ist leider alles, was ich in dieser Sache ausrichten konnte. Falls ich weitere Erkundigungen für Sie in Polen einholen oder Dokumente beschaffen soll, lassen Sie es mich bitte über meine Schwester Else wissen.
Mit vorzüglicher Hochachtung
John Segall

*

Wenn man nach viel Arbeit und Schmerz einsehen muss, dass alle Mühe vergeblich war, ist das schon niederschmetternd genug. Keinem habe ich erzählt, wie anstrengend es war, die erforderlichen Unterlagen für die ganze Familie aus Polen, dem ehemaligen Schwetz, Bromberg und Danzig zu beschaffen. Nur vom Unfall hinter Bromberg habe ich erzählt, nichts über die geschändeten Synagogen und die jüdischen Friedhöfe voller Hundekot und Schweinsfüße. Letztlich hat der ganze Aufwand weder mir noch Cäsar geholfen. Alle unsere Werte, mit Ausnahme des Haushaltes meiner Mutter in der Regensburger Straße, gehören zu Polen und werden als Kriegsfolgeschäden eingestuft. Selbst der Tod meines Vaters, den ich mit der Aufnahme des SS-Fotografen Rudolf von Güldner dokumentieren kann, wird nicht als Verbrechen gegen die Menschlichkeit, sondern als Folge des Kriegsgeschehens gewertet. »Er wurde ja nicht als Jude getötet, sondern als polnischer Ratsherr in einer kriegerischen Auseinandersetzung«, erklärte mir der Anwalt lapidar. Auch ich bekomme ähnliche Auskünfte wie Cäsar: Eventuelle Ansprüche auf Entschädigungen wegen Schäden für Besitz, Leib und Leben meines polnischen Vaters in den Gebieten, die vor dem Krieg nicht zu Deutschland gehörten, werden erst nach einem Friedensvertrag mit Polen möglich. – Also nie! Ansprüche aus deutschem Besitz könnte nur meine Mutter stellen. Ich könnte erst darauf klagen, wenn sie für tot erklärt worden ist. Das wäre dann in zwanzig Jahren. Zum Glück sieht es für die Verwandten von Georgs Frau, für die Schlesingers, besser aus. Breslau gehörte ehemals zu Deutschland. So kann von uns drei Geschädigten nur Georg eine nennenswerte Wiedergutmachung für sich und die Schlesingers einklagen. Nach groben Schätzungen meines Anwalts kommen da wohl einige Hunderttausend Mark zusammen. Angeblich ist er nun der einzige Erbe, hat er mir gesagt. Was ist der Kerl doch für ein Glückspilz!, wundere ich mich erneut. Aber nach dem Schock über meine Mutter interessiert mich das alles nicht mehr. Nur aus Rücksicht habe ich Georg und dem Rest der Familie verschwiegen, dass der jüdische Friedhof in Schwetz heute ein Fußballplatz ist. Das Tor steht genau da, wo Samuel Kohanim begraben wurde.

Noch kurz vor der kleinen Feier zur Hochzeit meiner Schwester mit Cäsar Bukofzker habe ich Georg meine Rechercheergebnisse mit den Akten übersandt und dabei gleich die Abrechnung meiner Kosten beigefügt.

Da er mir einen üppigen Vorschuss gegeben hatte, frage ich ihn am Telefon, wohin ich das übrig gebliebene Geld von etwa viertausend DM überweisen soll.

»Zahlen Sie es doch auf mein Berliner Konto bei der Berliner Bank ein, oder ...«, er denkt kurz nach und hat eine bessere Idee. »Ach, nein! Halt! Stopp! Ich weiß einen geeigneteren Verwendungszweck. Geben Sie das Geld meiner Großnichte Eva für die Aussteuer oder die Ausbildung!«

»Sehr gut. Ansonsten habe ich Ihnen alle Informationen zum Fall Edeltraud Kriegeskotte übersandt. Näheres finden Sie in den Unterlagen. Frau Kriegeskotte ist wohl mit ihrem SS-Mann auf halbem Wege der sogenannten Rattenlinie nach Südamerika auf Teneriffa hängen geblieben. Dort leben sie seit Kriegsende. Soll ich Ihnen die Adressen noch nachreichen?«, frage ich pflichtschuldig.

»Nein, ich glaube, das ist wirklich nicht nötig. Ich kenne die Leute überhaupt nicht. Aber besten Dank für die Mühe.«

Und warum sollte ich dann alles über diese Frau herausfinden?, wundere ich mich kurz. Aber dass Ermittler etwas auskundschaften sollen, was hinterher niemanden mehr interessiert, ist ein Berufsrisiko und passiert nicht selten, hat mir ein Privatdetektiv nach dem vierten Cognac in irgendeiner Hotelbar mal erzählt.

Ich schüttele den Kopf und klappe mein Notizbuch zu. Der Fall Schlesinger ist damit abgeschlossen. Zum Glück ist Cäsar Bukofzker derart mit der Reorganisation seines Privatlebens und mit der Neugestaltung der Dahnke'schen Kofferproduktion in Anspruch genom-

men, dass er den herben Verlust der väterlichen Güter im polnischen Schwetz und in Danzig nur mit einem Achselzucken quittiert. »Der Allmächtige gibt's, der Allmächtige nimmt's!«
So gelassen spricht nur ein glücklicher Mann. Le Chaim!

Zwischen Baum und Borke
John, Ann Arbor, 1963

Im Deutschen gibt es das Sprichwort: »Wenn es dem Esel zu gut geht, geht er zum Tanzen aufs Eis!« Man sagt aber auch: »Nur ein großer Esel hält sich für ein Pferd!« Daran muss ich jetzt auf meinem Heimflug nach New York denken. So wie mich meine Vorahnungen vor meiner Reise in die Vergangenheit und in die Alte Welt gewarnt hatten und mich deshalb eigens eine lange Schiffsreise wählen ließen, so kann ich nun nach dieser Odyssee der Schrecken nicht schnell genug aus Europa fliehen.
Bei meiner Abreise aus meinem Wolkenkuckucksheim im Elfenbeinturm von Ann Arbor, Michigan, war ich ein glücklicher Mann. Ich hatte keine Ahnung, wie zerbrechlich das Glück sein kann. Erschöpft sitze ich in der Pan-Am-Maschine nach New York und starre zum hundertsten Mal auf das Foto, mit dem der ganze Schlamassel begann: Was war ich doch bloß für ein Narr! Um nach all meinen Neuanfängen in meinem Leben Antworten auf meine Fragen zu bekommen, habe ich mich irgendwo verloren. Antworten auf meine Fragen habe ich bekommen. Die meisten davon haben mir nicht gefallen: Meine Mutter ist eine Mörderin, die der Gestapo als Greiferin untergetauchte Juden ans Messer geliefert hatte. Gemäß der Liste, die meine Schwester tunlichst vor mir versteckt hielt, war meine Mutter

dabei besonders tüchtig. Dreiundzwanzig Menschen schickte sie in den Tod. All das war auf einer Karteikarte mit Daten und Namen vermerkt. Und trotzdem habe ich sie nicht verraten. Warum eigentlich nicht? Um das Leid nicht noch zu mehren?
Ich hätte auf meine Schwester hören sollen.
Was mache ich nun mit diesem schrecklichen Wissen? Reue hilft mir jetzt auch nicht mehr. Außerdem fühle ich mich auf eine unbestimmte Weise schuldig.
Während ich mich jahrzehntelang nicht an das Gesicht meiner Mutter erinnern konnte, träume ich nun fast jede Nacht von ihr.
Werde ich jetzt ganz meschugge? Was will mir mein Unterbewusstsein damit sagen? Dass ich mich selbst gefunden habe? Ja, und was jetzt?
Beim Anflug zur Zwischenlandung in Reykjavik stecke ich das verhängnisvolle Foto wieder ein. Außerdem hatte mich Hella auch noch angelogen:
Der Fotograf des Bildes meines Vaters auf dem Weg zum Tod war Hellas Onkel, der ehemalige SS-Mann Rudolf von Güldner. Und der ist ganz und gar nicht tot, wie sie behauptet hatte! Dieser Schweinehund lebt noch, und zwar in Seesen im Harz! Hella wollte wohl verhindern, dass ich weiter Staub aufwirbele. Offenbar wollte sie den makellosen antifaschistischen Ruf ihrer Familie »lilienrein« halten. Sie, die in eine jüdische Familie eingeheiratet hat, hätte mit einem SS-Mörder in ihrer Familie einen noch schwereren Stand. Also lässt sie ihn verschwinden. Ich habe es nur zu spät gemerkt. Aber ist das jetzt noch wichtig?
Wie mir erst jetzt bewusst wird, ist die ständige Beschäf-

tigung mit meinen Recherchen zur Vergangenheit meine Art der Wirklichkeitsflucht geworden. Das muss aufhören! Siedend heiß fallen mir erst jetzt all meine Schicksalsschläge der letzten Zeit ein, von denen ich mich ablenken oder, besser gesagt, vor denen ich fliehen wollte: Der Gesundheitszustand meiner Tochter Lilith hat sich in der Zeit meiner Abwesenheit dramatisch verschlechtert. Ich wollte das nicht wahrhaben. Die Klinik hat mir sogar ein Telegramm nach Berlin geschickt. Angeblich sei es erst vorige Woche so schlimm geworden. Ich begreife nicht, wie ich den Ernst der Lage so lange ignorieren konnte. Jetzt bete ich, dass ich noch rechtzeitig zurück in Ann Arbor sein werde, um meinen Fehler wiedergutzumachen. Ich habe zu sehr auf die robuste Natur meiner Lieblingstochter vertraut. Wenn aber Krankenhäuser Telegramme schicken, muss man sich auf das Schlimmste gefasst machen. Dabei hatte ich von diesem Schicksalsschlag vorige Woche auch eher zufällig erfahren.

Nur weil mein Telefon zu Hause in Ann Arbor offenbar gestört war und kein Brief beantwortet wurde, rief ich meine Schwiegereltern an. Fast zeitgleich erreichte mich in Berlin das Telegramm der Klinik. Dadurch alarmiert griff ich zum Telefon und hatte meinen Schwiegervater am Apparat.

»Was ist mit Lilith?«

»Sie kriegt ständig neue Bluttransfusionen, die aber nicht mehr helfen.«

Ich wusste nur zu gut, was das heißt, und er auch. Durch das Schweigen am Telefon kroch ein stummer Vorwurf. Darum wechselte ich das Thema und fragte

nach Esther. Dabei stellte sich zu meiner Bestürzung heraus, dass sich meine Frau von mir scheiden lassen will. Den Entschluss hatte sie schon vor Wochen gefasst. Sie war mittlerweile aus dem Haus ausgezogen. Ich fiel aus allen Wolken.
Im Telegrammstil zählte er mir meine angeblichen Verfehlungen auf: seelische Grausamkeit, böswilliges Verlassen, Vernachlässigung meiner Vaterpflichten und, last but not least, Unterschlagung von Vermögenswerten meiner Frau – die Auslagen für meine Reise! Nebbich!
Nachdem ich mich nach den beiden Hiobsbotschaften einigermaßen gefasst hatte, bat ich meinen Schwiegervater, dass er doch wenigstens die Telefongesellschaft beauftragen möge, meinen Telefonanschluss wieder zu aktivieren. Ein Amerikaner kann nicht ohne Telefon leben.

Das mit der Scheidung kann ich bestimmt wieder geradebiegen, zumindest hoffe ich das. Mein Schwiegervater, der immer noch auf meiner Seite ist, hofft das wohl auch. Von jeher war ich für ihn der Sohn, den er nie hatte. Doch das ist jetzt alles zweitrangig. Ich bete für Lilith.
Wie konnte ich nur alle möglichen Recherchen zur Vergangenheit als wichtiger erachten als mein gegenwärtiges häusliches Glück? Das werfe ich mir nun zum x-ten Mal vor. An das Fiasko meines Wiedergutmachungsprozesses will ich gar nicht erst denken. Über das Desaster mit meiner Mutter, die ich für tot erklären lassen will, kann ich auch mit niemandem reden, noch nicht einmal mit dem Rabbiner. Meine Scham ist einfach zu groß.

Es ist eine Tatsache, dass mein bisheriges Leben nun in Trümmern liegt. Das alte Trauma des Verlassenwerdens stellt sich wieder ein. Ohne Bindungen und Beziehungen, ausgestoßen und allein! Wie konnte ich nur so fahrlässig sein, alles aufs Spiel zu setzen. Wofür? Und noch schlimmer ist: Ich bin schuld! Doch nichts kann man dagegen tun, was man bereits getan hat. Und nichts kann man dagegen tun, was man nicht getan hat!

Den Rest der Heimreise bringe ich wie ein Automat hinter mich. In Vorfreude auf die Geborgenheit meines Heimes schließe ich das Tor auf. Der Pool ist leer. Laub überall. Im Flur empfängt mich der abgestandene Geruch eines toten Hauses. Das Haus ist besenrein ausgeräumt! Esther hat alles Mobiliar mitgenommen, bis auf die Einbaumöbel. Mein Haus ist ein Geisterhaus, und ich bin darin das Gespenst. Auf der Küchenanrichte liegen mehrere Stapel Akten. Von Esthers Anwälten. Beklommen öffne ich das Kuvert mit dem jüngsten Datum. Die Scheidung ist rechtskräftig, weil ich die Einspruchsfrist versäumt hatte. An der Adresse der gegnerischen Partei sehe ich, dass Esther zu ihren Eltern gezogen ist. Eine kindische Freude, dass es offensichtlich keinen neuen Mann gibt, tröstet mich.
Vielleicht kann ich das alles wieder rückgängig machen? Der Jetlag steckt mir in den Knochen. Es ist erst Nachmittag. Ich bin hundemüde. Die Sonne lacht wie zum Hohn. Zum Glück springt mein alter treuer Dodge an. Das rührt mich so, dass ich fast heule. »Du treues gutes Auto!« Ich streichele das Lenkrad und zweifele an meinem Verstand.

Wie in Trance fahre ich zur Klinik.
Esther sitzt bereits am Krankenbett. Sie guckt mich strafend wie eine Rachegöttin an. Zum Glück schweigt sie. Ich nicke ihr nur kurz zu. Lilith sieht blass und abgezehrt aus. Sie freut sich. »Daddy! Endlich!« Sie streckt die Arme nach mir aus. Ich umarme sie und merke dabei, dass sie unter meiner Umarmung dahinzuschwinden scheint, und fange an zu schluchzen. Lilith will mich trösten. Esther verlässt daraufhin wütend das Zimmer.
Am Tag darauf finde ich Liliths Krankenzimmer am Morgen abgedunkelt. Sie fühlt sich schwach und unwohl. Ihr Gesicht scheint nur noch aus Augen zu bestehen, die Haut wächsern, die Lippen blau. Am Nachmittag fällt sie ins Koma. Fassungslos sitzen wir an ihrem Bett. Sechs Stunden später hört meine Lilith auf zu atmen.

Ich kann mich gar nicht mehr daran erinnern, wie ich aus der Klinik nach Hause kam, nur dass mein Oberhemd nass geweint war.
Als hätte man mir die Seele herausgeschraubt, sitze ich daheim wie betäubt im Sessel, das einzige Möbel im Haus. Heim?
Hier kann ich nicht bleiben! Ich schnappe mir meinen Koffer und fahre ins Guesthouse der Universität.
Gerade als ich in der Tür stehe, klingelt das Telefon. Soll es doch klingeln! Wozu gibt es den Auftragsdienst?

In der Universität drehe ich am nächsten Tag meine Antrittsrunde. Stumm sammele ich die Beileidsbekun-

dungen ein. Trauern kann ich immer noch nicht. Der Schmerz ist zwar im Kopf, aber noch nicht in meiner Seele angekommen. Ich bin wie versteinert. Mein Stellvertreter, ein ehrgeiziger Jungspund frisch von der Uni, grinst mich an wie Falschgeld.
Der Wind hat sich gedreht. Das merke ich sofort. Ich weiß, dass er ein EDV-Enthusiast ist. Der mitleidige Blick meiner Sekretärin spricht Bände. Ich werde um meinen Posten kämpfen müssen. Beim Rausgehen spüre ich seinen höhnischen Blick im Rücken wie ein Brandeisen. Stumm hebe ich meine Hand mit ausgestrecktem Mittelfinger.

Zurück im Guesthouse denke ich darüber nach, wie mein Leben weitergehen soll: Was ist mit der Kleinen, mit meiner Tochter Rebekka?
Schmerzlich wird mir erst jetzt bewusst, dass Bekky immer wegen der Krankheit ihrer großen Schwester zurückstehen musste. Ich habe mich eigentlich nie so recht um sie gekümmert, gestehe ich mir schuldbewusst ein. Wie soll ich sie zu mir nehmen für die vorgegebene Zeit, die die Umgangsregelung aus dem Scheidungsverfahren vorsieht? Und wo?
Soll ich das Haus für uns beide möblieren lassen oder doch lieber verkaufen?
Für mich allein ist das Haus zu groß. Ich habe mich noch nie so verlassen gefühlt wie in diesem großen, leeren Haus. Zerknirscht rufe ich bei meinen ehemaligen Schwiegereltern an. Zum Glück ist Rebekka gleich selbst an Telefon.
»Bekky, Schätzchen! Hier ist Daddy! Wie geht es dir?

Ich habe dir etwas aus Europa mitgebracht. Wollen wir zusammen Eis essen gehen und an den See fahren?«
Begeistert ist sie nicht.
Meinetwegen muss sie ein Date mit einem Boyfriend absagen. Sie mault herum. Unterdessen frage ich mich, warum eine Vierzehnjährige ein »Date mit einem Boyfriend« haben muss. Rebekka ist mitten in der Pubertät. Sie beäugt mich misstrauisch und benimmt sich affig. Trotz Trauer hat sie sich überall mit pinkfarbenen Schleifchen und Rüschen aufgezäumt. Wie befürchtet, interessiert sie sich bei unserem Beisammensein ausschließlich für Mode und Shopping und sonst gar nichts. Anstatt an den See zu fahren, schleift sie mich stundenlang durch irgendwelche Shopping Malls. Überall die gleiche grauenvolle Beschallung mit Fahrstuhlmusik. Mit ihrem Geschwätz geht sie mir auf die Nerven. Damit ich nicht lieblos erscheine, versuche ich, es mir nicht anmerken zu lassen, und bin betont aufmerksam und eifrig bemüht.
Sie merkt es trotzdem und hält für eine Weile den Mund. Dabei blickt sie mich finster an und schmollt.
»Noch ein Eis?«
Mehr fällt mir auch nicht ein. Ratlos und geistesabwesend spulen wir beide unseren festgesetzten Vater-Tochter-Tag ab. Ich muss mich beherrschen, nicht fortwährend von Lilith zu reden. Im Zusammensein mit ihrer jüngeren Schwester vermisse ich Lilith doppelt so schmerzlich. Unser gemeinsam verlebter Tag erinnert Rebekka und mich nur daran, dass wir auch früher nie einen Draht zueinander gefunden hatten. Als ich sie

endlich bei meinen Schwiegereltern absetzen kann, fällt eine Zentnerlast von mir ab.

Zum Glück muss ich mir das nur einmal im Monat zumuten, tröste ich mich und fühle mich sogleich wieder schuldig, dass ich für meine Jüngste so wenig Gefühle aufbringen kann.

Liebe kann man nicht kommandieren!

Gibt es eigentlich Ratgeberliteratur für liebesunfähige Väter? Die Liebe zu meiner jüngeren Tochter werde ich lernen müssen. Das ist meine neue Mizwa!

Anschließend fahre ich zum Makler und biete das Haus zum Verkauf an. Sicherheitshalber gondele ich noch kurz zurück zum Haus und überprüfe alles, damit es bei den Besichtigungen mit Kaufinteressenten keine Blamagen gibt. Bevor ich die Tür aufschließe, höre ich wieder das Telefon endlos klingeln. Erst will ich nicht rangehen. Es wird ohnehin nur Werbung oder der Auftragsdienst sein. Sollen die doch meine Anrufe an das Guesthouse weiterleiten! Entnervt hebe ich dennoch ab. Am geisterhaften Rauschen erkenne ich, dass es sich um einen long distance call aus Übersee handelt. Ein Operator aus New York fragt mich, ob ich ein R-Gespräch aus London annehmen möchte, und verbindet mich.

»Hallo, Onkel John? Number 1248 from London calling!«

Sie spielt auf unsere Nummerierung auf der Ahnentafel an.

»Hallo, Evchen, here is the one and only 3535! Wie geht's dir in London bei Ben? Wo brennt's?«

Ich versuche, die Trauer aus meiner Stimme zu verban-

nen, und bemühe mich um einen witzig-aufgeräumten Ton.
Doch Eva scheint das eher zu irritieren.
»So weit, so gut!«, sagt sie zögerlich und fügt etwas verlegen hinzu: »Ähm, Onkel John ... du warst so leichtsinnig, mich einzuladen ... Darum rufe ich auch an. Aber zuerst soll ich unser ganz, ganz herzliches Beileid zum Tod von Lilith ausrichten! Das ist alles so schrecklich!«
Ich schlucke und murmele: »Danke, danke!«
»Onkel Ben hat dein Telegramm heute bekommen. Darum melde ich mich jetzt erst. Ich soll auch von ihm tiefste Trauer und unsere Anteilnahme bestellen. Äh ... und sorry ... auch wenn das jetzt vielleicht kein guter Zeitpunkt ist und ich mit der Tür ins Haus falle: Ich wollte dich bei dieser Gelegenheit fragen, ob ich bei dir in Amerika eine Weile bleiben könnte? Möglichst bis zum Highschool-Abschluss? Mama und Papa hätten nichts dagegen. Onkel Georg spendiert mir das Flugticket. Die Sache ist nämlich die: Ich muss hier bei Onkel Ben ausziehen. Onkel Ben und Tante Eugenie haben sich getrennt, und das Haus gehört ja Tante Eugenie. Für Onkel Ben wäre ich nun eine Belastung, denn Tante Eugenie verkauft das Haus und zieht zu einem Autohändler in irgendein Kaff in Surrey. Aber ich will auf keinen Fall zurück nach Berlin! Da habe ich doch jede Menge verbrannte Erde hinterlassen. Außerdem habe ich dort niemanden, der mir in meinen schwachen Fächern auf die Sprünge helfen kann. Auf dem Gymnasium haben alle anderen Eltern oder Geschwister, die mindestens das Abitur oder ein abgeschlossenes Studium

haben. Nur ich habe niemanden, der mir helfen kann! Also, ohne einen Mentor schaffe ich meinen Abschluss bestimmt nicht, und du bist in der ganzen Mischpoke der einzige Akademiker. Onkel Georg zählt ja wohl nicht«, sagt sie mit einem Gluckser in der Stimme.
»Außerdem ist Amerika auch nie verkehrt. Ich will nämlich etwas aus meinem Leben machen! In Berlin verfolgt mich meine negative Schülerakte, da bin ich erledigt, bevor ich überhaupt loslegen kann. Gelbe Sterne sind momentan zwar out, dafür gelten heute rote Sterne!«
Eva versucht zu lachen. Es bleibt ihr im Hals stecken, bestimmt, weil sie an Lilith denken muss und ihr plötzlich der launig blasierte Ton, den sie sich in London angewöhnt hat, peinlich ist. Auf einmal ist die Überseeleitung so klar, dass ich beinahe Evas Herz klopfen höre.
»Da fällt der Apfel ja nicht weit vom Stamm!«, helfe ich ihr aus der Verlegenheit und frotzele matt mit einem forcierten Lacher: »Willkommen zwischen Baum und Borke im Tal der unverstandenen Ausgestoßenen! Steig einfach ins nächste Flugzeug. Platz habe ich hier genug!«
»Terrific!«, jubelt Eva ins Telefon und schickt mir einen Kuss durch das Transatlantikkabel.
»Ich bin jetzt der glücklichste Unglücksrabe auf der Welt!«
»Der zweitglücklichste, Evchen!«
Zumindest hat sie Liliths Humor, denke ich und lege lächelnd auf. Dann greife ich erneut zum Hörer und sage dem Makler ab.
Hoffnung ist auch nur eine Geschichte, an die man glauben will.

Danksagungen:

an meine geduldige, engagierte Lektorin Nadya Hartmann, Frances Fraghi (für die Kriegstagebücher meines Onkels), Juliet Pressel (für die Unterlagen ihres Vaters John), Heidi von Plato (für die literarische Beratung), Ulla Bennstein (für das Vorlektorat), Slavica Klimkowski (für die juristische Beratung), Prof. Dr. William Niven (für die historische Beratung zur britischen Zeitgeschichte), Perke Kühnel (für die juristische Beratung).

Den Büchern von Arthur Koestler: »Wie Diebe in der Nacht«; Alfred A. Häsler: »Das Boot ist voll«; Ronald Friedmann: »Exil auf Mauritius 1940 bis 1945«; Helen Fry: »The King's Most Loyal Enemy Aliens«; Ursula Krechel: »Landgericht« und »Shanghai fern von wo«; Stewart O'Nan: »Stadt der Geheimnisse«; Alfred Bodenheimer: »Der Messias kommt nicht«; Howard Blum: »Ihr Leben in unserer Hand« verdanke ich viele Fakten und die Schilderung der Atmosphäre und des Zeitgeistes. Sie lieferten mir neben Inspiration auch Anregungen, bestimmte Begebenheiten aufzugreifen.

Anmerkungen

1 Fiktiver Schiffsname
2 Nach jüdischem Glauben ist der Mensch erst nach vierzig Tagen beseelt.
3 Hebräisch = Familie
4 Aus dem Hebräischen, berlinischer Ausdruck für »bucklige Verwandtschaft«
5 Zehn Männer, die die zehn Stämme Israels repräsentieren, sind ein wirksamer Gebetskreis im Judentum.
6 Segenskapsel rechts am Türrahmen jüdischer Haushalte
7 Festtag aus Anlass des Aufstands gegen die Römer 132 n. Ch.
8 Die letzte jüdische Festung Massada am Toten Meer, in der die Juden ausnahmslos Selbstmord begingen, um nicht in die Hände der siegreichen Römer zu fallen.
9 Konkurrierende paramilitärische zionistische Untergrundorganisation zur Haganah
10 Name geändert
11 »Jüdische Republik« im Fernen Osten am Amur
12 Übersetzt Schicksal, Errettung durch Esther von den Persern

Neue Literatur in der Frankfurter Verlagsanstalt
(eine Auswahl)

Claire Beyer. REVANCHE
Roman
„Claire Beyers Buch ist wie Kunst, die mit reduzierten Strichen die Welt darstellt. Ihre Sprache ist lyrisch, kurz und schön." BIETIGHEIMER ZEITUNG

Claire Beyer. REFUGIUM
Roman
„Ein spannender Roman, der sich zur Geschichte einer Frau entwickelt, die sich selbst sucht. Gefunden hat sie am Ende sehr viel mehr, als sie vermisste: ihr Selbstbewusstsein und die Kraft dazu." FRANKFURTER ALLGEMEINE ZEITUNG

Britta Boerdner. AM TAG, ALS FRANK Z. IN DEN GRÜNEN BAUM KAM
Roman
„Drei ereignisreiche Tage in einem Dorf am Ende eines Jahrzehnts. Präzise beobachtet und atmosphärisch dicht aus unterschiedlichen Perspektiven erzählt." WDR2

Nora Bossong. GEGEND
Roman
„*Gegend* ist eines der überzeugendsten Erzähldebüts des soeben vergangenen Jahres." FRANKFURTER RUNDSCHAU

Nora Bossong. WEBERS PROTOKOLL
Roman
„Ein Roman voller literarischer Untiefen und menschlicher Abgründe, der nicht allein für kommende Bücher ihrer Generation eine unübersehbare Wegmarke setzt." DEUTSCHLANDFUNK

Anne Brannys. EINE ENZYKLOPÄDIE DES ZARTEN
„Eines der schönsten Bücher dieses Herbstes." DEUTSCHLANDFUNK

Hans Christoph Buch. ROBINSONS RÜCKKEHR
Die sieben Leben des H. C. Buch
„Buch hat nicht nur einen unverwechselbaren Ton, sondern er führt in jedem seiner Romane vor, was Literatur kann: Dinge beschreiben, die unbeschreiblich sind." DEUTSCHLANDFUNK

Hans Christoph Buch. TUNNEL ÜBER DER SPREE
Traumpfade der Literatur
„Es sind kenntnisreiche Chroniken der deutsch-deutschen Literaturszene, die zugleich neue literarische Zugänge zur Welt offenlegen."
DEUTSCHLANDRADIO KULTUR

Hans Christoph Buch. ELF ARTEN, DAS EIS ZU BRECHEN
Roman
„Hans Christoph Buchs Bücher sind Schatzkisten, prall gefüllt mit
Geschichten aus fernen Ländern, Zeugen seiner ungezähmten Fabulierlust."
DEUTSCHLANDRADIO KULTUR

Hans Christoph Buch. REISE UM DIE WELT IN ACHT NÄCHTEN
Roman
„Ein satirischer, politischer Abenteuerroman und einmal mehr der Beweis, dass
zwischen zwei Buchdeckeln eine ganze Welt zu entdecken ist." B5 AKTUELL

Hans Christoph Buch. TOD IN HABANA
„Zweifellos, dieser fluide Text ist eine aberwitzige Travestie, eine durch und
durch respektlose Burleske." DIE WELT

Lasha Bugadze. DER ERSTE RUSSE
Roman
„Lasha Bugadze gelingt es, georgische Zeitgeschichte und Fiktion geschickt
miteinander zu verknüpfen" WDR5

Lasha Bugadze. DER LITERATUREXPRESS
Roman
„Schelmisch und selbstironisch, satirisch und sehr lustig: Bugadze hat Talent
für humoristisch überzeichnete Szenen und einen Sinn fürs Absurde."
DER TAGESSPIEGEL

Ruth Cerha. ZEHNTELBRÜDER
Roman
„*Zehntelbrüder* ist ein zeitgemäßer Familienroman, ein Kaleidoskop moderner
Verhältnisse, in denen Bindungsängste ebenso zu finden sind wie der Glauben
an eine tiefe innere Verbundenheit." BÜNDNER TAGBLATT

Ruth Cerha. BORA. EINE GESCHICHTE VOM WIND
Roman
„Bildstark, sinnlich und mit einem überaus musikalischen Grundton spürt
Cerha den Sehnsüchten und Ängsten zweier Enddreißiger hinterher."
STUTTGARTER ZEITUNG

Pauline Delabroy-Allard. ES IST SARAH
Roman
„Ein furioses, ein gnadenloses Debüt der Französin, die es damit gleich in die
zweite Runde des Prix Goncourt schaffte." DER STANDARD

Nicolas Dickner. NIKOLSKI
Roman
„Dickners Blick auf die Welt ist subversiv." DEUTSCHLANDFUNK

Mareike Fallwickl. DAS LICHT IST HIER VIEL HELLER
Roman
„Spannungsreich gewoben. Wo die existenziellen Bedrohungen Ernst machen,
reagiert Mareike Fallwickl mit Satire. Ihr Konter auf den Zynismus kommt
souverän abgefedert daher." NEUE ZÜRCHER ZEITUNG

Mareike Fallwickl. DUNKELGRÜN FAST SCHWARZ
Roman
„Wenn es ein Buch gibt, das unter all den Neuheiten herausragt, dann ist das
Dunkelgrün fast schwarz. Hier stimmt einfach alles, von der ersten bis zur letzten
Seite." BLOG MASUKO13

Margaux Fragoso. TIGER, TIGER
Roman
„Es ist ein schockierendes Buch, das die Amerikanerin Margaux Fragoso
über ihre jahrelangen Erfahrungen mit einem Pädophilen geschrieben hat."
FRANKFURTER ALLGEMEINE SONNTAGSZEITUNG

Anna Galkina. DAS NEUE LEBEN
Roman
„*Das neue Leben* ist ein Roman über Migration – unter anderem. Er beschreibt
auch die Höhen und Tiefen im Leben einer jungen Frau. Und das auf eine
wahrlich gelungene Weise." CICERO

Ernst-Wilhelm Händler. WENN WIR STERBEN
Roman
„Ernst-Wilhelm Händler vollzieht in seinem raffinierten Roman nichts
Geringeres als die feindliche Übernahme der deutschen Gegenwartsliteratur."
FRANKFURTER ALLGEMEINE ZEITUNG

Nino Haratischwili. DIE KATZE UND DER GENERAL
Roman
„Nino Haratschwili ist eine zupackende und furchtlose Erzählerin. Sie
hat die Gabe, Figuren und einer Szenerie mit wenigen Sätzen Kontur und
Lebendigkeit einzuhauchen." NZZ AM SONNTAG

Nino Haratischwili. DAS ACHTE LEBEN (FÜR BRILKA)
Roman
„Die Geschichte des europäischen Jahrhunderts als georgische Familiensaga
erzählt. Wie hat sie das gemacht? Deutscher Roman des Jahres. Phänomenal."
FRANKFURTER ALLGEMEINE SONNTAGSZEITUNG

Nino Haratischwili. MEIN SANFTER ZWILLING
Roman
„Nino Haratischwili hat das Zeug zur neuen Heldin der zeitgenössischen
deutschen Literatur. *Mein sanfter Zwilling* ist ein Text von beinahe klassischer
Wucht." LITERARISCHE WELT

Christa Hein. DER GLASGARTEN
Roman
„Christa Hein ist eine Seelenmalerin, die sich auf das Legen literarischer Hochspannungsleitungen versteht. Gekonnt verschränkt sie Familiendrama, Liebesaffären und Krimi." Brigitte Woman

Zoë Jenny. BLÜTENSTAUBZIMMER
Roman
„Es ist ein verstörender Text, klar und einfach geschrieben und doch von einer vielleicht noch etwas naiven, poetischen Kraft – hier ist nichts gekünstelt."
Elke Heidenreich, WDR

Tanja Kinkel. GÖTTERDÄMMERUNG
Roman
Ein spannender und hochbrisanter Thriller über eine globale Pandemie

Bodo Kirchhoff. DÄMMER UND AUFRUHR
Roman der frühen Jahre
„Bodo Kirchhoff hat eine Selbsterforschung geschrieben. Wer sich mit diesem Autor beschäftigt, kommt an diesem Buch nicht vorbei." Deutschlandfunk

Bodo Kirchhoff. WIDERFAHRNIS
Novelle
Ausgezeichnet mit dem Deutschen Buchpreis 2016
„Bodo Kirchhoff ist ein Meistererzähler; sein Widerfahrnis trifft uns alle."
Literarische Welt

Bodo Kirchhoff. VERLANGEN UND MELANCHOLIE
Roman
„Bodo Kirchhoff ist auf der Höhe seiner Kunst angelangt, ein souveräner Meister in der Beherrschung seiner Mittel. Das ist es, was man gemeinhin als Virtuosität bezeichnet." Frankfurter Allgemeine Zeitung

Bodo Kirchhoff. DIE LIEBE IN GROBEN ZÜGEN
Roman
„Ein fulminantes Buch über die Menschen von heute und über das, was sie umtreibt, verstört, weiterbringt, überleben lässt, über die Liebe also – in groben Zügen." Denis Scheck, ARD Druckfrisch

Bodo Kirchhoff. WO DAS MEER BEGINNT
Roman
„Das ist so scharf beobachtet, so witzig, dramaturgisch geschickt und spannungsreich erzählt, da erweist sich Kirchhoff auf der Höhe seiner Kunst."
Frankfurter Allgemeine Zeitung

Bodo Kirchhoff. PARLANDO
Roman
„Ein fabelhafter Erzähler, ein großartiger Schriftsteller, eine grandiose Episode nach der anderen!" Marcel Reich-Ranicki

Bodo Kirchhoff. INFANTA
Roman
„Es ist ein spannendes Buch, das den Leser so in die Gegenwart der Erzählung hineinzieht, dass er die eigene Zeit vergisst. Etwas Selteneres lässt sich von einem deutschen Roman kaum sagen." FRANKFURTER ALLGEMEINE ZEITUNG

Elsa Koester. COUSCOUS MIT ZIMT
Roman
Drei Generationen, eine mitreißende Lektüre, ein Familienroman voller emotionaler Wärme, voller Empathie und sprühender Lust am Erzählen.

Sabine Kray. DIAMANTEN EDDIE
Roman
„Eddie erscheint als Hochstaplerfigur vom Kaliber eines Felix Krull."
FRANKFURTER ALLGEMEINE ZEITUNG

Helmut Kuhn. GEHWEGSCHÄDEN
Roman
„Der Roman ist ein Zeitdokument, das einen tiefen Blick in die Seelenlage von Berlins kreativer Mitte wirft. Mit seinen starken Szenen und abrupten Wechseln erinnert *Gehwegschäden* an Döblins Berlin Alexanderplatz."
RBB STILBRUCH

Amanda Lasker-Berlin. ELIJAS LIED
Roman
„Ihre Kunst ist politisch. Sie hat etwas zu sagen und sie tut es auch. Amanda Lasker-Berlin, ein Name den man sich besser einprägen sollte." MDR

Amanda Lasker-Berlin. IVA ATMET
Roman
„Ein Roman von großer psychologischer Tiefe und Sprachgewalt." WDR

Ulla Lenze. DIE ENDLOSE STADT
Roman
„Ulla Lenze hat in ihrem enorm gegenwärtigen Großstadtroman eine Sprache für die Verwirrung zwischen Nähe und Ferne, Kunst und Kapitalismus gefunden." KULTURSPIEGEL

Ulla Lenze. DER KLEINE REST DES TODES
Roman
„Ein lebensgesättigter, gleichwohl lyrischer Roman, der in jene Räume vordringt, die zu betreten am schwersten sind. Dort nämlich kann man etwas entdecken, das ungeheuer fragil, instabil, unfassbar, transzendent ist: das eigene Ich." DEUTSCHLANDFUNK

Demian Lienhard. ICH BIN DIE, VOR DER MICH MEINE MUTTER
GEWARNT HAT
Roman
„Von den Jugendunruhen 1980 an den Platzspitz. Eine solche Stimme hat man
in der Schweizer Literatur noch nicht gehört: frech und verzweifelt, schräg und
kühn." NZZ

Julia Malik. BRAUCH BLAU
Roman
„Der Roman geht unter die Haut. In schneller Sprache zieht sie den Leser
in ihre Geschichte rein. Ein Buch, das uns viel über unsere wandelnde
Gesellschaft zeigt – und die Liebe." ELLE

Mathias Menegoz. KARPATHIA
Roman
„Der Roman bietet große Landschaften und große Gefühle."
FRANKFURTER ALLGEMEINE ZEITUNG

Karoline Menge. WARTEN AUF SCHNEE
Roman
„Karoline Menge variiert in ihrem erstaunlichen Debüt ein bekanntes Sujet:
zwei Menschen alleine in einer feindlichen Umwelt." DEUTSCHLANDFUNK KULTUR

Véronique Ovaldé. NIEMAND HAT ANGST VOR LEUTEN, DIE LÄCHELN
Roman
„Ein Hybrid aus Krimi, Thriller und Familienporträt, der nicht zuletzt von
seinen verschrobenen, schwer durchschaubaren Charakteren lebt."
DER TAGESSPIEGEL

Christoph Peters. STADT LAND FLUSS
Roman
„Eine scheinbar ganz normale Liebesgeschichte, aber voller doppelbödiger
Spannung. Ein Glücksfall." FOCUS

Sylvia Plath. DIE TAGEBÜCHER
„Ein großartiges Stück autobiographische Literatur. Kraftvoll und poetisch,
klug und sprachlich ausgefeilt." BRIGITTE

Sylvia Plath. DIE BIBEL DER TRÄUME
Erzählungen
„Gerade durch diese Texte, die noch nicht wie in Stein gemeißelt dastehen,
erfährt man viel über die literarische Begabung Sylvia Plaths."
NEUE ZÜRCHER ZEITUNG

Sylvia Plath. ZUNGEN AUS STEIN
Erzählungen
„Joachim Unselds Frankfurter Verlagsanstalt macht die beiden Erzählbände
Die Bibel der Träume und *Zungen aus Stein* wieder zugänglich. Plath besticht
darin mit ihrem unverkennbaren kühlen Prosa-Stil. Er erinnert an den jungen
Philip Roth und Salinger." LITERARISCHE WELT

Marion Poschmann. BADEN BEI GEWITTER
Roman
„*Baden bei Gewitter* ist ein Sprachfeuerwerk." NEUES DEUTSCHLAND

Marion Poschmann. HUNDENOVELLE
„Es ist die präzise Komposition, die neben der geschliffenen, glitzernd polierten Sprache dieser Prosa besticht." DIE ZEIT

Marion Poschmann. SCHWARZWEISSROMAN
Roman
„Hier gibt es keine abgegriffenen Worte, keine sattsam bekannten Figuren. So etwas hat man noch nicht gelesen." BÜCHER

Marion Poschmann. GRUND ZU SCHAFEN
Gedichte
„Einer der wichtigsten Gedichtbände der letzten Zeit. *Grund zu Schafen* markiert die Rückkehr einer Naturlyrik auf höchstem Sprach- und Reflexionsniveau."
FRANKFURTER ALLGEMEINE ZEITUNG

Minka Pradelski. ES WIRD WIEDER TAG
Roman
„Wie meisterhaft Minka Pradelski über dieses Kapitel der Geschichte schreibt, ist große Kunst auf dünnem Eis. Sie kann das, und sie darf das! Ein ganz wunderbares Buch, ich bin mehr als begeistert." IRIS BERBEN

Minka Pradelski. UND DA KAM FRAU KUGELMANN
Roman
Frau Kugelmann sagt einmal, seinen eigenen Kindern kann man sowas nicht erzählen, man muss es fremden Kindern erzählen. Wir sind auch die fremden Kinder, die durch solche Bücher ganz viele großartige Dinge erfahren."
ELKE HEIDENREICH

Julia Rothenburg. HELL/DUNKEL
Roman
„In knapper Sprache lässt Rothenburg das Halbdunkel einer verwahrlosten Kreuzberger Wohnung aufleben, jugendliche Trostlosigkeit und fiebriges Habenwollen, hinter dem jederzeit der innere Zusammenbruch lauert."
BERLINER ZEITUNG

Julia Rothenburg. KOSLIK IST KRANK
Roman
„Eine subtil spannende und hochinteressante Lektüre. Ein furioses Debüt."
DEUTSCHLANDFUNK

Julia Rothenburg. MOND ÜBER BETON
Roman
„Ein tolles, ein prächtiges, ein herrliches Buch mit einem überraschenden Ende – das knallt." FERIDUN ZAIMOGLU

Thomas von Steinaecker. WALLNER BEGINNT ZU FLIEGEN
Roman
„Ein Roman über die Zeit, über ihre Geschwindigkeit, ihre Langsamkeit und vor allem die Tatsache, dass dem Leben des Menschen die Rückspultaste fehlt – in einer Sprache, die hundert Jahre zu einem einzigen, schnellen, unvergesslichen Leseerlebnis macht." JULI ZEH

Corinna T. Sievers. VOR DER FLUT
Roman
„Judith verleiht ihrer sexuellen Gier in Sievers' Roman eine ganz eigene Sprache. Sievers findet dabei eine Erzählstimme, die wachsam wie frotzelnd immer wieder hinterfragt, welche Haltung und welche Wortwahl dem Thema angemessen sind." DEUTSCHLANDFUNK

Corinna T. Sievers. DIE HALBWERTSZEIT DER LIEBE
Roman
„Ein kurzer, ein knallharter Roman, wie ich ihn aus der Feder einer Frau noch nicht gelesen habe." DENIS SCHECK ÜBER MARIA ROSENBLATT

Jean-Philippe Toussaint. DER USB-STICK
Roman
„Es gibt erstaunlich wenige Romane, die für die technologischen und damit verbundenen psychosozialen Umbrüche der Gegenwart eine Form finden – *Der USB-Stick* ist einer." NIKLAS MAAK, FRANKFURTER ALLGEMEINE SONNTAGSZEITUNG

Jean-Philippe Toussaint. M.M.M.M.
Eine Romantetralogie
„Selten wurde in der aktuellen Literatur böser, lustiger, lakonischer und klüger über eine große und ratlose Liebe geschrieben. Nächster Nobelpreis, der nach dem für Modiano in die französischsprachige Welt geht, bitte an Toussaint."
NIKLAS MAAK, FRANKFURTER ALLGEMEINE SONNTAGSZEITUNG

Jean-Philippe Toussaint. FUSSBALL
„Mit seinen literarischen Miniaturen veredelt Toussaint den Fußball, bringt ihn zum Glänzen." 3SAT KULTURZEIT

Jean-Philippe Toussaint. FERNSEHEN
Roman
„*Fernsehen* ist wie jeder Text von Toussaint vor allem ein Fest der Sprache."
NEUE ZÜRCHER ZEITUNG

Goderdsi Tschocheli. DER SCHARLACHROTE WOLF
Roman
„Mit feinsinnigen Beschreibungen von Landschaften und mittels kluger Dialoge gehört dieser Roman sicher zu den lesenswerten Entdeckungen." BR2

Leopold Tyrmand. FILIP
Roman
„Eine großartige Überraschung und bereichernde Entdeckung. Dieser Filip wird als autofiktionaler Zeitzeuge der Kriegsjahre in Nazi-Deutschland in bester Erinnerung bleiben." DEUTSCHLANDFUNK

Sandra Weihs. DAS GRENZENLOSE UND
Roman
„Sandra Weihs ist eine Erscheinung. Einer dieser Rilke'schen Engel. Das Schreckliche und das Schöne in totaler gegenseitiger Bedingung. Vor ihr kann man sich nur verneigen." ANDREAS MAIER

Julia Wolf. WALTER NOWAK BLEIBT LIEGEN
Roman
„Ein mitreißender Roman. Der eigenwillige Sog, den *Walter Nowak bleibt liegen* entwickelt, gründet darauf, dass die Autorin hier Fallhöhen eines Lebens auslotet, gegen die ein Sprung vom Zehnmeterbrett harmlos erscheint." FRANKFURTER ALLGEMEINE ZEITUNG

Julia Wolf. ALLES IST JETZT
Roman
„Sätze wie offene Wunden. Wolf hat ein Buch geschrieben, das mitreißt, verstört und berührt." FRANKFURTER RUNDSCHAU

Marcia Zuckermann. MISCHPOKE!
Ein Familienroman
„So quirlig wurde ein Familienroman selten erzählt. Ein lebendiges Stück Zeitgeschichte." RBB BÜCHER UND MOOR

MIX
Papier aus ver-
antwortungsvollen
Quellen
FSC® C014496

© Frankfurter Verlagsanstalt GmbH,
Frankfurt am Main 2021
Alle Rechte vorbehalten
Lektorat © Frankfurter Verlagsanstalt
Herstellung und Umschlaggestaltung: Laura J Gerlach
Unter Verwendung von Motiven von © iStockphoto.com
Vor- und Nachsatz: Laura J Gerlach
Satz: psb, Berlin
Druck und Bindung: GGP Media GmbH, Pößneck
Printed in Germany
ISBN 978-3-627-00289-3

Der Stammbaum der Familien Segall – Bukofzker – Kohanim – Rubin

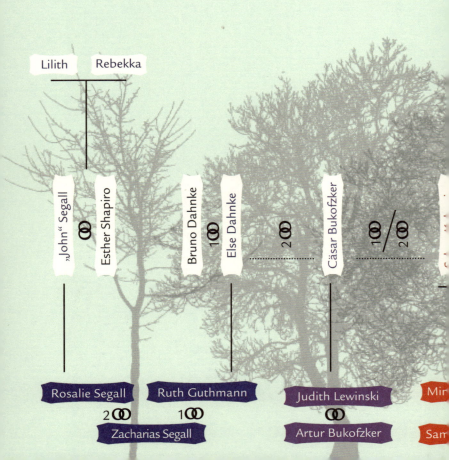